SIBYLLE NARBERHAUS

Syltfeuer

HEISS BEGEHRT Kurz vor Weihnachten erhält Anna Bergmann eine Einladung zu einer Testamentseröffnung, die sie nach Sylt führt. Die Reise verbindet Anna mit einem Besuch bei ihrer langjährigen Schulfreundin Britta, die seit Jahren auf der Insel lebt. Nach einer hindernisreichen Anreise wird sie auf der Insel unmittelbar in einen Verkehrsunfall verwickelt, bei dem sie die flüchtige Bekanntschaft mit dem gleichermaßen attraktiven wie geheimnisvollen Polizisten Nick Scarren macht.

Zeitgleich hält eine Einbruchserie auf der Insel die Polizei in Atem, bei der bereits ein Mann zu Tode gekommen ist. Sind die Täter in den eigenen Reihen zu finden? Kurz darauf wird eine weitere Leiche entdeckt. Wer ist der Tote auf dem Parkplatz? Auch Anna gerät in eine brenzlige Situation, als ihre Erbschaft zur tödlichen Bedrohung wird. Die Ereignisse nehmen ihren Lauf und zu guter Letzt muss sich Anna zwischen zwei Männern entscheiden. Eines steht fest – Annas Leben wird sich grundlegend verändern!

Sibylle Narberhaus wurde in Frankfurt am Main geboren. Sie lebte einige Jahre in Frankfurt und Stuttgart und zog schließlich in die Nähe von Hannover. Dort lebt sie seitdem mit ihrem Mann und ihrem Hund. Als gelernte Fremdsprachenkorrespondentin und Versicherungsfachwirtin arbeitet sie bei einem großen Konzern und widmet sich in ihrer Freizeit dem Schreiben. Schon in ihrer frühen Jugend entwickelte sich ihre Liebe zur Insel Sylt. So oft es die Zeit zulässt, stattet sie diesem herrlichen Fleckchen Erde einen Besuch ab. Dabei entstehen ihre Ideen für neue Geschichten rund um die Insel.

Bisherige Veröffentlichungen im Gmeiner-Verlag:
Syltstille (2018)
Syltleuchten (2017)

SIBYLLE NARBERHAUS

Syltfeuer

Kriminalroman

Immer informiert

NEWSLETTER

Spannung pur – mit unserem Newsletter informieren wir Sie
regelmäßig über Wissenswertes aus unserer Bücherwelt.

Gefällt mir!

Facebook: @Gmeiner.Verlag
Instagram: @gmeinerverlag
Twitter: @GmeinerVerlag

Besuchen Sie uns im Internet:
www.gmeiner-verlag.de

Im Ehnried 5, 88605 Meßkirch
Telefon 07575/2095-0
info@gmeiner-verlag.de

1. Auflage 2019

Lektorat: Claudia Senghaas, Kirchardt
Herstellung: Mirjam Hecht
Umschlaggestaltung: U.O.R.G. Lutz Eberle, Stuttgart
unter Verwendung eines Fotos von: © egerer-fotografie / stock.adobe.com
Druck: CPI books GmbH, Leck
Printed in Germany
ISBN 978-3-8392-2507-3

KAPITEL 1

Sylt

Die Nacht war kalt, und der blasse Mond wurde durch die vorbeiziehenden Wolken verdeckt, die selten eine größere Lücke freigaben. Der eisige Ostwind, der stetig durch die kargen Bäume und Sträucher wehte, ließ das vertrocknete Laub einer Buchenhecke leise rascheln. Das Dröhnen der Züge, die tagsüber in regelmäßigen Abständen an- und abfuhren, war verstummt. Der nächste Zug fuhr erst in den frühen Morgenstunden. Die Häuser am Üp Klef waren zu dieser Jahreszeit überwiegend unbewohnt. Einige von ihnen lagen durch Kiefern oder andere Gehölze schwer einsehbar auf großzügigen Grundstücken, viele davon mit unverbaubarem Wattblick. Nur sehr vereinzelt brannte in manchen Fenstern Licht. Im Großen und Ganzen lag die Gegend im Dunkel. An der Ecke Üp Klef/Am Jölbröch endete nicht nur der asphaltierte Weg, sondern mit ihm die Straßenbeleuchtung. Eines der Anwesen lag ein Stück zurückgesetzt, in unmittelbarer Nähe zum Watt. Auch hier deutete alles darauf hin, dass seine Bewohner nicht zu Hause waren, da in der Einfahrt kein Fahrzeug parkte. Das Grundstück war mit einem für die Insel typischen Friesenwall eingefasst, einer Mauer aus Findlingen, die mit Heckenrosen und niedrigen Kieferngewächsen bepflanzt war. Ein silbrig glänzender Fahnenmast ragte in die Nacht. Der Wind ließ das Seil zur Befestigung der Flagge rhythmisch gegen das Metall schlagen. Plötzlich war ein Knirschen zu hören, ähnlich dem von Schritten auf Kies. Eben noch friedlich grasende Kaninchen stoben bei dem Geräusch blitzschnell in alle Richtungen auseinander, um im nahegelegenen Dickicht der Sträucher Zuflucht zu suchen. Ihre weißen Blumen leuchteten in der Dunkelheit auf wie funkelnde Sterne. Dunkle Schatten wanderten an der Hauswand entlang und bewegten sich zielsicher zur Rückseite des Hauses.

»Was hast du mit dem Stein vor?«

»Überleg mal. Du bist doch sonst so schlau!«

Dann durchschnitt das Geräusch von splitterndem Glas die Nacht. Scherben fielen klirrend zu Boden. Unmittelbar im Anschluss schob sich eine Hand geschickt durch die geborstene Scheibe und umschloss den Messinggriff. Die Terrassentür öffnete sich beinahe lautlos.

»Passt auf, wo ihr hintretet!«

Der Schein einer Taschenlampe bildete einen hellen Lichtkegel auf dem grauen Steinfußboden und wanderte nervös hin und her bis er an einem Bild an der Wand hängen blieb.

»Bist du verrückt? Mach sofort die Lampe aus!«, zischte eine Stimme, worauf das Licht augenblicklich erlosch und den Raum erneut in tiefes Dunkel hüllte.

»Schon gut«, kam es murrend zurück. »Aber man sieht nix.«

»Los, nach oben«, erklang der knappe Befehl.

Gleich darauf konnte man die Stufen der gewundenen Holztreppe unter der Belastung der Schritte ächzen hören, gefolgt von einem lauten Scheppern, das aus dem oberen Stockwerk ertönte.

»Verdammt, pass doch auf!« Ein nervöser Blick wanderte zum Treppenabsatz. »Alles okay da oben?«

»Ja, bloß was umgefallen«, erfolgte die prompte Meldung aus dem oberen Stockwerk.

»Seid leise! Mit dem Lärm weckt ihr die gesamte Nachbarschaft auf.«

»Beruhig dich, Mann. Hier ist weit und breit keiner, der uns hören könnte. Die anderen Häuser stehen leer.«

»Das weiß man nie.«

»Vertrau mir!«

»Du musst es ja wissen.«

»Sag ich doch.«

Sogleich konnte man hören, wie Schubladen hektisch aufgezogen und Schranktüren knarrend geöffnet wurden. Alles dauerte nur wenige Minuten.

»Seid ihr fertig da oben?«

»Ja, wir kommen runter.«

»Und? Was gefunden?«

»Ich denke schon. Was hast du?«

»Ich glaube, ich habe ein Auto gehört.«

»Blödsinn, da war nichts. Du täuschst dich.«

»Hm. Ich bin hier unten jedenfalls auch durch. Lasst uns abhauen. Hey, wo willst du hin?«

»Ich will nur noch kurz hinter diese Tür sehen.«

»Das ist bloß die Abstellkammer. Komm!«

Plötzlich war von draußen ein leises Klappern zu hören, dem ein Klacken folgte.

»Hört ihr das? Verdammt, schnell weg!«

Die Haustür wurde geöffnet. Nur eine Sekunde später blitzte blankes Metall auf, gefolgt von einem dumpfen Schlag und einem leisen Stöhnen. Kurz darauf hatte sich die nächtliche Stille ihren Platz im Haus zurückerobert.

KAPITEL 2

Hannover

Draußen war es stockdunkel, als ich unsanft aus dem Schlaf gerissen wurde. Vor dem Haus ertönte das durchdringende Schrillen der Alarmanlage eines geparkten Autos. Ich brauchte einen Moment, bis ich meine Gedanken sortiert hatte. Mein verschlafener Blick wanderte zu meinem Wecker auf dem Nachttisch neben mir. Es war 6.30 Uhr. Heute war Donnerstag, aber ich musste nicht aufstehen, um zur Arbeit zu fahren, denn es war mein erster Urlaubstag. Ich würde bis zum Jahreswechsel ausspannen können – über fünf Wochen. Mit diesem herrlichen Gedanken ließ ich mich zurück in mein Kissen sinken. Nachdem ich einige Zeit vor mich hingedöst hatte, ohne erneut einschlafen zu können, stand ich auf und ging in die Küche, um mir mein Frühstück zuzubereiten. Mit einem dampfenden Becher Tee und einer Schale Müsli setzte ich mich – noch immer im Nachthemd – an den Küchentisch und begann, die Tageszeitung zu studieren, die mir meine Nachbarin täglich vor die Wohnungstür legte, wenn sie frühmorgens mit ihrem Hund spazieren ging. Die Zeitung ausgiebig beim Frühstück zu lesen war zu einem liebgewonnenen Ritual geworden, das ich mir jedoch lediglich an den Wochenenden gönnte. Unter der Woche bestimmten ständiger Zeitdruck und Hektik mein Leben. Die erste Tasse Tee trank ich meistens erst im Büro und auch dort blieb manchmal kaum Zeit dafür.

Das gesamte Jahr über hatte ich ausgesprochen viel gearbeitet und meinen letzten großen Auftrag vor knapp einer Woche erfolgreich fertiggestellt. In der Winterzeit gab es für Landschaftsarchitekten kaum etwas zu tun, von Neuaufträgen ganz zu schweigen. Diesbezüglich konnte ich meinen Chef verstehen, als er uns gebeten hatte, verbleibenden Urlaub zu nehmen und die angehäuften Überstunden abzubauen. Zuletzt hatte ich mich durch einen gewaltigen Berg Ablage, der meinen Schreibtisch nahezu vollständig bedeckte, gekämpft. Je länger ich darüber nachdachte, desto verlockender erschien mir die Aussicht auf eine Auszeit. Endlich würde sich die Gelegenheit ergeben, Dinge zu erledigen, die ich bereits das gesamte Jahr vor mir herschob. Meine Wohnung bedurfte dringend einer grundlegenden Umgestaltung. Ich hatte sie vor eineinhalb Jahren gekauft und bislang nicht viel investiert, bis auf einige wenige Möbel, die ich für unbedingt notwendig erachtete. Mehr Energie hatte ich noch nicht aufbringen können, um es wohnlich und gemütlich zu gestalten. Entweder mangelte es an Zeit oder ich hatte einfach nicht das Richtige gefunden, was meinen Vorstellungen entsprach. Mein Sofa brauchte dringend ein paar Kissen, damit es heimeliger wirkte. Für die nackte Wand über dem Esstisch war ich seit geraumer Zeit auf der Suche nach einem passenden Bild. Eine konkrete Vorstellung hatte ich allerdings nicht, was dort hängen sollte. Außerdem wollte ich nach einer Lampe Ausschau halten, die ich auf die Fensterbank im Wohnzimmer stellen wollte. Ich liebte es, eine Lichtquelle im Fenster stehen zu haben. Das gefiel mir gut und ich fand, dass es dem gesamten Raum eine angenehme Atmosphäre verlieh. Und so gab es darüber hinaus weitere Stellen in meiner Wohnung, die es zu verbessern galt. Zu Beginn war es mir schwergefallen, mich mit dem Alleinsein anzufreunden. Damals hatte ich mich nach langer Zeit von meinem Freund Marcus getrennt. Eigentlich hatte er sich von mir getrennt und war letztlich mit einer blutjungen Blondine durchgebrannt. Aber das war ein Kapitel meiner Geschichte, das ich mir nur ungern in Erinnerung rief. Wir hatten vorgehabt, zu heiraten und eine Familie zu gründen. Auf einen solch abrupten Richtungswechsel in meinem Leben war ich nicht vorbereitet gewesen – und somit traf mich die Erkenntnis ohne Vorwarnung. Zunächst hatte ich mich völlig in mein Schneckenhaus zurückgezogen, um mich anschließend so in meine Arbeit zu stürzen, dass es schon exzessive Züge annahm. Der einzig positive Nebeneffekt an der Sache war, dass ich letztendlich gelernt hatte, auf eigenen Füßen zu stehen. Marcus hatte mir immer unterschwellig suggeriert, ich wäre ohne ihn nichts, und irgendwann hatte ich beinahe selbst daran geglaubt. Nüchtern betrachtet war ich auf dem besten Wege, meine eigene Persönlichkeit in Frage zu stellen.

In der Zwischenzeit war es draußen hell geworden. Allerdings versprach dieser letzte Tag im November erneut einer der trüben Sorte zu werden. Nachdem ich in Ruhe zu Ende gefrühstückt und die Zeitung gelesen hatte, begab ich mich ins Bad, um mich fertig zu machen. Als ich gerade aus der Dusche kam, klingelte es an der Tür. Wer konnte das um diese Zeit sein? Ich wickelte mir schnell ein Handtuch um, hastete barfuß mit nassen Füßen in den Flur und spähte durch den Spion in der Tür. Ein Postbote stand davor und sah durchgefroren aus.

»Guten Morgen, sind Sie Frau Anna Bergmann?«, begrüßte er mich durch den engen Türspalt.

»Ja, die bin ich.«

»Ich habe hier ein Einschreiben mit Rückschein für Sie. Würden Sie mir das bitte quittieren?«

Ich nahm das Dokument entgegen und setzte meine Unterschrift an die Stelle, die er mit einem Kreuz markiert hatte.

»Danke und schönen Tag noch!« Mit diesen Worten eilte er das Treppenhaus nach unten.

Meinen Blick neugierig auf den Brief gerichtet ließ ich mich, halbnackt wie ich war, im Wohnzimmer auf das Sofa nieder. Wasserperlen aus meinem nassen Haar liefen kitzelnd meinen Nacken hinab, aber ich ignorierte sie, denn ich war damit beschäftigt, den Brief zu öffnen. Der Absender war eine Anwaltskanzlei auf Sylt. Der Name sagte mir nichts. Ich faltete den Brief auseinander und begann zu lesen. Was ich dort las, machte mich traurig und sprachlos zugleich. Kaum war ich im Bad fertig und hatte mich angezogen, griff ich mir das Telefon und rief meine beste Freundin Britta an, die mit ihrer Familie auf der Insel lebte.

»Hallo, Britta! Hier ist Anna.«

»Hallo, Anna! Das ist ja nett, dass du dich meldest.«

Ihre heitere Stimme am anderen Ende der Leitung verströmte sogleich gute Laune.

»Ist etwas passiert?«, erkundigte sie sich.

»Nein, alles in Ordnung«, erwiderte ich, da ich nicht gleich mit der Tür ins Haus fallen wollte. »Wie geht es dir? Was machen die Kinder? Und Jan? Wie läuft das Hotel?«

»Uns geht es allen prächtig. Langsam beginnt die ruhige Zeit hier auf der Insel«, antwortete sie. »Wie sieht es aus? Hättest du nicht Zeit und Lust, uns zu besuchen? Sylt ist auch im Winter äußerst reizvoll. Im Job dürftest du momentan eher wenig zu tun haben. Vielleicht kannst du ein paar Tage freinehmen. Wir haben uns unendlich lange nicht mehr gesehen. Ich würde gerne mal wieder ausgiebig mit dir quatschen. Außerdem täte dir ein Tapetenwechsel sicherlich gut. Du könntest ganz in Ruhe deine Weihnachtseinkäufe erledigen und gleichzeitig ein bisschen ausspannen. Was hältst du von dem Vorschlag?«, versuchte Britta mit aller Überzeugungskraft, mir die Sache schmackhaft zu machen. In der Disziplin Leute zu überzeugen, war sie wahrlich Weltmeisterin.

»Ob du es glaubst oder nicht, das überlege ich wirklich.«

»Dann ist das Gedankenübertragung«, erwiderte Britta fröhlich. »Oder gibt es einen speziellen Anlass?«

»Den gibt es tatsächlich«, seufzte ich. »Ich habe vorhin einen Brief erhalten. Johannes von Waldenbach ist gestorben.«

»Tut mir leid, aber der Name sagt mir im Moment nichts«, gestand Britta ehrlicherweise.

»Der Musiker. John Woodbrook ist sein Pseudonym«, half ich meiner Freundin auf die Sprünge.

»Ja natürlich! Jetzt erinnere ich mich. Der bekannte Filmmusiker. Du hast damals dieses Stipendium bei ihm gewonnen und mehrere Monate in den USA verbracht«, erinnerte sich Britta. »Einschließlich der Sommerferien, während ich bei meinen Eltern in der Backstube schuften musste.«

»Es war eine tolle und aufregende Zeit. Ich habe wahnsinnig viel gelernt.«

»Hatte er sich nicht vor Kurzem ein Haus auf Sylt gekauft?«

»Das ist bereits zwei Jahre her«, korrigierte ich sie.

»Meine Güte! Wie die Zeit vergeht! Aber was stand nun in dem Brief? Spann mich nicht länger auf die Folter!«

»Er stammt von einem Notar aus Keitum. Dr. Herdenrodt heißt er. Kennst du ihn?«

»Nie gehört. Vielleicht kennt Jan ihn.«

»Außer dem Termin der Beerdigung liegt dem Brief eine Einladung zur Testamentseröffnung beim Nachlassgericht in Niebüll bei.«

»Echt?« fragte Britta erstaunt. »Was bedeutet das? Wann ist die Beerdigung?«

»Was das zu bedeuten hat, weiß ich nicht. Die Beerdigung ist übermorgen.«

»Oh! Gehst du hin?«, wollte Britta wissen.

»Ich denke schon. Ich hatte zwar keinen besonders engen Kontakt zu Johannes, aber irgendwie mochte ich ihn und vor allem seine Musik. Wir haben uns meistens zu den Geburtstagen und zu Weihnachten geschrieben, mehr nicht. Auf Sylt habe ich ihn nie besucht.«

»Du bist seit über zwei Jahren nicht mehr hier gewesen«, bestätigte Britta. »Also, frag deinen Chef, ob du Urlaub bekommst, und dann mach dich auf den Weg. Du kannst selbstverständlich bei uns wohnen.«

»Heute ist mein erster Urlaubstag. Ich muss erst wieder Anfang Januar arbeiten.«

»Das klingt geradezu perfekt!«, rief Britta begeistert aus. »Worauf wartest du? Fang an, deinen Koffer zu packen! Wann wirst du ungefähr da sein?«

»Ich werde gleich meine Eltern anrufen und sie bitten, während meiner Abwesenheit nach meiner Wohnung zu schauen. Den wahren Grund meiner Reise werde ich ihnen vorerst nicht unter die Nase reiben. Du kennst meine Mutter, ich werde sonst keine freie Minute haben bis sie weiß, was es mit der Angelegenheit auf sich hat. Morgen um die Mittagszeit könnte ich auf Sylt sein, wenn es euch passt.«

»Na klar, passt das! Das wird großartig! Ich wünsche dir eine gute Fahrt und freue mich auf morgen. Fahr vorsichtig! Ruf am besten an, wenn du auf dem Autozug stehst. Ich kann dir gar nicht sagen, wie ich mich auf dich freue, Anna!«

»Ich freue mich auch.«

Eine halbe Stunde später rief ich bei meinen Eltern an, um sie über meine spontanen Reisepläne in Kenntnis zu setzen. Meine Mutter versicherte mir, sich um meine Pflanzen zu kümmern und die Post aus dem Kasten zu nehmen. Ich sollte mir keine unnötigen Gedanken machen, sie hätte alles im Griff. Schließlich wäre es nicht das erste Mal, dass sie sich um meine Wohnung kümmern würde, während ich nicht zu Hause war. Meine Eltern wohnten lediglich eine Viertelstunde mit dem Auto von mir entfernt. Dennoch sahen wir uns nicht regelmäßig. Ich legte viel Wert auf meine neu gewonnene Eigenständigkeit, was vor allem meine Mutter zähneknirschend akzeptierte. Obwohl sie es sicherlich gut meinte, war ihre elterliche Fürsorge manchmal erdrückend. Aber wahrscheinlich blieb man aus Sicht seiner Eltern immer das Kind. Trotz allem verstand ich mich ausgesprochen gut mit meinen Eltern, und es war ein schönes Gefühl zu wissen, dass sie für mich da waren und umgekehrt natürlich auch.

Im Anschluss an das Telefonat begann ich, meine Sachen zu packen. Ich flitzte in den Keller und kramte meinen

Koffer zwischen allen möglichen Gegenständen hervor. Dabei stellte ich ernüchternd fest, dass ich den Kellerraum auch dringend entrümpeln musste. Dann schleppte ich den Koffer nach oben in meine Wohnung. Während ich ihn mit den unterschiedlichsten Kleidungsstücken füllte, wurde mir klar, dass Britta recht hatte. Wir hatten uns in den letzten zwei Jahren nicht gesehen, zumindest aber des Öfteren miteinander telefoniert. Vor allem nach der Trennung von Marcus war Britta für mich eine unersetzliche Stütze gewesen. Geduldig hörte sie sich meinen Kummer und meine Sorgen an, und ich erntete Trost und Zuspruch. Zuletzt hatte ich Britta und ihren Mann Jan besucht, als sie zu ihrer großen Eröffnungsfeier nach dem Hotelanbau geladen hatten. Das war über zwei Jahre her. Ich konnte mich gut daran erinnern, wie stolz die beiden waren. Besonders Britta hatte viel Energie in den Anbau gesteckt. Ursprünglich sollte Marcus mich zu der Feier begleiten, aber er musste plötzlich an einem Ärztekongress in Köln teilnehmen, der zeitgleich stattfand. Ich hatte damals bereits ein komisches Gefühl, denn sonst waren ihm diese Kongresse eher zuwider und er war für jede Ausrede dankbar, nicht daran teilnehmen zu müssen. Wie sich im Nachhinein herausstellte, war er tatsächlich nach Köln gefahren, traf sich aber dort mit einer anderen Frau. Das hatte ich per Zufall erfahren. Marcus beteuerte reumütig, das alles wäre ein einmaliger Ausrutscher gewesen, eine Dummheit, die nie wieder vorkäme. In meiner Gutgläubigkeit und grenzenlosen Naivität nahm ich ihm die Geschichte ab und vergab ihm.

Ich wühlte in meiner Kommode im Schlafzimmer nach meinem Badeanzug, den ich auf alle Fälle mitnehmen wollte. Vielleicht ergab sich die Gelegenheit, in die »Sylter Welle«, dem Freizeitbad von Westerland, zu gehen. Er fiel mir in die Hände, und ich stopfte ihn in den vollen Koffer, bevor ich ihn endgültig zuklappte. Es bedurfte einiger Kraftanstrengungen, da er zum Bersten gefüllt war. Obwohl ich mich von Minute zu Minute mehr auf Familie Hansen und die spontane Reise an die Nordseeküste freute, machte mich der Gedanke an den Abschied von Johannes von Waldenbach traurig. Allerdings wunderte ich mich, warum ich zur Testamentseröffnung eingeladen wurde. Ich gehörte weder zur Familie noch zum engeren Freundeskreis. Alles Grübeln war zwecklos, ich musste mich in Geduld üben. Besonders freute ich mich auf Brittas und Jans Zwillinge, Tim und Ben, die mittlerweile acht Jahre alt waren und längst in die Schule gingen. Zur Einschulung hatte ich leider nicht fahren können, da ich mitten in einem wichtigen Projekt steckte und von meinem Chef nicht freibekam. Er hatte für solch Festivitäten nichts übrig, denn er hasste Familienfeiern generell. Mir war es nicht gelungen, ihn umzustimmen, obwohl ich die Patentante der beiden Jungen war. Ich kannte Britta seit der ersten Schulklasse. Damals waren meine Eltern mit mir gerade in die Nähe von Hannover gezogen, und ich musste mir in meinem neuen Umfeld erst Freunde suchen. Mein Vater war beruflich versetzt worden und bekam die Leitung einer großen Bankfiliale im Herzen Hannovers. Da meine Mutter als freiberufliche Übersetzerin tätig war, war es für sie kein Problem gewesen umzuziehen. Sie arbeitete ausschließlich von zu Hause aus. Britta hatte sich im Klassenzimmer neben mich gesetzt und mich mit ihren fröhlich wachen Augen neugierig angesehen. Wir waren uns auf Anhieb sympathisch gewesen, und über all die Jahre war daraus eine enge Freundschaft erwachsen.

Wir hatten Höhen und Tiefen durchlebt und gemeistert, von Trennungen von Partnern bis hin zu Verlusten von geliebten Menschen, Freundschaften und Jobs. Das alles hatte uns umso enger zusammengeschweißt, auch wenn wir nicht immer einer Meinung waren.

Nach der gemeinsamen Schulzeit begann ich ein Studium der Landschaftsarchitektur in Lüneburg, und Britta absolvierte eine Ausbildung zur Hotelfachfrau auf Sylt. Ihre Eltern besaßen eine Bäckerei und waren enttäuscht, als Britta verlauten ließ, dass sie nicht in deren Fußstapfen treten wollte. Sie hatten fest damit gerechnet, eines Tages den Betrieb an ihre Tochter zu übergeben, da Britta ihr einziges Kind war. Doch Britta hatte ihre eigenen Vorstellungen vom Leben und daran gab es nichts zu rütteln. Auf Sylt lernte sie nach kurzer Zeit ihren Mann, Jan Hansen, kennen. Seine Eltern führten in Westerland ein kleines Hotel, in dem Britta oft aushalf. Als sie mir eines Tages am Telefon von ihm erzählte, war sie dermaßen aufgeregt gewesen, dass sie mich nicht zu Wort kommen ließ. Eine Woche später teilte sie mir mit, dass Jan und sie ein Paar wären und sie auf der Insel bleiben würde. Mittlerweile führte Jan das Hotel, das in den vergangenen Jahren zusehends größer geworden war und einen exzellenten Ruf auf der Insel genoss, woran Britta ein erheblicher Teil anzurechnen war. Vor acht Jahren wurden die Zwillinge geboren, und Britta kümmerte sich seitdem vorrangig um Kinder und Familie und weniger um den Hotelbetrieb. Sie blieb trotz allem der gute Geist des Hauses, verbreitete gute Laune und hatte stets ein offenes Ohr für die Anliegen der Gäste und Mitarbeiter. Wo sie auftauchte, wurde aus einem schweren Sturm eine leichte Brise und aus einem heftigen Unwetter ein erfrischender

Sommerregen. Um ihre positive Lebenseinstellung und Energie hatte ich sie ein um das andere Mal beneidet, denn ich war eher pessimistisch veranlagt. Ständig hatte ich Angst, etwas könnte schiefgehen oder ich könnte jemanden enttäuschen. Mir fehlte schlichtweg gesagt eine Portion Selbstbewusstsein und Zuversicht, auch wenn sich das seit der Trennung von Marcus leicht gebessert hatte. Britta bewunderte im Gegenzug mein Perfektionsstreben und meinen ungebremsten Enthusiasmus, wenn ich mich erst richtig in eine Sache verbissen hatte. Mit diesen beiden Eigenschaften im Gepäck war mein Leben nicht immer einfach, vor allem mit meinem Streben nach Perfektion stand ich mir regelmäßig selbst im Weg.

Rein äußerlich hätten Britta und ich nicht unterschiedlicher sein können. Britta war mit ihren 1,65 Metern fast zehn Zentimeter kleiner als ich. Mit ihren blauen Augen und dem halblangen blonden Haar, das sie stets offen trug, passte sie ausgezeichnet in den hohen Norden. Ich dagegen war eher der mediterrane Typ mit grünen Augen und langem dunklen Haar, das ich meist zu einem Pferdeschwanz gebunden trug. Aber genau diese Kombination aus Feuer und Wasser war offensichtlich Garant für unsere lang anhaltende Freundschaft.

KAPITEL 3

Am nächsten Morgen machte ich mich in aller Frühe auf den Weg nach Sylt, um den obligatorischen Baustellenstaus und dem freitäglichen Feierabendverkehr rund um Hamburg zu entgehen. Leichter Regen hatte eingesetzt und blieb die gesamte Fahrt mein treuer Begleiter. Jedenfalls war das besser als Glatteis, sagte ich mir. Während ich gen Norden unterwegs war, kreisten meine Gedanken um meine Arbeit. Im Geiste ging ich erneut meine Unterlagen durch und überlegte, ob ich auch wirklich nichts vergessen hatte. Mein Chef konnte mich praktisch rund um die Uhr über mein Mobiltelefon erreichen, denn ich hatte ihm eines Tages leichtsinnigerweise in einem Anflug von Gutmütigkeit und übertriebenem Arbeitseifer meine private Handynummer für Notfälle gegeben. In dieser Hinsicht fackelte er selten lange, sie zu nutzen – der Begriff Notfall unterlag dabei keiner festen Definition. Soweit ich mich erinnern konnte, gab es in der vergangenen Zeit kaum einen Urlaub oder freien Tag, an dem er mich nicht wenigstens einmal angerufen hatte. Deswegen war es umso verwunderlicher, dass er sich bislang nicht gemeldet hatte.

Nach dreieinhalb Stunden Fahrt ohne nennenswerte Verzögerungen erreichte ich schließlich die Autoverladestation des »SyltShuttle« in Niebüll. In den Reihen vor den Fahrkartenschaltern standen nur wenige Fahrzeuge, sodass ich zügig an einem der Automaten ein Ticket kaufen und mich anschließend in die erste Spur einreihen konnte. Eine große Anzeigetafel teilte den Reisenden mit, dass die nächste Verladung in 15 Minuten beginnen würde. Daher nutzte ich die verbleibende Zeit, um die Toilette aufzusuchen und mich im angrenzenden Bistro mit einem Getränk und etwas Essbarem zu versorgen. Die Überfahrt dauerte für gewöhnlich 35 Minuten. Da ich bislang nichts gefrühstückt hatte, überkamen mich Hunger und Durst.

Jedes Mal, wenn ich auf dem Autozug stand und er sich in Bewegung setzte, erwachte in mir ein wahres Urlaubsgefühl. Ich machte es mir in meinem Auto bequem und erwartete jeden Moment, dass es losging. Doch der Zug bewegte sich nicht von der Stelle. Nichts rührte sich. Ein Blick auf die Uhr im Armaturenbrett verriet, dass wir längst hätten abfahren müssen. Waren eventuell technische Probleme der Grund für die verspätete Abfahrt? Nach weiteren zehn Minuten Stillstand knisterte die kleine Lautsprecherbox, die direkt neben mir am Zug angebracht war. Aber statt der üblichen Begrüßung »Moin, moin, willkommen auf dem SyltShuttle, …« und den nachfolgenden Sicherheitshinweisen erklang eine tiefe Männerstimme, die uns mitteilte, dass sich unsere Abfahrt aufgrund eines Böschungsbrandes entlang der Bahnstrecke auf unbestimmte Zeit verschieben würde.

Das sind in der Tat großartige Aussichten, seufzte ich innerlich. Hungrig begann ich, das Käsebrötchen zu essen, das in seiner Plastikverpackung schon etwas zäh geworden war, und hätte mir um ein Haar die Zunge an dem noch heißen Tee verbrannt. Was für ein Start in den Urlaub!

Während die Zeit unaufhaltsam verstrich, saß ich im Auto, hörte Radio und blickte aus dem Fenster, ohne dass irgendetwas passierte, das auf ein baldiges Ende der Zwangspause hindeutete. Überall in den Autos warteten die Reisenden darauf, dass der Zug endlich seine Fahrt aufnehmen würde. Der Regen war stärker geworden, und ich beobachtete die Regentropfen, wie sie um die Wette an der Scheibe herunterliefen und letztendlich von der Fensterdichtung aufgehalten wurden und verschwanden. Auf der Motorhaube perlten sie ab und bildeten dicke Tropfen. Sie ähnelten den dicken Glasperlen, die ich zu Hause um die Kerze in einem meiner Windlichter dekoriert hatte. Sobald sich der Wagen bewegte oder eine kräftige Windböe aufkam, fanden sie auf der glatten Oberfläche keinen Halt mehr und rutschen hinunter. Mein Vater hatte meinen Wagen neulich frisch gewachst, was den Effekt verstärkte. Er hatte darauf bestanden, diese Maßnahme in jedem Fall noch vor dem Winter durchzuführen.

»Das schützt den Lack. Allein wegen des vielen Streusalzes, das demnächst wieder ohne Sinn und Verstand tonnenweise auf die Straßen geschüttet wird«, fügte er mit verdrießlichem Gesichtsausdruck hinzu.

Langsam begann ich zu frösteln, denn im Inneren meines Wagens wurde es kalt. Ich zog den Reißverschluss meiner Winterjacke bis zum Anschlag zu und rieb mit den Handflächen über meine Oberschenkel. Draußen herrschten auch Anfang Dezember keine arktischen Temperaturen, aber wohlige Wärme fühlte sich anders an, zumal die Heizung bei ausgeschaltetem Motor nicht funktionierte. Nach einer Stunde erwachte der Lautsprecher neben mir endlich wieder zum Leben und uns wurde mitgeteilt, dass der Zug in Kürze abfahrbereit sei. Alle Fahrzeuginsassen wurden gebeten, sich anzuschnallen. Kurz darauf setzte sich der Zug tatsächlich in Bewegung.

Nachdem wir knapp fünf Minuten unterwegs waren, verlangsamte er seine Fahrt jedoch und blieb erneut stehen. Gleich darauf knisterte es verheißungsvoll im Lautsprecher und die mittlerweile vertraute Männerstimme ließ uns wissen, dass wir momentan nicht weiterfahren könnten. Das hatte ich bereits selbst festgestellt, und langsam war meine Geduld am Ende. Was war nun vorgefallen? Man versprach uns nähere Informationen, sobald diese vorlägen. Weitere zehn Minuten verstrichen, dann ertönte wieder die Stimme aus dem Lautsprecher und erklärte, dass ein Unfall mit Personenschaden an einem Bahnübergang die Ursache für unseren neuerlichen Halt wäre. Die Strecke sei bis auf Weiteres in beide Richtungen voll gesperrt. In Kürze würde unser Zug von einer Lokomotive zurück nach Niebüll gezogen.

»Das glaube ich jetzt nicht«, stöhnte ich vor mich hin, denn mir schmerzte zusehends der Rücken vom langen, unbequemen Sitzen. Zurück an der Verladestation konnte man erkennen, dass sich zwischenzeitlich eine lange Autoschlange bis weit zurück zu den Fahrkartenterminals gebildet hatte. Den Reisenden wurde gestattet, die Fahrzeuge zu verlassen, und sogleich strömten die Massen zu den Toiletten und in das Bistro, das für diesen Ansturm von Fahrgästen nicht gewappnet war. Ich ergatterte mit Mühe und Not eine kleine Flasche Cola – das Mineralwasser war mittlerweile ausverkauft – sowie eine Illustrierte, die ich unter normalen Umständen niemals gekauft hätte. Aber ich wollte mir die Wartezeit, von der ich nicht wusste, wie lange sie dauern würde, damit vertreiben. In meinem Auto sitzend, blätterte ich in der

Zeitschrift und erfuhr die neuesten Modetrends, studierte ausgiebig einen Diätplan, der die Low-Carb-Ernährung favorisierte, und las mein Horoskop. Unerwartete Ereignisse und eine schicksalhafte Begegnung, die mein bisheriges Leben komplett verändern sollten, wurden mir prophezeit.

»Sicher«, murmelte ich vor mich hin, »was für ein Blödsinn. Was die alles wissen wollen!«

Nachdem ich die Illustrierte beinahe auswendig kannte und seit meiner Ankunft vier Stunden vergangen waren, meldete sich der knisternde Lautsprecher zu Wort. Die Unfallstelle sei nun geräumt, und der Zug würde in Kürze die Weiterfahrt aufnehmen. Alle Fahrgäste sollten sich bitte umgehend zu ihren Fahrzeugen begeben und darin Platz nehmen. Schlagartig herrschte allgemeine Betriebsamkeit. Das Öffnen und Schließen von Autotüren und Heckklappen war unüberhörbar. Dann kontrollierte ein Bahnangestellter, ob alle Autos besetzt waren. Der schwarze Geländewagen hinter mir war nach wie vor verwaist. Von dem Fahrer war weit und breit nichts zu sehen. Nach fast zehn Minuten tauchte er, ein wie aus einem Modekatalog gekleideter junger Mann, endlich auf. Er setzte sich in Seelenruhe mit einem Kaffeebecher in der Hand und einer Zeitung unterm Arm in sein Fahrzeug, ohne eine Spur von schlechtem Gewissen zu zeigen. Einige Autofahrer verschafften ihrem Ärger durch wütende Ausrufe Luft. Ich bedachte ihn ebenfalls mit einem bösen Blick in meinen Rückspiegel. Doch das nahm er vermutlich überhaupt nicht zur Kenntnis oder es prallte schlichtweg an ihm ab. Ich aber fühlte mich dadurch wesentlich besser.

Nachdem der ratternde Zug Häuser und Felder hinter sich gelassen hatte und das Bild von der Unfallstelle, die wir passiert hatten, in meinem Kopf langsam verblasste, richtete sich mein Blick auf das vor mir liegende, scheinbar unendliche Wattenmeer. Ich spürte plötzlich ein Gefühl der inneren Ruhe und Freiheit in mir aufsteigen. Es hatte aufgehört zu regnen. Am Horizont blinzelte die Sonne zwischen grauen Wolkenfetzen zögerlich hervor und ihre vereinzelten Strahlen ließen das Watt metallisch glänzen. An der Nordsee wechselte das Wetter rasch, auf Regen folgte blauer Himmel und umgekehrt. Das Wattenmeer lag ruhig rechts und links des Hindenburgdamms, der Sylt mit dem Festland verband, und Hunderte von Seevögeln stiegen beim Herannahen des Zuges in die Luft und beeindruckten mit den unterschiedlichsten Flugformationen. Unzählige Schafe standen oder lagen auf den angrenzenden Salzwiesen, grasten oder kauten gemächlich vor sich hin, völlig unbeeindruckt von dem Lärm, den der »SyltShuttle« verursachte. Am Horizont konnte ich den schwarz-weißen Leuchtturm von Kampen und St. Severin, die Kirche von Keitum, erkennen. Ein paar Minuten später tauchte das Morsumkliff rechter Hand vor uns auf, und der Zug hatte die Insel endgültig erreicht. Kurz bevor wir Keitum passierten, verlangsamte sich die Fahrt. Wir hielten im Bahnhof von Keitum an, jedoch nur, um einem entgegenkommenden Zug die Durchfahrt zu gewähren. Anschließend setzte sich der »SyltShuttle« erneut in Bewegung. In Westerland kamen wir endgültig zum Halten und nach und nach wurden die Motoren der Autos gestartet, die Bremsleuchten blendeten auf und ein Wagen nach dem anderen rollte von der Rampe. Ich hatte es geschafft.

KAPITEL 4

Hamburg

Die schwere Tür öffnete sich und ein Mann im Anzug, Anfang 40, betrat das großzügige Büro, von dessen Fensterfront aus man einen herrlichen Blick auf die Elbe und die vorbeifahrenden Schiffe genießen konnte. Hinter einem mächtigen Schreibtisch aus Mahagoni mit verspielt geschwungenen Beinen, auf dem sich lediglich eine moderne Telefonanlage, eine silberne Schale mit einem Füllfederhalter sowie ein sorgfältig aufgeschichteter Stapel Mappen befanden, saß eine gepflegte Dame in einem grauen Kostüm und heller Seidenbluse, deren Kragen eine filigrane Brosche zierte. Ihr halblanges, blondes Haar war perfekt frisiert.

Als der Mann vor ihr stehen blieb, blickte sie lediglich kurz auf: »Guten Morgen.« Dann galt ihre Aufmerksamkeit wieder der Unterschriftenmappe, die vor ihr auf dem Schreibtisch lag.

»Guten Morgen, Mutter«, erwiderte der Mann. »Ich habe eben ein Telefonat geführt, das dich sehr interessieren dürfte.« Er wartete auf die Reaktion seiner Mutter, aber sie erwiderte nichts. Daher fuhr er fort: »Dr. Brettschneider hat mich darüber in Kenntnis gesetzt, dass Onkel Johannes vor knapp einem Monat verstorben ist.«

»Gut«, entgegnete sie beiläufig, als hätte man sie lediglich über den aktuellen Wetterbericht unterrichtet. Während sie eine Unterschrift auf ein Dokument in der Mappe vor sich setzte, fragte sie: »Und? Hat er gesagt, wann der Termin für die Testamentseröffnung ist? Die Beerdigung hat hoffentlich bereits stattgefunden. Das ist ohnehin Zeitverschwendung.«

Jetzt blickte sie auf und ihre eisgrauen Augen sahen ihren Sohn erwartungsvoll an.

»Ein Notar aus Keitum auf Sylt hat sich bereits mit Dr. Brettschneider wegen des Nachlasses in Verbindung gesetzt. Den Namen habe ich vergessen, aber er hat eine Überraschung angedeutet.«

Sie verzog keine Miene und überlegte.

»Weshalb ein Notar aus Keitum, und welche Überraschung soll es geben? Könntest du dich bitte etwas genauer ausdrücken, Georg? Ich habe weder die Zeit noch Muße für Ratespiele dieser Art. Die Situation ist eindeutig: Außer uns existieren keine rechtmäßigen Erben. Wozu dann diese Geheimniskrämerei?«

Sie runzelte die Stirn und blickte ihren Sohn mit durchdringendem Blick an.

»Ich weiß es doch auch nicht, Mutter. Übermorgen ist die Testamentseröffnung in Niebüll. Und dieser Brief ist vorhin für dich abgegeben worden«, erklärte er und reichte seiner Mutter ein verschlossenes Kuvert.

»Dann finde es heraus. Worauf wartest du? Ruf diesen Notar an! Oder muss ich das selbst machen? Manchmal frage ich mich ernsthaft, ob du überhaupt irgendetwas allein kannst«, entgegnete sie unwirsch und nahm den Brief an sich.

Als ihr Sohn den Raum mit gesenktem Kopf verlassen hatte, griff sie nach dem langen Brieföffner, der die Form eines Dolches besaß und am Griff mit blauen Steinen besetzt war. Damit schlitzte sie den Briefumschlag mit einer ruckartigen Bewegung auf. Sie entnahm dem Kuvert ein beschriebenes Stück Papier und faltete es ungeduldig auseinander. Das Briefpapier war von edler Qualität, und der Text darauf war handschriftlich in blauer Tinte verfasst worden. Sie erkannte die Handschrift auf den ersten Blick. Instinktiv straffte sie die Schultern, setzte sich ihre Brille auf, die an einer langen Goldkette um ihren Hals baumelte, und begann zu lesen.

Luisa,

sehr lange Zeit haben wir nichts mehr voneinander gehört. Eine Ewigkeit, wie es scheint. Wenn Dich dieser Brief erreicht, weile ich nicht mehr unter den Lebenden. Ich sehe Dich zufrieden lächeln, aber damit ist nicht alles vorbei.

Ich habe Dich all die Jahre nicht aus den Augen gelassen. Ich weiß, wer für den Tod von Marla und Albert verantwortlich ist, und ich kann und werde es beweisen. Auch jetzt noch, nach meinem Tod. Das bin ich den beiden schuldig. Erst dann werde ich meinen Frieden finden können.

Es sei Dir versichert, Luisa, dass ich alle notwendigen Schritte eingeleitet habe. Mein ganzes Leben habe ich Schuldgefühle mit mir herumgetragen. Jetzt ist es an der Zeit, dass die Wahrheit ans Licht kommt. Ich hätte es viel früher tun müssen.

Eigentlich wollte ich Dich ein letztes Mal persönlich aufsuchen, aber das war mir bedauerlicherweise nicht vergönnt.

Dieses Mal wirst Du nicht ungeschoren davonkommen, Luisa, darauf gebe ich Dir mein Wort.

Johannes

»Elender Narr!« Mit diesen Worten setzte sie die Brille ab und zerriss den Brief in Hunderte kleine Stücke.

KAPITEL 5

Sylt

Wer das erste Mal nach Sylt kam, fragte sich beim Anblick der schmucklosen Hochhäuser und Wohnblocks in Westerland sicherlich, was an Sylt so besonders sei. Denn diese Ansicht wirkte alles andere als idyllisch und einladend. Der Ausspruch, dass es sich um die Insel der Reichen und Schönen handeln sollte, verblasste bei diesem Anblick eher zu einem Mythos.

Um Westerland herum herrschte das reine Verkehrschaos, was dem langen Ausfall des kompletten Zugverkehrs geschuldet war. Im Sommer wäre es wahrscheinlich noch schlimmer gewesen, denn dann quälte sich eine nicht enden wollende Autoschlange von Hörnum nach List und umgekehrt. Ich folgte der Straße quer durch Westerland in Richtung Süden. Nach wenigen Minuten erreichte ich das Ortsschild von Rantum und hatte mein Ziel in Kürze erreicht.

Als ich vor dem reetgedeckten Haus der Familie Hansen parkte, öffnete sich sogleich die Haustür, und Tim und Ben kamen herausgestürmt.

»Hallo, Tante Anna!«, riefen sie begeistert, als ich ausstieg. »Da bist du ja endlich! Mama wartet schon auf dich! Willst du unsere neuen Zimmer sehen? Und Ben hat ein neues Fahrrad. Sein altes wurde geklaut.«

»Hallo, ihr beiden! Ja, da bin ich endlich. Mensch, aus euch sind richtig große Jungs geworden!«, stellte ich fest. »Na klar, schaue ich mir alles an.«

Britta, in Jeans und blauem Pullover, kam strahlend aus dem Haus und rief ihren beiden Sprösslingen hinterher: »Das hat doch bis später Zeit, lasst sie doch erstmal richtig ankommen!«

Britta begrüßte mich herzlich.

»Wie schön, dass du da bist, Anna. Hattest du eine gute Fahrt?«

»Die Fahrt an sich war nicht das Problem«, präzisierte ich. »Ich habe über fünf Stunden auf dem Autozug verbracht. Das ist kaum zu glauben! Mir tut jetzt noch alles weh vom langen Sitzen. Dummerweise habe ich kein Buch eingepackt, weil ich mir erst hier eins kaufen wollte. Ich wollte dich anrufen, aber der Akku meines Handys war leer. Wenn es draußen kalt ist, gibt er schneller als sonst den Geist auf.«

Britta nickte betreten und sagte: »Ich habe im Radio gehört, dass es einen Unfall gegeben hat und eins und eins zusammengezählt. Du Arme! Aber jetzt komm rein, bestimmt möchtest du etwas trinken und essen.«

»Oh gerne! Ich hatte unterwegs bloß einen faden Tee, eine lauwarme Cola und ein Brötchen zäh wie Gummi.« Ich verzog übertrieben das Gesicht, worauf Britta lachte.

»Na, dann ist ein Stück Friesentorte mit einer Tasse kräftigem Tee genau das Richtige für dich.«

»Klingt perfekt!« Ich folgte Britta, während die Kinder bereits ins Haus vorgelaufen waren.

»Meine Güte sind die beiden groß geworden«, wiederholte ich an Britta gewandt.

»Stimmt, da merkt man, wie schnell die Zeit vergeht.« Britta musterte mich und fuhr fort: »Ehrlich, Anna, du siehst toll aus, vielleicht ein bisschen müde, aber in nächster Zeit kannst du dich wunderbar erholen und ausspannen. Du wirst sehen, du wirst dich wie neu geboren fühlen.«

»Das kann ich gut gebrauchen, das war ein hartes Jahr«, bestätigte ich. »Du siehst aber auch super aus. Wie machst du das bloß mit Kindern, Mann, Hotel?«

Sie lachte und zuckte die Schultern. Wir betraten die Küche, und Britta bot mir einen Platz am gedeckten Küchentisch an, auf dem eine gläserne Kanne Tee auf einem Stövchen und Friesentorte auf uns warteten.

»Ist Jan auch zu Hause?«, erkundigte ich mich und nahm Platz.

»Jan ist im Hotel, er kommt später zum Abendessen. Wir haben die Handwerker vor Ort. Da ist es besser, wenn jemand von uns für Rückfragen da ist. Der Winter eignet sich hervorragend, um die Spuren der letzten Saison zu beseitigen und sich auf den Ansturm zu Weihnachten und Silvester vorzubereiten«, machte Britta deutlich, schenkte mir Tee ein und bugsierte ein Stück Torte auf meinen Teller.

Friesentorte aß ich für mein Leben gern. Ich hatte einmal versucht, diese typisch nordfriesische Tortenspezialität selbst zu backen, war aber bereits bei der Herstellung des Blätterteigs kläglich gescheitert. Letztendlich war es ein unansehnlicher Haufen aus Sahne, Pflaumenmus und matschigem Teig geworden, der nicht annähernd an das Original erinnerte.

»Danke, Britta. Das sieht hervorragend aus! Hast du sie selbst gemacht?«

»Oh, nein, die ist gekauft. So gut bekomme ich das nie hin, die Hoffnung habe ich schon lange begraben. Man muss sich schließlich nicht selbst demütigen.«

»Ich weiß, was du meinst. Sag mal, habt ihr viele Buchungen zum Jahresende?«, wollte ich wissen und steckte mir mit der Kuchengabel ein Stück Friesentorte in den Mund. Sie schmeckte himmlisch.

»Wir sind komplett ausgebucht wie jedes Jahr. Die Zeit über Weihnachten und Silvester ist für uns ebenso wichtig wie der Sommer. Dann ist Hauptsaison, und die Insel erwacht während dieser Zeit zu neuem Leben, bevor sie anschließend bis Ende Februar in den Winterschlaf fällt. Bis zu den Feiertagen kannst du in einem der Apartments wohnen, danach finden wir eine Lösung. Ich dachte, es wäre eine gute Idee, dich im Hotel unterzubringen. Unser Gästezimmer hier im Haus ist ein bisschen klein. So kannst du dich freier bewegen und hast mehr Ruhe. Natürlich bist du auch hier jederzeit gern gesehen.«

»So lange wollte ich euch nicht belästigen«, entgegnete ich scherzhaft. »Weihnachten wollte ich spätestens zu Hause sein. Du kennst meine Eltern, den 24. Dezember muss ich bei ihnen verbringen, daran führt kein Weg vorbei, sonst bricht für meine Mutter eine Welt zusammen.«

»Ja, das alljährliche Gezerre zu Heiligabend. Meistens muss einer von uns ohnehin ins Hotel. Aber so ist das eben. Allerdings haben wir seit einiger Zeit einen neuen Mitarbeiter, der ist wirklich klasse. Er wird Weihnachten den Dienst übernehmen. Ein wahrer Glücksgriff, sage ich dir. Du kannst dir nicht vorstellen, wie schwierig es ist, heutzutage qualifiziertes Personal zu finden.«

»Das habe ich des Öfteren gehört.«

»Hast du eigentlich mittlerweile eine Idee, was es mit der Testamentseröffnung auf sich haben könnte?«

»Nein. Ich habe lediglich dem Notar mitgeteilt, dass ich nach Sylt komme. Übermorgen treffe ich ihn, allerdings nicht in seiner Kanzlei in Keitum. Er hat mir eine Adresse in Morsum gegeben. Mehr wollte er am Telefon nicht sagen.«

»Merkwürdige Sache«, überlegte Britta. Dann sah sie auf ihre Armbanduhr. »Oh, ich muss gleich rüber ins Hotel. Auf dem Weg bringe ich die Jungs zum Fußball. Wollen wir uns gleich dort treffen? Dann zeige ich dir deine Unterkunft«, schlug Britta vor.

»Prima Idee! Vorher mach ich einen Abstecher zum Supermarkt und bevorrate mich mit allem, was ich für die nächsten Tage brauche. Ich habe nämlich nicht viel mitgenommen. Ich glaube, ich bin noch nie derart spontan verreist.«

»Okay, dann sehen wir uns im Hotel. Oh, Anna, ich freue mich, dass du da bist! Wir werden bestimmt eine tolle Zeit haben.«

»Ganz sicher. Ich freue mich, dass es nach langer Zeit geklappt hat«, erwiderte ich und trank schnell meine Tasse aus.

Der letzte Sonnenstrahl des Tages hatte sich in schwachem Rosa am Horizont verabschiedet. Dunkelheit lag über der Insel, und ein leichter Westwind ließ mich frösteln, als ich zu meinem Auto ging. Ich fuhr zurück nach Westerland und parkte meinen Wagen auf dem Parkplatz eines großen Supermarktes. Im Laden schlenderte ich durch die Gänge und legte alles in meinen Einkaufswagen, was mir für eine Ferienwohnung-Grundausstattung wichtig erschien. Natürlich landete mehr im Einkaufswagen, als ich benötigte, darunter eine Tafel Schokolade und eine Tüte Gummibärchen. Ich mochte Gummibärchen, aber Schokolade liebte ich abgöttisch. Ich war ein regelrechter Schokoladenjunkie. Als krönenden Abschluss fand eine Packung Zimtsterne ebenfalls den Weg in meinen Einkaufswagen. Die gehörten in der Weihnachtszeit unbedingt dazu. Zu meiner Freude gab es keine langen Warteschlangen an den Kassen. Ich konnte mir sogar aussuchen, an welcher Kasse ich die Kassiererin von ihrer Langeweile befreien durfte. Gut gelaunt und bepackt mit meinen prall gefüllten Einkaufstüten steuerte ich auf mein Auto zu. Was mich dort allerdings erwartete, ließ meine gute Laune schlagartig schwinden. Neben meinem Auto stand eine ältere Dame umgeben von zwei Polizeibeamten und wedelte aufgeregt mit den Armen, als wolle sie einen Schwarm Moskitos vertreiben, der es auf sie abgesehen hatte. Mit einem mulmigen Gefühl in der Magengegend näherte ich mich dem Trio.

»Hallo!«, sagte ich, und mir erschloss sich augenblicklich der Grund dieser Zusammenkunft.

Der rechte hintere Kotflügel meines Wagens sowie ein Teil des Stoßfängers waren bei einem Parkversuch erheblich in Mitleidenschaft gezogen worden.

»Ach nein, nicht schon wieder«, seufzte ich.

Vor drei Wochen war mir eine junge Frau beim Rückwärtsfahren in den vorderen linken Kotflügel gefahren. Sie hatte eine freie Parklücke entdeckt, blitzartig den Rückwärtsgang eingelegt und zurückgesetzt, ohne sich zu vergewissern, ob jemand hinter ihr stand. Der Jemand war ich. Sie entschuldigte sich vielmals, und die Versicherung regulierte den Schaden anschließend schnell und unbürokratisch.

»Moin, sind Sie die Halterin dieses Fahrzeuges?«, fragte mich der vollbärtige Beamte. Er war die Ruhe selbst. Für ihn gehörten Schadensszenarien wie dieses vermutlich zum Alltag, und er blieb deshalb gelassen. Außerdem handelte es sich nicht um seinen Wagen, der etwas abbekommen hatte.

»Ja, der Wagen gehört mir. Was ist passiert? Ich stehe ganz korrekt in der Parklücke«, rechtfertigte ich mich und deutete in Richtung der beiden weißen Begrenzungslinien.

Ehe der Polizist antworten konnte, meldete sich die ältere Dame aufgeregt zu Wort. Das wäre ihr noch nie passiert, es täte ihr leid und sie käme selbstverständlich für den Schaden auf, jammerte sie. Sie hätte beim Ausparken zu weit ausgeholt und meinen Wagen touchiert. Während der bärtige Polizist versuchte, die aufgeregte Frau zu beruhigen, kam der zweite Beamte auf mich zu. Er war schätzungsweise 1,90 Meter groß und jünger als sein Kollege.

»Na«, stellte er mit Blick auf mein demoliertes Auto fest, »wenigstens ist er fahrtüchtig.«

»Das ist eher ein schwacher Trost, finden Sie nicht?«, erwiderte ich und stellte meine Einkaufstüten ab, denn die Henkel schnitten mir in die Finger und drohten obendrein jeden Augenblick zu reißen.

»Darf ich Sie um Ihre Personalien bitten?«, fuhr der Polizist, ohne eine Miene zu verziehen, fort.

Seine Art konnte man nicht als unhöflich bezeichnen, aber er verhielt sich reservierter als sein Kollege mit Bart.

»Ja, natürlich, mein Name ist Anna Marietta Bergmann.«

Er sah mir direkt in die Augen, was meinen Herzschlag rapide beschleunigte. Seine dunklen Augen und das schwarze Haar verliehen ihm eine attraktive Ausstrahlung, wie ich feststellen musste, und ich hoffte inständig, nicht im Handumdrehen rot anzulaufen. Seine Gegenwart machte mich nervös. Polizeibeamte machten mich generell nervös, obwohl ich mir noch nie etwas zuschulden hatte kommen lassen. Es bestand also kein Grund, in irgendeiner Weise in Hektik zu verfallen.

Um Fassung bemüht fügte ich – überflüssigerweise – hinzu: »Marietta ist mein Zweitname. Das ist der Name meiner Oma und steht bloß im Ausweis, ich werde nur Anna gerufen.«

Er sah mich an und zog eine Augenbraue hoch. Daraufhin plapperte ich weiter. »Ich mache zurzeit Urlaub bei meiner besten Freundin hier auf der Insel und bin erst vorhin angekommen. Ich wollte bloß einige Sachen einkaufen. Das eine oder andere braucht man schließlich in einem Apartment. Ich wohne im Hotel Syltstern.«

Er machte sich Notizen und bat mich anschließend um die Fahrzeugpapiere und den Führerschein. Während er sich meinen Papieren widmete, blickte ich in Richtung der Unfallverursacherin. Sie redete unaufhörlich auf den bärtigen Polizeibeamten ein, als sie plötzlich schneeweiß wurde und in sich zusammensackte. Der Polizist konnte sie im letzten Moment auffangen, sonst wäre sie zu Boden gegangen.

»Nick«, rief er seinem Kollegen zu, »ruf einen Rettungswagen, schnell!«

Der Rettungswagen war binnen weniger Minuten vor Ort, und die Sanitäter kümmerten sich um die Frau. Da ich nicht mehr gebraucht wurde und alle Formalitäten erledigt waren, konnte ich ins Hotel fahren. Zum zweiten Mal an diesem Tag musste ich Britta warten lassen.

Mit Verspätung kam ich im Hotel an, wo Britta mich besorgt an der Rezeption empfing.

»Anna, ist alles in Ordnung? Wir haben uns Sorgen gemacht, wo du bleibst. Hast du den gesamten Laden leer gekauft?«, zwinkerte sie mir zu.

»Nein, das war nicht der Grund«, versicherte ich. »Könnte ich wohl einen Schnaps bekommen?«

In diesem Augenblick gesellte sich Brittas Mann Jan zu uns.

»Um diese Zeit?«, grinste er und blickte demonstrativ auf seine Armbanduhr. »Hallo, Anna, schön, dich wiederzusehen!«

Er umarmte mich herzlich. Auf Brittas Drängen hin gab ich eine kurze Zusammenfassung von dem, was mir gerade widerfahren war.

»Welches Pech! Jetzt setz dich erst mal. Ich hole dir

etwas auf den Schreck«, sagte Britta und verschwand in einem angrenzenden Raum.

»Ich werde bei Ole in der Werkstatt anrufen«, bot Jan an. »Deinen Wagen kriegen wir schnell wieder flott. Ich sehe mir das nachher an.«

»Um den Blechschaden mache ich mir keine großen Sorgen. So schlimm ist es nicht. Mit der Versicherung dürfte es keine Probleme geben«, entgegnete ich. »Mir tut die Frau leid. Sie hat sich derart aufgeregt, dass ein Rettungswagen kommen musste.«

»War bestimmt nur der Kreislauf, das kommt bei älteren Leuten vor«, erklärte Jan in seiner typischen Art, während er sein Handy nach der Telefonnummer der Werkstatt durchsuchte.

Britta kam mit einem Glas in der Hand zurück. »Trink das, das hilft.«

»Was ist das?«, fragte ich mit einem skeptischen Stirnrunzeln und roch vorsichtig an der braunen Flüssigkeit.

»Sylter Nationalgetränk, trink!«, forderte Jan mich auf und zwinkerte seiner Frau zu.

Pflichtbewusst setzte ich das Glas an meine Lippen und tat wie mir geheißen.

»Oh Gott, das brennt einem ja die Mandeln weg!«, presste ich hervor und verzog das Gesicht zu einer Grimasse.

Ich hatte das Gefühl, eine Feuerwalze würde meine Speiseröhre entlanglaufen, und Tränen standen mir in den Augen. Hastig wischte ich sie mit dem Handrücken weg.

Jan und Britta konnten sich vor Lachen kaum halten. In diesem Augenblick ging die Tür auf und der große Polizeibeamte, mit dem ich kurz zuvor auf dem Parkplatz des Supermarktes gesprochen hatte, betrat die Rezeption.

»Moin«, grüßte er in die Runde.

»Moin, Nick, lange nicht gesehen, wie geht's?«, erwiderte Jan die Begrüßung. Ihm standen noch immer Lachtränen in den Augen.

»Gut«, entgegnete Nick.

»Seid ihr weiter, was die Einbruchserie angeht? Die tanzen euch scheinbar auf der Nase herum«, erkundigte sich Jan.

»Nein, keine neuen Hinweise«, erklärte er kopfschüttelnd und wandte sich dann an mich. »Ich glaube, das hier brauchen Sie noch.« Er hielt mir meine Fahrzeugpapiere vor die Nase.

»Oh, danke!«, erwiderte ich und nahm die Dokumente an mich. In dem ganzen Durcheinander hatte ich völlig vergessen, sie einzustecken. »Wie geht es der älteren Dame?«, erkundigte ich mich.

Meine Stimme klang leicht krächzend und mein Hals fühlte sich wund an. Ich konnte den Weg, den sich die hochprozentige Flüssigkeit durch meinen Körper genommen hatte, deutlich nachvollziehen.

»Sie wurde vorsorglich ins Krankenhaus gebracht. Vermutlich eine Kreislaufschwäche.«

Mit diesen Worten wandte er sich ab und steuerte auf den Ausgang zu. »Tschüss.«

»Kreislaufschwäche! Habe ich doch gleich gesagt«, triumphierte Jan, aber weder Britta noch ich gingen darauf ein.

Ich blickte Nick durch das Fenster nach, wie er draußen in den wartenden Streifenwagen stieg und wegfuhr. Britta beobachtete mich mit einem amüsierten Gesichtsausdruck.

»Was ist?«, wollte ich wissen.

»Ach, nichts«, wiegelte sie mit scheinheiliger Miene ab.
»Ich weiß, was du denkst. Vergiss es!«, gab ich zurück.
Bevor sie antworten konnte, meldete sich Jan erneut zu Wort. »Den kannst du getrost vergessen, Anna. An unserem ›Eismann‹ hat sich schon manche Frau die Zähne ausgebissen. Die Mühe kannst du dir sparen! Ich gehe mir mal deinen Wagen ansehen.«
»Jan! Also wirklich!«, empörte sich Britta.
Doch dieser war bereits auf dem Weg nach draußen.
»Was meint Jan? Wieso nennt er ihn ›Eismann‹?«, verlangte ich nach einer Erklärung von meiner Freundin.
»Ach, das ist eine lange Geschichte. Erzähle ich dir ein anderes Mal, okay? Jetzt zeige ich dir deinen Unterschlupf für die Zeit auf Sylt. Ich bin gespannt, wie er dir gefällt.«
Britta hielt mir demonstrativ einen Schlüssel vor die Nase. Ich griff nach meiner Tasche, ließ meine Fahrzeugpapiere darin verschwinden und folgte ihr.

Die Apartments lagen in einem zweistöckigen Gebäude in unmittelbarer Nähe zum Haupthaus und verfügten alle über einen separaten Eingang, was ihnen einen Reihenhauscharakter verlieh. Im Flur neben der Eingangstür führte eine geschwungene Treppe nach oben. In der unteren Etage befand sich das Badezimmer mit einer großzügigen Dusche. Der Wohnbereich verfügte über eine einladende Sofaecke. Auf der gegenüberliegenden Seite befand sich ein Esstisch mit vier Stühlen, an den sich eine Küchenzeile anschloss. Die gesamte obere Etage war offen gestaltet mit einem großzügigen Balkon und stellte den Schlafbereich dar. Von dem riesigen Bett aus, auf dem viele farblich aufeinander abgestimmte Kissen drapiert waren, konnte man den Blick in die Dünen genießen. Mein

Hauptaugenmerk allerdings galt der frei stehenden Badewanne vor dem Fenster.

»Und? Sag schon, gefällt es dir?«, drängelte Britta wie ein ungeduldiges Kind.

»Britta, ich bin sprachlos. Das ist einfach überwältigend! Ich glaube nicht, dass ich mir diesen Luxus leisten kann. Das sprengt definitiv mein Budget.«

Britta lachte laut. »Mach dir darum keine Sorgen, Anna! Du bist selbstverständlich unser Gast! Von dir nehmen wir doch kein Geld! Ich freue mich, dass es dir gefällt. Du weißt, dein Urteil ist mir äußerst wichtig.« Mit einem Blick auf ihre Armbanduhr sagte sie: »So, ich muss die Jungs vom Sport abholen. Du kommst doch heute Abend zum Essen zu uns?«

Dies war mehr eine Aufforderung als eine Frage.

»Gerne, aber zunächst brauche ich ein bisschen Zeit, um alles auszupacken.«

»Falls dir etwas fehlen sollte, sag einfach an der Rezeption Bescheid. Sie ist momentan nur bis 19.30 Uhr besetzt, ansonsten gibt es aber eine Notfallnummer. Mit deinem Apartmentschlüssel kommst du auch ins Haupthaus.«

»Okay, es wird schon keinen Notfall geben.«

»Das will ich hoffen. Also, dann um 19.00 Uhr bei uns.«

Britta drückte mich und eilte die Treppe nach unten.

Nachdem ich meine Sachen im Schrank und den Kommoden verstaut hatte, setzte ich mich erschöpft mit einem Glas Wasser auf das Sofa und blätterte in einem Sylter Magazin, das auf dem Couchtisch lag. Beim Durchblättern der Zeitschrift stieß ich auf einen Veranstaltungskalender und nahm mir vor, einige Angebote während meiner Anwesenheit auf der Insel in Anspruch zu nehmen.

Auf keinen Fall wollte ich die Führung durch das Dorf Keitum verpassen, denn es galt als eines der schönsten Orte der Insel. Dutzende Male war ich in der Vergangenheit durch das Dorf geschlendert und war stets aufs Neue verzaubert von den reetgedeckten Häusern mit den hohen alten Bäumen in den Gärten. Gern hätte ich mehr über das alte Kapitänsdorf gewusst. Im Winterkleid versprühte es einen ganz besonderen Reiz. Welche Geschichten verbargen sich hinter den Mauern dieser stolzen Kapitänshäuser, und wie vielen Stürmen hatten sie getrotzt? Ein weiterer Punkt auf meiner Liste der Erkundigungen galt Morsum, eines der Ostdörfer. Dieser Teil der Insel war bei meinen Besuchen bislang zu kurz gekommen. Bis auf das Morsumkliff hatte ich nicht viel gesehen. Der Seifenmanufaktur am Morsumer Bahnhof wollte ich unbedingt einen Besuch abstatten, in der Hoffnung, dort eine Kleinigkeit für meine Mutter zu finden als kleines Dankeschön fürs Blumengießen.

Kurz vor 19.00 Uhr bog ich mit meinem lädierten Auto in die Auffahrt der Familie Hansen ein. Ehrlich gesagt, hätte ich diesen Abend gerne mit einem Bad in der schönen Badewanne in meinem Apartment ausklingen lassen, aber ich wollte Britta nicht enttäuschen. Nach dem anstrengenden Tag fielen mir regelrecht die Augen zu und ich hätte im Stehen einschlafen können, doch ich riss mich zusammen. Eine halbe Stunde später saßen wir alle am Esszimmertisch im Hause Hansen und ließen uns das köstliche Essen schmecken, das Britta gezaubert hatte.

»Wie lange bleibst du denn, Tante Anna?«, wollte Tim wissen, während er eine Tomate aussortierte und sie an den Rand seines Tellers schob.

»Genau weiß ich es noch nicht. Magst du keine Tomaten, Timmy?«

»Nee! Die sind innen so glibberig! Das ist eklig.« Er verzog angewidert das Gesicht.

»Wieso hast du keinen Mann mitgebracht?«, mischte sich Ben in das Gespräch ein.

Ich musste schmunzeln, als ich Brittas mahnenden Blick in Richtung ihres Sohnes sah. Die Äußerung schien ihr außerordentlich peinlich zu sein.

»Ich habe im Moment keinen Freund, Ben, deshalb bin ich allein gekommen. Findest du das schlimm?«

»Hm«, er überlegte angestrengt. »Eigentlich nicht, aber vielleicht findest du auf Sylt einen. Papa hat gesagt, dass …«

»So, es ist reichlich spät. Morgen ist auch noch ein Tag. Ab ins Bett mit euch, Tim, Ben«, unterbrach Britta die Unterhaltung.

»Aber Mama, morgen ist Samstag«, protestierte Tim und blickte Hilfe suchend zu seinem Vater.

»Keine Diskussion, ihr habt doch gehört, was eure Mutter gesagt hat. Abflug!«

Beide Kinder ließen demonstrativ die Köpfe hängen und standen widerwillig vom Tisch auf.

»Zähneputzen nicht vergessen!«, rief Britta ihnen nach, als sie die Treppe nach oben verschwanden.

»Möchtest du noch einen Schluck Wein, Anna?«, fragte mich Jan und hielt die Flasche bereits über mein Glas.

»Nein danke, er schmeckt hervorragend, aber ich muss fahren. Zu Fuß ist der Weg ein bisschen weit bis nach Westerland und stockdunkel dazu«, erwiderte ich.

»Wir rufen dir ein Taxi«, schlug Britta vor. »Dann kann Jan dein Auto gleich morgen früh mitnehmen und bei Ole in der Werkstatt abgeben. Dann musst du nicht extra dort hinfahren. Was meinst du?«

»Ja, wenn dir das wirklich nichts ausmacht, Jan?«, überlegte ich.

»Kein Problem, das liegt auf meinem Weg. Abends kann mich Britta nach Hause mitnehmen. Also, dann mal her mit deinem Glas und dem Autoschlüssel!«

Während die Kinder längst in ihren Betten schlummerten, erzählten wir noch immer bei Wein und Espresso von alten Zeiten und schwelgten in gemeinsamen Erinnerungen.

»Wie geht es eigentlich Marcus?«, fragte Jan plötzlich und missachtete den drohenden Blick seiner Frau.

»Keine Ahnung, ich habe lange nichts mehr von ihm gehört«, erwiderte ich in sachlichem Ton, ärgerte mich jedoch, dass Jan jedes Mal in der alten Wunde herumzustochern begann.

Die beiden Männer konnten sich nie besonders gut leiden, daher verwunderte mich seine Frage.

»Und sonst?«, hakte Jan nach.

»Falls du mit der Frage auf einen neuen Mann in meinem Leben anspielst, muss ich dich enttäuschen, aber es geht mir auch ohne gut.«

»Weißt du, wen ich neulich auf der Insel gesehen habe?«, versuchte Britta das Gespräch in eine andere Richtung zu lenken. »Dirk Meissner! Weißt du noch? Der Mädchenschwarm aus der 10b!«

»Ach, du meine Güte! Ja, ich erinnere mich an ihn. Wo hast du ihn getroffen?«

»Der spazierte neulich die Friedrichstraße entlang. Ich habe ihn allerdings erst beim zweiten Hinsehen erkannt.

Seine Attraktivität von damals muss er wohl zu Hause vergessen haben«, kicherte Britta und hielt sich eine Hand vor den Mund.

»War er allein?«, hakte ich neugierig nach.

»Nein, er war mit einer Frau und drei Kindern unterwegs.«

»Echt? Ausgerechnet der und ein Familienmensch? Er hat doch immer getönt, er würde sich niemals festlegen und wollte das Leben in vollen Zügen auskosten. Schließlich wäre der Planet voll mit hübschen Frauen. Feste Beziehungen fand er spießig.«

»Da kann man sehen, wie sich Dinge ändern können. Damals waren alle Mädchen unsterblich in ihn verliebt.«

»Stimmt. Erinnerst du dich an die Klassenfahrt nach Eutin? Er hatte diese Macke, sich bei jeder Gelegenheit seine Zähne zu putzen. Und als die Jungs Fußball gespielt haben und wir vom Spielfeldrand aus zugeschaut haben, durfte ich seine Zahnbürste halten. Mein Gott, war ich stolz!«, schwelgte ich in der Vergangenheit.

Plötzlich konnten wir uns vor Lachen kaum halten, nur Jan sah uns an, als ob wir komplett den Verstand verloren hätten. Er schüttelte ungläubig seinen Kopf und stand auf, um eine weitere Flasche Wein zu holen.

»Ich hole mal Nachschub. Bin gespannt, was ich heute noch alles erfahre«, murmelte er auf dem Weg in die Küche.

Auf diese Weise kam an diesem Abend eine Erinnerung nach der anderen zutage, und die Zeit verflog. Als es weit nach Mitternacht war, beschloss ich nach Westerland zurückzufahren.

»Jetzt muss ich dringend ins Bett, ich bin hundemüde. Das war echt ein langer Tag«, fasste ich zusammen und konnte mit Müh und Not ein Gähnen unterdrücken.

»Ich rufe dir ein Taxi«, sagte Jan und erhob sich von seinem Stuhl.

»Frühstücken kannst du morgen im Hotel. Ich habe unserer Angestellten Sophia Bescheid gesagt, dass sie einen Fensterplatz für dich reservieren soll«, bot Britta mir an.

»Das ist wirklich nicht nötig. Ich möchte euch keine Umstände machen, wo ich schon derart feudal wohnen darf«, erwiderte ich.

»Kein Problem. So wie du aussiehst, müssen wir keine Sorge haben, dass du uns mit deiner Gefräßigkeit ruinierst«, scherzte sie.

»Seeluft macht hungrig!«, gab ich mit einem Augenzwinkern zu bedenken.

Die Entscheidung nach Sylt zu fahren, war richtig, dachte ich, während ich im Taxi durch die Nacht fuhr. Obwohl ich nicht geplant hatte, hierher zu fahren, brauchte ich doch dringend eine Auszeit. In der letzten Zeit kam ich mir vor, als würde ich mich im Kreis drehen. Ich funktionierte, ohne Fragen zu stellen, und der stressige Alltag versperrte mir die Sicht auf das Wesentliche. In der Vergangenheit hatte ich mehrfach darüber nachgedacht, den Schritt in die Selbstständigkeit zu wagen, den Gedanken jedes Mal aber schnell verworfen. Mir fehlte bislang der Mut. Hier auf Sylt hatte ich genügend Zeit, die Dinge in Ruhe von allen Seiten zu beleuchten. Warum kam ich gerade jetzt darauf? Und was würde in den nächsten Tagen auf mich zukommen? Sollte Johannes von Waldenbach mir tatsächlich etwas hinterlassen haben? Wenn ja, was konnte es sein? Auf all diese Fragen hatte ich momentan keine passenden Antworten. Vermutlich war meine verstärkte Grübelei auf die drei Gläser Wein zurückzuführen, die ich im Laufe des Abends getrunken hatte. Ich war nicht betrunken, aber auch nicht mehr nüchtern. Obgleich ich reichlich gegessen hatte, spürte ich die Wirkung des Alkohols deutlich. Um mich aus dem Gedankenkarussell zu befreien, begann ich ein Gespräch mit der Taxifahrerin.

KAPITEL 6

»Moin. Darf ich bekannt machen? Lasse Thomsen, unser neuer Polizeischüler«, stellte Hannes Sönnemann, Revierleiter des Westerländer Polizeireviers, den Neuankömmling dem Kollegenkreis vor. »Wie der Name Thomsen vermuten lässt, ist Lasse der Sohn unseres geschätzten Kollegen Anders Thomsen. Einige von euch kennen bestimmt auch noch Gunnar Thomsen, seinen – man darf schon sagen – legendären Großvater. Ich erinnere an die spektakuläre Geiselnahme im Jahre 1988, die nur durch seine Entschlossenheit und seinen Mut ein glimpfliches

Ende gefunden hat. Thomsens sind eine Polizistenfamilie mit Leib und Seele. Lasse kommt frisch von der Polizeischule und wird uns die nächsten drei Monate im täglichen Dienst tatkräftig unterstützen. Nicht wahr, mein Junge?«

Der junge Mann kniff die Lippen zusammen und sah in die Runde.

»Uwe? Wo bist du?« Hannes Sönnemann blickte durch die Reihen.

»Ich bin hier, Hannes«, meldete sich Kollege Wilmsen und hob die Hand. Vermutlich hatte er das große Los gezogen, den Frischling in seine Obhut zu nehmen.

»Du übernimmst alles Weitere, okay?«

»Klar. Kein Problem.« Sein Gefühl hatte ihn nicht im Stich gelassen, er war der Auserwählte.

»Schön, das wäre geklärt. Dann wünsche ich allen einen erfolgreichen Tag.«

Mit diesen Worten löste Sönnemann die kurzfristig einberufene Versammlung auf.

»Bingo«, raunte Nick dem Kollegen Uwe zu. »Wenn du mich fragst, sieht der aus, als hätte er überhaupt keinen Bock auf den Job. Tradition hin oder her.«

»Da täuschst du dich. Ich kenne die Familie. Lasse ist schon als kleiner Steppke mit der Polizeimütze auf dem Kopf rumgelaufen. Jeder musste seinen Ausweis zeigen, der zu Besuch kam. Die Ansprache vom Chef und der ganze Wirbel um seine Familie waren ihm halt unangenehm. Das wäre es mir auch. Der Junge steht im Fokus und unter enormem Erfolgsdruck.«

»Mit Sicherheit, der tut mir jetzt schon leid«, murmelte Nick.

»Dann wollen wir mal, Lasse«, widmete sich Uwe dem jungen Kollegen und ging auf ihn zu. »Am besten kommst du erstmal mit in unser Büro. Dort gebe ich dir deinen Dienstplan für die nächste Zeit.«

»Geh ich mit euch raus?«, fragte Lasse und sah erst Uwe, dann Nick an.

»Na klar, aber nicht ausschließlich mit uns beiden. Du sollst so viel wie möglich von der praktischen Arbeit kennenlernen. Für die Theorie kannst du in der Schule büffeln.« Uwe lachte. »Du wirst die Kollegen bei allen Einsätzen und Streifenfahrten begleiten.«

»Okay.«

»Bestimmt hast du mitbekommen, dass momentan viel eingebrochen wird auf der Insel, vorzugsweise in Luxusvillen in Alleinlage. Da ist unsere Aufmerksamkeit verstärkt gefragt«, erklärte Uwe.

»Haben Sie denn schon Hinweise auf die Täter, Herr Wilmsen?«, erkundigte sich Lasse interessiert.

»Ich bin Uwe, wir duzen uns hier unter Kollegen. Nein, bislang haben wir keine Spuren, die uns einen entscheidenden Schritt weiterbringen würden. Aber irgendwann werden die Täter uns ins Netz gehen, das kann nicht mehr lange dauern. Schließlich haben wir jetzt tatkräftige Unterstützung! Wenn sich unter den Ganoven rumgesprochen hat, dass ein weiterer Thomsen ermittelt, ergreifen sie ohnehin die Flucht.« Er klopfte dem jungen Kollegen aufmunternd auf die Schulter, der verlegen einen Mundwinkel hochzog.

»Uwe?«, ertönte plötzlich eine Stimme vom anderen Ende des Flurs.

»Was gibt's?«

»Vorhin ist ein Notruf eingegangen. Es hat einen weiteren Einbruch gegeben, dieses Mal mit Personenschaden.«

»Verdammt«, fluchte Uwe verhalten. »Wie schlimm?«

»Der Mann wurde mit einer Kopfverletzung in die Klinik eingeliefert. Er konnte bislang nicht vernommen werden, befindet sich aber außer Lebensgefahr. Bei ihm handelt es sich um den Hauseigentümer. Offenbar wurde er bei Betreten seines Hauses von den Einbrechern überrascht und niedergeschlagen. Mehr kann ich dir im Augenblick leider nicht sagen. Die Putzfrau hat ihn heute Morgen gefunden und uns alarmiert.«

»Okay, danke für die Info. Ich fahre gleich mal ins Krankenhaus. Hat schon jemand Achtermann Bescheid gegeben?«

Der Kollege schüttelte den Kopf. »Nein, das sollst du machen.«

»Warum ausgerechnet ich?«, erkundigte sich Uwe stirnrunzelnd.

»Anordnung vom Chef, da Regina weiterhin krankgeschrieben ist.« Der Polizeibeamte zuckte entschuldigend die Schultern und verschwand in einem Büro.

»Toll«, seufzte Uwe. »Wenn Personen verletzt werden, hört der Spaß endgültig auf«, sagte er an Lasse gewandt. »Komm mit, ich will mal hören, welche Spuren die Kollegen am Tatort gefunden haben. Und dann muss ich den Staatsanwalt informieren, bevor wir ins Krankenhaus fahren. Eigentlich ist das Aufgabe der Kripo, aber Regina Hölkert, die Chefin, ist noch krank, wie wir eben gehört haben. Die letzten Wochen hat eine Grippewelle Sylt fest im Griff. Die Kollegen fallen reihenweise aus. Täglich flattert eine neue Krankmeldung ins Haus. Ich kann mich nicht erinnern, wann es in der Vergangenheit derart heftig gewesen ist. Das scheint ein wirklich übler Virus zu sein.«

»Dann sollten wir um alle Schnupfnasen einen weiten Bogen machen«, schlug Lasse vor.

»Unbedingt. Wenn das nur so einfach wäre!« Mit diesen Worten stapfte Uwe, gefolgt von dem neuen Kollegen, den Flur entlang zu seinem Büro.

»Ich lasse Sie nur äußerst ungern zu ihm«, betonte die junge Ärztin mit ernster Miene und sah Uwe und Lasse dabei nacheinander eindringlich an.

»Wie schwer sind seine Verletzungen?«, wollte Uwe wissen.

»Herr Winterhoff hat ein mittelschweres Schädel-Hirn-Trauma erlitten. Wir müssen ihn weiterhin beobachten, da sein Zustand nach wie vor kritisch ist.«

»Aber er ist bei Bewusstsein?«, hakte Uwe nach.

»Ja, er ist ansprechbar, was ein gutes Zeichen ist. Er braucht jedoch absolute Ruhe und darf sich unter keinen Umständen aufregen.«

»Wir möchten ihm nur kurz ein paar Routinefragen stellen«, versicherte Uwe der Medizinerin.

»Ich an Ihrer Stelle würde mir nicht allzu große Hoffnungen machen. Herr Winterhoff leidet an einer Amnesie – einem Gedächtnisverlust. Dies ist keine Seltenheit bei Verletzungen dieser Art.«

»Wird er sich niemals mehr erinnern können, was passiert ist?«, fragte Lasse nach.

»Das kann ich Ihnen nicht sagen. In der Regel kehrt das Erinnerungsvermögen früher oder später zurück. Ob der Patient sich später an jede Einzelheit erinnern kann, ist ebenso fraglich. Manchmal sind es lediglich Bruchstücke, die nach und nach in das Gedächtnis zurückkehren. In anderen Fällen bleiben sie für immer vergessen.« Sie zuckte die Schultern.

»Kann man absehen, ob er bleibende Schäden davontragen wird?«, erkundigte sich Uwe.

»Ob die Verletzung irgendwelche neuropsychologischen Dauerfolgen haben wird, können wir zum jetzigen Zeitpunkt definitiv nicht sagen. Völlig auszuschließen ist die Möglichkeit allerdings leider auch nicht. Die nächsten Stunden und Tage werden es zeigen.« Ein Piepsen ertönte. »Oh, das ist für mich. Wenn Sie keine Fragen mehr an mich haben? Ich muss weiter!«

»Nein, haben Sie vielen Dank. Wir werden uns kurz halten«, versicherte Uwe.

Die Ärztin nickte und eilte davon.

»Worauf wartest du?«, fragte Uwe seinen jungen Kollegen, als er im Begriff war, das Krankenzimmer zu betreten.

»Muss ich unbedingt mit rein?«, stammelte Lasse.

»Na sicher. Was ist los?«

»Ich kann Krankenbesuche nicht so gut ab«, gestand er.

»Kannst du kein Blut sehen? Da brauchst du dir keine Sorgen zu machen, da wird kein Blut zu sehen sein. Und jetzt reiß dich zusammen, das gehört zum Job.« Er klopfte dem jungen Mann auf die Schulter und schob ihn durch die Tür. Dann trat Uwe näher an den Mann heran, der mit einem dicken Kopfverband und geschlossenen Augen im Bett lag. Lasse blieb in der Nähe der Tür stehen.

»Herr Winterhoff?«, sprach Uwe den Patienten behutsam an, um ihn nicht zu erschrecken, falls er schlief. Daraufhin öffnete der Mann die Augen und blickte in seine Richtung. »Moin, mein Name ist Uwe Wilmsen, das ist der Kollege Lasse Thomsen. Wir sind vom Polizeirevier Westerland und möchten Ihnen ein paar Fragen bezüglich des Einbruches stellen. Fühlen Sie sich dazu in der Lage? Es dauert auch nicht lange.«

Helmut Winterhoff antwortete nicht, sondern sah Uwe lediglich schweigend an. Er war blass, und seine Lippen glichen zwei dünnen Strichen. Um seine Augen herum lagen dunkle Schatten, die einen starken Kontrast zu seiner hellen Augenfarbe bildeten.

»Haben Sie mich verstanden, Herr Winterhoff?«, setzte Uwe erneut an.

Der Mann hob leicht den Zeigefinger der linken Hand an, was Uwe als Zustimmung deutete.

»Gut. Haben Sie jemanden erkannt, als Sie Ihr Haus betreten haben? Eventuell die Person, die Sie anschließend niedergeschlagen hat?«, fuhr Uwe fort.

Herr Winterhoff gab ein kaum hörbares »Nein« von sich.

»Okay. Ist Ihnen auf dem Weg zu Ihrem Haus irgendetwas anders als sonst vorgekommen? Sind Sie Fußgängern begegnet? Sie könnten unter Umständen wichtige Zeugen sein. Oder haben Sie vielleicht ein auffälliges Fahrzeug bemerkt?« Er dachte an die Reifenspuren in der Nähe des Hauses, die von der Spurensicherung gefunden wurden. Den Abdrücken nach zu urteilen, handelte es sich bei dem Fahrzeug um einen Kleintransporter, wie er gern von Kurierdiensten verwendet wurde.

Herr Winterhoff überlegte einige Sekunden, bevor er erneut antwortete. »Nein, nichts.« Er verzog das Gesicht und kniff die Augen leicht zusammen. Uwe war sich nicht sicher, ob es nur an den Schmerzen lag oder auch auf die Tatsache zurückzuführen war, dass er sich grämte, sich an nichts erinnern zu können. Lasse stand nach wie vor direkt neben der Tür, als wäre er dort festgewachsen.

»Sie können sich wirklich an nichts erinnern«, fasste

Uwe enttäuscht zusammen. Er hatte insgeheim gehofft, wenigstens einen einzigen Anhaltspunkt zu bekommen, sei er auch noch so klein.

»Ich glaube, es ist zwecklos. Er kann sich an nichts erinnern, wie die Ärztin gesagt hat«, bemerkte Lasse mit leiser Stimme.

»Wahrscheinlich hast du recht«, gab Uwe zu. »Lass uns gehen. Vielleicht haben wir beim nächsten Mal mehr Glück.« Er wandte sich ein letztes Mal an Herrn Winterhoff. »Wir kommen ein anderes Mal wieder. Gute Besserung!«

Der Angesprochene deutete ein zaghaftes Kopfnicken an und hielt die Augen bereits wieder geschlossen. Es war nicht zu verkennen, dass ihn die Anwesenheit der Besucher außerordentlich anstrengte. Die beiden Beamten waren eben im Begriff zu gehen, als die Zimmertür aufgerissen wurde und eine Krankenschwester hereinkam. Sie stutzte einen Moment.

»Was machen Sie hier? Wer hat Sie zu ihm gelassen?« Ihr Gesichtsausdruck spiegelte Verärgerung wider. Dann blieb ihr Blick an Lasse Thomsen hängen. »Ach, du bist jetzt auch bei der Truppe?«

Lasse zuckte wortlos die Schultern.

»Ich kann Sie beruhigen, die behandelnde Ärztin hat ihre Zustimmung gegeben. Wir haben Herrn Winterhoff lediglich einige Fragen zum Tathergang gestellt«, fasste Uwe zusammen, um die Frau zu beruhigen.

»Na schön. Der Patient darf sich auf keinen Fall aufregen, das ist Ihnen hoffentlich klar. Wie Sie unschwer erkennen können, geht es ihm nicht gut. Er kann von Glück reden, dass er nach diesem Schlag noch am Leben ist.« Sie warf einen kritischen Blick auf den leise vor sich hin piepsenden Monitor, an den Herr Winterhoff angeschlossen war.

»Woher willst du das wissen? Warst du dabei?«, rutschte es Lasse heraus.

Blitzschnell drehte sie sich mit wütendem Blick zu ihm um. Auch Uwe honorierte diese Aussage mit einem verständnislosen Kopfschütteln. »Du solltest dich lieber nicht so weit aus dem Fenster lehnen, Lasse« zischte sie und fühlte dann demonstrativ den Puls des Verletzten. »Ihr solltet euch besser um die Täter, als um das Opfer kümmern und keine Zeit verlieren«, fügte sie hinzu.

»Wir wollten sowieso gerade gehen«, gab Uwe zu verstehen. »Angenehmen Tag noch.«

»Mein lieber Mann, die hat Haare auf den Zähnen«, stellte er fest, als sie auf den Ausgang zusteuerten. »Was sollte das eben, Lasse? Du trägst eine Uniform und bist im Dienst, verdammt!«

Lasse senkte schuldbewusst den Blick.

»Woher kennt ihr euch?«, wollte Uwe wissen.

»Ist eine Bekannte meiner Mutter. Sie wohnt in Wenningstedt und leitet den dortigen Gospelchor, in dem meine Mutter singt«, erklärte Lasse.

»Und warum sollst du dich nicht so weit aus dem Fenster lehnen?«

»Ich habe ihr als Junge ab und zu einen Streich gespielt. Das hält sie mir wahrscheinlich in 100 Jahren noch vor.«

»Hm«, grummelte Uwe in seinen Bart. »Jedenfalls sind wir in der Sache keinen Schritt weitergekommen.«

»Glaubst du, er wird sich irgendwann erinnern können?«

»Man darf die Hoffnung bekanntlich nie aufgeben. Seine Frau ist auf dem Weg nach Sylt. Vielleicht kann sie sagen, was alles gestohlen wurde. Dann haben wir eventuell die

Chance, die Einbrecher zu erwischen, wenn sie versuchen sollten, die Sachen zu verkaufen. Obwohl so blöd werden sie nicht sein und das Zeug gleich anbieten«, überlegte Uwe.

KAPITEL 7

In meinem Feriendomizil angekommen, konnte ich der Versuchung nicht widerstehen und ließ mir trotz später Stunde ein Bad ein. Mein Körper nahm es dankend an, denn meine Rückenschmerzen waren im Anschluss beinahe vollständig verschwunden.

In dieser Nacht schlief ich tief und fest und wachte erst auf, als ich draußen vor dem Haus laute Stimmen vernahm. Als ich auf meine Armbanduhr sah, war es bereits halb zehn. Für heute Mittag war der Termin für Johannes' Beerdigung festgesetzt, dem ich mit einem mulmigen Gefühl entgegensah.

»Ach du meine Güte«, murmelte ich verschlafen, rieb mir die Augen und reckte mich.

Dann schwang ich mich aus dem Bett, um mich im Badezimmer fertig zu machen und anzuziehen. Anschließend machte ich mich auf den Weg ins Nachbargebäude.

Im Frühstücksraum saßen nur wenige Gäste. Eine junge Frau mit kurzen blonden Haaren in einem geringelten Kleid kam mir lächelnd entgegen.

»Moin, Sie müssen Anna Bergmann sein. Britta hat Sie bereits angekündigt. Ich bin Sophia. Kommen Sie bitte, ich zeige Ihnen Ihren Tisch.«

Sie reichte mir die Hand zur Begrüßung und deutete auf dem Weg zu einem der Tische auf das reichhaltige Frühstücksbuffet. Der Geruch von frisch gebratenem Speck zog mir in die Nase.

»Am Buffet können Sie sich nach Herzenslust bedienen. Falls etwas fehlen sollte, sagen Sie bitte Bescheid, dann legen wir es nach. Tee? Kaffee? Eine Eierspeise?«

»Einen schwarzen Tee und ein Rührei, bitte«, gab ich meine Bestellung auf. »Und sag bitte Anna zu mir.«

»Gerne, der Tee kommt sofort, Anna. Das Ei dauert einen Moment.«

Ich nahm an dem mir zugewiesenen Tisch am Fenster Platz. Von dort aus hatte ich freie Sicht auf den Parkplatz und die Dünen und konnte beobachten, wer kam und ging. Auf jedem der Tische stand eine kleine Vase mit einer echten weißen Rose. Daneben befanden sich auf einem kleinen Tablett ein Milchkännchen und zwei Dosen mit Zucker und Kandis. Neben mir an dem Tisch saß ein junges Paar, das sich offenbar nicht mehr viel zu sagen hatte, denn sowohl die Frau als auch der Mann waren so in ihre Smartphones vertieft, dass sie sich die ganze Zeit nicht einmal ansahen. Die übrigen Gäste waren überwiegend im Rentenalter, vermutete ich, was nicht verwunderlich war, denn augenblicklich war keine klassische Reisezeit. An einem kleinen Tisch in der hinteren Ecke des Frühstücksraumes saß eine Frau allein. Um den Hals trug sie ein auffällig buntes Tuch, und an ihren Ohrläppchen baumelten riesige Ohrringe, die mich an Tausendundeine Nacht erinnerten. Sie war in ein Buch vertieft, griff ab und zu nach ihrer Kaffeetasse und lächelte zufrieden. Ihre Lektüre schien äußerst erheiternd zu sein. Ich kam nicht umhin, immer wieder in ihre Richtung zu sehen, denn ihre Aura strahlte Entspannung und Zufriedenheit aus.

»Dein Tee, er muss noch einen Augenblick ziehen.« Sophia war von mir unbemerkt an meinen Tisch getreten.

»Oh, danke«, erwiderte ich überrascht und nahm die kleine weiße Teekanne entgegen.

Noch im Gehen hielt Sophia kurz inne und kam einen Schritt zurück. »Bevor ich es vergesse: Ich soll dir von Britta ausrichten, dein Fahrrad findest du wie gewohnt in der Garage. Du wüsstest Bescheid.«

»Danke, das ist nett«, erwiderte ich. Britta hatte mal wieder an alles gedacht.

Sophia nickte und entschwand in Richtung Küche. Ich stand auf und ging zum Buffet.

Während des Frühstücks hatte ich beschlossen, mit dem Rad statt mit dem Bus nach Morsum zu fahren, da sich mein Auto zurzeit in der Werkstatt befand. Daher holte ich das Fahrrad aus der Garage. Dieser blaue Drahtesel stand mir während meiner Besuche bei Britta frei zur Verfügung. Mittlerweile war er zu einem verlässlichen Begleiter geworden. Gerade in den Sommermonaten hatte es sich als ratsam erwiesen, die Insel lieber per Rad zu erkunden, um dem allgemeinen Verkehrschaos zu entgehen und die

Umwelt zu schonen. Das Wetter zeigte sich heute gnädig, denn weder Regen noch Sturm waren vorausgesagt, sodass ich mich auf den Weg nach Morsum machen konnte, ohne Gefahr zu laufen, völlig durchnässt zu werden. Für den Weg von Westerland bis zu der Kirche St. Martin benötigte man circa 40 Minuten. Mir blieb daher noch ein wenig Zeit, mir den Ort im Vorfeld genauer anzusehen. Morsum, im östlichen Teil der Insel gelegen und durch Landwirtschaft geprägt, hatte seine Ruhe und Beschaulichkeit in Anbetracht des touristischen Trubels bislang weitgehend bewahren können, wurde mir im Reiseführer mitgeteilt. Das Dorf war unterteilt in Groß- und Kleinmorsum. Ich radelte durch die weitläufige Landschaft, einer Mischung aus Feldern, Wattwiesen und angrenzendem Deichland. Vereinzelt grasten noch ein paar Kühe oder Schafe auf den winterlichen Weiden. Als ich Kleinmorsum erreicht hatte, stieg ich ab und schob mein Fahrrad, um so die alten Friesenhäuser und Bauernhöfe besser ansehen zu können. Einige Höfe waren in den letzten Jahren aufwendig hergerichtet und ebenfalls in Ferienhäuser umgewandelt worden. Die Gärten waren zum Teil bereits neu angelegt worden, was mich von Berufs wegen neugierig machte. Auf solch einem großen Grundstück würde ich mich zu gerne einmal austoben, überlegte ich, während ich vor einem Haus stand. Gleichzeitig musste ich entgegen der Aussage meines Reiseführers erkennen, dass Morsum ebenfalls im Begriff war, sich stark zu verändern. Einheimische wohnten offenkundig kaum noch hier, Hofstellen wurden aufgegeben und zu Feriendomizilen umgebaut, die viele Wochen im Jahr ungenutzt ihr Dasein fristeten. Ich seufzte, denn einerseits konnte ich den Wunsch, eine Immobilie auf dieser wunderschönen

Insel zu besitzen, nachvollziehen, andererseits war diese Entwicklung äußerst kritisch zu sehen. Sollte ich jemals in meinem Leben in die Verlegenheit kommen, mir ein Haus auf Sylt leisten zu können, würde ich mit Sack und Pack herziehen, das stand außer Frage. Diese Insel zog mich, seitdem ich denken konnte, in ihren Bann. Früher verbrachte ich regelmäßig die Sommerferien in Begleitung meiner Oma hier und infizierte mich mit dem Sylt-Virus. Für mich stand nie der Glamour der Prominenten und Möchtegerns, die in der Hauptsaison die Insel überschwemmten, im Vordergrund, sondern die wahre Schönheit und landschaftliche Vielfältigkeit faszinierten mich. Dazu gehörten die endlosen Strände, die im Winter oft menschenleer der rauen Nordsee ausgeliefert waren, wenn sie mit ihren Stürmen darüber fegte. Unzählige Vogelarten lebten, brüteten oder machten Rast auf ihrer Route nach Süden beziehungsweise Norden. Bei meiner letzten Wattwanderung, die einige Jahre zurück lag, hatte ich eine Menge über das Leben mitten im Meer dazugelernt. Letztendlich verzauberte mich bei all meinen Besuchen dieses einzigartige Licht, das die Insel immer wieder in einem neuen Kleid erstrahlen ließ, unabhängig von den unterschiedlichen Jahreszeiten.

Ich sah auf meine Uhr und stellte fest, dass es höchste Zeit war, mich auf den Weg zur Kirche zu machen, wenn ich nicht zu spät kommen wollte. St. Martin als die vermutlich älteste Sylter Kirche – das hatte ich aus einer Broschüre erfahren – erschien mir mit ihren weiß gestrichenen Mauern recht schlicht und wenig spektakulär. Das graue Ziegeldach machte den Eindruck, als sei es erst vor einiger Zeit erneuert worden. Auffällig war, dass die Kirche keinen Glockenturm besaß, im Gegensatz zu St. Severin in Keitum, der dem Betrachter unweigerlich von Weitem ins Auge fiel. Bei St. Martin bildete eine Konstruktion aus dunklen Holzbalken mit einer Glocke, die durch ein spitzes Dach geschützt wurde, den Glockenturm. Das Interessante war, dass der Turm wenige Meter von dem eigentlichen Kirchengebäude entfernt stand, umgeben von Grabstätten. Auf den ersten Blick hätte man annehmen können, er gehöre nicht unmittelbar dazu. Ich stellte mein Fahrrad in einem der Fahrradständer auf dem Parkplatz ab und betrat das Gelände durch eine weiße Pforte mit hölzernem Bogen, in dessen Mitte ein schlichtes Kreuz emporragte. Mir fiel auf, dass verhältnismäßig wenige Autos auf dem Parkplatz standen. Da Johannes von Waldenbach ein bekannter Mann war, hätte ich mit einem größeren Besucheraufkommen gerechnet. Vermutlich waren die Trauergäste überwiegend zu Fuß oder mit dem Taxi gekommen, überlegte ich. An der Eingangstür zur Kirche prangte ein Schild mit der Aufschrift »Tritt ein«. Behutsam drückte ich die Klinke nach unten und betrat den Innenraum. Zu meiner Überraschung musste ich feststellen, dass lediglich die ersten vier Reihen mit Besuchern besetzt waren. Da ich mir ein bisschen wie ein Eindringling vorkam, nahm ich schnell in einer der hinteren Reihen am Gang Platz. Bis auf ein gelegentliches Hüsteln und Räuspern, herrschte Stille. Während wir warteten, spähte ich den schmalen Gang entlang nach vorn. Vor dem Altar stand eine Urne umrahmt von einem schlichten Blumenkranz. Ansonsten war die Kirche bereits weihnachtlich mit Tannengrün und roten Schleifen für die Vorweihnachtszeit geschmückt worden. Unerwartet setzte das Orgelspiel ein und der Pastor nahm neben dem Altar seinen Platz ein. Als der letzte Ton verklungen war, erhob er sich und begann mit der Traueransprache. Im Anschluss erklang erneut das Orgelspiel. Dann nahm der Pastor die Urne und verließ damit feierlich die Kirche, gefolgt von den Trauergästen. Als mich die Gruppe passierte, erkannte ich unter ihnen die Frau, die gestern auf dem Supermarktparkplatz mein Auto beschädigt hatte. Offensichtlich hatte sie sich von dem Kreislaufkollaps erholt und war aus dem Krankenhaus entlassen worden. Ansonsten kam mir niemand der Anwesenden bekannt vor. Ich blieb noch einen Moment sitzen und sah mich um. An den Seitenwänden waren Holztafeln mit einer kompletten Übersicht aller Prediger, die hier im Laufe der Jahre gewirkt hatten, angebracht. Die Kirche war von innen ebenso schlicht gehalten, wie sie es von außen vermuten ließ, von zwei Messingkronleuchtern unter der Decke abgesehen, die mit weißen Kerzen bestückt waren. Schließlich erhob ich mich, um der Trauergesellschaft nach draußen zu folgen, als mein Blick auf ein aufgeschlagenes Buch fiel, das hinter der letzten Bankreihe lag. Neugierig begann ich, darin zu blättern. Bei dem Buch handelte es sich um eine Art Gästebuch, in dem die Besucher ihre Gedanken, Wünsche und Danksagungen mit Datum und Namen festgehalten hatten. Kurzerhand schrieb ich einen letzten Gruß an Johannes von Waldenbach hinter den letzten Eintrag und folgte dann den anderen nach draußen.

KAPITEL 8

Kaum hatte ich das Apartment betreten und meine Tasche abgestellt, hörte ich das Telefon auf dem Tisch klingeln. Während ich noch zur Hälfte in meiner Jacke steckte, nahm ich ab. Der Anrufer entpuppte sich als Britta.

»Hallo, meine Liebe«, hörte ich ihre fröhliche Stimme sagen. »Ich hoffe, die Beerdigung hat dich nicht allzu sehr mitgenommen?« Ehe ich antworten konnte, fuhr sie fort: »Nachher treffe ich mich mit Jans Schwester und ein paar Mädels in der ›Sylter Welle‹. Ich dachte, du hättest vielleicht Lust, uns zu begleiten? Ein kleines Kontrastprogramm gegen düstere Gedanken. Anschließend können wir auch noch in die Saunagrotte gehen.«

»Klar, warum nicht? Ich habe erstens Zeit, zweitens könnte ich Abwechslung gebrauchen und drittens würde ich Wiebke gern wiedersehen. Ich kann mich nicht erinnern, wann ich sie das letzte Mal gesehen habe. Das muss mindestens drei Jahre zurückliegen«, überlegte ich.

»Prima, dass du mitkommst. Dann hole ich dich um 19.30 Uhr ab.«

»Okay, ich warte draußen«, warf ich ein, aber Britta hatte bereits aufgelegt.

Bis ich abgeholt wurde, verblieb noch eine Weile Zeit. Daher beschloss ich, es mir mit einem Krimi auf dem Sofa gemütlich zu machen. Während ich in die Welt von Mord und Verbrechen eintauchte, genehmigte ich mir nebenbei einige von den Zimtsternen, die ich neulich gekauft hatte. Das Buch hatte ich im Supermarkt gesehen, und da das Cover vielversprechend aussah, hatte ich es kurzerhand gekauft. Ich las für mein Leben gern Krimis. In der Regel war ich abends nach der Arbeit zu müde zum Lesen oder schlief bereits nach den ersten zwei Seiten ein, unabhängig davon, wie spannend das Buch sein mochte. Daher beschränkten sich meine Ausflüge in die Literatur auf die Wochenenden und den Urlaub. Ich wusste nicht weshalb, aber plötzlich fiel mir mein Exfreund Marcus ein. Er lehnte Bücher kategorisch ab, da sie seiner Ansicht nach lediglich Zeit- und Geldverschwendung waren. Er bevorzugte medizinische Fachzeitschriften und Wirtschaftsmagazine. So hatte jeder seine Vorlieben, hatte er mir erklärt. Womit sich Marcus allerdings am liebsten beschäftigte, hatte ich bald herausgefunden. An einem warmen Mittwochnachmittag im Sommer hatte ich früh Feierabend gemacht. Marcus' Praxis war – wie immer um diese Zeit – geschlossen, und er war zu Hause. An diesem Tag machte ich auf dem Heimweg einen kleinen Umweg, um einige kulinarische Köstlichkeiten zu besorgen, denn ich wollte Marcus abholen und anschließend mit einem Picknick am See überraschen. Als ich in unsere Wohnung kam, war alles ruhig. Nicht einmal das Radio lief, das er stets unmittelbar nach Betreten der Wohnung einschaltete. Ein untrügliches Zeichen, dass er offenbar nicht zu Hause war. Enttäuschung machte sich in mir breit, gleichzeitig ärgerte ich mich über mich selbst. Ich hätte vorher anrufen sollen, nun war alles umsonst. Auf dem Weg in die Küche, wo ich die gekauften Lebensmittel verstauen wollte, drang plötzlich ein Geräusch an mein Ohr. Ich verharrte einen Augenblick im Flur und lauschte angestrengt. Das waren eindeutig menschliche Stimmen. Ich folgte ihnen, und sie führten mich schnurstracks in unser Schlafzimmer. Da fand ich Marcus, er war nicht allein und offensichtlich sehr beschäftigt. Für mich brach augenblicklich eine Welt zusammen. Als ich mich aus meinem Schockzustand gelöst hatte, verließ ich umgehend unsere Wohnung. Mit diesem Tag war unsere Beziehung endgültig zu Ende.

Ich sah auf die Uhr. Meine Güte, viel Zeit blieb mir nicht mehr, stellte ich fest. Britta holte mich in Kürze ab. Wenn ich nicht ordentlich Gas gab, würde ich nicht rechtzeitig fertig werden. Ich wollte Britta unter keinen Umständen warten lassen. In Windeseile stopfte ich meinen Badeanzug, den Bademantel, das Duschzeug und ein flauschiges Handtuch aus dem Badezimmer in meine Tasche. Als ich vor die Tür trat, war es längst dunkel und kalt. In den Wintermonaten kostete es mich in der Regel einige Überwindung, mich abends noch einmal aufzuraffen, um etwas zu unternehmen. Auch heute hätte ich nichts dagegen einzuwenden gehabt, den restlichen Abend mit meinem Buch auf dem Sofa zu verbringen.

Ich stand keine Minute auf dem Parkplatz, da hielt ein Auto neben mir, und die Beifahrertür öffnete sich.

»Hier kommt der Abholservice!«, begrüßte mich Britta blendend gelaunt. Ihre Augen leuchteten unternehmungslustig. »Steig ein! Die Tasche kannst du nach hinten packen.« Ich bugsierte meine Tasche auf die Rückbank und nahm anschließend auf dem Beifahrersitz Platz.
»Was hast du heute abgesehen von der Beerdigung unternommen?«, erkundigte sich meine Freundin und steuerte derweil den Wagen durch die zum Teil mit Lichtern dekorierten Straßen Westerlands.

»Ich habe mich ausgiebig sportlich betätigt, weil ich mit dem Rad nach Morsum gefahren bin.«

»Mit dem Rad? Respekt! Bei der Beerdigung waren bestimmt eine Menge Leute vor Ort, oder?«

»Nein, im Gegenteil. Mehr als 20 waren es nicht. Ich habe mich ebenfalls gewundert. Ich vermute, einigen Leuten war die Anreise aus den USA einfach zu aufwendig oder strapaziös. Die Dame, die mir gestern ins Auto gefahren ist, war auch da, ansonsten kannte ich niemanden. Ich kam mir irgendwie deplatziert vor und habe mich lieber im Hintergrund gehalten.«

»Komisch. Vermutlich war ein kleiner Kreis sein ausdrücklicher Wunsch?«, zog Britta in Erwägung. »Kennst du eigentlich sein Haus? Das befindet sich doch in Morsum.«

»Nein, ich bin zwar vorher ein bisschen durch den Ort gefahren, habe mich aber letztlich vollkommen in der Zeit vertan. Im Anschluss an die Beerdigung bin ich direkt nach Westerland zurückgefahren, weil ich noch im Hellen ankommen wollte. Außerdem war ich nach der Beisetzung nicht in der Stimmung. Abschiede machen mich immer traurig und nachdenklich.«

»Ich muss gestehen, dass ich noch nie im Inneren der Kirche gewesen bin, obwohl ich seit vielen Jahren auf der Insel wohne. Du weißt ja, ich bin absolut kein Kirchgänger«, gab Britta kleinlaut zu.

»Wenn es dich beruhigt, ich auch nicht, aber ich fand sie interessant, weil sie völlig anders aussieht als andere. Eine Kirche ohne mächtigen Glockenturm ist eher ungewöhnlich.«

»Hat die Frau dich angesprochen?«, wollte Britta wissen.

Ich verneinte. »Sie hat mich sicherlich nicht wiedererkannt. Ich habe vorsichtshalber nichts gesagt in Hinblick auf die gegebenen Umstände.«

»Wahrscheinlich war sie mit ihren Gedanken sowieso woanders«, vermutete Britta. »Kann man ihr nicht verübeln. Außerdem ist alles geregelt, oder gibt es Streitpunkte in der Unfallsache?«

Ich schüttelte verneinend den Kopf. »Nein, die gegnerische Versicherung hat sich umgehend mit mir in Verbindung gesetzt. Die Schuldfrage ist eindeutig geklärt, und mein Wagen soll morgen fertig repariert sein, hat Jan gesagt. Die Versicherung rechnet direkt mit der Werkstatt ab, ich muss mich um nichts kümmern«, erwiderte ich erleichtert. »Was gibt es bei euch Neues? Freuen sich die Jungs schon auf Weihnachten? Die Wunschzettel sind bestimmt seit Wochen fertig, oder?«

»Erinnere mich bloß nicht daran. Ich habe noch kein einziges Geschenk besorgt. Aber wenn es nur das wäre! Wiebke heiratet am 15. Dezember«, platzte es aus Britta heraus. Dabei bog sie derart rasant auf den Parkplatz an der »Sylter Welle« ein, dass ich mir um Haaresbreite den Kopf gestoßen hätte, wenn der Sicherheitsgurt mich nicht gehalten hätte.

»Hoppla! Das scheint dich wirklich aus der Bahn zu werfen.«

»Entschuldige bitte, hast du dir wehgetan?«

»Nein. Die Hochzeit hast du bislang mit keiner Silbe erwähnt.«

»Konnte ich auch nicht, da ich die Neuigkeit selbst erst seit ein paar Stunden weiß«, entschuldigte sich Britta.

»Oh.«

»Ja, Jans kleine Schwester ist stets für eine Überraschung gut«, seufzte Britta und stellte den Motor ab.

»Sie war immer schon ein bisschen spontaner als andere Menschen, da gebe ich dir recht«, bestätigte ich.

»Du sagst es!«

Wir stiegen aus, schulterten unsere Taschen und gingen die letzten paar Meter zum Schwimmbad zu Fuß. Außer uns war fast niemand unterwegs um diese Zeit. Die Geschäfte hatten längst geschlossen und es hatte unangenehm zu nieseln begonnen, sodass ich schützend den Kragen meiner Jacke aufstellte.

»Dezember ist nicht unbedingt der schönste Monat zum Heiraten und vor allem kurz vor Weihnachten«, bemerkte ich. »Gibt es einen besonderen Grund?«

»Sie ist nicht schwanger, wenn du das meinst. In der Hauptsaison bleibt wenig Zeit für die angenehmen Dinge des Lebens. Jens arbeitet bei seinem Vater im Unternehmen als Dachdecker. Ende nächsten Jahres soll er das Geschäft übernehmen. Im Sommer bekommen viele alte Häuser ein neues Reetdach verpasst. Das ist aufwendig und nicht alle beherrschen das Handwerk. Im Grunde haben Dachdecker ohnehin immer Saison. Selbst im Winter, wenn die Winterstürme über die Insel fegen und teilweise heftige Schäden anrichten. In diesem Jahr sind wir bislang verschont geblieben. Aber wer weiß, was noch kommt, der Winter hat eben erst begonnen.«

»Ist er nett?«, wollte ich wissen.

»Jens? Ja, er ist ein ausgesprochen sympathischer Kerl. Keine Augenweide, eher zurückhaltend und bodenständig, aber er hat das Herz auf dem rechten Fleck. Wiebke und er passen hervorragend zusammen. Er holt sie immer wieder auf den Boden der Tatsachen zurück, wenn ihr Temperament droht, mit ihr durchzugehen.«

»Das ist das Wichtigste. Ich bin sehr gespannt, ihn kennenzulernen.«

»Ich habe keinen blassen Schimmer, wie wir die Hochzeitsvorbereitungen in der kurzen Zeit schaffen sollen«, jammerte Britta.

»Wo soll gefeiert werden?«, wollte ich wissen.

»Nicht bei uns, das geht so kurzfristig in keinem Fall. Da ist Jan knallhart. Es wäre ohnehin viel zu eng bei uns für eine Feier in diesem Rahmen. Außerdem bekommen wir nicht genügend Personal auf die Schnelle. Die Feierlichkeiten finden in Keitum in dem Restaurant von Bekannten von Jens' Eltern statt.«

Mittlerweile hatten wir den Haupteingang des Schwimmbades erreicht. Im Eingangsbereich hatte sich eine kleine Gruppe Frauen versammelt und unterhielt sich angeregt. Unter ihnen erkannte ich Wiebke sofort. Ihre roten Locken wippten bei jeder Bewegung wie Gummibänder und umspielten ihr sommersprossiges Gesicht. Sie hatte sich kaum verändert und strahlte pure Lebensfreude aus. Als sie uns erblickte, stürmte sie auf mich zu und schloss mich fest in die Arme.

»Anna! Britta hat erzählt, dass du da bist. Ich freue mich riesig, dich zu sehen«, sagte sie und musterte mich eingehend. »Also du wirst immer schöner – im Gegensatz zum Rest von uns.« Sie zwinkerte in die Runde und hielt sich kichernd eine Hand vor den Mund.

»Der Schein trügt, die Jahre gehen auch an mir nicht spurlos vorbei. Das erscheint dir nur so, weil du mich länger nicht gesehen hast. Aber was höre ich für Neuigkeiten von dir? Du willst heiraten?«, wechselte ich das Thema.

Sie nickte eifrig und strahlte über das ganze Gesicht. Ihre hellgrünen Augen funkelten.

»Wir denken, es ist an der Zeit. Du bist selbstverständlich herzlich zur Hochzeitsfeier eingeladen. Bitte, Anna, du kommst, ja?«

»Wie könnte ich dir diese Bitte ausschlagen? Ich komme sehr gern.« Ich lachte, und sie zerdrückte mich beinahe vor Freude.

Nachdem Britta mich ihren Freundinnen, Nadine und Tina, vorgestellt hatte, begaben wir uns zu den Umkleidekabinen. Wie ich nebenbei erfuhr, lebten sowohl Nadine als auch Tina seit vielen Jahren auf der Insel Sylt. Nadine, klein und pummelig, stammte ursprünglich aus dem Rheinland, Tina war früher in der Nähe von Berlin zu Hause. Sie hatten – ebenso wie Britta – ihre Männer auf der Insel kennengelernt und dorthin geheiratet.

Die Schwimmhalle war wider Erwarten gut besucht. Sie bot neben den verschiedenen Schwimmbecken eine Saunagrotte an. Darüber hinaus konnten spezielle Wellness-Angebote, wie beispielsweise Massagen oder Beautyanwendungen im angrenzenden »Syltness-Center« gebucht werden.

Als wir das große Schwimmbecken nahezu erreicht hatten, kam uns eine Gruppe bestehend aus fünf Männern entgegen. Zwei von ihnen kannte ich flüchtig, denn der eine war der füllige Polizist mit Vollbart, der andere sein wortkarger Kollege Nick.

»Da kommt Tinas Mann«, raunte Britta mir zu, als sie uns beinahe erreicht hatten.

»Na, Training beendet, mein Schatz?«, begrüßte Tina ihren Mann und drückte ihm einen dicken Kuss auf die

Wange. »Darf ich vorstellen?«, fuhr sie an die Herren gewandt fort. »Das ist Anna. Sie ist Brittas Freundin aus Hannover und macht eine Weile Urlaub auf Sylt.«

»Sehr angenehm, ich bin Uwe. Wir hatten bereits das Vergnügen«, erwiderte dieser zum Erstaunen seiner Frau und deutete eine leichte Verbeugung an. »Den Kollegen Nick kennst du bereits, die anderen sind Christof, Ansgar und Oliver, ebenfalls Kollegen.«

Sie nickten mir freundlich zu.

»Hallo, nett euch kennenzulernen«, erwiderte ich, meinen Blick auf Nick geheftet, der nur mit einer Badeshorts bekleidet und einem Handtuch um den Hals aussah, als wäre er geradewegs »MensHealth« vom Titelblatt entsprungen. Mir wurde schlagartig heiß.

Er verzog keine Miene und sah mich so intensiv an, dass ich seinem Blick nicht länger standhalten konnte. Stattdessen ließ ich meine Augen durch die Schwimmhalle wandern und zupfte derweil nervös mit den Fingern an dem Gürtel meines Bademantels. Ich war derart damit beschäftigt, unbedarft in der Gegend umherzusehen, dass ich den weiteren Gesprächsverlauf nur beiläufig mitbekam.

»Na, dann wünsche ich den Damen viel Spaß!«, hörte ich letztlich Uwe sagen. »Wir gönnen uns zum Abschluss einen ausgiebigen Saunagang.«

»Bevor das Feierabendbier ruft«, ergänzte Ansgar augenzwinkernd, was ihm einen strengen Blick von Uwe einbrachte.

Mit einem »Tschüss« setzte sich der Herrentrupp in Bewegung Richtung Saunagrotte.

»Woher kennt ihr euch?«, erkundigte sich Wiebke. Sie war nicht die Einzige, die mich neugierig beäugte.

»Kennen ist reichlich übertrieben«, wiegelte ich ab. »Ich war vor Kurzem in einen Verkehrsunfall verwickelt, den die beiden aufgenommen haben. Im Grunde bedeutungslos, nur ein kleiner Blechschaden.« Ich winkte beschwichtigend ab und hoffte, dass niemand bemerkt hatte, wie ich Nick angestarrt hatte.

»Bei der Gelegenheit hast du ja gleich unseren Eismann kennenlernen können. Er gehört zu den begehrtesten Junggesellen auf der Insel.«

»Oh, Nadine, hör schon auf!«, stöhnte Tina auf.

»Allerdings muss die Frau, die jemals bei ihm landen kann, vermutlich erst geboren werden«, überging Nadine den Einwand ihrer Freundin und sah mich herausfordernd von der Seite an. »Ist er eigentlich noch mit dieser Blonden zusammen? Mir fällt der Name gerade nicht ein.« Sie legte theatralisch die Stirn in Falten.

Ich war unsicher, wie ich ihre Aussage deuten sollte, denn ich kannte Nick nicht näher. Da mir spontan keine passende Antwort einfiel, war ich erleichtert, als Britta mich rettete, indem sie laut in die Hände klatschte und sagte: »So, Mädels, genug gesabbelt! Auf in die Fluten! Vom Rumstehen werden wir nicht schöner!«

»Alles okay? Du bist ungewöhnlich schweigsam«, stellte Britta später auf der Rückfahrt fest.

»Klar, alles in Ordnung, ich bin bloß ziemlich geschlaucht. Schade, dass es in Hannover kein Wellenbad gibt. Das hat Spaß gemacht mit den Mädels. Tina ist sehr herzlich und auch ihr Mann Uwe ist äußerst nett und zuvorkommend. Das war wirklich ein Zufall, dass er zur selben Zeit im Schwimmbad war oder trefft ihr euch dort regelmäßig?«

Kaum hatte ich das letzte Wort ausgesprochen, prustete Britta vor Lachen los. »Oh, Anna! Du bist zum Schießen!« Sie wischte sich die Lachtränen aus den Augen und japste nach Luft.

»Ich kann dir nicht folgen. Wovon sprichst du?«, wunderte ich mich, denn ich wusste tatsächlich nicht, was derart komisch an meiner Aussage war.

»Uwe! Klar ist er nett, aber er war nicht der ausschlaggebende Grund, dass du das reinste Nervenbündel warst. Ich musste jeden Augenblick befürchten, du würdest dich mit deinem Bademantelgürtel strangulieren.« Sie lachte erneut.

Als ich nichts erwiderte, wurde ihre Miene ernsthafter.

»Entschuldige, Anna, aber ich kenne dich gut genug, um zu wissen, dass dir Nick gefällt. Sehr sogar.« Ihre Mundwinkel zuckten amüsiert. »Als er deine Papiere vorbeigebracht hat, ist mir nicht verborgen geblieben, wie du ihn angesehen hast. Du brauchst dir keine Mühe zu geben, alles abzustreiten. Mir machst du nichts vor.«

Unwillkürlich schoss mir die Röte ins Gesicht, und ich hoffte inständig, Britta mochte es aufgrund der Dunkelheit nicht bemerken. Ich wagte daher nicht, sie direkt anzusehen. Aus unerklärlichem Grund war mir die Angelegenheit unangenehm.

»Worauf wartest du also? Schnapp ihn dir und flirte mal wieder ausgiebig!«, legte Britta nach. »Du hast nichts zu verlieren, Anna. Nick ist ein echter Hingucker, ich kann dich gut verstehen. Wer würde seine Gesellschaft nicht mögen? Und jetzt schlaf gut, wir sehen uns morgen«, sagte sie und boxte mich spielerisch gegen die Schulter.

»Du täuschst dich«, murmelte ich und öffnete die Beifahrertür. »Vielen Dank fürs Mitnehmen. Bis morgen.«

In meinem Apartment schlüpfte ich sofort in meinen Schlafanzug und kuschelte mich in das große Bett. Obwohl ich todmüde war, konnte ich nicht einschlafen. Nicks Anblick schwebte noch immer vor meinem inneren Auge. Er war ein echter Hingucker, diesbezüglich musste ich Britta beipflichten. Was nichts an der Tatsache änderte, dass ich mich wie eine pubertierende 14-Jährige benahm, die das Poster ihres Schwarms anhimmelt. Nur mit dem Unterschied, dass ich weder Pickel hatte noch eine Zahnspange trug. Der Mann ging mir nicht aus dem Kopf. War Nicks kühle und unnahbare Art, die ihm vermutlich den Spitznamen Eismann eingebracht hatte, bloß Fassade? Eine Art Schutzmechanismus oder Abwehrstrategie gegen aufdringliche weibliche Wesen in seinem Umfeld? Oder war er tatsächlich ein emotionsloser Eisblock, der zu kaum einer Gefühlsregung fähig war? Fest stand, dass er trotz allem bei der Damenwelt ausgesprochen gut ankam.

»Kein Wunder bei dem Aussehen«, sagte ich zu mir selbst und knautschte mein Kissen in die richtige Position.

Unruhig wälzte ich mich von einer Seite auf die andere, aber die Flut meiner Gedanken nahm kein Ende. Möglicherweise war Nick schwul und wollte den Schein wahren, um sich nicht outen zu müssen? Warum machte ich mir überhaupt Gedanken? Er war augenscheinlich auch an mir nicht interessiert, sonst hätte er vorhin wenigstens ein oder zwei freundliche Sätze verlieren können. Ich sollte keine weiteren Überlegungen an ihn verschwenden. Ich kam hervorragend ohne Mann zurecht. Allerdings musste ich mir eingestehen, dass Nick auf mich eine starke Anziehungskraft ausübte und mein Blut gehörig in Wallung brachte. Vielleicht sollte ich Brittas Rat doch befolgen und ein wenig mit ihm flirten, egal was letztendlich dabei herauskam? Ich könnte es als eine Art Spiel betrachten, zur Stärkung des eigenen Egos. Knickte ich etwa gerade ein und unterwanderte meine Prinzipien? Auf keinen Fall! Ich wollte meinen Aufenthalt auf der Insel nutzen, um Abstand zu bekommen und Energie zu tanken und nicht, um womöglich mit einem gebrochenen Herzen im Gepäck nach Hause zu fahren. Mit diesem Entschluss glitt ich alsbald ins Reich der Träume.

KAPITEL 9

In dieser Nacht schlief ich unruhig, lag oft wach und stand letztendlich mit pochenden Kopfschmerzen zeitig auf. Da es mir um diese Zeit für ein Frühstück zu früh war, beschloss ich, zunächst einen Spaziergang am Strand zu unternehmen. Vielleicht würde die frische Nordseeluft meinem geplagten Kopf Linderung verschaffen können. Als ich vor der Tür stand, stellte ich fest, dass die Temperatur im Vergleich zum Vortag merklich zurückgegangen war und feiner Nebel in der Luft hing. Mein warmer Atem bildete kleine Wolken. Ich marschierte, die Hände tief in den Taschen meiner Winterjacke vergraben, in Richtung des Südwäldchens, vorbei am Syltstadion. Unterwegs begegnete ich niemandem, selbst die Möwen ließen sich nicht blicken, vermutlich schliefen sie noch. Das weiße Wärterhäuschen am Fuß des Strandübergangs war unbesetzt. Erst, wenn mehr Gäste auf die Insel strömten, würde es in Betrieb genommen werden. Ich wählte den Weg durch die Dünen bis zu einer hohen Holztreppe. Als ich oben angekommen war, bot sich ein atemberaubender Blick auf den unter mir liegenden Strand und die Nordsee. Der Nebel hatte sich vom Meer her bereits größtenteils aufgelöst. Die langen Stängel des Strandhafers wiegten sich im Wind hin und her und ließen die Dünen selbst bei bedecktem Himmel silbrig glänzen. Unten am Strand lief ich in Richtung Westerländer Promenade. Auf meinem Weg begegnete ich einem Mann mit seinem Hund, der freudig einem Ball hinterherjagte, ihn wiederbrachte und erwartungsvoll sein Herrchen ansah, damit er das Spielzeug ein weiteres Mal warf. Ein nicht enden wollendes Spiel.

Wie gern hätte ich einen Hund, kam es mir bei dem Anblick in den Sinn. Doch wo sollte ich ihn tagsüber unterbringen? Zur Arbeit konnte ich ihn keinesfalls mitnehmen. Das würde mein Chef niemals akzeptieren. Vielleicht würde ich eines Tages doch den Schritt in die Selbstständigkeit wagen und könnte die Anschaffung eines Hundes in Erwägung ziehen.

Der Wind wurde mit jeder Minute lebendiger, fegte den feinen Sand über den Strand und zog wütend an meinen Haaren. Als ich auf der Höhe des Restaurants »Badezeit«

auf die Promenade zusteuerte, glaubte ich, hinter mir ein Geräusch gehört zu haben. Ich drehte mich um und sah nur wenige Meter von mir entfernt einen Jogger auf mich zukommen. Sein Gesicht wurde von einer Kapuze verdeckt. Erst als er auf meiner Höhe war, erkannte ich ihn. Der Jogger war Nick.

»Guten Morgen! Sehr sportlich für diese Zeit«, begrüßte ich ihn, während ich mit einer widerspenstigen Haarsträhne kämpfte, die mir der Wind wieder und wieder ins Gesicht blies. Wenn Sommer wäre, hätte man vermuten können, ich würde ein lästiges Insekt verscheuchen wollen.

»Ich muss gleich zum Dienst«, erwiderte Nick leicht außer Atem. Sein Brustkorb hob und senkte sich mit jedem Atemzug. »Und du?« Sein intensiver Blick schien mich zu durchbohren.

»Ich konnte nicht mehr schlafen. Wahrscheinlich liegt es an der Luftveränderung.«

»Möglich«, gab er knapp zurück.

Wenn ich annahm, dass unser Small Talk weiterging, täuschte ich mich gewaltig. Mit den Worten »Schönen Tag« trabte er davon und ließ mich stehen.

Perplex sah ich ihm nach. »Arroganter Schnösel«, murmelte ich vor mich hin und rückte den Kragen meiner Jacke zurück. Zu Nicks Entlastung musste ich mir eingestehen, dass ich selbst nicht besonders viel zu einer interessanten Konversation beigetragen hatte. Meine wetterbedingten Schlafprobleme waren wahrhaftig kein erquickliches Thema. Kein Wunder, dass er lieber bei nächstbester Gelegenheit die Flucht ergriffen hatte. Aber mir war auf die Schnelle nichts Besseres eingefallen, ich hätte mich im Nachhinein dafür ohrfeigen können. Jetzt war es zu spät, er glich einem kleinen Punkt in der Ferne. Vermutlich würde er beim nächsten Mal gleich einen großen Bogen um mich machen. Ich hatte es gründlich vermasselt. Gleichermaßen enttäuscht wie verärgert über mich selbst trat ich den Rückweg zum Hotel an.

Im Frühstücksraum stieß ich auf Britta, die im Begriff war, verschiedene Tageszeitungen für die Gäste auszulegen.

»Du schon? Senile Bettflucht?«, grinste sie, als sie mich erblickte.

»So ähnlich«, brummte ich missmutig. »Guten Morgen, Britta! Ich dachte, ein Spaziergang vor dem Frühstück könnte nicht schaden. Ich will nicht mit etlichen Kilos mehr auf den Hüften abreisen«, entgegnete ich und angelte mir ein verführerisch duftendes Croissant aus dem Korb, den Sophia an uns vorbeitrug. »So viel zum Thema Kalorien«, seufzte ich dramatisch und biss herzhaft hinein.

»Ehrlich, Anna, die Gefahr besteht bei dir eher weniger, und außerdem brauchst du momentan nicht ans Abreisen zu denken«, stellte Britta fest und musterte mich übertrieben kritisch.

Plötzlich ging die Tür auf und Jan kam herein. »Moin, Anna! Gut geschlafen?« Er gab mir einen Kuss auf die Wange. »Du bist ja ganz kalt. Warst du unterwegs?«

»Ja, ich war spazieren«, bestätigte ich.

»Vorbildlich. Ich muss unbedingt mal wieder joggen gehen, sonst verlässt mich Britta eines Tages, weil ich aus der Form geraten bin«, bemerkte er und fasste sich demonstrativ an den Bauch.

»Du Spinner!« Britta rollte mit den Augen und kniff ihn in die Seite.

»Autsch!«, gab er zurück.

»Und?«, wollte Britta von mir wissen. »Was machst du heute?«

»Ich habe heute das Treffen mit dem Notar. Dafür soll ich zu einer Adresse in Morsum kommen. Die Leute heißen Carstensen«, weihte ich sie in meinen Plan ein.

»Warum? Was sollst du da?«, wunderte sich Jan.

»Ich habe doch diese Einladung zur Testamentseröffnung bekommen.«

»Davon weiß ich nichts. Ich dachte, du bist wegen einer Beerdigung nach Sylt gekommen?« Jan sah Britta und mich verwundert an. »Das klingt ja äußerst interessant.«

»Ich lasse es auf mich zukommen«, erwiderte ich schulterzuckend und schluckte den letzten Bissen Croissant hinunter.

»Carstensen heißen die Leute, sagst du?« Jan ließ nicht locker. Ich nickte. »Hm, in Morsum kenne ich Ava und Carsten Carstensen«, fiel ihm ein. »Sie sind längst im Ruhestand. Meine Oma hat hin und wieder von den beiden erzählt, sie kannten sich. Soweit ich weiß, kümmern sie sich ab und zu um das Anwesen eines alten wohlhabenden Knackers, der zeitweise auf Sylt weilt. Das ist dann möglicherweise der Typ, auf dessen Beerdigung du warst.« Sein leicht verächtlicher Unterton blieb mir nicht verborgen.

»Denkbar, da Johannes von Waldenbach ein Haus in Morsum hatte«, bestätigte ich.

»Dann können wir gespannt sein. So, Ladies, ich muss los! Bis später!« Er klemmte sich einen Stapel Unterlagen unter den Arm, griff nach dem Autoschlüssel und verschwand nach draußen.

»Ich kann dich heute Nachmittag begleiten, wenn es dir lieber ist? Dann bist du nicht allein«, bot Britta bereitwillig an. »Ich muss bloß gucken, wie ich das mit den Kindern hinkriege.«

»Danke für das Angebot, aber das wird nicht nötig sein. Mach dir meinetwegen keine Umstände, man wird mich bestimmt nicht kidnappen«, scherzte ich, obwohl ich zugeben musste, dass die Angelegenheit bei mir gemischte Gefühle auslöste.

Nach dem Frühstück fuhren Britta und ich zunächst nach Keitum. Dort waren wir mit Wiebke in dem Restaurant verabredet, in dem die Hochzeitsfeier stattfinden sollte, um die Menüfolge zu besprechen. Als wir eintrafen, wartete Wiebke ungeduldig vor dem Eingang. Mit ihren langen roten Locken und der bunt gemusterten Jacke hätte man vermuten können, sie gehöre zu einer irischen Folkloregruppe. Ihr zukünftiger Ehemann war kurzfristig verhindert, daher hatte sie Britta bekniet, sie zu begleiten, und diese hatte kurzerhand beschlossen, mich mitzunehmen.

»Du hast einen ausgezeichneten Geschmack und wirst uns eine wertvolle Ratgeberin sein«, hatte sie betont.

Der Restaurantinhaber begrüßte uns freundlich und unterbreitete uns mehrere Menüvorschläge. Wiebke entschied sich relativ schnell für eine der vorgeschlagenen Varianten. Im Anschluss besprachen wir die Tischdekoration und alles, was darüber hinaus für eine gelungene Hochzeitsfeier wichtig war. Nach eineinhalb Stunden verließen wir das Restaurant mit einer überglücklichen Wiebke.

»Tausend Dank, euch beiden. Allein hätte ich das auf die Schnelle nicht hinbekommen. Woran man alles denken muss? Jetzt kann nichts mehr schiefgehen«, bekräftigte sie, als wir uns verabschiedeten. »Hoffentlich habe ich nichts vergessen.«

»Ich wüsste nicht, was wir vergessen haben sollten. Außerdem bleiben euch noch ein paar Tage Zeit. Das klappt, mach dir keine Sorgen und freue dich auf den großen Tag!«, munterte Britta die zukünftige Braut mit einem Schulterklopfen auf.

»Ich weiß nicht, wie es dir geht, aber ich habe einen Bärenhunger«, bemerkte Britta, als wir im Auto in Richtung Westerland fuhren.

»Kein Wunder, wenn man die ganze Zeit nur vom Essen spricht«, stimmte ich meiner Freundin zu. »Das klingt sehr lecker, was Wiebke ausgesucht hat. Ich freue mich schon auf die Hochzeit.«

Britta blickte auf die Uhr.

»Verdammt!«, fluchte sie verhalten. »Ich komme zu spät zur Schule. Ich habe Tim und Ben versprochen, sie heute abzuholen. Das habe ich vor lauter Hochzeitsplanerei total vergessen.«

Britta setzte den Blinker und trat aufs Gaspedal. »Sorry, wir müssen einen kleinen Umweg machen. Ist das okay für dich?«

»Kein Problem«, beruhigte ich sie.

Brittas Jungs standen vor der Schule und unterhielten sich mit anderen Kindern, die offenbar ebenso darauf warteten, abgeholt zu werden. Sie hatten glücklicherweise nicht lange ausharren müssen.

»Mama, ich habe eine zwei in Mathe geschrieben, Ben nur eine drei«, verkündete Tim stolz mit einem Seitenblick zu seinem Bruder, der eine trotzige Miene aufgesetzt hatte und aus dem Fenster starrte.

»Na und?«, maulte er. »Dafür habe ich im Fußball mehr Tore geschossen als Tim.«

»Das ist beides toll, kein Grund für einen Wettkampf, Jungs«, versuchte Britta die Wogen zu glätten.

Nach wenigen Minuten waren die beiden bereits mit anderen Dingen beschäftigt und stritten sich um ein kleines Computerspiel.

»Anna, ich lasse dich am Hotel raus, okay?«, erkundigte sich Britta.

»Klar, kein Problem. Du kannst mich auch am Bahnhof rausschmeißen, den Rest laufe ich zu Fuß. Ein bisschen Bewegung und frische Luft nach dem langen Sitzen schaden nicht.«

»Wie du willst. Aber vergiss nicht, mich über deinen Termin in Morsum auf dem Laufenden zu halten. Ich bin total gespannt. Und heute Abend nicht vergessen! Um 19.30 Uhr in der Bar«, erinnerte sie mich.

Diesen Termin hatte ich tatsächlich vollkommen verdrängt. Heute Abend trafen sich einige von Wiebkes und Jens' Hochzeitsgästen, um gemeinsam diverse Vorbereitungen für die anstehende Feier zu treffen. Das Ganze sollte in der Hotelbar im »Syltstern« stattfinden.

KAPITEL 10

Uwe kratzte sich am Bart, nachdem er ein Telefonat beendet hatte. Das tat er meistens, wenn er konzentriert nachdachte.

»Und?«, fragte Nick erwartungsvoll, der gegenüber mit dem Rücken an einem hohen Aktenschrank lehnte und einen dampfenden Becher zwischen beiden Händen hielt.

»Nichts.«

»Was bedeutet nichts?«

»Nichts bedeutet, wir haben keine neuen Spuren, was die Täter des Einbruchs betrifft. Der niedergeschlagene Hauseigentümer kann sich an den Tathergang nicht erinnern. Lasse und ich waren im Krankenhaus. Die behandelnde Ärztin hat angedeutet, dass die Erinnerung nach und nach zurückkehren kann, aber bis dahin sind die Kerle längst über alle Berge. Falls er überhaupt einen erkannt haben sollte. Es ist zum Verzweifeln!«, schob er resigniert hinterher.

»Kein Wunder, dass er sich an nichts erinnern kann«, stellte Nick fest und trank einen Schluck aus seinem Kaffeebecher. »Er hat einen kräftigen Schlag auf den Kopf bekommen. Außerdem war es stockdunkel, und in den schwarzen Klamotten erkennt man ohnehin niemanden.«

»Woher willst du das wissen? Man könnte annehmen, du wärst dabei gewesen?« Uwe gab ein kurzes Lachen von sich.

»Sehr witzig! Nachts ist es für gewöhnlich dunkel, und eine Straßenbeleuchtung gibt es dort in der Straße nicht. Außerdem sind Einbrecher in der Regel nicht weiß gekleidet oder tragen Warnwesten.« Er verzog den Mund und blickte düster drein.

»Entschuldige, Nick, das war nicht so gemeint. Ich stehe ziemlich unter Stress. Staatsanwalt Achtermann geht mir gehörig auf die Nerven. Er hat mehrfach bei mir angerufen und wartet auf Ergebnisse, obwohl das nicht in unseren Aufgabenbereich fällt. Ausgerechnet jetzt fällt Regina krankheitsbedingt aus. Die ist sonst nie krank. Dazu kommt, dass auch ihr halbes Team mit Grippe flachliegt. Bei uns sieht es nicht besser aus, wir können nicht mehr als arbeiten. Heute Morgen haben sich zwei weitere Kollegen krankgemeldet. Diese Seuche legt noch das ganze Revier lahm, wenn das so weitergeht«, seufzte er und rieb sich die Schläfen.

Nick zuckte mit den Schultern und starrte in seine Tasse.

»Alles okay mit dir?«, wollte Uwe wissen.

»Sicher. Wie macht sich eigentlich der Frischling, der Ableger von Thomsen?«

»Lasse? Bislang gut. Die Einbruchssache scheint ihn zu interessieren«, gab Uwe zurück.

»Klar, ist spannender als Strafzettel zu schreiben oder Anzeigen wegen Ruhestörung nachzugehen. Was ist überhaupt aus dem Haus entwendet worden?«

»Frau Winterhoff, die Ehefrau des Opfers, konnte bislang nur vage einige Dinge benennen, die aus dem Haus entwendet worden sind. Bei Fragen können wir sie im Krankenhaus erreichen. Wenn sich Winterhoffs Zustand weiter stabilisiert, kann er voraussichtlich vor Weihnachten entlassen werden. Dann bekommen wir erst eine abschließende Aufstellung mit den tatsächlich entwendeten Gegenständen«, berichtete Uwe.

»Was wurde bei den anderen Einbrüchen in der letzten Zeit vorrangig entwendet? Gibt es eventuell Parallelen?«, wollte Nick wissen.

»In erster Linie wurden Schmuck, Bargeld und kleinere Kunstgegenstände gestohlen. Allerdings keine Gemälde, die haben sie hängen lassen, obwohl sie einiges wert waren. Bei einem Einbruch vorletzte Woche in Kampen wurden eine Kaffeemaschine und ein Bluetooth-Lautsprecher aus einem Ferienhaus entwendet.«

Nick kratzte sich nachdenklich am Hals.

»Woran denkst du?«, erkundigte sich Uwe. »Raus mit der Sprache!«

»Da waren auf keinen Fall Profis am Werk. Ich tippe auf Gelegenheitsdiebe oder Kleinkriminelle. Junkies vielleicht. Jedenfalls haben sie hundertprozentig in eigener Sache gearbeitet.«

»Ach? Und was macht dich so sicher?«

»Bauchgefühl. Ich denke, die Diebe brauchen Geld. Die Sachen, die du eben aufgezählt hast, lassen sich problemlos verkaufen, schnell und ohne, dass jemand Verdacht schöpft. Alltagsgegenstände eben. Hast du mal bei ebay nachgeguckt? Oft werden die Dinge kurze Zeit später dort angeboten.«

»Bauchgefühl! Toll, Nick! Ehrlich, das bringt uns kein Stück weiter. Soll ich das vielleicht Achtermann sagen, wenn ich ihn das nächste Mal an der Strippe habe?« Uwe klang verzweifelt. »Wenn es Anfänger wären, wie du sagst, hätten sie deutlichere Spuren hinterlassen. Haben sie aber nicht. Ich glaube, die wussten genau, wann und wo sie zuschlagen konnten.«

»Wie willst du weiter vorgehen?«

»Wir werden verstärkt in den Abendstunden und nachts Streife fahren. Vor allem dort, wo vermeintlich viel zu holen ist. Ganze Straßenzüge stehen Anfang Dezember leer. Die unbewohnten Häuser sind leicht zu erkennen. Kein Fahrzeug davor, und entweder sind sie unbeleuchtet oder nur eine Lampe im Fenster brennt. Das gleicht einer Einladung, um dort einzusteigen. Nicht alle Häuser verfügen über eine Alarmanlage.« Uwe stieß einen tiefen Seufzer aus.

»Na, ich wünsch' dir viel Glück!« Nick stellte seine Tasse beiseite und verließ den Raum. Uwe sah ihm nachdenklich nach, sein Kollege wirkte in letzter Zeit verändert.

KAPITEL 11

Am frühen Nachmittag machte ich mich auf den Weg nach Morsum. Die Adresse, die mir der Notar mitgeteilt hatte, ließ sich leicht ohne Navigationsgerät finden, da ich zuvor die Straßenkarte studiert hatte. Mit einem nervösen Kribbeln in der Magengegend trat ich durch die kleine Gartenpforte und ging auf die Haustür des Hauses mit der Nummer fünf zu. Ich blieb stehen, straffte die Schultern und drückte dann beherzt auf den Klingelknopf. Daraufhin war von drinnen ein Läuten zu hören. Während ich wartete, sah ich mich um. Die Fassade des Hauses war teilweise mit Efeu bewachsen, sodass man die weiße Farbe darunter nicht mehr an allen Stellen erkennen konnte. In dem niedrigen Sprossenfenster neben der Haustür standen eine kleine Lampe und eine alte Kaffeekanne aus Porzellan. Von drinnen näherten sich Schritte, dann wurde die Tür geöffnet, und eine Frau stand vor mir. Erst nach genauerem Hinsehen erkannte ich sie. Sie gehörte ebenfalls zu den Teilnehmern der Trauerfeier in der Kirche, war jedoch nicht die Unfallverursacherin.

»Guten Tag«, sagte ich mit leichtem Zögern. »Frau Carstensen?« Sie beäugte mich interessiert. »Herr Dr. Herdenrodt hat mich herbestellt.«

»Sie müssen Anna Bergmann sein. Wie schön, wir haben Sie erwartet.« Ein warmes Lächeln umspielte ihren Mund, und ihre warmherzigen Augen leuchteten in dem faltigen Gesicht.

»Ja, das bin ich«, bestätigte ich. Offensichtlich war ich richtig hier.

»Schön, dass Sie der Einladung gefolgt sind und sich die Zeit genommen haben, herzukommen. Mein Name ist Ava Carstensen. Bitte, kommen Sie herein.«

Sie machte einen Schritt zur Seite und ließ mich eintreten. Dann folgte ich ihr in einen Wohnraum mit niedriger Decke und blau-weißen Fliesen an den Wänden, in dem mich zwei Männer erwartungsvoll ansahen. Sie erhoben sich von ihren Plätzen, als ich den Raum betrat.

Der ältere der beiden trug einen Rollkragenpullover und Cordhose, wohingegen der andere in einem eleganten Anzug steckte.

»Moin, Carsten Carstensen«, stellte sich der Mann im Rollkragenpullover vor und hieß mich mit einem festen Händedruck willkommen.

Auch ihn hatte ich zuvor in der Kirche gesehen. Auf seinem Gesicht hatten Wind und Wetter deutliche Spuren hinterlassen, aber zwischen den tiefen Falten blitzten zwei wache Augen auf, die mich aufmerksam musterten.

»Darf ich Ihnen Herrn Dr. Rolf Herdenrodt vorstellen? Er ist Anwalt und Notar auf Sylt.«

»Wir hatten telefoniert«, erwiderte ich und reichte ihm die Hand. »Verraten Sie mir jetzt, warum ich herkommen sollte?«

»Das erklären wir Ihnen gleich. Setzen Sie sich, bitte. Mögen Sie eine Tasse Tee, Frau Bergmann?«, fragte Herr Carstensen.

»Gerne«, entgegnete ich und nahm auf einem karierten Ohrensessel Platz, dessen Lehnen langjährige Gebrauchsspuren aufwiesen.

Vor mir auf dem niedrigen Tisch standen vier Teetassen, eine Schale mit Gebäck und ein Stövchen, auf dem eine typisch friesische Teekanne stand und den herrlichen Duft von frisch aufgebrühtem Tee verströmte. Meine Anspannung wuchs mit jeder Minute.

»Nun wollen wir Sie nicht länger auf die Folter spannen«, ergriff der Notar das Wort, dem meine zunehmende Nervosität nicht entgangen zu sein schien.

Ich nickte stumm und spürte einen ständig größer werdenden Kloß im Hals.

»Herr Carstensen? Mögen Sie Frau Bergmann erlösen?« Herr Dr. Herdenrodt schenkte mir ein zuversichtliches Lächeln.

»Gern. Wir haben Sie hergebeten, da wir versprochen haben, den letzten Wunsch eines guten Freundes und Nachbarn zu erfüllen.« Herr Carstensen machte eine bedeutsame Pause und goss nacheinander Tee in die Tassen. Ich konnte die Anspannung kaum mehr ertragen. Dann lehnte er sich in seinem Sessel zurück und setzte erneut an. »Wie wir erfahren haben, kannten Sie Johannes sehr gut.«

»Sehr gut wäre übertrieben. Ich spiele Klavier und habe während meiner Schulzeit ein Musikstipendium gewonnen, wobei ich in den Genuss kam, unter seiner Leitung in den USA zu lernen. Danach ist der Kontakt nie völlig abgebrochen. Zu Weihnachten und Geburtstagen haben wir uns in aller Regel geschrieben. Persönlich begegnet sind wir uns allerdings nur dieses eine Mal«, machte ich deutlich.

Meine Hände waren vor Aufregung eiskalt, und mir war nach wie vor schleierhaft, warum ich in diesem Wohnzimmer saß.

»Er hat oft von Ihnen gesprochen«, sagte Ava Carstensen zu meiner Überraschung plötzlich.

»Tatsächlich?«

»Ja, Sie müssen ihn sehr beeindruckt haben. Er sagte, Sie würden viel Talent besitzen«, ergänzte Carsten Carstensen.

»Das kann ich mir nicht vorstellen, ich spiele nicht so berauschend. Aber ich habe viele seiner Stücke selbst auf dem Klavier gespielt. Seine Musik ist fantastisch. Sie besitzt eine unglaubliche Tiefe und ungeheure Kraft, die die Seele berührt.«

Wir schwiegen einen Moment. Dann ergriff der Notar das Wort.

»Wie Sie bestimmt wissen, hat Herr von Waldenbach vor einigen Jahren eine alte Hofstelle in Morsum erstanden, sie herrichten lassen und sich immer öfter dorthin zurückgezogen. Mit zunehmendem Alter zog es ihn zurück in die Heimat. Er liebte das Meer und den weiten Blick auf den Horizont. Gesundheitlich ging es ihm nicht besonders gut in letzter Zeit. Er hatte beschlossen, seine Zelte in den USA abzubrechen und ganz hierher zu ziehen. Kurze Zeit darauf ist er gestorben. Auf dem Friedhof neben der Kirche St. Martin hat er seine letzte Ruhestätte gefunden.«

Das Ehepaar Carstensen sah einander an und für einen Moment hatte ich das Gefühl, sie würden tief in ihre Erinnerungen eintauchen, denn ein feines Lächeln umspielte ihre Lippen. Ava streichelte sanft über die knochige Hand ihres Mannes.

»Er hat Sylt sehr geliebt, wissen Sie?«, brach sie das Schweigen und sah mir direkt in die Augen. »Seine Leidenschaft brannte nicht nur für seine Musik, sondern auch für diese Insel. Er beschrieb sie einmal als unbezwingbar, mit feurigem Temperament, voller Lebendigkeit und Kraft.«

»Damit hatte er absolut recht«, entgegnete ich. »Ich möchte trotzdem nicht unhöflich erscheinen, aber was habe ich mit alldem zu tun?«

»Das ist im Grunde sehr simpel, Frau Bergmann: Er hat verfügt, dass Sie sein Haus bekommen«, beantwortete Carsten Carstensen meine Frage direkt und schnörkellos.

»Wie bitte?« Sicherlich hatte ich mich verhört. Niemand sagte etwas, alle Augenpaare waren erwartungsvoll auf mich gerichtet. Ich blickte ungläubig in die Runde, und augenblicklich breitete sich eine Gänsehaut über meinem gesamten Körper aus. »Ich verstehe nicht, wie …«, stammelte ich. Der letzte Satz verschlug mir glatt die Sprache. Meine Gedanken jagten kreuz und quer durch mein Hirn, ohne zu einer schlüssigen Erklärung zu gelangen.

»Johannes war immer für Überraschungen gut. Im Übrigen wird er seine Gründe für diese Entscheidung gehabt haben.« Ein Schmunzeln umspielte Carsten Carstensens Mund bei seinen Worten. Er griff nach seiner Teetasse und lehnte sich zufrieden zurück, als sei seine Arbeit an dieser Stelle erfolgreich abgeschlossen.

»Das ist völlig unmöglich! Sie müssen sich täuschen oder ihn falsch verstanden haben«, argumentierte ich. »Warum sollte er ausgerechnet mir sein Haus zukommen lassen? Wir kannten uns kaum. Ich gehöre weder zur Familie noch zum engen Freundes- oder Bekanntenkreis. Ich bin ein … Niemand.«

»Das sind Sie ganz sicher nicht«, lachte Ava Carstensen laut auf. »Sie sind eine bezaubernde junge Frau, wenn ich das sagen darf.«

»Entschuldigen Sie bitte, aber das alles übersteigt vollends meine Vorstellungskraft. Das muss entweder ein gewaltiger Irrtum oder ein Scherz sein. Warum hat er Ihnen das Haus nicht vermacht oder sonstigen Angehörigen?« Ich sah das alte Ehepaar an. »Sie haben sich um ihn gekümmert, wenn ich das richtig verstanden habe.«

Der Notar räusperte sich. »Frau Bergmann, ich kann mir vorstellen, dass das alles sehr überraschend für Sie kommt.«

»Allerdings«, bekräftigte ich.

»Doch es war der ausdrückliche Wunsch meines Mandanten, dass Sie sein Haus bekommen sollen, Frau Bergmann. Sie können das Erbe selbstverständlich ausschlagen, das steht Ihnen frei. Ich rate Ihnen jedoch, sich diesen Schritt reiflich zu überlegen und nichts zu überstürzen.«

»Ja«, krächzte ich und trank schnell einen Schluck Tee.

»Nichts im Leben geschieht ohne Grund«, betonte Ava Carstensen. »Er hat sich etwas dabei gedacht.«

Ich war zu sprachlos und verwirrt, um einen klaren Gedanken zu fassen. Momentan fiel mir kein Grund ein, der Johannes von Waldenbach dazu bewogen haben könnte, mir seine zweifelsohne wertvolle Immobilie zu vermachen. Nur, weil man eine Zeit lang zusammen gearbeitet hat und zweimal im Jahr einen Brief erhält, vererbt man noch lange niemandem sein Haus. Meine Fingerspitzen kribbelten vor Aufregung und mir war schwindlig. Mit Müh und Not gelang es mir, die Teetasse ruhig mit einer Hand zu halten. Trotz allem wurde ich das unbestimmte Gefühl nicht los, einem riesigen Schwindel aufzusitzen.

»Gibt es denn keine Verwandten? Kinder, Geschwister, Nichten oder Neffen? Freunde? Oder irgendjemanden, der ihm besonders nahe stand?«, erkundigte ich mich.

»Nein. Wenn Sie mir nicht glauben, hier ist die Abschrift seines Testaments.« Herr Dr. Herdenrodt reichte mir ein Schriftstück.

Mit zittrigen Fingern nahm ich das Blatt Papier und überflog die markierten Zeilen. Da stand es schwarz auf weiß. Ich konnte es trotzdem kaum glauben und wusste nicht, ob ich weinen oder lachen sollte.

Die Blicke der Anwesenden ruhten währenddessen gespannt auf mir. Ich ließ das Schriftstück in meinen

Schoß sinken und erwartete jeden Moment die Auflösung dieser unwirklichen Szene, aber nichts dergleichen geschah.

»Was würde mit der Immobilie geschehen, wenn ich das Erbe ausschlagen würde?«, erkundigte ich mich und wartete auf eine Reaktion.

»Sollten Sie das Haus nicht haben wollen, dann ginge es in den Besitz der Gemeinde Morsum über«, beantwortete der Notar prompt meine Frage. »Frau Bergmann, ich schlage vor, Sie erholen sich zunächst von dem Schock und überdenken alles in Ruhe. Ich kann mir vorstellen, dass Ihnen Tausende Fragen im Kopf herumschwirren. Zögern Sie nicht, mich jederzeit anzurufen, wenn Sie weitere Fragen haben sollten.« Er reichte mir seine Visitenkarte. »Ich erwarte Sie dann zur offiziellen Testamentseröffnung beim Amtsgericht Niebüll. Wir können gern gemeinsam dorthin fahren.«

Mit einem Kopfnicken nahm ich die Karte entgegen. »Danke, ich werde darüber nachdenken.«

Dann verabschiedete er sich. Ich blieb noch einen Moment bei dem alten Ehepaar sitzen.

»Ich kann das nicht glauben«, sagte ich und sah die beiden an.

»Johannes mochte Sie sehr, müssen Sie wissen«, erwiderte Carsten Carstensen.

»Aber er kannte mich kaum. Wir haben uns nur während meiner Zeit in den USA gesehen und auch dann nicht täglich«, betonte ich.

»Er hat trotz allem oft von Ihnen und Ihrer Begabung gesprochen. Sie müssen ihn beeindruckt haben«, erklärte Ava Carstensen.

»Schade, dass wir uns nie wieder gesehen haben. Ich

hatte immer vor, noch einmal in die Staaten zu fliegen, aber ständig kam etwas dazwischen. Jetzt ist es leider zu spät.«

Anschließend verabschiedete ich mich von dem Ehepaar und machte mich von Gefühlen überwältigt auf den Weg ins Hotel. Ich musste dringend mit Britta sprechen. Was sie wohl zu dieser Neuigkeit sagen würde? Ich schwankte nach wie vor zwischen Euphorie und Zweifeln. Einerseits freute ich mich wahnsinnig, andererseits machte mir das alles auch Angst. Niemand war so verrückt und vererbte sein Haus an einen quasi fremden Menschen – jedenfalls nicht ohne Hintergedanken. Kurz bevor ich das Hotel erreicht hatte, verwarf ich meinen Plan und fuhr sofort weiter nach Rantum, wo Britta mit ihrer Familie wohnte. In der Hoffnung, sie zu Hause anzutreffen, bog ich in die Auffahrt ein. Erleichtert stellte ich fest, dass sie wohl da war, denn ihr Auto parkte vor dem Haus. Nachdem ich zweimal geklingelt hatte, wurde die Haustür geöffnet.

»Hallo, Tante Anna!«, begrüßte mich Ben. Verschwitzt und auf Socken sah er mich kurz an. »Mama ist in der Küche.« Mit diesem Kommentar drehte er sich um und flitzte die Treppe nach oben ins Kinderzimmer, von wo lautes Rumpeln und Kinderstimmen zu hören waren.

Ich schloss die Tür hinter mir und ging in die Küche. Britta hatte eine Schürze umgebunden und trocknete sich die Hände in einem Handtuch ab, als sie mich erblickte.

»Hallo, Anna! Ist etwas passiert?« Sie band sich die Schürze ab und sah mich misstrauisch an. »Du siehst aus, als hättest du eine Erscheinung gehabt.«

Ich wollte mit meiner Berichterstattung beginnen, als plötzlich über uns ein ohrenbetäubendes Poltern zu hören war.

»Ruhe da oben!«, rief Britta nach oben. »Die Jungs haben Freunde zu Besuch. Da muss man manchmal Angst haben, das Haus stürzt ein.« Sie zog eine Grimasse.

»Aber zu dir. Erzähl schon und spann mich nicht länger auf die Folter. Warte! Lass mich raten: Du hast ein spontanes Date mit Nick?« Sie sah mich verschwörerisch an.

»Nein«, ich schüttelte den Kopf. »Ich war eben in Morsum.«

»Ach ja!«, fiel es ihr ein, und sie schlug sich mit der flachen Hand vor die Stirn. »Und?«

»Setz dich lieber. Das ist so abgefahren, das glaubst du nicht.«

»Jetzt bekomme ich Angst«, erklärte sie und ließ sich auf dem Küchenstuhl nieder.

Ohne lange Umschweife ließ ich die Bombe platzen und berichtete von meinem Besuch bei dem Ehepaar Carstensen. Während Britta mit großen Augen meinen Ausführungen folgte, schüttelte sie immer wieder ungläubig den Kopf.

Nachdem ich geendet hatte, sagte sie: »Anna, das ist unglaublich. Mir fehlen die Worte.«

»Das ging mir genauso. Was denkst du?«

»Das ist ein Hammer! Damit hätte ich niemals gerechnet. Darauf sollten wir unbedingt anstoßen.«

Sie sprang auf, ging zum Kühlschrank und nahm eine Flasche Sekt heraus.

»Mit dem Anstoßen sollten wir lieber warten. Wenn das nun doch nur ein Scherz ist? Bestimmt meldet sich noch der rechtmäßige Erbe.«

»Anna! Du elende Pessimistin. Ich denke, du hast das Testament gelesen.«

»Ja, habe ich. Nicht alles, aber die Stelle mit dem Haus, die mich betrifft.«

»Na also! Mensch, freu dich! Das ist doch großartig! Du bekommst ein Haus auf Sylt! Geschenkt! Wenn das kein Grund zu feiern ist?«, sprudelte es aus ihr heraus, während sie zwei Sektgläser aus dem Geschirrschrank nahm. »Weißt du schon, was du mit dem Haus anstellen wirst?«

»Nein, über das alles habe ich mir noch keine Gedanken gemacht. Noch gehört es mir nicht und außerdem habe ich es bislang nicht einmal gesehen. Der Notar hat gesagt, ich soll mir Zeit zum Überlegen nehmen. Es besteht außerdem die Möglichkeit, das Erbe auszuschlagen.«

»Bist du übergeschnappt?«, warf Britta ein. »Anna!«

»Ich werde erst den Termin beim Nachlassgericht abwarten. Vielleicht tauchen doch noch weitere Erben auf. Dann sehen wir weiter.«

Britta hielt inne und sah mich ernst an. »Du freust dich gar nicht, habe ich recht? Oder hast du schlichtweg Angst?«

»Angst?«, fragte ich.

»Ja, Angst vor Veränderung. Vor Entscheidungen, was weiß ich?« Sie stieß einen lang gezogenen Seufzer aus. »Das ist typisch für dich. Anna! Das Leben macht dir ein wundervolles Geschenk und du siehst sofort düstere Wolken am Horizont aufziehen. Bleib mal locker und freue dich einfach! Sieh es wie einen Lottogewinn.« Sie stieß einen derart lauten Freudenschrei aus, dass ich unweigerlich zusammenzuckte.

»Alles okay, Mama?«, erklang daraufhin eine besorgte Kinderstimme von oben.

»Alles super!«, rief Britta und zwinkerte mir zu.

Dann öffnete sie die Flasche mit einem knallenden Geräusch und füllte den perlenden Inhalt in die Gläser.

»Hier!« Sie reichte mir ein Glas. »Auf deine neueste Errungenschaft!«, sie prostete mir fröhlich zu. »Dann kannst du zukünftig hier auf der Insel wohnen, und wir könnten uns jederzeit sehen. Das wäre großartig!«

Ich nickte zögerlich, nahm das Glas und trank es in einem Zug aus. Das tat gut. Allmählich wich die Anspannung aus meinem Körper.

»Du sollst nicht denken, dass ich mich nicht freue, aber das klingt wie im Märchen, das musst du zugeben. Wenn alles glatt läuft, wäre das natürlich toll! Ich brauche einfach ein wenig Zeit, mich mit dem Gedanken anzufreunden. Das kam doch sehr plötzlich.« Ich machte eine Pause und Britta schenkte nach. »Bitte nicht so viel, ich muss noch fahren.«

»Was hast du dir gedacht, als du zur Testamentseröffnung eingeladen wurdest? Du hast dir doch sicherlich im Vorfeld Gedanken dazu gemacht? Ich meine, man wird ja nicht eingeladen, wenn man nichts erbt«, stellte Britta die berechtigte Frage.

»Natürlich habe ich darüber nachgedacht. Das Einzige, was mir eingefallen ist, wäre sein Flügel gewesen. Ein wundervolles und wertvolles Instrument. Darauf hat er den größten Teil seiner Stücke komponiert und ich habe es geliebt, darauf zu spielen. Dieser Klang ist grandios. Das allein wäre schon außerordentlich großzügig gewesen, ihn mir zu überlassen.«

»Das stimmt allerdings.«

»Du, Britta?« Sie sah mich fragend an. »Das bleibt erst mal unter uns, okay? Sag bitte Jan noch nichts.«

Als ich bemerkte, dass sie bei meinen Worten leicht

zusammenzuckte, ergänzte ich schnell: »Ich mag Jan und vertraue ihm, aber er handelt manchmal … unüberlegt. Und bevor nicht alles geregelt ist …«

»Verstehe, ich werde selbstverständlich nichts sagen«, entgegnete sie mit gekränkter Stimme.

»Bitte sei nicht eingeschnappt, aber ich finde, es ist zu früh, um die Angelegenheit an die große Glocke zu hängen. Ich habe mich noch nicht endgültig entschieden. In Ordnung?« Ich sah sie entschuldigend an.

»Schon okay, Anna. Mach dir keine Gedanken. Wahrscheinlich würde ich genauso reagieren.« Sie lächelte mir versöhnlich zu, was ich mit Erleichterung zur Kenntnis nahm. Nichts lag mir ferner, als mich mit meiner besten Freundin wegen dieser Erbschaft zu überwerfen.

»Ich muss dir recht geben, bei näherer Betrachtung klingt das Ganze irgendwie äußerst durchgeknallt«, fügte sie hinzu.

»Meinst du, du kannst die Jungs einen Moment allein lassen?«

»Was hast du vor?«

»Ich will mir das Haus ansehen, wenigstens von außen. Wer weiß, wie es aussieht? Ich kann mir zwar nicht vorstellen, dass Johannes mir eine alte Bruchbude hinterlassen hat, aber wer weiß?« Ich zog fragend die Schultern hoch.

»Gute Idee. Lass uns fahren.«

Wir bogen von der Hauptstraße ab und folgten einer schmalen Straße bis auf der linken Seite ein einsames Haus auftauchte.

»Das muss es sein«, nahm ich an und hielt direkt davor an.

»Alter Schwede!« Britta stieß einen leisen Pfiff aus. »Eine baufällige Kate sieht anders aus.«

»Das ist ja riesig«, stellte ich überwältigt fest. »Damit habe ich nicht gerechnet.«

»Los, wir gehen näher ran«, schlug Britta vor.

»Ich weiß nicht.«

»Anna! Das gehört in Kürze dir!«

Wir marschierten durch die unverschlossene Gartenpforte auf das Grundstück. Das Haus musste ursprünglich ein alter Bauernhof gewesen sein, denn es bestand aus zwei Gebäudeteilen, die durch einen gläsernen Gang verbunden worden waren. Der gesamte Komplex war von einem riesigen Garten umgeben, der äußerst professionell gestaltet worden war. Überall auf dem Grundstück verteilt, waren Gruppen von Rosen und Hortensien gepflanzt worden, die ihre nackten Zweige wie Finger gen Himmel reckten. Dazwischen war alter Pflanzenbestand geschickt integriert worden. Niedrige knorrige Bäume, denen der Wind über die Jahrzehnte bizarre Formen verliehen hatte, wirkten wie stumme Zeugen aus einer längst vergessenen Zeit und gaben dem Anwesen etwas Verwunschenes. Zur rechten Seite des Gebäudes schloss sich eine großzügige Grünfläche mit einem Schwimmteich an, in den ein hölzerner Steg hineinragte. Als Einfriedung des gesamten Areals diente ein Friesenwall, auf dem im Sommer Heckenrosen ihren Duft verströmten, wie man ihn überall auf Sylt finden konnte. Ich erinnerte mich, dass Johannes mich einmal gefragt hatte, wie ich solch einen Garten bepflanzen würde. Damals ahnte ich nicht, dass er offenbar seinen eigenen meinte. Die Umsetzung entsprach exakt meinem Vorschlag. Unwillkürlich rollten mir einige Tränen über die Wangen bei dem Gedanken.

»Hey, Anna! Was ist?«, erkundigte sich Britta besorgt.

»Geht schon. Das haut mich einfach um.«

Wir gingen einmal um das Haus herum, konnten jedoch nicht ins Innere des Hauses blicken, da die Fenster im Erdgeschoss mit Fensterläden verschlossen waren.

»Eine Bruchbude ist es jedenfalls nicht, das steht fest. Ich gehe nicht davon aus, dass du im Inneren mit bösen Überraschungen rechnen musst«, betonte Britta, als wir auf dem Rückweg waren.

»Das glaube ich auch nicht«, erwiderte ich.

»Und im schlimmsten Fall, machst du alles dem Erdboden gleich. Allein das Grundstück ist eine Menge wert.«

Ich sah sie entgeistert an.

»Du bist wirklich leicht aus dem Konzept zu bringen«, lachte sie.

KAPITEL 12

Zurück im »Syltstern« beschloss ich, einen Stadtbummel durch Westerland zu unternehmen. Ich brauchte unbedingt eine Portion frische Luft, um einen klaren Kopf zu bekommen. Es war trocken, aber stürmisch geworden, was mir jedoch nichts ausmachte. Wind gehörte zur Küste wie der Sand an den Strand. Ich zog meine dicke Jacke über und wickelte den Schal fest um meinen Hals. Während ich durch die Friedrichstraße schlenderte und in die weihnachtlich geschmückten Auslagen der Geschäfte blickte, verspürte ich plötzlich ein starkes Hungergefühl. Schlagartig wurde mir bewusst, dass ich den gesamten Tag über kaum etwas gegessen hatte. Daher fasste ich kurzerhand den Entschluss, in der »Badezeit« direkt am Meer eine Kleinigkeit zu mir zu nehmen. Ich war unsicher, ob es später bei dem Treffen in der Hotelbar des »Syltstern« zur Hochzeitsvorbereitung Essbares gäbe. Britta hatte diesbezüglich nichts erwähnt, und ich hatte in der Aufregung versäumt, sie danach zu fragen.

In der »Badezeit« herrschte um diese Zeit wenig Betrieb, da es den meisten Menschen vermutlich zu früh für ein Abendessen war. Ich bekam ohne Schwierigkeiten auch ohne Reservierung einen Platz zugewiesen. Im Inneren war es gemütlich warm. Ich legte Jacke und Schal ab und band meinen Pferdeschwanz neu, der vom Wind völlig zerzaust war. Nachdem ich die Speisekarte ausgiebig studiert hatte, fiel meine Wahl auf eine scharfe Kürbissuppe. Etwas Wärmendes von innen konnte ich gut gebrauchen. Schließlich musste ich den Weg auch wieder zurücklaufen. Von meinem Fensterplatz aus hatte ich einen herrlichen Blick auf den Strand und das Meer. Vereinzelt wanderten einige Personen an der Wasserkante entlang, nach vorne gebeugt, um sich gegen den kräftigen Wind zu stemmen, der sich ihnen gnadenlos in den Weg stellte. Helle Schaumkronen tanzten auf riesigen Wellenbergen, die sich bedrohlich auftürmten, um mit aller Kraft an den

Strand zu rollen. Die Abenddämmerung hatte eingesetzt, und die Lichtverhältnisse wurden von Minute zu Minute spärlicher. Nicht mehr lange und es würde dunkel sein.

Ich aß die heiße Suppe, die mir von einem freundlichen Kellner gebracht wurde, und blickte dabei auf das Meer. In Gedanken vertieft bemerkte ich nicht, dass plötzlich jemand neben mir auftauchte, und zuckte erschrocken zusammen, als ich meinen Namen hörte.

»Guten Appetit, Anna Marietta.«

Ich sah in die Richtung, aus der die Stimme kam, und hätte mich um Haaresbreite an meiner Suppe verschluckt. Mir gegenüber stand Nick.

»Danke«, krächzte ich und war froh, dass ich bereits feuerrote Wangen von der heißen Suppe hatte, denn mich erfasste schlagartig eine Hitzewelle.

»Darf ich mich setzen?«, fragte er und deutete auf den Stuhl mir gegenüber.

Ich nickte lediglich, denn mein Sprachzentrum war vorübergehend außer Betrieb. In diesem Augenblick wünschte ich mir nicht nur Brittas Lockerheit, sondern vor allem ihre Schlagfertigkeit. Nick zog seine Daunenjacke aus und hängte sie über die Stuhllehne. Dann nahm er Platz. Ich lächelte ihn kurz an und löffelte dann angestrengt meine Suppe.

»Ist dein Auto inzwischen repariert worden?«, begann er ein Gespräch, da ich nichts von mir gab.

»Ja, hat alles gut geklappt. Jan war so freundlich und hat sich um die Reparatur gekümmert. Er kennt jemanden, der eine Autowerkstatt auf der Insel betreibt. Für seine Hilfe bin ich ihm sehr dankbar«, plapperte ich, während seine dunklen Augen unablässig auf mir ruhten. »Das war wirklich nett von dir, dass du mir neulich die Papiere gebracht hast.« Ich strich mir verlegen eine Haarsträhne hinters Ohr. Obwohl mich Nicks Anwesenheit insgeheim freute, machte sie mich gleichermaßen nervös.

»Gern geschehen.«

Einige Sekunden verstrichen, ohne dass wir ein weiteres Wort miteinander wechselten.

»Was ist mit dir? Ich meine, was treibt dich bei diesem Sturm hierher?«, setzte ich an, um das Schweigen zu brechen. Ich benahm mich wie eine Idiotin. Was musste Nick von mir denken? Vielleicht dachte er auch nichts, denn schließlich war er nicht meinetwegen hier.

»Ich habe Feierabend und bin hier verabredet«, erwiderte er ruhig und massierte sich den rechten Handballen mit dem Daumen der linken Hand.

Natürlich, schoss es mir durch den Kopf. Die Frage hätte ich mir getrost sparen können. Weil ich allein in diesem Restaurant aß, musste dies nicht zwangsläufig für Nick gelten. Vermutlich würde jeden Augenblick eine engelsgleiche Schönheit zur Tür hereinkommen, und sich zur Begrüßung in seine starken Arme fallen lassen.

»Anna, alles okay?«, riss mich Nicks Stimme aus meinen Überlegungen.

»Entschuldige.« Ich lachte verlegen. »Die Suppe ist übrigens sehr zu empfehlen, falls du die Absicht hast, etwas zu essen«, lenkte ich ab und deutete mit dem Löffel auf meinen nahezu leeren Teller.

»Ich weiß. Ich esse manchmal hier«, fügte er in gelassenem Ton hinzu, wobei seine Mundwinkel amüsiert zuckten.

»Natürlich, wie dumm von mir«, murmelte ich und sah auf meinen Teller.

Seine Nähe brachte mich durcheinander, und ich ärgerte

mich zunehmend, dass ich nicht in der Lage war, eine einigermaßen sinnvolle Konversation zu betreiben. Inzwischen war eine junge Kellnerin an unseren Tisch getreten.

»Hi, Nick«, begrüßte sie ihn und legte besitzergreifend eine Hand auf seine Schulter. »Alles klar? Wie immer ein kühles Blondes?«

Dabei schenkte sie mir und meinem beinahe leeren Glas keinerlei Beachtung. Ihre Botschaft, ich solle nicht in fremden Revieren stöbern, war mehr als deutlich.

»Heute nehme ich ein Glas Rioja. Und du, Anna, möchtest du auch ein Glas oder lieber etwas anderes?«

»Das ist sehr aufmerksam, aber für mich nichts mehr. Danke, Nick«, erwiderte ich überschwänglich und lächelte die Bedienung betont freundlich an. Dieses Spiel beherrschte ich ebenfalls. Mein Verhalten – darüber war ich mir im Klaren – war absolut albern und kindisch, und ich konnte mir nicht erklären, was in mich gefahren war. Nick konnte sich nur schwer ein Grinsen verkneifen. Dann beobachtete er mich, wie ich eifrig den letzten Rest Suppe von meinem Teller löffelte, obwohl sie mittlerweile kalt war. Abschließend wischte ich mir den Mund mit der Papierserviette ab. Mit fahrigen Fingern platzierte ich die benutzte Serviette zwischen Tellerrand und Löffel. Ich schenkte Nick einen kurzen Blick. Dann nahm ich mein Glas und trank die Pfütze darin in einem Zug aus. Beim Abstellen touchierte ich unglücklicherweise den Tellerrand, sodass das Glas umfiel und ich bei meinem Rettungsversuch mit dem Ärmel am Löffel hängenblieb, der mit lautem Scheppern quer über den Tisch sauste. Auch das noch! Das Loch, in dem ich in diesem Moment am liebsten verschwunden wäre, hätte nicht groß genug sein können.

»Oh nein, das tut mir leid! Wie ungeschickt von mir. Hast du etwas abbekommen?«, entschuldigte ich mich.

Einige Tropfen der orangefarbenen Suppe waren wie Sommersprossen auf der hellen Tischplatte verteilt. Hastig griff ich nach einer sauberen Serviette und beseitigte die Spuren meines Malheurs. Solche Missgeschicke passierten ausschließlich in Situationen, in denen man es am wenigsten gebrauchen konnte. Nick streckte seinen Arm über den Tisch, griff nach dem Löffel und legte ihn auf den Teller zurück.

»Nichts passiert, niemand verletzt.«

»Danke«, war alles, was ich hervorbrachte. Dabei vermied ich, ihn anzusehen.

Die Situation war mir unsagbar peinlich. Nick hingegen schien vollkommen unbeeindruckt zu sein oder konnte seine wahren Gefühle ausgezeichnet verbergen. Gemütszustände offen zu zeigen, schien ohnehin nicht zu seinen Stärken zu gehören, das hatte ich bereits festgestellt. Ein Blick auf meine Uhr machte mir deutlich, dass es bereits nach 19.00 Uhr war.

»Ach du Schreck, ich muss los!«, stellte ich bestürzt fest.

Ich würde mit Hochglanz zu spät zum Treffen in Brittas Hotel kommen. In meinem tiefsten Inneren wäre ich allerdings lieber ein bisschen länger in der »Badezeit« geblieben, um mehr über Nick in Erfahrung zu bringen, aber ich hatte Britta fest versprochen, an dem Treffen teilzunehmen und wollte sie nicht im Stich lassen. Ich gab der Bedienung ein Zeichen und bezahlte meine Rechnung. Dann erhob ich mich von meinem Stuhl und griff nach meiner Tasche, die über der Armlehne hing. Nick war ebenfalls aufgestanden und half mir in meine Jacke. Da er direkt hinter mir stand, stieg mir unweigerlich sein Aftershave in die Nase. Es roch gut und passte zu ihm.

»Ich wünsche dir einen schönen Abend«, sagte er, als ich mich endgültig auf den Weg machte.

»Danke, das wünsche ich dir auch. Deine Verabredung kommt sicher bald«, erwiderte ich, worauf er lediglich nickte.

Dann verließ ich schweren Herzens das Restaurant – den triumphierenden Blick der Kellnerin im Rücken.

Draußen wurde ich von heftigen Sturmböen begrüßt, die durch die Straßen fegten und denen ich mich mit aller Kraft dagegenstemmen musste.

»Moin, Nick! Was für ein Wetterchen da draußen. Scheint der erste richtige Wintersturm der Saison zu werden. Sind die anderen noch nicht da? Ich hatte schon befürchtet, ich sei spät dran.« Er rieb beide Hände gegeneinander, um sie aufzuwärmen.

»Hallo, Uwe! Nein, du bist der Erste. Die anderen kommen sicher gleich. Ansgar musste noch etwas Dringendes erledigen. Er hat mir eben eine Nachricht geschickt, dass er ein paar Minuten später kommt.«

Uwe hängte seine Jacke über einen Stuhl, legte Schal und Mütze ab und machte es sich auf seinem Platz bequem.

»Er hat in letzter Zeit ständig dringende Termine. Findest du nicht?«, bemerkte Uwe.

»Nein, ist mir bislang nicht aufgefallen«, erwiderte Nick unbeeindruckt.

»Täusche ich mich oder ist mir eben auf der Promenade Anna begegnet? Die Freundin von Britta? Du weißt schon, die Dunkelhaarige aus dem Schwimmbad«, fragte

Uwe, während er sein schütteres Haar richtete und sich suchend nach einer Bedienung umsah.

»Ja, das kann sein«, bestätigte Nick und blickte in sein Weinglas, während er mit den Fingern der rechten Hand leise auf der Tischplatte trommelte.

»Und?«, hakte Uwe nach, als die Bedienung an den Tisch kam, um die Bestellung aufzunehmen.

»Ein Bier bitte für mich. Nick, du noch etwas?«

Nick hörte auf zu trommeln, sah auf und schüttelte den Kopf. »Und was?«

»Mensch, Nick. Wart ihr verabredet oder war sie zufällig hier? Hast du mit ihr gesprochen? Lass dir doch nicht alles aus der Nase ziehen!«

»Das war lediglich Zufall. Sie war schon hier, bevor ich gekommen bin. Wir haben ein paar Worte gewechselt, dann musste sie zu einem Termin aufbrechen«, erklärte Nick in sachlichem Ton.

»Aha. Wie findest du sie?«

Nick zuckte die Achseln und schwenkte sein Weinglas, sodass die rote Flüssigkeit darin feine Schlieren bildete. »Sie scheint nett zu sein.«

»Nett?« Uwe verzog gequält das Gesicht. »Falls du es nicht bemerkt haben solltest, sie sieht rattenscharf aus, mein Lieber. Weißt du, ob sie einen Freund hat?«

Uwe angelte einige Erdnüsse aus einem Glasschälchen, wobei ein paar daneben auf die Tischplatte purzelten. Schnell sammelte er sie auf und beförderte sie in den Mund.

»Nein, keine Ahnung.«

»Worüber habt ihr euch unterhalten? Hat sie keine Andeutungen diesbezüglich gemacht?«, insistierte Uwe kauend.

»Nein, wieso sollte sie? Sag mal, ich komme mir beinahe vor wie bei einem Verhör. Kann es sein, dass du was von ihr willst?«, konterte Nick und sah Uwe durchdringend an.

»Ich doch nicht!« Uwe blieb vor Schreck beinahe eine Erdnuss im Hals stecken und er bekam einen Hustenanfall. »Bist du von allen guten Geistern verlassen? Tina würde mir die Hölle heißmachen, du kennst sie. Nein, ich dachte da eher an … dich!«

Nick zog überrascht die Augenbrauen hoch und steckte sich ebenfalls ein paar Erdnüsse in den Mund.

»Mensch, Junge! Sie ist eine klasse Frau und du ein freier Mann. Worauf wartest du?«, versuchte Uwe seinen Freund aus der Reserve zu locken.

»Hör schon auf! Erinnere dich an unsere Begegnung im Schwimmbad, da sah sie wenig begeistert aus. Und überhaupt.«

»Meine Güte, Nick! Sollte sie dich gleich vor allen anspringen? Wahrscheinlich ist sie ein bisschen schüchtern. Lade sie bei nächster Gelegenheit auf ein Glas Wein ein, geht zusammen essen, zeig ihr die Insel oder was weiß ich? Macht irgendetwas zusammen und lernt euch kennen. Die Insel bietet wahrlich genügend Möglichkeiten.«

Uwe bemerkte den düsteren Ausdruck, der sich auf das Gesicht seines Freundes gelegt hatte. »Nick, ich meine es ernst. Ich weiß, dass es in der Weihnachtszeit besonders schwer für dich ist. Aber findest du nicht, dass es langsam an der Zeit ist, dass du aus deinem Schneckenhaus herauskommst und anfängst, wieder richtig zu leben?«, fuhr er mit ruhiger Stimme fort. »Da draußen wartet eine Zukunft auf dich. Verbaue sie dir nicht, du hast nur dieses eine Leben.«

»Ich habe einen Job, der mir Spaß macht, ich treibe viel Sport und sitze jetzt mit dir in einem Restaurant. Ist das kein richtiges Leben?«

»Du willst mich nicht verstehen, oder? Ein Treffen mit einer Frau würde dir guttun. Du sollst diese Anna ja nicht sofort heiraten. Hey, mach es dir nicht unnötig schwer. Außerdem gefällt sie dir. Ich habe bemerkt, wie du sie angesehen hast.«

»Ich weiß nicht«, murmelte Nick kaum hörbar.

»Gib dir einen Ruck. Du kannst die Vergangenheit nicht ungeschehen machen, so oder so. Lass endlich los, und gib vor allem dir selbst eine Chance. Du bist Mitte 30, willst du die besten Jahre deines Lebens tatenlos verstreichen lassen? Sieh dich an, Nick! Dir rennen die Frauen die Bude ein. Du brauchst nur so zu machen«, Uwe schnippte mit den Fingern, »dann stehen sie Schlange. Davon kann unsereiner nur träumen. Also, mein Lieber, ran an die Frau! Aber warte nicht zu lange, sonst ist sie entweder abgereist oder ein anderer war schneller als du. Wäre schade!«

Uwe trank einen kräftigen Schluck aus seinem gerade von der Kellnerin gebrachten Bierglas und klopfte Nick freundschaftlich auf die Schulter.

»Bist du jetzt fertig mit deiner Moralpredigt? Ich wäre dir dankbar, wenn wir das Thema ad acta legen könnten, zumal die anderen jeden Moment kommen«, bat Nick mit einem Seufzer.

»Wie du meinst. Aber versprich mir, dass du dir meine Worte zu Herzen nimmst«, fügte Uwe hinzu, was Nick mit einem Brummen honorierte. »Oh, was hast du da am Arm?« Uwe deutete auf zwei tiefe Kratzspuren an Nicks linken Unterarm. »Sieht nach einer Schnittwunde aus. Wie hast du denn das angestellt?«

»Kleines Malheur beim Holzhacken. Nicht der Rede wert«, entgegnete Nick, ohne eine nähere Erklärung abzugeben und zog kurzerhand den Ärmel seines Pullovers darüber.

»Das passiert ausgerechnet einem Kanadier? Ich dachte immer, die Fähigkeit Holz zu hacken, nehmt ihr mit der Muttermilch auf«, amüsierte sich Uwe. Plötzlich vibrierte sein Handy. »Leute, ich habe Feierabend!«, murrte er. Verwundert zog er die Augenbrauen hoch, als er auf das Display sah. »Nanu? Das ist das Krankenhaus. Was wollen die denn um diese Zeit?«

»Vielleicht ist Herrn Winterhoff etwas eingefallen und er erinnert sich?«, spekulierte Nick.

Ich marschierte auf dem schnellsten Weg zum Hotel. Unterwegs begegnete ich kaum einer Menschenseele, obwohl es relativ früh am Abend war. Im Sommer begann das Leben um diese Uhrzeit erst richtig zu pulsieren. Aber im Winter brannte in den Häusern lediglich hier und da Licht, als wenn sich die gesamte Insel im Winterschlaf befände. Im Hotel angekommen, begab ich mich auf direktem Weg zur Bar, ohne vorher einen Abstecher in mein Zimmer zu machen. Wie erwartet, waren die übrigen Teilnehmer unserer Runde längst versammelt.

»Entschuldige bitte die Verspätung«, flüsterte ich Britta zu und schlüpfte aus meiner Jacke. Mit einem raschen Blick in den Spiegel richtete ich meine vom Wind zerzauste Frisur und legte schnell etwas Lippenstift auf.

»Ist nicht schlimm. Alles okay?«, erkundigte sie sich. Als ich zustimmend nickte, entspannten sich ihre Gesichtszüge. »Gut.«

Anschließend stellte sie mich der Runde vor. Einige

der Anwesenden kannte ich aus dem Schwimmbad, darunter Tina sowie Nadine, die von ihrem Mann Hanspeter begleitet wurde. Hanspeter, eine dünne und blasse Erscheinung, war eher der schüchterne, zurückhaltende Typ und somit das komplette Gegenteil seiner Frau. In dem Augenblick, als wir unsere Plätze einnehmen wollten, erschien ein weiterer Gast in der Bar.

»Frank!« Jan begrüßte freudig einen großen, blonden Mann mit feinen Gesichtszügen und sehr schönen Händen.

»Guten Abend, ich bitte um Entschuldigung für die Verspätung, aber es gab einen Notfall, um den ich mich kümmern musste«, entgegnete Frank und reichte allen nacheinander zur Begrüßung die Hand. Zuletzt war ich an der Reihe.

»Ich denke, wir kennen uns noch nicht. An so eine bezaubernde Erscheinung würde ich mich in jedem Fall erinnern.« Er schenkte mir ein perfektes Lächeln und schüttelte meine Hand.

»Ich bin Anna und zu Besuch bei Britta und Jan«, erklärte ich und versuchte ihm meine Hand zu entziehen, die er nach wie vor festhielt und offenbar nicht gewillt war, sie so schnell wieder freizugeben. Glücklicherweise ergriff Jan in diesem Moment das Wort und bat alle, endlich Platz zu nehmen. Im Laufe des Abends erfuhr ich, dass Dr. Frank Gustafson seit einem halben Jahr leitender Oberarzt des hiesigen Klinikums und ledig war, was er mit einem gezielten Seitenblick in meine Richtung betonte. Während alle durcheinandersprachen und Vorschläge diskutierten, hielt ich mich im Hintergrund. Für das Organisieren von Spielen oder anderen vermeintlich lustigen Überraschungen, denen ein Brautpaar am schönsten Tag seines Lebens ausgesetzt war, war ich eindeutig die falsche Ansprechpartnerin, denn ich hatte mich nie dafür begeistern können. Trotzdem bereitete mir dieser Abend viel Spaß. Mir war die gesamte Zeit über nicht entgangen, dass Frank wiederholt Blickkontakt zu mir suchte. Natürlich steckte Jan dahinter, der krampfhaft versuchte, mich wortwörtlich an den Mann zu bringen, denn er zwinkerte mir mehrfach aufmunternd zu. Das Letzte, was ich momentan gebrauchen konnte, war der Versuch, auf Biegen und Brechen verkuppelt zu werden.

Nachdem alle Freunde und Bekannte die Hotelbar verlassen hatten, half ich Britta und Jan beim Aufräumen.

»Das war ein lustiger Abend«, bemerkte ich, während ich die gebrauchten Gläser auf ein Tablett stellte. »Das wird bestimmt eine schöne Hochzeitsfeier, wenn die übrigen Gäste ebenso gut gelaunt sind wie die heute.«

»Ja, langsam freue ich mich schon. Endlich wieder eine Hochzeitsfeier!«, erwiderte Britta mit beseeltem Blick.

»Ich brauche bis dahin auf jeden Fall etwas zum Anziehen. Auf eine Hochzeit war ich nicht eingestellt und habe dementsprechend nichts Passendes dabei«, stellte ich fest. »Kommst du mit und berätst mich bei der Auswahl?«

Jan brummte etwas in der Art »Typisch Frau« vor sich hin. Daraufhin erntete er einen strafenden Blick von seiner Frau.

»Selbstverständlich begleite ich dich«, versicherte Britta begeistert. »Wir lassen uns auch bei Manolo einen Termin geben.«

»Wer ist Manolo?«

Ehe Britta antworten konnte, entgegnete Jan verächtlich: »Das ist dieser aufgeblasene Möchtegern-Spanier.«

»Du bist bloß eifersüchtig!«, konterte Britta und stieß ihren Mann spielerisch mit dem Ellenbogen in die Seite. »Manolo Razón ist unser Frisör. Seine Oma ist Halb-Spanierin. Mit bürgerlichem Namen heißt er Manuel Grundmann. Er versteht sein Handwerk, auch wenn er leicht abgedreht wirkt. Du wirst sehen, im Nu macht er aus einem eine wahre Schönheit. Das hast du zwar nicht nötig, aber ich dafür umso mehr.« Sie wuschelte sich durchs Haar und zog eine Grimasse.

»Du spinnst!«, lachte ich, während Jan genervt mit den Augen rollte.

Wenig später verabschiedete ich mich von den beiden und zog mich in mein Apartment zurück. Ich war todmüde und sehnte mich nach meinem Bett.

KAPITEL 13

»Ich steige aus. Mir wird das langsam zu heiß. Das war definitiv das letzte Mal.«

»Bist du verrückt? Das geht nicht! Wir haben eine

Abmachung! Das kannst du nicht machen«, keifte sie aufgebracht.

»Klar, kann ich. Wirst schon sehen.«

»Aber du hängst ebenso drin wie wir. Wenn du glaubst …«

»Schluss jetzt! Niemand steigt aus.« Die dunkle Stimme ließ die beiden anderen augenblicklich verstummen.

»Ist euch klar, was unweigerlich passieren wird? Wieso musstest du ihm auch gleich eins überbraten? Noch dazu mit einem Golfschläger. Blöder geht's kaum! Du solltest beten, dass er das überlebt und dich nicht erkannt hat.«

»Was hätte ich deiner Meinung nach denn machen sollen? Mich persönlich vorstellen und um Entschuldigung bitten, dass wir in das Haus eingebrochen sind? Oder was?«

»Nee, aber du musstest ja unbedingt noch in dem Raum nachsehen. Du hättest sofort abhauen sollen, so wie wir.«

»Das ging leider nicht, er stand genau vor mir.«

»Du bist eben zu langsam und nicht teamfähig.«

»Ach, tatsächlich? Und wer hat uns nicht früh genug gewarnt? Im Übrigen habe ich mich auch verletzt. Aber das interessiert niemanden. Und auf diese riesigen Latschen habe ich auch keinen Bock mehr, damit kann man kaum laufen.«

»Hört auf! Bevor ihr euch gegenseitig zerfleischt, sollten wir überlegen, wie wir künftig vorgehen wollen«, wandte er ein, bevor die Situation zu eskalieren drohte.

»Grandiose Idee! Was schlägt Mister Schlauberger vor?«

»Pass auf deine Ausdrucksweise auf!«

»Drohst du mir?« Ein gleichermaßen abfälliges wie ängstliches Lachen erklang.

»Ich schlage vor, wir warten eine Zeit lang ab. Das Risiko, geschnappt zu werden, ist momentan zu groß. Die Polizei wird verschärft aufpassen und kontrollieren.«

»Woher willst du das wissen?«

»Ich weiß es. Da braucht man nur eins und eins zusammenzuzählen.«

»Da braucht man nur eins und ein zusammenzuzählen«, äffte sie ihn nach. »Du klemmst also doch den Schwanz ein? Typisch! Gib zu, dass du Schiss hast«, schnaubte sie abfällig, und ihre Augen sprühten kleine Funken in seine Richtung.

»Nein, habe ich nicht. Das hätte bloß nicht passieren dürfen. Wir warten, bis sich die Gemüter beruhigt haben und Gras über die Sache gewachsen ist.« Für einen Moment herrschte betretenes Schweigen. »Wir waren uns einig, dass niemand verletzt werden darf. Und jetzt das.«

»Du hast doch gesagt, dass das Haus unbewohnt ist. Sonst wären wir da nie reingegangen«, protestierte sie.

»Sorry, ich hatte keine Ahnung, dass jemand nach Hause kommt. Nach meinem Kenntnisstand sollte das Haus bis Jahresende leer stehen.«

»Nächstes Mal passen wir alle besser auf. Und du hast weiterhin die Bullen im Auge, okay?« Sie hob die Hand.

»Okay«, brummte er und schlug ein.

»Wo sind eigentlich die Sachen, die wir aus dem Haus mitgenommen haben?«, wollte sie wissen und wirkte nervös.

»Bei mir zu Hause, gut verstaut in einer Kiste«, begegnete er ihr ruhig.

»Bist du übergeschnappt? Wenn jemand das Zeug findet, sind wir geliefert!« Ihre Stimme drohte, sich zu überschlagen.

»Keine Panik. Das Zeug findet niemand. Ich wohne allein, vergessen?«

»Dein Wort in Gottes Ohr.«

»Den solltest du besser aus dem Spiel lassen«, knurrte er.

KAPITEL 14

»Moin«, begann Uwe die morgendliche Dienstbesprechung. »Nachdem eben drei weitere Krankmeldungen eingegangen sind, müssen wir die Dienstpläne aktualisieren. Tut mir leid, aber es kommen Überstunden auf euch zu. Cordula ist dabei, die neuen Pläne auszuarbeiten und wird sie anschließend verteilen.« Ein Raunen ging durch die Anwesenden. »Was die Einbruchsache betrifft, habe ich leider keine guten Nachrichten. Gestern Abend hat mich die Klinik angerufen und mitgeteilt, dass das Einbruchsopfer aus Morsum, Helmut Winterhoff, an den Folgen seiner Verletzungen gestorben ist. Aufgrund des Schlages auf den Kopf hat sich ein Gehirnödem gebildet, das letztendlich zum Tode geführt hat. Ich habe bereits mit Staatsanwalt Achtermann gesprochen und ihm zugesichert, dass wir alles daransetzen werden, die Täter so schnell wie möglich dingfest zu machen. Wir müssen der Bande das Handwerk legen und sie zur Rechenschaft ziehen. Ich zähle auf jeden von euch!«

Die Tür öffnete sich und eine junge Frau steckte den Kopf hindurch. »Sorry, dass ich störe. Uwe?«

»Ja? Was gibt's, Cordula?«

»Eben wurde ein neuer Einbruch gemeldet. In Keitum. Könnte mal jemand von euch schnellstmöglich hinfahren?« Sie verzog entschuldigend das Gesicht.

Uwe stöhnte und raufte sich die Haare. »Das darf doch nicht wahr sein! Danke, Cordula.«

Die Frau verschwand und zog die Tür hinter sich zu. »Ihr habt es gehört. Christof? Fährst du bitte hin? Und nimm Lasse mit, er soll schließlich was lernen.« Er deutete auf den jungen Thomsen.

»Aber ich …«, setzte Christof an, als er von seinem Kollegen Ansgar Kreutzer unterbrochen wurde.

»Ich kann das übernehmen«, meldete sich dieser zu Wort.

»Meinetwegen, wenn du so scharf darauf bist«, erwiderte Uwe.

»Okay, dann wollen wir mal«, erwiderte Ansgar hoch motiviert und gab dem jungen Kollegen ein Zeichen, ihm zu folgen.

»Danke für eure Aufmerksamkeit! Das war es fürs Erste. Haltet die Augen offen!«, verkündete Uwe und entließ die restlichen Kolleginnen und Kollegen.

Als Uwe ein paar Minuten später sein Büro betrat, stand Nick am Fenster und starrte nach draußen.

»Ach, hier bist du. Ich habe dich eben vermisst«, begrüßte er ihn.

»Sorry, ich bin aufgehalten worden und eben erst gekommen.«

»Nicht weiter schlimm. Hauptsache, du fällst nicht auch noch aus. Diese Seuche legt das gesamte Revier lahm, wenn das so weitergeht.« Er verschränkte die Arme hinter dem Kopf.

»Habe ich was Wichtiges verpasst?«, erkundigte sich Nick.

»Dass Winterhoff tot ist, hast du ja gestern Abend mitbekommen, als mich das Krankenhaus informiert hat. Gerade wurde ein weiterer Einbruch gemeldet«, berichtete Uwe.

»Wo haben sie dieses Mal zugeschlagen?«, wollte Nick wissen.

»In Keitum. Ausgerechnet gestern sind wir verstärkt in Kampen Streife gefahren. Es scheint wie verhext. Immer dort, wo die Kollegen Patrouille fahren, passiert nichts.«

»Das ist Zufall. Gibt es auswertbare Spuren?«

»Nein, Ansgar ist eben erst losgefahren, hat sich freiwillig gemeldet. Was sagt man dazu?«

Nick hob verwundert die Augenbrauen. »Das sind ja ganz neue Töne.«

»Hat mich auch gewundert. Naja, ich habe ihm jedenfalls den jungen Thomsen mitgegeben.« Er ließ sich auf seinen Bürostuhl fallen. »Übrigens liegt mir mittlerweile der Abschlussbericht der Spurensicherung zum Einbruch in Morsum vor. Das ist interessant. An der Tatwaffe, mit der das Opfer niedergeschlagen wurde, befanden sich mehrere DNA-Spuren.«

»Und? Das ist nichts Außergewöhnliches. Vielleicht

gehörte dem Mann der Golfschläger gar nicht. Den können viele angefasst haben, aus welchen Gründen auch immer. Worauf willst du hinaus?«, hakte Nick nach.

»Das meine ich nicht. Auf dem Schläger befanden sich Blutspuren einer zweiten Blutgruppe. Das bedeutet, dass es vermutlich einen Kampf gegeben hat, bei dem der Täter verletzt worden sein könnte. Die Täter sind durch die Terrassentür in das Haus eingedrungen, in dem sie die Scheibe eingeschlagen haben.«

»Das ist ebenfalls nichts Ungewöhnliches.«

»Dabei muss sich einer von ihnen verletzt haben. Sowohl an der Tür, als auch an einer Scherbe haben die Kollegen der Spurensicherung Blut gefunden.«

»Hat der Abgleich mit der Datenbank ein brauchbares Ergebnis geliefert? Ist eine der Spuren schon mal irgendwo aufgetaucht?«

»Leider Fehlanzeige. Da gibt es keinerlei Übereinstimmung. Höchstwahrscheinlich liegst du mit deiner Vermutung richtig, dass es sich bei den Einbrechern um Anfänger oder Gelegenheitsdiebe handelt. Aktenkundig sind sie jedenfalls nicht.«

»Oder …«, brach Nick mitten im Satz ab.

»Oder? Hast du einen konkreten Verdacht?« Uwe war hellhörig geworden. »Ich bin für alles dankbar, was uns in der Sache weiterbringt. Der Staatsanwalt und die Presse stehen mir auf den Füßen. Also, wenn du etwas weißt, dann sofort her damit!«

»Nein. Vergiss es.« Nick drehte sich um und starrte aus dem Fenster.

Uwe betrachtete ihn nachdenklich. Er hätte zu gern gewusst, was in dem Kopf seines Kollegen in diesem Augenblick vorging.

»Die Täter scheinen allesamt groß zu sein«, versuchte Uwe, ihn zurückzuholen.

»Warum?«, stutzte Nick.

»Die Schuhabdrücke haben durchweg Größe 45, stammen aber von unterschiedlichen Herstellern, das wissen wir mittlerweile.«

Britta hatte mir am Morgen eine Nachricht geschickt, in der sie mir den Termin bei Manolo mitteilte. Aus einer Laune heraus beschloss ich, heute nicht im Hotel zu frühstücken, sondern in meinem Apartment. Ich hatte auf einmal das Bedürfnis, mehr Informationen über Johannes von Waldenbach alias John Woodbrook, wie sein Künstlername lautete, in Erfahrung zu bringen. Vielleicht gab es doch noch irgendwo Verwandte? Was hatte er zuletzt gemacht? Erst jetzt nach seinem Tod stellten sich mir viele Fragen, an die ich zu Lebzeiten nicht gedacht hatte. Letzte Nacht war ich zu erschöpft gewesen und sofort eingeschlafen. Nun schaltete ich meinen Laptop an und begann das Internet nach dem Mann zu befragen, dessen Haus ich erben sollte. Ich fand heraus, dass er im Jahr 1968 in die USA ausgewandert war. Anschließend verlor sich seine Spur für einige Jahre. Offensichtlich lebte dieser begnadete Komponist äußerst zurückgezogen und mied die Öffentlichkeit weitgehend. Leider existierten kaum Fotos aus neuerer Zeit von ihm, was ich bedauerte. Ich selbst hatte lediglich ein Foto von ihm, das mich mit ihm gemeinsam vor seinem Flügel zeigte. Es wurde während meines USA-Aufenthaltes aufgenommen, als ich ihn kennengelernt hatte. Insgesamt betrachtet war meine Ausbeute an Informationen enttäuschend spärlich. Geknickt klappte ich den Laptop zu und zog mich an.

Da sich der Sturm über Nacht gelegt hatte und die Sonne dem Tag eine freundliche Note verlieh, entschied ich, mit meinem Rad nach List zu fahren. Ein Blick auf die Wetter-App bestätigte, was ich am Himmel sah – Sonne pur. Die Strecke von Westerland nach List betrug knapp 20 Kilometer, doch ich hatte alle Zeit der Welt. Fest entschlossen packte ich meine Sachen. Ich hatte mir zum Ziel genommen, dem Erlebniszentrum »Naturgewalten« direkt am Lister Hafen einen Besuch abzustatten.

Wenig später strampelte ich in nördlicher Richtung quer durch beeindruckende Heide- und Dünenlandschaften. Zur Blüte der Besenheide Ende August verwandelte sich die Fläche alljährlich in ein violettes Blütenmeer, dachte ich, während ich kräftig in die Pedale trat. In Kampen legte ich einen kurzen Zwischenstopp ein und gönnte mir im »Café Kupferkanne« ein Stück frisch gebackenen Kirschkuchen mit Sahne und einen Pott Tee. Das Café konnte man durchaus als Institution bezeichnen. Als ehemaliger Bunker, eingebettet in die Heidelandschaft und umringt von knorrigen Kiefern und Heckenrosen, war es zu jeder Jahreszeit ein Genuss, dort einzukehren. Im Sommer konnte man draußen im Garten ein üppiges Frühstück genießen und dabei den Blick über das Watt schweifen lassen. Vorausgesetzt natürlich, man ergatterte rechtzeitig einen der heiß begehrten Plätze. Gestärkt machte ich mich weiter auf den Weg nach List.

Vor dem Naturgewaltenzentrum schloss ich mein Fahrrad ab. Augenscheinlich hatte ich einen Tag mit geringer Besucherzahl erwischt, denn der große Parkplatz davor war kaum belegt. Nachdem ich meine Eintrittskarte bezahlt hatte, reichte mir die junge Frau an der Kasse einen Kopfhörer. Damit erhielt ich an verschiedenen Stellen der Ausstellung Informationen über ein Sprachmodul. In drei thematisch und räumlich getrennten Ausstellungsbereichen wurden dem Besucher eindrucksvoll das Leben mit den Naturgewalten, den Kräften der Nordsee sowie dem Klima und dem Wetter im Allgemeinen anschaulich nähergebracht. Ich bewegte mich durch die verschiedenen Stationen der Ausstellung, sah mir Filme und Fotografien an und führte selbst Experimente, beispielsweise an einer Wellenmaschine, durch. Nach gut zwei Stunden hatte ich meinen Rundgang beendet. Ich gab meinen Kopfhörer zurück und kaufte im angrenzenden Souvenirshop zwei kleine Seehunde aus Plüsch für Tim und Ben, die ich den beiden zu Nikolaus schenken wollte.

Nach meinem Ausflug in die faszinierende Welt des Meeres und seiner Geheimnisse verspürte ich plötzlich Hunger und kaufte mir ein Fischbrötchen. Schließlich lag der lange Rückweg noch vor mir. Ein Blick zum Himmel machte deutlich, dass ich schleunigst den Rückweg antreten sollte. Die Sonne hatte sich nicht an die Abmachung gehalten und war hinter dunklen Wolken verschwunden, die sich in der Ferne bedrohlich zu gewaltigen Bergen auftürmten. Wie ich feststellen musste, war auf meine Wetter-App nur bedingt Verlass. Auch der Wind hatte zwischenzeitlich merklich aufgefrischt. Das Wetter an der See war unberechenbar, das hatte ich kurz zuvor in der Ausstellung eindrucksvoll vermittelt bekommen. Daher beschloss ich, umgehend die Rückfahrt anzutreten, ohne vorher einen Bummel durch die »Alte Tonnenhalle« zu unternehmen. Das konnte ich zu einem anderen Zeitpunkt nachholen. Der Rückweg erwies sich als äußerst beschwerlich, da der Wind von vorn kam und von Minute zu Minute an Stärke zunahm. Ich hatte das Gefühl, die

Natur wollte mit aller Macht demonstrieren, wozu sie in der Lage war, was ich zuvor lediglich in der Simulation erlebt hatte. Mit all meinen Kräften trat ich in die Pedale und kam trotz der hohen Kraftanstrengung nur verhältnismäßig langsam voran. Meine Oberschenkel schmerzten. Der Wind zerrte an meiner Kleidung und raubte mir den Atem. Als ich am Süderheidetal angekommen war, beschloss ich, den nächsten Bus zu nehmen. Doch als ich die Haltestelle fast erreicht hatte, erkannte ich nur noch die Rücklichter in der Ferne. Ich hatte ihn knapp verpasst. Der nächste fuhr erst in einer Dreiviertelstunde. So lange wollte ich nicht warten. Leise vor mich hin fluchend setzte ich meinen Weg fort. Die Dämmerung setzte ein und wurde durch die dunklen Wolken, aus denen das eine oder andere Donnergrollen zu hören war, beschleunigt. Ich musste mich beeilen, wenn ich nicht im Stockdunklen in Westerland ankommen wollte, zumal ein Wintergewitter im Anmarsch zu sein schien. Ein Augenblick der Unaufmerksamkeit genügte und ich übersah einen spitzen Stein. Ich versuchte im letzten Moment, den Lenker herumzureißen, aber es war zu spät. Der Stein traf unglücklich das Vorderrad, ich schlingerte und kam abrupt zum Stehen. Ich konnte mich gerade noch auf den Beinen halten, aber mein Fahrrad fiel auf die Seite und prallte gegen mein linkes Schienbein. Ein dröhnender Schmerz durchzog mein Bein. Als ich das Rad aufhob, um meine Fahrt fortzusetzen, entdeckte ich, dass der Vorderreifen platt war.

»Na super, herzlichen Dank!«, stieß ich verzweifelt hervor, ohne zu wissen, bei wem ich mich bedanken wollte.

Ich kramte in meiner Tasche nach meinem Handy, um Britta anzurufen, und musste zu allem Übel feststellen, dass der Akku leer war. Das Gerät gab kein Lebenszeichen von sich. Gefrustet steckte ich es zurück in die Tasche. Mir blieb nichts anderes übrig, als den restlichen Weg nach Hause zu schieben.

Mittlerweile war es stockdunkel geworden. Da der Radweg nicht beleuchtet war, konnte ich kaum einen Meter weit gucken. Mir fiel ein, dass sich in der Nähe der Vogelkoje eine weitere Bushaltestelle befand. Dort würde ich auf den nächsten Bus warten, egal, wie lange es dauern würde. Mit diesem Vorsatz fasste ich neuen Mut und marschierte weiter.

Nachdem ich eine Weile durch die Dunkelheit gegen den Sturm gelaufen war, hörte ich plötzlich dicht hinter mir ein Motorengeräusch. Sofort keimte Hoffnung in mir auf, dass mir jemand helfen würde, und ich drehte mich erwartungsvoll um. Ein schweres Motorrad kam direkt neben mir zum Stehen. Der Fahrer blieb bei laufendem Motor auf der Maschine sitzen, während die Person hinter ihm abstieg und auf mich zusteuerte. Ehe ich mich versah, riss sie mir meine Handtasche vom Gepäckträger und verpasste mir einen kräftigen Stoß. Erschrocken schrie ich auf, verlor das Gleichgewicht und fiel zu Boden, das Fahrrad auf mich drauf. Der Beifahrer sprang mit seiner Beute auf die Maschine und sie raste mit Vollgas davon.

Der Überfall war derart schnell vonstattengegangen, dass ich kaum wusste, wie mir geschah. Erst, als ich aufstehen wollte, merkte ich, dass mein Sturz nicht ohne Blessuren verlaufen war. Der Lenker des Fahrrads hatte unsanft meine Schläfe getroffen, aber augenscheinlich blutete nichts, sie pochte lediglich schmerzhaft. Langsam rappelte ich mich auf. Über meinem rechten Knie klaffte ein langer Riss in meiner Jeans. Mist, sie war relativ neu, aber dennoch konnte ich mich glücklich schätzen, dass nichts Schlimmeres passiert war. Eine Hose konnte man ersetzen, außerdem lag der Look zurzeit im Trend. Nach dem ersten Schock machte sich Verzweiflung in mir breit und vor allem das Gefühl von Angst wuchs. Was, wenn die Typen wiederkamen? Schätze beherbergte ich nicht in meiner Tasche, daher war die Ausbeute gering. Plötzlich verspürte ich einen Kloß im Hals. Diese Möglichkeit hatte ich überhaupt nicht in Betracht gezogen. Ich war hier draußen mutterseelenallein. Niemand war weit und breit zu sehen. Ich mobilisierte meine letzten Kräfte und schleppte mich durch die Dunkelheit der Bushaltestelle an der Vogelkoje entgegen. Zu allem Überfluss hatte es kräftig zu regnen begonnen. Unter den Regen mischten sich zunehmend Hagelkörner. Helle Blitze zuckten am Himmel, begleitet von anschließendem Donnergrollen. Die Temperatur war schlagartig in den Keller gerutscht. Der Wind peitschte mir die eiskalten Schauer, die sich wie Tausend kleine Nadelstiche anfühlten, unerbittlich ins Gesicht. Keines der wenigen vorbeifahrenden Autos hielt, um mich aus meiner misslichen Lage zu befreien. Irgendwann hatte ich die Versuche, auf mich aufmerksam zu machen, eingestellt. Vermutlich sah mich im Dunklen ohnehin niemand. Den Elementen schutzlos ausgeliefert, fügte ich mich meinem Schicksal und schob mein Rad wie ferngesteuert neben mir her. Mir war zum Heulen zumute, mein Körper war vollkommen durchgefroren, ich war klitschnass und fühlte mich hundeelend. Der Regen lief mir übers Gesicht und in den Kragen meiner Jacke. Meine Finger waren so kalt, dass ich sie kaum noch spürte, geschweige denn bewegen konnte. Als einzig

Positives blieb, dass die Motorradgangster nicht zurückgekommen waren.

Kurz bevor ich die ersehnte Bushaltestelle erreichte, fuhr erneut ein Auto an mir vorbei, das aufgepeitschte Regenwasser spritzte hoch. Der Wagen bremste abrupt auf der regennassen Straße ab, die Bremslichter leuchteten auf und tauchten die Umgebung für einen kurzen Moment in grellrotes Licht. Der Fahrer legte den Rückwärtsgang ein, und das Auto fuhr ein Stück auf mich zu. Als es auf meiner Höhe zum Stehen kam, erkannte ich, dass es sich bei dem Fahrzeug um einen Streifenwagen handelte. Die Fahrertür öffnete sich und eine Person stieg aus. Ich wurde vom grellen Schein einer Taschenlampe geblendet und hielt schützend eine Hand vor die Augen. Als der Fahrer mich ansprach, erkannte ich die Stimme. Nick.

»Anna? Was ist passiert?«

Ohne meine Antwort abzuwarten, lief er auf mich zu und legte einen Arm um mich. Mit einem Schlag wichen meine angestauten Gefühle, und ich begann zu schluchzen. Trotz des Regens, der fortwährend auf uns niederprasselte, hielt mich Nick einen Moment fest und redete beruhigend auf mich ein. Dann führte er mich zum Streifenwagen, der mit eingeschaltetem Warnblinklicht und laufendem Motor am gegenüberliegenden Straßenrand stand.

»Erst hatte ich eine Panne, und dann sind Leute mit einem Motorrad gekommen und haben mir meine Tasche gestohlen. Das Fahrrad ist kaputt und …«, stammelte ich mit vor Kälte klappernden Zähnen und kämpfte erneut mit den Tränen. »Meine Schlüssel und mein Handy sind weg, Britta und Jan sind heute Abend nicht da … Mein Kopf …«

Ich stand vollkommen neben mir. Nachdem Nick mich mit einer Decke um die Schultern auf den Beifahrersitz gesetzt hatte, verstaute er zu guter Letzt mein Fahrrad im Kofferraum. Dann stieg er ebenfalls in den Wagen. Der Regen trommelte unerbittlich auf das Autodach und die Frontscheibe, sodass die Scheibenwischer nur mit Mühe die Wassermassen bewältigen konnten.

»Bist du sicher, dass ich dich nicht lieber ins Krankenhaus bringen soll?«, fragte Nick mit prüfendem Blick. »Deine Hand ist ganz blutig.«

Jetzt erst sah ich, dass die Fingerknöchel und der Handrücken meiner linken Hand Schürfwunden aufwiesen, die geblutet hatten. Da meine Finger stocksteif gefroren waren, hatte ich die Verletzung nicht bemerkt, denn sie schmerzte nicht.

»Nein, das ist nicht weiter schlimm«, antwortete ich und zitterte am ganzen Körper, ohne dass ich Einfluss darauf nehmen konnte. »Ich befürchte eher, ich setze das Auto unter Wasser, so nass wie ich bin.«

Er lächelte und wir fuhren los. Nick wischte sich mit dem Handrücken die Regentropfen von der Stirn und fuhr sich anschließend mit der Hand durchs Haar. Die Fahrt über sprachen wir kein weiteres Wort. Ich betrachtete Nicks Profil. Er wirkte derart in sich gekehrt, dass ich nicht wusste, was ich sagen sollte. Mir stand nicht der Sinn nach belanglosem Small Talk und ihm erging es offensichtlich ähnlich.

Nach einigen Minuten erreichten wir den Kreisel in Wenningstedt, wo Nick die erste Ausfahrt nahm. Ich war zu erschöpft, um zu fragen. Die schnellste Strecke nach Westerland führte meines Erachtens geradeaus. Anschließend passierten wir einige kleinere Straßen, bevor wir vor einem hübschen Friesenhaus in der Nähe des Dorfteiches hielten. Nick stellte den Motor aus und sah zu mir auf den Beifahrersitz. Seine dunklen Augen schienen mich zu durchbohren. Diesen Mann umgab eine geheimnisvolle Aura, die mich gleichermaßen anzog wie verunsicherte.

Ohne ein Wort stieg er aus, ging um den Wagen herum und öffnete die Beifahrertür, um mir beim Aussteigen behilflich zu sein.

»Komm mit«, forderte er mich auf, und ich folgte ihm, ohne Fragen zu stellen.

Während Nick an der Haustür nach dem Schlüssel kramte, fiel mein Blick auf ein kleines Namensschild mit der Aufschrift »Scarren«. Er hatte mich zu sich nach Hause gebracht. Damit hatte ich am allerwenigsten gerechnet. Im Flur des Hauses schaltete er das Licht ein und nahm mir die vom Regen durchweichte Jacke ab.

Dann deutete er auf eine Tür schräg gegenüber und sagte: »Bestimmt kannst du eine heiße Dusche gebrauchen, um dich aufzuwärmen?«

»Das wäre großartig«, erklärte ich. »Aber was ist mit dir? Willst du nicht zuerst duschen? Du bist auch vollkommen nass geworden.«

»Ich dusche oben«, erwiderte er und deutete ein Stockwerk höher. »Ich bringe dir etwas Trockenes zum Anziehen. Handtücher findest du im Schrank im Bad. Da müsste auch ein Fön liegen, falls du einen brauchst. Bedien dich!«

»Danke.«

Als Nick gegangen war, wagte ich einen Blick in den Spiegel und erschrak. Mein Haar hing in langen nassen Strähnen schlaff herunter, und die schwarze Wimperntusche hatte mein Gesicht in das eines Zombies verwandelt. An meiner Schläfe war eine dicke rötliche Beule zu erkennen, die bei der kleinsten Berührung schmerzhaft pochte. Ich sah zum Fürchten aus! Neben dem Spiegel in einem Regal fiel mir eine Packung Reinigungstücher für das Gesicht ins Auge. Ich nahm eines davon, um wenigstens die gröbsten Spuren zu entfernen. Anschließend sah ich nicht mehr so furchterregend aus. Dann widmete ich mich meiner durchnässten Kleidung. Während ich mit einiger Mühe versuchte, mich aus meiner nassen Jeans zu befreien, die mich wie eine zweite Haut umschloss und sich standhaft weigerte, mich freizugeben, klopfte es an der Badezimmertür.

»Ja!«, rief ich.

Nick betrat den Raum.

»Hier, ein trockener Pullover und eine Jeans, was anderes konnte ich auf die Schnelle nicht auftreiben. Ich hoffe, das ist okay fürs Erste.«

Er schmunzelte, als er mich auf dem Boden sitzend mit meiner nassen Jeans kämpfen sah.

»Danke, Nick, das ist viel mehr als nur okay«, erwiderte ich und setzte ein dankbares Lächeln auf.

Mein Anblick war vermutlich nach wie vor erbärmlich. In dieser Form hatte ich mir ein Wiedersehen mit Nick nicht vorgestellt. Trotzdem war ich unendlich froh und dankbar dafür, dass er vorhin aufgetaucht war. Wenn ich noch länger durch die Eiseskälte gestapft wäre, hätte ich mir mit ziemlicher Sicherheit eine Lungenentzündung eingehandelt.

Unter der Dusche spürte ich, wie der warme Wasserstrahl meine verkrampften Muskeln löste und langsam Leben und Wärme in meinen Körper zurückkehrten. Nachdem ich mich abgetrocknet und die Haare geföhnt hatte, lenkte ich mein Augenmerk auf die Kleidung, die

Nick mir gebracht hatte. Von meiner eigenen Kleidung war nicht einmal die Unterwäsche trocken geblieben. Meinen Slip trocknete ich kurzerhand mit dem Fön, den BH legte ich zum Trocknen auf die Heizung. Zuerst probierte ich die Jeans an, die Nick auf den Badewannenrand gelegt hatte. Sie saß nahezu perfekt, und sofort machte sich der Gedanke, wer wohl die ursprüngliche Besitzerin der Hose sein könnte, in meinem Kopf breit. Das dunkelblaue Sweatshirt war mir hingegen um einige Nummern zu groß und schien aus Nicks Besitz zu stammen.

»Besser als nichts«, murmelte ich vor mich hin und krempelte die Ärmel ein Stück auf.

Ich verließ das Bad und folgte dem Flur entlang in Richtung Wohnzimmer. Dort brannte ein knisterndes Feuer im Kamin. Dieser Raum war gleichermaßen geschmackvoll eingerichtet wie das übrige Haus. Alles harmonierte perfekt und trug eindeutig die Handschrift einer Frau. Nick stand mit dem Rücken zu mir vor dem großen Fenster und telefonierte. Er hatte die Uniform gegen Jeans und T-Shirt getauscht. Als er mich im Spiegelbild der Scheibe bemerkte, drehte er sich um und deutete mit einer Hand auf das Sofa, auf dem ich Platz nahm. Auf dem niedrigen Tisch davor stand eine große Tasse heiße Schokolade, deren betörender Duft in meine Nase stieg. Daneben lag ein blaues Coldpack auf einem kleinen Frotteehandtuch. Nick hatte sein Gespräch beendet und setzte sich gegenüber in einen der Sessel. Vor ihm auf dem Tisch standen ein Glas Wasser und ein Becher Kaffee.

»Geht es dir ein bisschen besser? Trink den Kakao, der wärmt von innen. Ich dachte, du magst vielleicht etwas Warmes und Kaffee um diese Zeit ist nicht jedermanns Sache. Das blaue Ding ist für die Beule am Kopf.«

Er deutete auf das Coldpack und sah prüfend auf meine Schläfe.

»Danke, ich liebe heiße Schokolade. Es geht mir wesentlich besser. Die heiße Dusche hat wahre Wunder bewirkt.«

Dankbar nahm ich die Tasse in beide Hände und trank einen Schluck daraus. Köstlich. Zu Hause hatte meine Mutter mir oft Kakao gemacht, wenn ich niedergeschlagen war. Schokolade macht glücklich, behauptete sie stets, und ich versuchte, daran zu glauben, was mir allerdings nicht besonders schwerfiel. Für Schokolade konnte ich sterben.

»Jetzt erzähl mir in aller Ruhe, was eigentlich passiert ist«, forderte Nick mich auf.

Während ich ihm den Vorfall detailliert schilderte und mir dabei das Coldpack an die schmerzende Stelle hielt, hörte er aufmerksam zu. Ab und zu runzelte er nachdenklich die Stirn, ohne mich in meinem Redefluss zu unterbrechen.

»Konntest du die Gesichter der beiden Personen erkennen? Oder den Hersteller des Motorrades? Das Nummernschild? Wenigstens die ersten Buchstaben?«, wollte er wissen.

»Nein, sie trugen schwarze Helme, außerdem war es dunkel. Bei Motorrädern kenne ich mich überhaupt nicht aus. Es war jedenfalls eine recht große Maschine. Ich glaube, sie war in Hamburg zugelassen, aber sicher bin ich mir nicht. Ehrlich gesagt, habe ich nicht darauf geachtet. Tut mir leid«, antwortete ich und plötzlich kehrte die Erinnerung glasklar zurück. »Das ging alles so rasend schnell!«

»Ganz ruhig, Anna. Das ist verständlich, dass du dich nicht an jedes Detail erinnern kannst. Dennoch erscheint mir die Sache irgendwie eigenartig«, überlegte Nick, dem meine Anspannung nicht verborgen blieb. »Raubüberfälle sind äußerst untypisch für Sylt. Erst recht zu dieser Jahreszeit. Momentan sind selten Motorräder unterwegs. Ich habe eben Uwe Bescheid gegeben, dass die Kollegen verstärkt nach einem Motorradduo die Augen offen halten sollen. Du solltest vorsichtshalber deine Karten sperren lassen.«

Er reichte mir das Telefon. Während ich den Anruf bei der Bank tätigte, bemerkte ich, wie Nick gedankenverloren in sein Wasserglas starrte. Wie gern hätte ich seine Gedanken ergründet.

»Danke. Das wäre erledigt«, sagte ich. »Ich würde gern versuchen, ob ich jemanden im Hotel erreiche. Hast du ein Telefonbuch? Ich weiß die Nummer nicht auswendig.«

»Nein, aber warte einen Moment«, gab Nick zurück und zog sein Handy aus der Hosentasche. Er wischte mehrmals über das Display und hielt es mir anschließend hin. Ich wählte die Nummer der Rezeption und wartete mehrere Freizeichen bis ich auflegte. »Da ist niemand mehr«, erklärte ich. »Hast du zufällig Brittas oder Jans Handynummer? Ich kenne sie nicht auswendig, nur die Festnetznummer, aber das hilft nichts, da sie heute Abend nicht zu Hause sind.«

Nick schüttelte den Kopf. Dann legte ich das Telefon zurück auf den Tisch. Ich würde zu einem späteren Zeitpunkt mein Glück erneut versuchen. Da mein Gastgeber nichts erwiderte, fuhr ich fort: »Das ist übrigens ein schönes Haus, in dem du wohnst.« Ich ließ meinen Blick umherschweifen. »Alles ist mit viel Liebe zum Detail eingerichtet. Wirklich äußerst geschmackvoll.«

Nick schien amüsiert, denn seine Mundwinkel zuckten verräterisch. Scheinbar hatte er mich durchschaut und wusste, worauf ich hinauswollte. Dann endlich erlöste er mich.

»Das Haus gehört meiner Mutter.«

»Ach«, entgegnete ich in gespielter Gelassenheit und fühlte mich in Wahrheit unendlich erleichtert. »Ist sie momentan verreist und lässt dich hier wohnen?«

»Meine Eltern leben in Kanada, daher bewohne ich das Haus zurzeit, damit es nicht leer steht. Eine Wohnung in dieser Größe könnte ich mir von meinem Gehalt auf der Insel wohl kaum leisten.« Er schnitt eine Grimasse. »Meine Eltern kommen nur einmal im Jahr für einige Wochen nach Sylt, und das Haus wird während ihrer Abwesenheit nicht vermietet. Meine Mom hat Bedenken, dass die Mieter es in Schutt und Asche legen könnten.«

»Das kann ich gut verstehen«, stimmte ich zu. »Sie hat sich viel Mühe beim Einrichten gegeben. Nicht jeder geht mit fremdem Eigentum pfleglich um.«

Nick lehnte sich in seinem Sessel zurück und hatte ein Bein überschlagen.

»Meine Mutter ist auf Sylt zur Welt gekommen und aufgewachsen. Irgendwann lernte sie meinen Vater kennen, der aus Kanada stammt und Urlaub machte. Sie verliebten sich ineinander und heirateten kurze Zeit später. Als ich fünf Jahre alt war, beschlossen sie, Sylt den Rücken zu kehren und nach Kanada zu gehen. Mein Vater hatte Heimweh bekommen. Dort habe ich auch den größten Teil meines Lebens verbracht. Seit gut zwei Jahren bin ich wieder hier.«

Sein Gesichtsausdruck verdüsterte sich mit einem Mal und die Unterhaltung wurde nicht fortgeführt. Offenbar wurde an dieser Stelle das Buch seiner Geschichte zugeklappt. Gerne hätte ich ihn nach dem Grund seiner Rückkehr nach Deutschland gefragt, aber meine innere Stimme riet mir davon ab. Also hakte ich nicht weiter nach und trank den letzten Rest meines Kakaos aus.

»Es war ein langer Tag«, erklärte Nick und erhob sich unerwartet. »Komm mit, ich zeige dir, wo du heute Nacht schlafen kannst.«

Verblüfft sah ich ihn an. Ich hatte nicht angenommen, dass ich die Nacht in diesem Haus verbringen würde, und ein irritierendes Gefühl stieg in mir auf. Aber in Anbetracht der fortgeschrittenen Stunde konnte ich nicht verlangen, dass Nick mich ins Hotel brachte. Ohne Geld hätte ich mir nicht einmal ein Taxi rufen können. Meine Schlüssel waren ohnehin weg, und um diese Zeit war die Rezeption unbesetzt. Britta und Jan waren bei Freunden zu einer Geburtstagsparty eingeladen, dort wollte ich sie unter keinen Umständen stören. Schließlich ging es nicht um Leben und Tod. Folglich hatte ich keine andere Wahl, als Nicks Angebot anzunehmen, wenn ich nicht die Nacht im Freien verbringen wollte. Also folgte ich ihm widerstandslos ins obere Stockwerk. Viele unterschiedlich gerahmte Fotografien zierten die Wand entlang der Treppe. Der Raum, in den er mich führte, war unverkennbar sein Schlafzimmer, denn am Kleiderschrank hingen eine Polizeiuniform und mehrere sorgfältig gebügelte Hemden. Neben dem breiten Bett lagen mehrere Zeitschriften gestapelt, über einem Korbstuhl hing eine Decke und in einer Ecke stand eine große Sporttasche auf dem Boden. Das Bett, über dem eine riesige Schwarz-Weiß-Fotografie des Kampener Leuchtturms prangte, war frisch bezogen.

»Bitte, hier kannst du schlafen.« Nick deutete auf das Bett.

»Ich kann problemlos unten auf dem Sofa schlafen. Ich will dir keine …«, protestierte ich.

Aber Nick, der jetzt so dicht vor mir stand, dass ich seine Körperwärme spüren konnte, legte mir einen Finger auf die Lippen, um mich zum Schweigen zu bringen.

»Dein Körper braucht Erholung. Gute Nacht, Anna«, sagte er mit tiefer Stimme.

Dann drehte er sich abrupt um, hob die Kiste auf, die am Fußende des Bettes auf dem Boden lag, und verschwand damit nach unten. Ich blieb einen Augenblick reglos auf der Stelle stehen und sah ihm nach.

KAPITEL 15

Am nächsten Morgen wurde ich vom Mahlgeräusch einer Kaffeemaschine geweckt. Draußen war es bereits hell. Ich brauchte einen Moment, um zu realisieren, wo ich mich befand. Dann nahm ich meine Sachen und ging die Treppe nach unten ins Bad. Anschließend folgte ich den Geräuschen aus der Küche.

»Guten Morgen!«, sagte ich und lehnte mich mit der Schulter gegen den Türrahmen der Küchentür.

Ich beobachtete Nick, wie er dabei war, den Frühstückstisch zu decken. Er trug Hose und Uniformhemd, was ihn in meinen Augen noch attraktiver machte. Ich hatte erst kürzlich einen Artikel über die Anziehungskraft von Uniformen auf Menschen gelesen. An diesem Phänomen schien etwas Wahres dran zu sein. Erstaunlicherweise spielten weder das Alter noch das Geschlecht des Betrachters eine Rolle. Sowohl junge als auch alte Menschen fühlten sich der Studie zufolge gleichermaßen zu uniformierten Personen hingezogen oder eben nicht. Dabei wurden nicht ausschließlich Militär- oder Polizeiuniformen berücksichtigt, sondern auch die Arbeitskleidung von Ärzten und Krankenschwestern sowie einiger anderer Berufsgruppen. Wenn ich mich richtig erinnerte, lieferte der Autor des Artikels als Begründung für dieses Phänomen das Bedürfnis nach Sicherheit und Geborgenheit. War das tatsächlich der Fall?

»Gut geschlafen?«, riss Nick mich aus meinen Überlegungen.

»Ja, wie ein Murmeltier, danke. Bitte keine Umstände meinetwegen. Ich möchte deine Gastfreundschaft nicht überstrapazieren«, betonte ich und zeigte auf den gedeckten Tisch.

»Das tust du nicht. Aber ich würde gerne frühstücken.« Er grinste schief.

»Entschuldige, natürlich.«

»Setz dich doch. Kaffee?«

»Hättest du eventuell Tee? Kaffee geht natürlich auch.«

»Hm, mal sehen. Hier überwintert ein einsamer Beutel Earl Grey«, stellte Nick mit einem Blick in den Küchenschrank fest. »Ich kann dir nicht garantieren, dass sein Haltbarkeitsdatum nicht längst überschritten ist. Ist das trotzdem okay?«

»Das ist genau richtig!«, versicherte ich. »Ich glaube, ich habe mich bislang nicht für deine Hilfe gestern bedankt«, gestand ich nach einer Weile, während ich den Teebeutel aus seinem heißen Bad zog.

»Nicht der Rede wert. Die Polizei, dein Freund und Helfer!« Er zwang sich zu einem gequälten Lächeln und biss dann in sein Marmeladenbrötchen.

»Tja, immer im Einsatz«, erwiderte ich und ärgerte mich über meine plumpe Antwort.

In diesem Augenblick klingelte Nicks Handy und ich hörte ihn anschließend sagen: »Da wird sich jemand freuen.«

Ich sah ihn erwartungsvoll an, nachdem er aufgelegt hatte.

»Deine Tasche ist aufgetaucht«, teilte er mir mit.

»Oh, das ist doch zur Abwechslung eine positive Nachricht.«

Nach dem Frühstück fuhren wir zusammen auf das Polizeirevier, wo ich den gestrigen Vorfall zu Protokoll geben sollte. Uwe Wilmsen, Nicks Freund und Kollege, saß am Schreibtisch, als wir das Büro betraten.

»Moin, ihr zwei«, begrüßte er uns kauend und schluckte den Bissen hinunter. »Hier ist was für dich, Anna!«

Er deutete auf meine Tasche, die neben ihm auf einem leeren Stuhl lag.

»Ehrlich gesagt habe ich nicht damit gerechnet, sie jemals wiederzusehen«, gab ich zu und nahm sie an mich.

Sie wirkte äußerlich unversehrt. Ich zog den Reißverschluss auf, um nachzusehen, was abhandengekommen war. Seltsamerweise fehlte nichts bis auf einen 50-Euro-Schein und ein paar Münzen, die sich in meinem Portemonnaie befunden hatten. Die EC-Karte steckte ebenso in ihrem Fach wie die Kreditkarte. Sogar die beiden Seehunde und mein Handy waren noch da. Ich konnte mir keinen Reim darauf machen, freute mich aber, dass ich mich nicht um neue Ausweispapiere kümmern musste.

»Und? Was fehlt?«, wollte Nick wissen, der meinen skeptischen Blick verfolgte.

»Nichts, außer Bargeld. Halt! Mein Glücksbringer ist weg.« Ich durchwühlte ein weiteres Mal den Inhalt meiner Tasche ohne Ergebnis.

»Glücksbringer?«, wiederholte Nick.

»Ja, eine kleine silberne Möwe. Aus materieller Sicht nicht besonders wertvoll, das Handy ist wesentlich mehr wert«, erklärte ich. »Das ist komisch, oder? Ich verstehe das alles nicht.«

»Wahrscheinlich hatten die Typen es ausschließlich auf Bargeld abgesehen. Alles andere ist zu kompliziert, um es schnell zu Geld zu machen«, mutmaßte Uwe und reichte mir ein Formular. »Kannst du das bitte ausfüllen, Anna? Das benötigen wir für die Akten.«

»Klar, das mache ich.«

Ich setzte mich an einen Tisch und begann, den Vordruck auszufüllen. Dabei registrierte ich, dass Nick mich aus dem Augenwinkel beobachtete. Als ich fertig war, gab ich Uwe das Formular zurück.

Nick brachte mich im Anschluss zum Hotel und lud mein Fahrrad aus.

»Danke für alles, Nick. Die Sachen«, ich deutete auf die Jeans, »bringe ich dir in den nächsten Tagen zurück.«

»Das hat keine Eile. Sie passt mir ohnehin nicht«, erwiderte er mit einem Augenzwinkern.

Dann stieg er ins Auto und fuhr davon. Als er eben vor mir gestanden hatte, hätte ich ihn aus purer Dankbarkeit gerne umarmt, aber mir fehlte der Mut. Er kam mir selbst in unmittelbarer Nähe unendlich weit entfernt vor. Ihn umgab eine Art unsichtbares Schutzschild, durch das nichts hindurch dringen konnte. Ich konnte ihn nicht einschätzen.

Als ich das Fahrrad abgestellt hatte, kam mir Britta breit grinsend aus dem Haupteingang des »Syltsterns« entgegen.

»Moin, Anna! Habe ich mich verguckt oder war das tatsächlich Nick, der eben weggefahren ist?«

»Du hast dich nicht getäuscht. Er war es, aber es ist nicht so, wie du denkst.«

Britta sah mich mit großen Augen an. »Aber lass uns das bitte nicht hier vor der Tür erörtern?«, fügte ich hinzu und deutete in Richtung des Apartments.

Britta folgte mir in meine Unterkunft. Als ich meine Jacke, die über Nacht größtenteils getrocknet war, auszog, blickte sie belustigt auf meine Ersatzkleidung, den Pullover von Nick.

»Oh, schau an! Du trägst bereits seine Klamotten? Respekt, Anna! Das ging ja fix.«

»Britta, bitte! Das war kein Spaß«, versicherte ich leicht verärgert.

»Oh. Warum? War er etwa nicht so gut, wie er aussieht?«, bohrte sie nach und zwinkerte mir vielsagend zu.

Ich atmete demonstrativ tief aus, anstatt zu antworten. Als sie realisierte, dass ich nicht zu Späßen aufgelegt war, kam sie näher und nahm mich in den Arm.

»Ach, Anna! Entschuldige, ich wollte dir nicht zu nahe

treten. Im Grunde geht es mich nichts an, was zwischen euch läuft. Ich möchte nur nicht, dass …«

»Ich habe nicht mit Nick geschlafen«, platzte es aus mir heraus. »Das wolltest du doch wissen.« Britta sah mich verdutzt an. »Er hat mir gestern Abend geholfen, weil ich erst eine Panne mit dem Rad hatte und anschließend ausgeraubt worden bin.«

»Was sagst du? Du wurdest ausgeraubt?«, wiederholte Britta erschrocken und fasste sich mit einer Hand an den Hals. »Warum hast du mich nicht umgehend verständigt? Ich wäre sofort gekommen, um dir zu helfen. Das ist ja schrecklich! Was ist denn passiert?«

Ich schilderte meiner Freundin die Vorkommnisse des gestrigen Abends der Reihe nach. Zwischendurch schüttelte Britta ein ums andere Mal fassungslos den Kopf.

»Und da es reichlich spät war, hat mich Nick bei sich übernachten lassen. Er hat auf dem Sofa geschlafen. Es tut mir übrigens leid, dass das Fahrrad demoliert ist.«

»Ehrlich, Anna, dein Aufenthalt auf Sylt entwickelt sich langsam, aber sicher zum Abenteuerurlaub. Um das Fahrrad mach dir keinen Kopf, das kann man bestimmt reparieren. Hauptsache, dir ist nichts Ernsthaftes passiert.« Sie musterte mich besorgt, bis ihr Blick an der Beule an meiner Schläfe hängen blieb. »Haben die Typen dich etwa geschlagen?« Das Entsetzen stand ihr ins Gesicht geschrieben.

»Nein, nur gestoßen. Die Verletzung an der Schläfe ist eine Folge meines Sturzes.«

»Du meine Güte!«, murmelte sie. Dann sah sie mich mitfühlend an. »Was Nick betrifft, verliebe dich nicht allzu heftig in ihn. Ich möchte nicht, dass dir das Herz ein weiteres Mal gebrochen wird.«

Ich konnte ihren spontanen Sinneswandel nicht nachvollziehen.

»Ich bin nicht in ihn verliebt«, wehrte ich ab. »Außerdem warst du diejenige, die mir sogar nahegelegt hat, mit ihm zu flirten oder täusche ich mich? Was ist plötzlich dermaßen schlimm an ihm, dass ich mich nicht auf ihn einlassen soll?« Die Warnung kam ohnehin zu spät, was ich jedoch nicht offen zugeben wollte.

Britta seufzte aus tiefstem Herzen. »Nichts an ihm ist schlimm. Nick ist ein toller Mann, dem kaum eine Frau widerstehen kann, aber er trägt seinen Spitznamen nicht grundlos.«

»Warum? Geht er über Leichen? Oder schleppt er reihenweise Frauen ab und behandelt sie mies? Den Eindruck hatte ich nicht – im Gegenteil. Er war ausgesprochen fürsorglich«, entgegnete ich und merkte, wie ich ihn verteidigte. »Was soll diese Geheimniskrämerei? Ständig machen alle Leute rätselhafte Andeutungen, wenn es um Nick geht. Erkläre es mir bitte endlich! Nadine hat neulich im Schwimmbad auch merkwürdig reagiert. Welches Mysterium umgibt ihn also? Ich habe nämlich keine Lust, in ein vorbereitetes Fettnäpfchen zu stolpern. Ein bisschen unfair, findest du nicht?«

»Du hast recht. Ich erzähle dir seine Geschichte. Nick«, begann Britta, »lebte fast sein komplettes bisheriges Leben in Kanada und ist erst vor ungefähr zwei Jahren hierher zurückgekehrt. Er ist auf Sylt auf die Welt gekommen.«

»Ich weiß, das hat er mir erzählt. Er wohnt in Wenningstedt in dem Haus seiner Mutter«, bekräftigte ich.

»Hat er dir den Grund für seine Rückkehr genannt?«, erkundigte sich Britta.

»Nein«, gestand ich, denn exakt an diesem Punkt endete unsere Unterhaltung gestern Abend unvermittelt. Britta bedeutete mir, sich neben sie auf das Sofa zu setzen.

»Nick«, fuhr sie fort, »arbeitete in Kanada bei einer Spezialeinheit der Polizei. Zusammen mit seinen Kollegen gelang es ihm, vor ein paar Jahren einen internationalen Drogenring zu zerschlagen. Die Verbindungen reichten von Südamerika bis nach Europa, sogar bis nach Hamburg, glaube ich. So stand es damals in der Zeitung. Jedenfalls hat der Fall eine Menge Staub aufgewirbelt und ist einigen Drogenbossen sauer aufgestoßen, wie du dir denken kannst. Das lassen die sich nicht einfach gefallen.« Aufmerksam folgte ich Brittas Ausführungen. »Nick war zu dieser Zeit verheiratet und hatte eine vierjährige Tochter.«

Bei diesen Worten verspürte ich schlagartig einen kleinen Stich mitten ins Herz. Doch wo war seine Familie momentan? Warum waren sie nicht mitgekommen? Vermutlich machte er deswegen einen solch verschlossenen Eindruck, er vermisste sie.

»Eines Tages kurz vor Weihnachten, die genauen Hintergründe kenne ich nicht und weiß es ausschließlich aus Erzählungen, benutzte seine Frau ausnahmsweise nicht ihren eigenen Wagen, um die Kleine in den Kindergarten zu fahren, sondern nahm Nicks Wagen.«

Ich legte eine Hand vor den Mund, weil ich ahnte, dass die Geschichte kein gutes Ende nehmen würde.

»Der Wagen explodierte direkt vor seinen Augen, als der Motor startete, und ging in Flammen auf. Seine Frau und die Kleine hatten keine Chance. Sie waren sofort tot.«

»Mein Gott«, flüsterte ich, und eine Gänsehaut überzog meinen gesamten Körper. Diese grauenhafte Vorstellung verschlug mir die Sprache.

Britta machte eine kurze Pause.

»Seitdem scheint Nick eine dicke Mauer aus Eis um sich gelegt zu haben. Bislang konnte sie niemand brechen. Und das haben schon viele versucht, das kannst du mir glauben.«

Sie hielt inne und streichelte freundschaftlich über meinen Handrücken. »Tja, nun kennst du sein Geheimnis. Er spricht nie darüber. Vielleicht schaffst du es, die Mauer zum Schmelzen zu bringen. Sieht beinahe danach aus«, fügte sie aufmunternd hinzu. »Du bist mit Sicherheit die erste Frau, seitdem er zurück ist, die er mit nach Hause genommen hat.«

»Da war nichts zwischen uns«, beteuerte ich erneut.

»Ich glaube dir. Das meine ich auch nicht. Gib ihm Zeit, Anna, sollte dir wirklich etwas an ihm liegen. Wer weiß, irgendwann erzählt er dir alles.«

Ich war dermaßen überwältigt von dem, was ich gehört hatte, dass ich nicht in der Lage war, etwas Entsprechendes zu erwidern.

»Danke, Britta, dass du es mir erzählt hast«, sagte ich letztendlich. »Wer außer euch weiß von der Sache?«

»Es wissen nur sehr wenige Leute, was vor seiner Rückkehr tatsächlich geschehen ist. Jan und ich wissen es, weil Jans Mutter mit Anke, Nicks Mutter, seit vielen Jahren befreundet ist«, ließ Britta mich wissen.

»Und seine Kollegen?«

»Soweit ich weiß, ist nur Uwe eingeweiht. Sie sind befreundet. Und Uwes Frau Tina natürlich.«

»Was ist mit Nadine? Sie hat diese bissige Bemerkung fallen gelassen«, wollte ich wissen.

»Nein, sie hat keine Ahnung«, versicherte Britta. »Sie plappert alles nach. Ich weiß noch nicht einmal, wem Nick diesen Spitznamen zu verdanken hat. Kann gut möglich sein, dass Nadine diejenige war.«

»Oder irgendeine enttäuschte Verehrerin. So etwas geht schnell«, mutmaßte ich. Britta seufzte, dann verriet sie mir mit einem Grinsen. »Nadine ist scharf auf Nick.« Ich starrte sie verdutzt an. »Sie ist auf jede Frau eifersüchtig, die in seine Nähe kommt und ihm gefährlich werden könnte. Also, nimm dich vor ihr in Acht!« Dabei kniff sie mir lachend in den Arm.

»Autsch!«, rief ich und rieb übertrieben über die Stelle. »Aber Nadine ist doch mit diesem Hanspeter verheiratet?«

»Anna, Anna. Du bist unverbesserlich!«, lachte sie schallend.

Den restlichen Tag verbrachte ich auf meinem Sofa mit meinem Buch, aber ich konnte mich nicht konzentrieren, da meine Gedanken immer wieder zu Nicks Geschichte wanderten. Ich konnte mir nicht vorstellen, wie man in der Lage sein konnte, einen solchen Verlust jemals zu verarbeiten, von Schuldgefühlen abgesehen. Nick machte sich zweifellos Vorwürfe, dass seine Frau ausgerechnet an diesem Tag seinen Wagen genommen hatte. Offensichtlich galt der Anschlag ihm und nicht seiner Familie. Eine grauenhafte Vorstellung. Und ausgerechnet kurz vor Weihnachten, das kam noch erschwerend hinzu. Die Zeit, in der die Familie zusammenrückt und alles friedlich und besinnlich sein sollte. Das musste besonders hart für ihn sein. Ich weiß nicht, ob und wie ich einen solchen Schicksalsschlag verkraften könnte.

KAPITEL 16

Hamburg

»Von Waldenbach«, meldete sie sich mit fester Stimme, nachdem sie den Telefonhörer des altmodisch aussehenden Telefons abgenommen hatte.

»Einen Moment, das werde ich notieren«, entgegnete sie mit einem Stirnrunzeln.

Sie beugte sich vor, um nach einem Stift aus der silbernen Schale zu greifen. Anschließend notierte sie etwas auf einem Notizzettel.

»Adresse? Das ist alles? Gut, Sie erhalten in Kürze weitere Anweisungen. Halten Sie sich zu meiner Verfügung und sorgen Sie dafür, dass Sie auf jeden Fall unentdeckt bleiben. Ich hoffe, ich habe mich deutlich genug ausgedrückt. Über das Finanzielle sprechen wir im Anschluss.« Ohne ein weiteres Wort legte sie auf. »Georg!«

Innerhalb eines Wimpernschlages öffnete sich die Tür und Georg erschien.

»Komm rein und schließ die Tür hinter dir. Ist dir der Name Anna Bergmann jemals in Verbindung mit deinem Onkel Johannes zu Ohren gekommen?«, erkundigte sie sich und sah über den Rand ihrer Brille hinweg. Als ihr Sohn verneinte, fuhr sie fort: »Mir auch nicht. Seltsam. Pack deine Sachen, wir reisen umgehend nach Sylt. Wir haben einen Termin beim Nachlassgericht. Dafür müssen wir nach Niebüll. Im Vorfeld besteht allerdings dringender Klärungsbedarf.«

»Ich denke, Dr. Brettschneider ist mit der Angelegenheit betraut. Warum müssen wir dorthin fahren?«

»Gewisse Dinge erledige ich lieber persönlich. So gut müsstest du mich mittlerweile kennen. Ich will wissen, wer diese Anna Bergmann ist, und in welcher Beziehung sie zu Johannes gestanden hat. Kümmere du dich um die Hotelzimmer vor Ort, der Wagen holt uns in einer Stunde ab. Ich will unbedingt noch vor Einbruch der Dunkelheit diese gottverdammte Insel erreichen«, betonte sie.

»Warum nehmen wir nicht das Flugzeug? Das ginge schneller und ist bequemer.«

»Ich habe meine Gründe, Georg. Zerbrich dir bitte nicht meinen Kopf und tue einfach das, was ich dir sage«, seufzte sie.

»Selbstverständlich. Ich werde mich umgehend um alles Notwendige kümmern. Du kannst dich auf mich verlassen, Mutter«, erwiderte er pflichtbewusst.

»Das will ich hoffen.«

Als ihr Sohn den Raum verlassen hatte, griff sie in der Schreibtischschublade nach einem Feuerzeug. Mit spitzen Fingern hielt sie ein Schriftstück in die Höhe und zündete die untere Ecke an. Mit Genugtuung betrachtete sie, wie sich die Flammen mehr und mehr in das Papier fraßen und am Ende nichts weiter als ein kleiner Haufen Asche in einer Porzellanschale davon übrig blieb.

*

Am Nikolausmorgen war es so weit. Für 10.00 Uhr war ich mit dem Notar in der Nachlassangelegenheit Johannes von Waldenbach verabredet. Er begleitete das Ehepaar Carstensen und mich zum Nachlassgericht nach Niebüll. Die Landschaft lag ruhig in morgendlichen Nebel gehüllt. Auf die Minute pünktlich stand ich vor dem Haus, an dessen Tür ein glänzendes Messingschild mit der Aufschrift »Dr. Rolf Herdenrodt & Partner – Rechtsanwälte und Notar – Steuerkanzlei« angebracht war. In diesem Augenblick traten Ava und Carsten Carstensen sowie Dr. Herdenrodt aus der Eingangstür. Nach einer kurzen Begrüßung machten wir uns auf den Weg zur Verladestation in Westerland.

Die Überfahrt verlief problemlos. Dr. Herdenrodt hielt auf dem Parkplatz des Amtsgerichts Niebüll, einem schmucklosen, kastenförmigen Bau aus Beton, und wir stiegen aus. Das Ehepaar Carstensen und ich folgten dem Notar ins Innere des Gebäudes. Der Rechtspfleger, der die Testamentseröffnung durchführte, nahm uns in Empfang und führte uns durch einige Gänge bis hin zu einem kleinen Raum, in dem wir Platz nahmen.

Er blickte auf seine Armbanduhr. »Da wir noch nicht vollzählig sind, schlage ich vor, wir warten einige Minuten.« Er hüstelte nervös und rückte sich seinen Stuhl zurecht. »Ich werde in der Zwischenzeit Ihre Personalien aufnehmen.«

Kurz darauf wurde die Tür schwungvoll aufgestoßen, und eine hochgewachsene Frau in einem eleganten Kostüm und mit perfekt sitzender Frisur stolzierte herein. In Sekundenschnelle wurde der gesamte Raum vom Duft ihres schweren Parfüms ausgefüllt. Vom Alter schätzte ich sie auf Ende 70. Begleitet wurde sie von einem schmächtig wirkenden Mann um die 40, der mit einem dunkelgrünen Anzug und zartrosa Krawatte bekleidet war. Beide wirkten, als ob sie direkt aus einem Modegeschäft kämen. Grußlos nahm sie Platz und würdigte die restlichen Anwesenden keines Blickes, als wären wir Luft. Zu meiner Verwunderung sprach der Mann vom Gericht sie mit »Frau von Waldenbach« an. Wenn ich den Notar und das Ehepaar Carstensen seinerzeit richtig verstanden hatte, existierten keine Angehörigen, und nun saß eine Frau mit exakt demselben Nachnamen mit uns im Raum. Irritiert beugte ich mich ein Stück vor und blickte zu Dr. Herdenrodt, aber dieser wirkte gänzlich unbeeindruckt und bedeutete mir mit einer Geste, entspannt zu bleiben.

»Da wir nunmehr vollständig sind, beginne ich mit der Verlesung des letzten Willens des Verstorbenen, Johannes von Waldenbach«, eröffnete der Rechtspfleger die Sitzung.

Während ich zusehends nervöser auf meinem Stuhl hin und her rutschte, verlas er das Testament, in dem Johannes von Waldenbach verfügt hatte, dass das Ehepaar Carstensen eine monatliche lebenslange Rente erhalten sollte als Dank für die aufopfernde Unterstützung der letzten Jahre. Ich sah, dass Ava Carstensen Tränen in den Augen hatte und die Hand ihres Mannes fest gedrückt hielt. Sein Wohnhaus in den Vereinigten Staaten sowie sein Musikverlag wurden seinem langjährigen Geschäftspartner und engsten Vertrauten zugesprochen. Zu guter Letzt hatte er festgelegt, dass die Sylter Immobilie und ein Geldbetrag zur Instandhaltung des Anwesens an mich gehen sollte. Seiner Schwägerin, Luisa von Waldenbach – wie ich erfuhr – vermachte er eine Fotografie in einem goldenen Rahmen. Als man ihr das Erbe übergab, reichte sie es umgehend an ihren Sohn weiter, ohne es eines Blickes zu würdigen. Ich konnte sie jedoch verächtlich schnauben hören. In gewisser Hinsicht konnte ich ihr Verhalten nachvollziehen, schließlich war sie seine Schwägerin und offensichtlich neben ihrem Sohn das einzige Familienmitglied. Es musste ein herber Schlag für sie sein, mit anzusehen, wie das gewaltige Erbe ihres Schwagers an Fremde verteilt wurde. Was es mit dem Bild auf sich hatte, blieb für uns Außenstehende im Dunklen. Was hatte Johannes von Waldenbach dazu bewogen, dieses Testament zu verfassen? Unvermittelt richtete Frau von Waldenbach sich kerzengerade auf und funkelte den Mann hinter dem Tisch dermaßen böse an, dass schlagartig jegliche Farbe aus seinem Gesicht wich.

»Können wir an dieser Stelle bitte diesen lächerlichen Kinderkram meines Schwagers vergessen? Das kann unmöglich sein Ernst sein. Wie Ihnen nicht entgangen sein dürfte, war er augenscheinlich nicht mehr zurechnungsfähig, als er diesen Unsinn aufgesetzt hat. Wir wissen alle, dass als einzige Erben ich als seine Schwägerin und mein Sohn Georg in Betracht kommen. Alles andere ist hirnrissig, das müsste Ihnen als intelligenter Mensch einleuchten.«

»Frau von Waldenbach …«, versuchte Dr. Herdenrodt das Gespräch an sich zu nehmen, den die verbalen Attacken offenkundig kaltließen. »Das hatte ich Ihnen bereits am Telefon zu erklären …«

»Ich bin noch nicht fertig«, fiel sie ihm scharf ins Wort. »Ich werde unter keinen Umständen zulassen, dass mir beziehungsweise uns irgendwelche dahergelaufenen Personen das Familienerbe streitig machen. Und ich betone es gern ein zweites Mal: Dieses Testament ist vollkommen indiskutabel. Ich hoffe, ich habe mich klar genug ausgedrückt. Wir sind die rechtmäßigen Erben.« Sie deutete auf den blassen Mann, der mit hängenden Schultern neben ihr saß, und blickte in die Runde.

»Das ist der letzte Wille Ihres Schwagers, Frau von Waldenbach. Ich kann verstehen, dass Sie sich aufregen. Es tut mir leid, wenn Sie enttäuscht worden sind. Aber ich gebe lediglich das weiter, was der Verstorbene verfügt hat.«

»Enttäuscht?« Sie lachte schrill. »Sie müssen noch viel lernen, junger Mann«, schleuderte sie ihm entgegen, der immer mehr in sich zusammenzufallen schien.

Das war sicher nicht das erste Mal, dass ihn der Unmut eines benachteiligten Erben traf, trotz allem wollte ich nicht in seiner Haut stecken. Ich wollte etwas sagen, aber Dr. Herdenrodt hielt mich im letzten Moment davon ab.

»Frau von Waldenbach, bitte beruhigen Sie sich«, schritt Dr. Herdenrodt in ruhigem, aber bestimmtem Ton ein. »Den Willen Ihres Schwagers werden Sie wohl oder übel akzeptieren müssen. Selbstverständlich steht Ihnen offen, das Testament anzufechten.«

»Auf Ihre guten Ratschläge kann ich verzichten«, gab sie verbittert zurück.

Ich konnte sehen, wie sich ihre Kiefermuskeln vor Zorn anspannten. Sie hatte Mühe, ihre Beherrschung nicht zu verlieren. Schließlich erhob sie sich, beugte sich in meine Richtung und zischte in messerscharfem Ton: »Sie werden den heutigen Tag noch verfluchen!«

Damit richtete sie sich kerzengerade auf, drehte sich auf dem Absatz um und verließ hoch erhobenen Hauptes den

Raum, gefolgt von ihrem Sohn Georg, der die gesamte Zeit über kein Sterbenswort über die Lippen gebracht hatte. Für einen kurzen Augenblick herrschte beklemmende Stille, bis der Rechtspfleger seine Sprache wiederfand.

»Frau Bergmann, Sie können selbstverständlich das Erbe ausschlagen. Ihnen steht eine sechswöchige Frist zu, sich alles in Ruhe zu überlegen. Wie ich die Sache allerdings sehe, war Herr von Waldenbach bis zu seinem Tode im Vollbesitz seiner geistigen Fähigkeiten, und daher bestehen an dieser Verfügung keinerlei Zweifel von Amts wegen. Das Testament hat er lange vor seinem Tod verfasst. Ich möchte Sie in Ihrer Entscheidung nicht beeinflussen, aber Sie sollten wissen, dass es Herrn von Waldenbach sehr am Herzen gelegen hat, dass Sie das Haus erhalten.«

»Hat er gesagt, warum?«, hakte ich nach.

»Die genauen Beweggründe hat er auch mir gegenüber nicht genannt. Irgendwann hat er in diesem Zusammenhang einmal von einer Wiedergutmachung gesprochen. Mehr weiß ich nicht«, mischte sich Dr. Herdenrodt ein. »Fällt Ihnen dazu etwas ein?«

»Nein. Darauf kann ich mir keinen Reim machen.«

Die frische Luft draußen auf dem Parkplatz tat mir gut, und ich sog sie begierig in meine Lungen.

»Na, wie fühlen Sie sich?«, erkundigte sich Dr. Herdenrodt.

»Meine Knie sind weich wie Buttercreme«, bestätigte ich.

Alle lachten.

»Man wird nicht jeden Tag so reichlich beschenkt und erbt ein Haus«, fügte Ava hinzu. »Da dürfen die Knie ruhig weich werden.«

Schlagartig wurde mir schlecht. Siedend heiß fiel mir das böse Wort Erbschaftssteuer ein. Daran hatte ich in der Aufregung keinen einzigen Gedanken verschwendet. Mit Sicherheit würde ich meine eben erst erworbene Immobilie gleich verkaufen müssen, um die besagte Steuer zahlen zu können. Erst recht, wenn man bedachte, dass die Immobilienpreise auf Sylt ohnehin exorbitant waren. Mit einem Schlag schien der schöne Traum vorüber zu sein, zerplatzt wie die sprichwörtliche Seifenblase.

»Ist Ihnen nicht gut? Sie sind plötzlich blass!«, erkundigte sich der Notar mit besorgter Miene.

»Die Erbschaftssteuer!«, brachte ich leise hervor. »Die kann ich unmöglich aufbringen.«

Dr. Herdenrodt schien die aufsteigende Panik in meinen Augen erkannt zu haben und versuchte mich zu beruhigen, indem er erklärte: »Das ist längst geregelt, Sie können vollkommen beruhigt sein. Johannes war ein ausgezeichneter und weitsichtiger Geschäftsmann, ich kannte ihn gut. Vor allem eines ist wichtig: Lassen Sie sich nicht einschüchtern. Von niemandem!« Er sah mich eindringlich an. Ich war überzeugt, dass er mit dieser Äußerung auf Frau von Waldenbachs Auftritt eben im Gericht anspielte. »Freuen Sie sich über und an Ihrem Erbe. Das war Johannes' Wunsch. Vertrauen Sie mir und seien Sie mutig. Allerdings rate ich Ihnen, es nicht in alle Welt hinauszuposaunen. Bitte verstehen Sie mich nicht falsch, aber Sie sind jetzt eine sehr gute Partie.« Er setzte ein spitzbübisches Grinsen auf.

»Danke, ich werde Ihren Rat beherzigen.«

KAPITEL 17

Uwe und Nick fuhren im Streifenwagen die Rantumer Straße nach Hörnum. Lasse Thomsen begleitete sie und saß auf der Rückbank. Uwe blickte in den Rückspiegel.

»Alles okay mit dir da hinten?«, erkundigte er sich.

»Ja«, erhielt er als Antwort.

»Du bist so still, da dachte ich, dass es dir vielleicht nicht gut geht.«

»Nee, alles im grünen Bereich.« Er nickte zuversichtlich und reckte den Daumen nach oben.

»Gut. Und? Was steht am Wochenende an?«, lockte Uwe den jungen Mann aus der Reserve. »Abfeiern und Mädels aufreißen?«, witzelte er.

Aus dem Augenwinkel konnte er erkennen, dass Nick bei seiner Äußerung die Augen verdrehte.

»Nee, wir haben einen Gig«, gab Lasse zurück.

»Gig?«, wiederholte Uwe und blickte Hilfe suchend zu Nick.

»Musik«, erklärte Lasse mit schelmischem Grinsen, als er merkte, dass der Kollege ein Verständnisproblem hatte.

»Oh klar! Ein Gig. Logisch. Du spielst in einer Band«, betonte Uwe, um schnellstmöglich von seiner Wissenslücke abzulenken. »Schlagzeug oder Keyboard?«

»Gitarre.«

»Cool, ich wollte früher unbedingt Schlagzeuger werden«, erinnerte sich Uwe wehmütig und erntete einen überraschten Blick seines Freundes Nick.

»Was du nicht sagst«, murmelte dieser.

»Da staunt ihr, was? Ich war gar nicht schlecht«, bestätigte Uwe.

»Und warum bist du keiner geworden?«, wollte Lasse wissen, dessen Interesse geweckt zu sein schien.

»Meine Eltern waren der Ansicht, ich solle etwas Solides lernen. Somit blieb es ein unerfüllter Wunsch. Die Musik lief nebenbei, bis ich irgendwann keine Zeit mehr hatte und andere Dinge in den Fokus rückten. Letztendlich hätte mein Können für eine Musikerkarriere nicht ausgereicht. Ich glaube, man muss neben dem Talent auch sehr viel Glück haben, um davon leben zu können.« Er zuckte die Schultern. »Und so schlecht ist unser Job bei der Polizei nun auch wieder nicht.«

»Was ist mit dir, Lasse?«, hakte Nick nach. »Willst du Musiker werden?«

»Ich werde Polizist«, erwiderte Lasse genervt. Mit dieser Äußerung erklärte er die Unterhaltung für beendet, denn er verschränkte die Arme vor der Brust und sah aus dem Fenster.

Uwe und Nick sahen einander fragend an, vermieden es aber, das Thema erneut aufzugreifen. Scheinbar war ihr junger Kollege heute mit dem falschen Bein aufgestanden.

Ein schwarzer BMW rauschte in diesem Moment in rasantem Tempo an ihnen vorbei.

»Das war Ansgar!«, stellte Uwe verblüfft fest.

»Ansgar fährt keinen BMW. Du musst dich getäuscht haben«, widersprach Nick.

»Das war er. Da bin ich mir absolut sicher«, insistierte Uwe. »Das Auto sah nagelneu aus. Wie kann er sich das leisten?«

»Vielleicht hat er lange gespart oder er hat sich den Wagen bloß für eine Spritztour von einem Kumpel ausgeliehen. Was er mit seinem Geld macht, geht uns nichts an«, wiegelte Nick ab.

»Wie du meinst«, erwiderte Uwe und griff beherzt in die Gummibärchentüte in der Mittelkonsole.

Nach einer Weile wandte er sich an Nick. »Was ich dich die ganze Zeit über fragen wollte: Hat Anna nach dem Überfall die Nacht bei dir zu Hause verbracht?«

»Ja«, knurrte Nick widerwillig.

»Ach, das ist ja höchst interessant.«

»Nein«, erstickte Nick jegliches weitere Wort im Keim. Er ahnte, was als Nächstes kommen würde.

»Schon gut«, wehrte Uwe beschwichtigend ab und spähte in den Rückspiegel zu Lasse Thomsen, auf dessen Gesicht ein breites Grinsen erschien. »Oh, hat zufällig einer von euch was Süßes dabei? Die Tüte ist leer.« Uwe hielt das letzte Bärchen zwischen seinen Fingern.

Ehe er eine Antwort erhielt, erwachte plötzlich das Funkgerät zum Leben, der nächste Einsatz wartete.

»Wenn es Schwierigkeiten oder ungeklärte Fragen geben sollte, zögern Sie nicht, Frau Bergmann, mich umgehend anzurufen. Und jetzt sollten Sie Ihre Errungenschaft gebührend feiern. So etwas passiert nicht oft im Leben! Eigentlich kenne ich niemanden außer Ihnen, dem solch eine Geschichte widerfahren ist«, ermutigte mich Dr. Herdenrodt, als wir letztendlich zurück auf Sylt angekommen waren. Dann reichte er mir einen wattierten Umschlag. »Hier sind die zum Haus gehörigen Schlüssel.«

»Vielen Dank. Ja, wahrscheinlich haben Sie recht«,

stimmte ich ihm zu und nahm den Umschlag an mich. Dann verabschiedete er sich von uns.

»Na, Mädchen«, sagte Carsten Carstensen und klopfte mir freundschaftlich auf die Schulter, als wir zu unseren Autos gingen, die vor der Kanzlei geparkt waren. »Nu haste alles überstanden. Ich bin übrigens Carsten und das ist Ava. Als Nachbarn duzen wir uns.«

»Gern, ich bin Anna.«

»Wir sind immer für dich da«, fügte er freundlich hinzu. »Du kannst uns ansprechen, wenn du Fragen oder Probleme hast.«

»Oder Lust auf einen Tee und einen Schnack«, ergänzte Ava. »Ich habe dir unsere Telefonnummer aufgeschrieben, wo wir wohnen, weißt du.«

Sie reichte mir ein kleines Stück Papier, auf dem mit schöner Handschrift eine Nummer geschrieben stand.

»Da wird es bestimmt die eine oder andere Frage geben«, bekräftigte ich und steckte den Zettel in mein Portemonnaie.

»Wirst du denn in das Haus einziehen oder wirst du es verkaufen?«, wollte Carsten zum Abschied wissen. Ich meinte, ein Funken Unsicherheit in seinen Worten zu erkennen.

»Ich weiß es noch nicht. Bislang kenne ich das Haus nur von außen.«

»Lass dir Zeit zum Nachdenken. Du wirst die richtige Entscheidung treffen«, ermutigte mich Ava.

Auf der Heimfahrt fühlte ich mich, als wenn ich in einer weichen Wolke schweben würde, rückblickend erschien alles unwirklich. Die Ereignisse überschlugen sich seit meiner Ankunft auf der Insel derart rasant, dass ich Mühe hatte, mit ihnen Schritt zu halten.

Ich zog mein Handy aus der Tasche und rief Britta an, denn ich hatte versprochen, mich umgehend zu melden, wenn ich zurück war.

»Ich bin Hausbesitzerin«, platzte es freudig aus mir heraus, kaum dass sie sich am anderen Ende der Leitung meldete.

»Anna, ich fasse es nicht! Dann ist es tatsächlich wahr! Herzlichen Glückwunsch und willkommen auf Sylt!«, rief sie begeistert. Ihre Stimme überschlug sich beinahe vor Freude. »Ich freue mich für dich! Das ist unglaublich!«

»Ich kann es selbst kaum glauben!«

»Du musst sofort vorbeikommen!«, drängte sie mich.

Mit einem Schlag waren Skepsis und Zweifel einem Gefühl purer Freude gewichen. Ich hätte plötzlich die gesamte Welt umarmen können. Vor Freude und Erleichterung rollten Tränen über meine Wangen. Sollte ich jetzt meine Eltern informieren, überlegte ich. Nein, nicht zwischen Tür und Angel. Ich musste erst selbst zur Ruhe kommen.

Eine halbe Stunde später stand ich in Brittas Küche und stieß mit ihr auf meine Erbschaft an.

»Jetzt können wir es offiziell machen. Ich meine, du kannst es Jan sagen.« Ich zwinkerte ihr zu.

»Das heißt, du nimmst es?« Britta hatte vor Aufregung gerötete Wangen.

»Ich denke schon«, antwortete ich ebenso aufgeregt. »Ich habe mir auf der Fahrt hierher überlegt, dass ich es immer noch verkaufen kann.«

»Das ist toll!« Sie zerdrückte mich beinahe vor Freude.

»Ach, da fällt mir etwas ein.« Ich kramte in meiner

Tasche und zog die beiden Seehunde hervor, die ich bei meinem Besuch im »Naturgewaltenzentrum« erstanden hatte. »Für die beiden Racker, ist doch Nikolaus!«

»Wie süß von dir, dass du daran gedacht hast! Da werden sie sich freuen.«

Britta drückte mich erneut. »Wann bekommst du die Schlüssel, damit wir uns das Innere des Hauses ansehen können?«

Ich tastete in meiner Tasche nach dem Umschlag und zog ein Schlüsselbund hervor.

»Dann nichts wie hin!«, beschloss sie und sprang auf.

Britta öffnete das Tor, und ich fuhr auf einen der Parkplätze, die zum Haus gehörten.

»Kneif mich mal, ich glaube immer noch, ich träume«, flüsterte ich Britta zu, als wir erneut beide ehrfürchtig und staunend vor dem Anwesen standen wie Kinder bei der Bescherung vor dem geschmückten Weihnachtsbaum.

»Ich kann dir versichern, das ist kein Traum. Los, lass uns reingehen!«

Mit Anspannung steckte ich den Schlüssel in das Schloss der Haustür, die sich mit einem leisen Klacken öffnete. Mit klopfendem Herzen betraten wir das Haus. Durch bodentiefe Fenster drang viel Tageslicht in die Räume. Bei unserem ersten Besuch konnten wir nicht ins Innere schauen, da die Fensterläden geschlossen waren. Ein frischer Duft nach Zitronen lag in der Luft. Wahrscheinlich wurde kurz zuvor gründlich sauber gemacht.

»Genial!«, raunte Britta mir zu, als ob wir leise sprechen müssten.

Obwohl es ab sofort mein Haus war, fühlte ich mich dennoch wie ein Eindringling. Der Gedanke, Eigentümerin dieser Immobilie zu sein, manifestierte sich nur ausgesprochen langsam in meinem Kopf.

»Sieh!« Ich zeigte auf eine Treppe. »Da oben geht es weiter.«

»Lass uns erst hier unten alles ansehen«, entschied Britta.

Neugierig erkundeten wir den gesamten unteren Bereich. Die Einrichtung war durchgehend in schlichtem Stil gehalten, wobei die Farbe Weiß dominierte. Das war genau nach meinem Geschmack. Ich hatte aufgrund des Alters von Johannes von Waldenbach eine vollkommen andere Einrichtung erwartet und war umso angenehmer überrascht. Das Erdgeschoss war durchweg offen gestaltet worden. Es gab keine Türen bis auf eine Ausnahme, die der Gästetoilette. Direkt an den Wohnbereich schloss sich ein Wintergarten an. Von dort aus führte eine riesige Glasfront auf die angrenzende hölzerne Südterrasse. Den absoluten Höhepunkt bot der schwarze Flügel vor der Fensterfront. Da stand er und wartete darauf, sein Feuerwerk an Klangkraft demonstrieren zu dürfen. Behutsam strich ich mit der flachen Hand über das lackierte Holz.

»Ist das nicht toll?«, fragte ich Britta und erntete ein zustimmendes Kopfnicken.

An den Wänden befanden sich Regale bis unter die Decke, in denen Hunderte Bücher die Fantasie ihrer Leser beflügeln konnten. Die oberen Reihen waren ausschließlich mit einer Leiter zu erreichen, die an einer Schiene über die gesamte Länge der Regalwand verlief.

»Komm, lass uns den Gang nehmen«, schlug Britta vor.

Über einen verglasten Gang gelangten wir in den Anbau, der – wie ich vermutete – früher als Stall für die Tiere diente, als dies noch ein Bauernhof war. Der weitläufige Raum war zu einer Küche umfunktioniert worden, mit einer großzügigen Kochinsel in der Mitte. Im rechten Teil bot ein langer Holztisch mit den passenden Stühlen Platz für zehn Personen.

»Wow«, war Brittas Kommentar, während sie auf den Weinkühlschrank am anderen Ende der Küche zusteuerte. »Hier lässt es sich leben. Der ist sogar zum Teil gefüllt.« Sie sah mich erfreut an.

Wie schon im Hauptgebäude waren auch in diesem Teil bodentiefe Fenster verbaut worden, die den Raum mit Licht fluteten. Britta blieb vor einer Tür stehen.

»Was verbirgt sich wohl dahinter?« Sie sah mich fragend an.

»Keine Ahnung. Vielleicht ein Hauswirtschaftsraum?«, schlug ich vor.

»Stimmt«, bestätigte sie, nachdem sie neugierig den Kopf hineingesteckt hatte.

»Jetzt lass uns nach oben gehen. Unten haben wir alles gesehen«, drängte ich sie.

Die hölzerne Treppe knarzte beim Betreten an einigen Stellen. Im oberen Stockwerk erwartete uns ein ähnlicher Anblick wie unten, was den Stil der Möblierung betraf. Das Obergeschoss bot mit fünf Zimmern und zwei Badezimmern viel Platz. Warum hatte sich Johannes von Waldenbach solch ein riesiges Haus angeschafft, wenn er allein war? Eine Frage, auf die ich höchstwahrscheinlich nie eine Antwort erhalten würde.

Als wir zurück im Erdgeschoss vor dem Flügel standen und den Blick in den Garten schweifen ließen, wurde ich plötzlich von meinen Gefühlen überwältigt und konnte die aufsteigenden Tränen nicht mehr zurückhalten. Es fühlte sich an, als würde sich ein Gatter öffnen und meine aufgestauten Empfindungen und Ängste in die Freiheit entlassen wie eine Herde Wildpferde. Britta schloss mich fest in die Arme.

»Anna, löst du dich gerade mal wieder auf?« Sie lachte.

»Ich weiß, ich bin eine elende Heulsuse. Das ist alles ein bisschen zu viel für meine Nerven«, startete ich einen Erklärungsversuch und wischte mir die Tränen aus den Augen.

»Ach, das ist schon in Ordnung. So bist du nun mal.«

Als ich Britta in Rantum ablieferte, wurden wir von ihrem Mann Jan erwartet, der mich für den Abend zum Essen einlud. Er wollte uns mit seinen Kochkünsten verwöhnen. Da ich keine anderen Pläne hatte und neugierig war, sagte ich spontan zu.

In meinem Apartment tigerte ich ruhelos umher und überlegte erneut, meine Eltern anzurufen und sie über die neuesten Entwicklungen in Kenntnis zu setzen, entschied mich jedoch letztlich dagegen. Ich wollte sie nicht am Telefon mit der Sensation überfallen. Meine Mutter würde vermutlich der Schlag treffen und sie würde mich stundenlang mit Fragen löchern. Nein, ich wollte einen besonderen Moment auswählen. Das anstehende Weihnachtsfest erschien mir als geeigneter Termin. Ich wusste allerdings nicht, ob ich es bis dahin aushalten würde, ohne vorher einzuknicken, denn mein schlechtes Gewissen ihnen gegenüber wuchs übermäßig an.

Kurz vor 19.30 Uhr zog ich mich um, legte einen Hauch Make-up auf und fuhr mit meinem Wagen nach Rantum. Unmittelbar nach meiner Ankunft musste ich feststellen, dass ich nicht der einzige Gast im Hause Hansen an diesem Abend war. Als ich die Küche betrat, prostete mir gut gelaunt Dr. Frank Gustafson zu. Ich bedachte Britta mit einem fragenden Blick, den sie mit einem unmerklichen Schulterzucken honorierte.

»Hallo, Anna!« Jan begrüßte mich wie gehabt mit einem flüchtigen Kuss auf die Wange. »Wie fühlt man sich als frisch gebackene Hausbesitzerin? Mensch, Britta hat mir alles erzählt, das ist wirklich ein Ding.«

Ich fühlte mich in meiner bisherigen Annahme, Jan würde die Neuigkeit umgehend erzählen, wenn er davon erfuhr, bestätigt und wurde nicht enttäuscht. Britta warf ihrem Mann einen warnenden Blick zu, doch dieser kam zu spät, das Interesse von Frank war schlagartig geweckt.

»Du besitzt eine Immobilie? Etwa auf Sylt?«, erkundigte er sich genauer, ohne den Blick von mir zu nehmen.

»Ach, das steht noch in den Sternen«, versuchte ich die Angelegenheit möglichst überzeugend herunterzuspielen. Ich erinnerte mich dabei an die Worte des Notars, die Angelegenheit nicht unbedingt jedem unter die Nase zu reiben. »Sag mal, Jan, was wirst du heute Abend für uns zaubern? Ich bin gespannt und habe vor allem mächtig Hunger«, lenkte ich vom Thema ab und erhaschte einen Blick über Jans Schulter auf den Herd.

»Das ist gut. Also, es gibt Roastbeef vom Morsumer Rind. Das habe ich in der Keitumer Landschlachterei besorgt. Dazu werden Morsumer Kartoffeln mit Rosmarin in Meersalzkruste und winterliches Steckrübenpüree serviert«, antwortete er mit stolz geschwellter Brust und wischte sich die Hände an seiner Schürze mit dem Aufdruck »Koch des Jahres« ab.

»Klingt ausgezeichnet. Mir läuft jetzt schon das Wasser im Mund zusammen«, bemerkte ich und nahm mit einem anerkennenden Nicken einen Schluck Rotwein aus dem Glas, das mir Frank seit einer Weile vor die Nase hielt.

»In gut einer Woche findet die Hochzeitsfeier von Wiebke und Jens statt«, schnitt Britta ein neues Thema an, um nicht abermals die Immobilienthematik aufleben zu lassen.

Mein Dank war ihr gewiss.

Während des Essens plauderten wir über Gott und die Welt. Allerdings wurde ich den gesamten Abend über das Gefühl nicht los, dass Jans Essenseinladung lediglich einem Zweck diente – mich an den Mann zu bringen, in diesem Fall an Frank. Jan lobte in ungewohnter Weise meine Arbeit, obwohl er mich bislang wiederholt als *Erdwurm* bezeichnete und meiner Tätigkeit im Grunde nichts abgewinnen konnte. Je aufwendiger der Garten gestaltet war, je mehr Arbeit hatte man damit, war seine Devise. Ich hatte ihm daraufhin vorgeschlagen, das Grundstück zu betonieren und grün anzustreichen, somit konnte er sogar auf das Rasenmähen verzichten.

Frank seinerseits stellte alle seine Vorzüge in den Vordergrund, in wenig aufdringlicher Manier, aber wohldosiert. Brittas wiederholte Versuche, das Gespräch in eine andere Richtung zu lenken, wurden von den beiden Herren geflissentlich ignoriert. Zugegebenermaßen war Frank keine schlechte Partie: Akademiker, ledig, intelligent, äußerst attraktiv, guter Job mit Karrierechancen. Ich fand ihn sympathisch und man konnte sich fabelhaft mit ihm unterhalten, trotz allem fand ich die Situation zunehmend belustigend. Wem missfiel es, derartig umgarnt zu werden? Eine Streicheleinheit für das persönliche Ego hatte bislang niemandem geschadet, sagte ich mir. Meiner Freundin war die aktuelle Entwicklung eher peinlich, das konnte ich ihr deutlich ansehen.

Nach dem Hauptgang half ich Britta beim Abräumen und folgte ihr in die Küche, während die beiden Männer am Tisch sitzen blieben und sich unterhielten.

»Hättest du mich nicht vorwarnen können?«, ließ ich vorsichtig anklingen und schielte dabei in Richtung des Esszimmers. Keiner der beiden Männer konnte uns hören, denn sie lachten und schienen sich köstlich zu amüsieren.

»Es tut mir leid, Anna. Ich hatte keine Ahnung, dass Frank eingeladen war. Jan hat es mit keiner Silbe erwähnt. Kurz bevor ihr gekommen seid, hat er es gebeichtet, als ich ihn gefragt habe, warum ich vier Gedecke auflegen soll. Ehrlich! Was hätte ich tun sollen? Ich konnte Frank schlecht im letzten Moment ausladen«, sagte sie mit bekümmerter Miene.

»Ist nicht schlimm, Frank ist ein netter Typ. Und Jan wirft sich ordentlich ins Zeug, um mich an den Mann zu bringen. Ich habe mich selten so amüsiert.«

»Oh, Anna, das ist mir entsetzlich unangenehm. Das musst du mir bitte glauben«, Britta sah mich entschuldigend an.

»Mach dir keinen Kopf! So furchtbar bin ich scheinbar nicht, sonst würde mich dein Mann nicht mit einem seiner besten Freunde verkuppeln wollen«, bemerkte ich und schnappte mir die Glasschüssel mit dem Nachtisch, die Britta aus dem Kühlschrank genommen hatte.

»Frank ist in Ordnung. Er flirtet gern und lässt nichts anbrennen. Ein Casanova, wie er im Buche steht, aber er hat das Herz auf dem rechten Fleck. Wenn einer von uns krank ist und ärztliche Hilfe benötigt, ist er sofort zur Stelle. Man kann sich jederzeit auf ihn verlassen.«

Sie füllte frisch geschlagene Sahne in eine Schale. »Allerdings ist er kein Mann für eine feste Beziehung. Ich sage dir das, damit du weißt, worauf du dich gegebenenfalls bei ihm einlässt.«

»Danke für die Warnung, aber ich denke, da besteht momentan keine Gefahr«, stellte ich klar.

Wir nahmen die Schalen und Besteck und kehrten zurück ins Esszimmer.

Irgendwann zwischen Nachtisch und Espresso überfiel mich plötzlich eine bleierne Müdigkeit und ich beschloss, ins Hotel zu fahren. Frank bot an, mich im Taxi mitzunehmen, aber ich lehnte dankend ab, da ich selbst fahren wollte. Nach noch nicht einmal zwei Gläsern Wein über den gesamten Abend verteilt und dem üppigen Essen war ich zweifelsfrei in der Lage dazu.

»Pass bloß auf, dass dich die Polizei nicht wegfängt«, bemerkte Frank lachend, als ich mich von ihm verabschiedete.

War das ein Schuss ins Blaue oder hatte Jan seine Finger im Spiel, fragte ich mich. Die Vermutung lag nahe, dass Jan in irgendeiner Weise Nick erwähnt haben könnte. Ich überging diese Anspielung mit einem charmanten Lächeln. Nachdem Frank fort war, machte ich mich ebenfalls auf den Heimweg.

»Danke für das Essen!«, bedankte ich mich bei meinen Gastgebern, als ich vor der Haustür von der nächtlichen Kälte begrüßt wurde.

»Schön, dass du hier warst. Gute Fahrt! Wir hören voneinander!«

Ich fuhr die Hauptstraße in Richtung Westerland, als ich hinter mir von einem einzelnen hellen Scheinwerferlicht geblendet wurde. Ich sah erst in den Rückspiegel, dann in den Außenspiegel und erkannte hinter mir in geringem Abstand ein Motorrad. Schlagartig begann mein Puls zu rasen, und ich bekam Angst. Waren das die Motorradgangster von neulich, die mir meine Tasche entrissen hatten? Wenn ja, wussten sie, dass ich in dem Wagen saß oder war es reiner Zufall? Mein Handy befand sich in meiner Tasche auf dem Rücksitz, an die ich während des Fahrens nicht herankam, um notfalls die Polizei alarmieren zu können. Bloß nicht anhalten, warnte mich meine innere Stimme. Solange ich fuhr, konnten sie mir wenig anhaben. Vielleicht bildete ich mir das alles auch nur ein und es handelte sich um vollkommen normale Menschen, die ebenso auf dem Heimweg waren wie ich. Nach der nächsten Kurve gab ich Gas, um herauszufinden, ob mir das Fahrzeug folgte. Mit Erleichterung stellte ich fest, dass sich unser Abstand vergrößerte. Doch meine Entspannungsphase war nicht von Dauer, denn plötzlich setzte das Gefährt unerwartet zu einem Überholmanöver an. Mein Herz setzte vor Schreck beinahe aus, als die Maschine auf meiner Höhe keinerlei Anstalten machte, den Überholvorgang zu beenden, sondern eine gefühlte Ewigkeit an meiner Seite blieb. Was hatte der Fahrer vor? Wollte er mich abdrängen oder womöglich zum Anhalten zwingen? Neben dem rechten Fahrbahnrand verlief ein Graben, sodass ich keine Möglichkeit hatte, auszuweichen und unweigerlich darin landen würde. Meine Verzweiflung und Angst wuchsen mit jeder Sekunde. Plötzlich tauchte im Gegenverkehr ein Fahrzeug auf, was den Motorradfahrer letztendlich zwang, mich zu überholen. Er scherte im letzten Moment vor mir ein. Ich verlangsamte daraufhin das Tempo und hoffte inständig, meinen Verfolger auf diese Weise loszuwerden beziehungsweise mehr Abstand zwischen uns aufzubauen. Doch er fuhr weiterhin vor mir her. Was sollte ich tun, wenn er mir folgte? Irgendwann würde ich mein Ziel erreichen, denn ich hatte nicht die Absicht, den Rest der Nacht damit zu verbringen, quer über die Insel zu fahren. Diese Möglichkeit erschien mir geradezu lächerlich und ich versuchte, mir selbst Mut zuzusprechen, was mir allerdings in dieser Situation gründlich misslang. Ich war und blieb ein Angsthase. Einen Augenblick spielte ich mit dem Gedanken, zu wenden und zurück zu Britta zu fahren, verwarf ihn jedoch. Solange sich dieses Motorrad in meiner Nähe befand, durfte ich unter keinen Umständen anhalten. Auf einmal sah ich ein Bremslicht vor mir aufleuchten.

KAPITEL 18

Die Luft war zum Schneiden dick und roch schal, lautes Stimmengewirr schlug Nick entgegen, als er die Kneipe betrat. Die Gäste standen an der Bar oder saßen dicht um kleine Tische gedrängt. Er verschaffte sich einen flüchtigen Überblick und steuerte anschließend zielstrebig auf die Theke zu. Auf einem eben frei gewordenen Barhocker ließ er sich nieder und bestellte beim Barkeeper einen Gin Tonic. Er war zu Fuß unterwegs und musste heute nicht mehr fahren. Das Lokal war überaus gut besucht, aber bekannte Gesichter traf er bisweilen nicht. Dies war nicht weiter verwunderlich, da er selten abends ausging. Nick trank einen Schluck und sah aus dem Augenwinkel, dass sich im Bereich der Bühne etwas regte. Sogleich stieg der Geräuschpegel an, vereinzelt ertönten fordernde Rufe aus der Menge. Gleich darauf traten die Musiker, drei Männer und eine Frau, unter donnerndem Applaus ins Scheinwerferlicht. Sie gingen zu ihren Instrumenten und positionierten sich anschließend auf der Bühne. Sobald der erste Takt gespielt war, wiegte sich die Menge im Rhythmus der Musik. Nick erwischte sich dabei, wie er ebenfalls mit der Musik mitging und mit dem Fuß wippte. Die Band spielte in der Tat bemerkenswert, besonders der Gitarrist besaß ausgesprochenes Talent. Die Darbietung fand beim Publikum großen Anklang, was der nicht enden wollende Beifall bewies.

Nachdem die letzte Zugabe verklungen war und sich die Besucher allmählich auf den Heimweg machten, ging Nick zur Bühne auf die Musiker zu, die im Begriff waren, ihre Instrumente zu verstauen.

»Hallo, Lasse!«, begrüßte er einen von ihnen.

Der junge Mann sah erstaunt auf. »Nick? Das ist eine Überraschung.«

»Ihr wart echt klasse«, lobte Nick die jungen Leute. »Ich bin beeindruckt.«

»Schön, dass es dir gefallen hat.«

»Spielt ihr hier öfter?«, erkundigte sich Nick.

»Hin und wieder an den Wochenenden«, warf die junge Frau ein, in deren linker Augenbraue ein silberner Ring steckte. »Lasse ist der beste Gitarrist, den man sich vorstellen kann. Ohne ihn wären wir nicht mal halb so gut.« Sie zwinkerte ihrem Bandkollegen zu.

»Inken, hör auf, das ist totaler Blödsinn«, wiegelte Lasse ab, dem das Lob im Beisein von Nick unangenehm zu sein schien.

»Das ist ein schönes Instrument«, stellte Nick mit Blick auf Lasses Gitarre fest. »Eine Gibson Les Paul SG. Die werden hoch gehandelt. Welches Baujahr ist sie?«

»Ist gebraucht«, gab Lasse knapp zurück, ohne sein Gegenüber anzusehen und klappte den Gitarrenkoffer zu.

»Du kennst dich aus. Bist du auch Musiker oder in der Branche tätig?«, erkundigte sich Inken und musterte Nick eingehend.

»Er ist ein Kollege«, klärte Lasse sie umgehend auf, ehe Nick antworten konnte.

»Aha«, sagte sie.

»Stimmt. Ich bin bei der Polizei. Ein Freund von mir spielte früher in einer Band. Er hatte ein ähnliches Modell wie dieses, daher kenne ich mich ein bisschen aus.«

»Warum bist du gekommen? Hab dich vorher noch nie hier gesehen.« Lasse schien die Anwesenheit seines Kollegen als unangenehm zu empfinden.

»Ich mag gute Musik und wollte den Abend mit einem Drink ausklingen lassen. Das ist doch legitim, oder nicht?«

»Na klar!«, erwiderte Inken. »Bleib mal locker, Lasse. Jeder kann kommen und uns zuhören. Ist doch eine prima Bestätigung, wenn die Leute unsere Songs mögen und das Haus voll ist.« Sie schenkte Nick ein kesses Lächeln.

»War nicht so gemeint«, wehrte Lasse ab und schulterte sein Musikinstrument. »Können wir dann?« Er schien es plötzlich eilig zu haben.

»Schönen Abend für euch und weiterhin viel Erfolg«, verabschiedete sich Nick und verließ ebenfalls die Lokalität.

KAPITEL 19

Nach dem Frühstück packte ich die Jeans und den Pullover, den mir Nick geliehen hatte, in meine Tasche. Ich hatte beides vom Hotelservice waschen lassen. Jetzt wollte ich ihm die Sachen im Rahmen eines ausgedehnten Strandspaziergangs zurückbringen. Ein Wintertag wie aus dem Bilderbuch lockte mich nach draußen. Die Begegnung mit dem Motorrad war glimpflich verlaufen, der Fahrer war kurz nach dem Überholmanöver abgebogen und nicht mehr aufgetaucht. Wahrscheinlich sah ich mittlerweile Gespenster, daher war eine Wanderung an der frischen Luft Balsam für meine Seele.

Ich wanderte am Flutsaum entlang gen Wenningstedt, die wärmende Morgensonne im Rücken. Da Ebbe war, kam ich auf dem festen Sand verhältnismäßig zügig voran. Kleine Strandläufer flitzten mit ihren dünnen roten Beinchen vor mir geschäftig hin und her, um angespültes Getier zu ergattern. Sie bewegten ihre Beine so flink während des Laufens, dass man sie kaum einzeln erkennen konnte. Viele Spaziergänger waren an diesem herrlichen Morgen unterwegs. Vergnügt und in forschem Tempo marschierte ich meinem Ziel entgegen. Ich freute mich auf ein Wiedersehen mit Nick und hatte mir vorgenommen, ihm von meiner ungewöhnlichen Erbschaft zu erzählen, denn aus unerklärlichem Grund vertraute ich ihm. Wie er wohl reagieren würde, stellte ich mir die Frage. Hoffentlich würde er zu Hause sein, da ich meinen Besuch nicht telefonisch angemeldet hatte. Er hatte mir zwar nach dem Überfall seine Handynummer gegeben, aber ich wollte ihn überraschen und platzte beinahe vor Ungeduld.

Sobald ich in die Straße einbog, konnte ich das Haus bereits von Weitem erkennen. Nicks Wagen stand davor, was vermuten ließ, dass er tatsächlich daheim war. Mit leicht klopfendem Herzen steuerte ich auf das Friesenhaus zu. Als ich wenige Meter entfernt war, sah ich, wie sich die Haustür öffnete. Er konnte mich unmöglich gesehen haben, kam es mir in den Sinn, als eine junge Frau, etwa Mitte 20, mit einem langen, blonden Pferdeschwanz aus der Haustür trat. Sie trug eine blaue Daunenjacke und Jeans, die am Ende in hellen Lederstiefeln steckten. Die Selbstverständlichkeit, mit der sie die Tür hinter sich schloss und zu ihrem Auto ging, ließ vermuten, dass sie dies nicht das erste Mal tat. Für einen Moment blieb ich wie angewurzelt stehen. Eine Welle der Enttäuschung überrollte mich. Was hatte ich erwartet? Hatte ich ernsthaft angenommen, Nick hätte nach dem Verlust seiner Familie das Interesse an anderen Frauen vollständig verloren und nur auf eine Anna Bergmann aus Hannover gewartet? Nein, ganz sicher nicht. Nach dem Überfall war er mir zu Hilfe geeilt, aber als Polizist war es seine Aufgabe, Menschen in Notsituationen zu helfen, das verpflichtete ihn mir gegenüber zu nichts. Langsam dämmerte mir, woher die Jeans stammte, die er parat und mir geliehen hatte. Die junge Frau, die eben sein Haus verlassen hatte, hatte in etwa meine Figur. Enttäuscht machte ich auf dem Absatz kehrt und suchte die nächstgelegene Bushaltestelle auf. Glücklicherweise brauchte ich nicht lange zu warten, bis der Bus kam, der mich zurück nach Westerland bringen würde. Ich würde Nick die Sachen auf anderem Wege zukommen lassen, überlegte ich während der Fahrt, und ich wusste auch schon wie.

Nick war auf dem Weg zum Besprechungsraum, als er eine weibliche Stimme hinter sich hörte. »Nick! Warte mal!«

Er blieb stehen und drehte sich um. »Cordula, was gibt's?«

»Das ist vorhin für dich abgegeben worden«, sagte die Beamtin.

Nick sah erstaunt auf die Papiertüte in ihrer Hand. »Von wem kommt das?«

»Eine Frau hat sie für dich abgegeben«, bestätigte sie. »Sie war übrigens ausgesprochen hübsch.« Sie konnte ein Schmunzeln nur schwer unterdrücken.

Nick nahm die Tüte und warf einen Blick hinein. »Hat sie noch etwas gesagt?«

»Nein, bloß, dass ich sie dir geben soll.« Mit amüsiertem Gesichtsausdruck drehte sie sich um und setzte ihren Weg fort.

»Moin, alle an Bord?«, begann Uwe die Dienstbesprechung und blickte in die Runde.

»Steffen ist krank, er hat eben angerufen«, meldete sich ein Kollege.

»Na großartig, der nächste Seuchenfall! Hört das denn nie auf?«, fluchte Uwe verhalten. »Okay, es hilft alles nichts. Wir müssen in der Einbruchserie vorankommen. Nach dem Tod von Helmut Winterhoff handelt es sich nicht mehr nur um Einbruch, sondern um Totschlag beziehungsweise Mord. Eventuell liegt hier eine Verdeckung einer Straftat vor«, fasste Uwe zusammen.

»Glaubst du, die wollten ihn absichtlich töten?«, schaltete sich der Kollege Oliver Mirske ein. »Wenn nicht, wäre es nicht unbedingt Mord.«

»Das hängt von den Beweggründen ab, aber das muss der Richter letztlich entscheiden. Für uns steht in erster Linie die Festsetzung der Bande im Vordergrund. Das Handeln der Einbrecher erweckt langsam den Anschein, als würden wir an der Nase herumgeführt.« Er blickte demonstrativ in die Runde.

»Wenn ich einen Vorschlag machen darf?«, kam es aus einer Ecke.

»Jederzeit, Ansgar!«

»Ich schlage vor, wir sollten Straßenkontrollen durchführen. Wir kontrollieren die Hauptverkehrsstraßen zur Autoverladung und zur Fähre. Ist gut möglich, dass es sich bei den Tätern um organisierte Banden handelt.«

»Du meinst reisende Täter, die von Ort zu Ort ziehen, um dort ihre Verbrechen zu begehen und anschließend weiterzuziehen?«

»Genau die meine ich. Wenn wir gezielt Fahrzeuge kontrollieren, erwischen wir die Bande bestimmt. Irgendwann müssen sie ihre Beute beiseiteschaffen«, erwiderte Ansgar und war in seiner Euphorie nicht zu bremsen.

»Diese Banden agieren doch eher auf dem Festland, dort können sie schneller verschwinden als von einer Insel«, gab Nick zu bedenken.

»Ich finde Ansgars Vorschlag trotzdem gut. Tagsüber fühlen sich die Täter im allgemeinen Verkehr sicher, nutzen stark frequentierte Strecken, um nicht weiter aufzufallen. Diese Anhalte- und Sichtkontrollen nach § 180 Abs. 3 LVwG dienen zur vorbeugenden Bekämpfung von Straftaten von erheblicher Bedeutung«, zitierte Lasse.

»Na, da hat wohl jemand im Unterricht aufgepasst.« Ein Lachen ging durch die Runde. »Die Idee ist prinzipiell nicht schlecht, aber ich habe zu wenig Personal momentan«, betonte Uwe. »Um eine Straßenkontrolle in diesem Umfang durchzuführen, brauchen wir mehr als nur drei oder vier Leute.«

»Momentan ist nicht viel los auf der Insel, wenig Urlauber, das dürften wir selbst mit der dünnen Personaldecke hinbekommen«, hielt Ansgar dagegen.

»Hm«, Uwe kratzte sich nachdenklich am Bart. »Na schön. Wir treffen uns zur weiteren Planung in einer halben Stunde bei uns im Büro, aber zuvor hole ich mir noch das Okay von meinem Chef Hannes Sönnemann.«

»Allmählich mache ich mir um Ansgar ernsthafte Sorgen«, erklärte Uwe, als er im Anschluss mit Nick unterwegs war, um sich einen Kaffee zu holen.

»Warum? Weil er sich neuerdings derart ins Zeug legt?«

»Das allein ist seltsam genug. Der teure Wagen, in dem wir ihn neulich gesehen haben, ist tatsächlich auf ihn zugelassen. Ich habe das überprüft.«

»Spionierst du ihm etwa nach?«, entgegnete Nick stirnrunzelnd. »Und wenn schon! Das ist seine Angelegenheit.«

»Ich werde das Gefühl nicht los, dass da irgendetwas im Busche ist.« Uwe kaute auf seiner Unterlippe herum.

»Warum? Er ist noch jung, vielleicht will er Karriere machen?«

»Wenn es das wäre, würde mir die Angelegenheit keine Bauchschmerzen bereiten.«

»Was willst du damit andeuten? Wie ich dich kenne, hegst du einen bestimmten Verdacht«, bohrte Nick nach, dann stutzte er. »Du glaubst nicht ernsthaft, dass Ansgar in irgendetwas verwickelt ist?«

»Das habe ich nicht gesagt, aber offensichtlich liegt der Gedanke nicht so fern«, widersprach Uwe und deutete mit dem Zeigefinger auf Nick.

»Das kann ich mir beim besten Willen nicht vorstellen. Sein Verhalten hat mit Sicherheit einen anderen Hintergrund. Ich schlage vor, du sprichst mit ihm oder soll ich das übernehmen?«

»Nein, das erledige ich lieber selbst.«

»Anna? Du siehst ziemlich mitgenommen aus. Was ist nun wieder passiert? Und wo ist dein Wagen abgeblieben«, nahm Britta mich in Empfang, als ich vor ihrer Haustür stand. Nachdem ich die Tüte mit den Sachen im Polizeirevier für Nick abgegeben hatte, hatte ich spontan den nächsten Bus nach Rantum genommen.

Sie schob mich vor sich her bis in die Küche, wo ich

mich wie ein Häufchen Elend auf einen der Küchenstühle sinken ließ. Dann berichtete ich, was ich beobachtet hatte. Sie ließ mich ausreden bis ich geendet hatte.

»Anna, das muss nichts bedeuten und war sicher harmlos«, versuchte sie mich aufzumuntern. »Das wird sich alles aufklären, und am Ende lachst du drüber.«

»Britta, das glaubst du doch selbst nicht!«, weigerte ich mich, diese Erklärung zu akzeptieren. »Er hat mir keine konkreten Hoffnungen gemacht und kann machen, was er will. Die Frau war jung und hübsch. Sehr hübsch sogar, da kann ich ohnehin nicht mithalten.«

»Jetzt mach aber mal einen Punkt und stell dein Licht nicht unter den Scheffel«, widersprach Britta energisch. »Da er dir doch nicht so egal ist, wie du vorgibst, schlage ich vor, du rufst ihn an. Rede Klartext mit ihm, Anna!«

»Damit er mir dann sagt, dass er mich zwar nett findet, ich aber nicht seinem Typ entspreche und er sowieso anderweitig vergeben ist. Nein danke! Das muss ich mir nicht geben!«, verkündete ich, ließ die Schultern hängen und vergrub mein Gesicht seufzend in meinen Händen.

»Du willst dir nicht helfen lassen. Sei bitte nicht so stur! Damit machst du dir das Leben selbst schwer. Schließlich kann er nicht ahnen, was du für ihn empfindest, wenn du es ihm nicht sagst.«

Ich schüttelte den Kopf, ohne dabei aufzusehen. »Nein. Es ist besser so.« Ich atmete tief durch und wischte mir eine Träne von der Wange, die sich wieder einmal eigenmächtig auf den Weg gemacht hatte, ohne dass ich in der Lage war, es zu unterbinden.

»Feigling!«, konterte Britta.

Unbemerkt hatte sich Tim in die Küche geschlichen. Er stand leicht eingeschüchtert im Türrahmen und fragte in seiner kindlichen Art: »Ist Tante Anna traurig, Mama? Oder warum weint sie?«

»Ja, das ist sie, Timmy. Dann darf man weinen, auch wenn man groß ist«, erklärte Britta ihrem Sohn.

Er nickte verständnisvoll und verschwand, um gleich darauf erneut in der Küche zu erscheinen. Dieses Mal mit seinem braunen Plüschhund in der Hand, den er mir entgegenstreckte.

»Bruno ist gut im Trösten«, behauptete er mit todernster Miene.

Diese Geste war dermaßen rührend, dass mir erneut das Wasser in die Augen stieg.

»Danke«, erwiderte ich und nahm das Stofftier an mich. »Das ist lieb von dir, Timmy. Bestimmt geht es mir mit Brunos Hilfe gleich besser.«

Ich strich ihm mit einer Hand über den Kopf und rang mir ein Lächeln ab.

Am späten Nachmittag hatte ich einen ungeplanten Termin bei Dr. Herdenrodt, dem Notar, der mich angerufen und zu sich gebeten hatte. Er benötigte diverse Unterschriften von mir und übergab mir bei dieser Gelegenheit die letzten Unterlagen, unter anderem die für mein neues Konto bei einer Bank in Westerland.

»Es besteht durchaus die Möglichkeit, dass ich Sie ein weiteres Mal belästigen muss, Frau Bergmann. Dieser Papierkram ist leider unerlässlich«, entschuldigte er sich im Voraus.

»Das ist kein Problem. Rufen Sie mich gern an. Eine Weile werde ich noch auf der Insel sein.«

»Im Großen und Ganzen ist alles geregelt bis auf ein paar letzte Formalitäten. Hat sich Frau von Waldenbach in der Zwischenzeit mit Ihnen in Verbindung gesetzt?«

»Nein, sollte sie?«, fragte ich und meine inneren Alarmglocken schrillten.

»Nein, nein. Nur interessehalber. Ich habe ebenfalls nichts mehr von ihr gehört. Vermutlich hat sie eingesehen, dass sie ohnehin nichts erreichen kann, und sich mit der Situation abgefunden. Ich glaube, ich lehne mich nicht zu weit aus dem Fenster, wenn ich sage, Sie nehmen ihr nichts weg. Frau von Waldenbach ist außerordentlich vermögend.« Er lächelte zuversichtlich.

»Ein schlechtes Gewissen habe ich trotzdem irgendwie. Sie gehört schließlich zur engsten Familie«, erwiderte ich halbherzig.

»Darüber machen Sie sich bitte keine Gedanken. Johannes wollte es so, allein das zählt.«

Danach verabschiedete ich mich von Dr. Herdenrodt, der bereits von einer anderen Mandantin in einem der Nebenzimmer erwartet wurde.

Auf dem Display meines Handys registrierte ich drei Anrufe in Abwesenheit, einer davon war von Frank, der mich heute Abend zum Essen einlud. Meine Telefonnummer musste Jan ihm gegeben haben, denn von mir hatte er sie nicht bekommen. Normalerweise hätte ich mich maßlos darüber geärgert, aber heute wollte ich mich nicht darüber aufregen. Die anderen beiden Anrufe stammten von Nick, wie ich erstaunt feststellte. Er hatte jedoch keine Nachricht auf der Mailbox hinterlassen. Vermutlich wollte er sich für die zurückgebrachten Kleidungsstücke bedanken. Ich rief Frank umgehend zurück und sagte für abends zu. Mir war bewusst, dass mein Verhalten kindisch und trotzig war und Frank gegenüber alles andere als fair. Um mein schlechtes Gewissen abzumildern, redete ich mir ein, dass es mir anschließend besser gehen würde, eine Art Trostpflaster. Ich war ebenso frei wie Nick und konnte mich treffen, mit wem ich wollte. Schließlich war er nicht der einzige charmante und gut aussehende Mann auf dieser Welt. Bei näherer Betrachtung gefiel mir Frank sogar ausgesprochen gut.

»Oh, Nick, ich freue mich, endlich hier zu sein. Du hast mir in der letzten Zeit gefehlt«, beteuerte die junge Frau und hakte sich bei ihm ein, während sie auf der Westerländer Promenade entlang schlenderten.

»Ich freue mich auch, Honey. Was wollen wir machen, wozu hast du Lust?«, wollte Nick wissen.

»Du kennst dich besser auf der Insel aus als ich, was schlägst du vor?« Sie sah ihn erwartungsvoll an.

»Ich könnte dir das »Sylt Aquarium« zeigen. Oder wir bummeln ein bisschen durch die Fußgängerzone und gehen anschließend etwas Leckeres essen.«

»Klasse Idee, lass uns zuerst eine Shoppingtour machen! Das Aquarium können wir zu einem späteren Zeitpunkt besuchen. Ich muss mir unbedingt ein neues Kleid kaufen, wenn wir zu der Hochzeitsfeier gehen«, erwiderte sie und klatschte begeistert in die Hände.

»Ich habe es geahnt, na dann«, seufzte Nick theatralisch und legte einen Arm um seine Begleiterin.

In einem Ledersessel sitzend blätterte Nick in einer der Autozeitschriften, die neben ihm auf einem kleinen Tisch auslagen, während seine Begleiterin mit einem Kleidungsstück nach dem anderen aus der Umkleidekabine kam.

»Nick, wie findest du dieses?«, bat sie ihn um Rat und erwartete gespannt sein Urteil.

Er sah von der Zeitschrift auf.

»Jill, du siehst super aus!«

»Meinst du wirklich?« Die junge Frau musterte sich selbstkritisch im Spiegel und drehte sich einmal um die eigene Achse. »Ist es nicht ein bisschen zu eng?«

»Wirklich, Honey, du siehst umwerfend darin aus.«

»Okay, wenn du das sagst, dann nehme ich es.«

Sie strahlte ihn aus ihren blauen Augen glücklich an.

»Ihre Freundin sieht bezaubernd aus in diesem Kleid«, säuselte die Verkäuferin, als Nick an der Kasse seine Kreditkarte zückte und sie das Kleidungsstück in eine Tüte packte. Die geschäftstüchtige Verkäuferin hatte Jill im Vorfeld darüber hinaus die passenden Schuhe zu dem Kleid gezeigt, die ebenfalls in der Tüte landeten.

Als sie draußen vor dem Laden standen, verkündete Jill: »Jetzt habe ich Hunger, lass uns etwas essen gehen.«

»Dein Wunsch ist mir Befehl. Wie wäre es mit Italienisch?«

»Hört sich hervorragend an. Ein großer Teller Pasta wäre genau das Richtige und zum Nachtisch ein Tiramisu. Danke für das Kleid und die Schuhe, Nick.« Sie drückte ihm einen dicken Kuss auf die Wange.

»Keine Ursache. Na, dann komm, lass uns schlemmen gehen. Aber ich will danach nicht hören, dass das Kleid zu eng ist.«

»Dann esse ich eben die nächsten Tage nichts mehr«, erwiderte sie kess und beide lachten.

Sie verließen die Fußgängerzone und gingen durch einige Nebenstraßen zu einem kleinen italienischen Restaurant. Kurz bevor sie um eine Ecke bogen, blieb Nick plötzlich abrupt stehen und hielt Jill am Arm zurück. »Warte!«

»Hey, was ist? Warum bleiben wir mitten auf der Straße stehen?«, fragte sie überrascht und blickte in die Richtung, in die Nick starrte.

In einiger Entfernung erkannte man eine dunkelhaarige, schlanke Frau in Begleitung eines großen, blonden Mannes auf ein teures Restaurant zugehen, auf dessen Parkplatz mehrere Fahrzeuge der Luxusklasse parkten. Das Paar lachte fröhlich, und der Mann ließ der Frau beim Eintreten mit einer galanten Handbewegung den Vortritt.

»Nick? Stimmt etwas nicht?«, hakte Jill neugierig nach.

»Nein, alles gut. Komm, wir gehen weiter.« Er lächelte gezwungen.

»Irgendetwas ist doch, Nick. Ich kenne dich. Du siehst aus, als ob du ein Gespenst gesehen hättest.«

»Nein, es ist alles okay.«

»Was ist es dann? Hat es mit deiner Arbeit zu tun?«, ließ Jill nicht locker.

»Ja«, bestätigte Nick schnell, um weiteren Nachfragen zu entgehen.

»Das glaube ich dir nicht, aber wenn du nicht reden willst, kann ich dir nicht helfen«, gab sie letztendlich mit einem tiefen Seufzer auf.

Sie setzten ihren Weg schweigend fort, und Jill konnte spüren, dass Nick mit seinen Gedanken weit weg war.

Frank holte mich pünktlich zur verabredeten Zeit vor dem Hotel ab. Er war zu Fuß gekommen, da er lediglich ein paar Straßen entfernt wohnte. Ich folgte ihm zu einem exklusiven Restaurant um die Ecke, in dem er einen Tisch bestellt hatte. Der Kellner begrüßte uns überschwänglich und nahm uns die Mäntel ab. Dass Frank nicht das erste Mal in diesem Restaurant Gast war, ließ sich daran erkennen, dass er vom Inhaber persönlich begrüßt und mit Namen angesprochen wurde, als wären sie seit langer Zeit gute Bekannte. Dann wurden wir zu einem Platz am Fenster geführt. Frank ließ mir charmant den Vortritt, und ich spürte den leichten Druck seiner Hand zwischen meinen Schulterblättern, als wir zum Tisch gingen. Dann rückte er mir den Stuhl zurecht, und ich nahm Platz. Der Kellner brachte zunächst zwei Gläser Champagner.

»Auf einen zauberhaften Abend!«, prostete Frank mir zu und erhob sein Glas.

»Ja, auf einen schönen Abend«, entgegnete ich und trank einen Schluck Champagner, der mir prickelnd die Kehle hinunterlief.

Dann widmeten wir uns der in Leder gebundenen Speisekarte. Ich hatte kaum die erste Seite angesehen, da klappte Frank die Karte plötzlich zusammen, sodass das Licht der Kerze auf unserem Tisch durch den Windhauch augenblicklich erlosch.

»Anna, wenn du erlaubst, würde ich gerne für uns bestellen.«

»Gern. Sicherlich weißt du, was empfehlenswert ist«, vermutete ich.

Frank winkte den Kellner heran, der unverzüglich an unseren Tisch eilte.

»Haben die Herrschaften gewählt?«, erkundigte er sich in für meinen Geschmack antiquierten Ton und verhalf nebenbei der Kerze mit einem Feuerzeug zu neuem Leben.

»Ja, bitte bringen Sie uns als Vorspeise die Jakobsmuscheln mit Blattspinat auf Rote-Bete-Carpaccio. Als

Hauptgang nehmen wir das Skreifilet mit Fenchel auf wildem Basmatireis. Und, Konrad, bitte bringen Sie uns eine Flasche von dem Rotwein, Sie wissen schon.«

Frank zwinkerte dem Kellner vertrauensvoll zu.

»Sehr gerne, Herr Dr. Gustafson«, bedankte sich Konrad und entfernte sich.

»Skreifilet? Das klingt nach einem Fisch?«, fragte ich nach und hoffte, mit meiner Bemerkung keine allzu große Bildungslücke preiszugeben.

»Das ist Winterkabeljau, sehr schmackhaft. Ich bin überzeugt, er wird dir schmecken. Oder magst du keinen Fisch?«

»Doch, sehr gern sogar. Ich bin gespannt.«

Ich trank einen weiteren Schluck Champagner und sah mich dabei im Raum um. Das Restaurant war gut besucht.

»Jetzt erzähl mal, Anna. Was machst du den ganzen Tag auf Sylt?« Er legte die Unterarme vor sich auf dem Tisch ab und sah mich erwartungsvoll an.

»Ach, nichts Besonderes. Ich genieße die freie Zeit und versuche, mich vom Alltagsstress mit Strandspaziergängen und ein bisschen Wellness zu erholen. Was man eben im Urlaub macht. Sylt bietet viel Abwechslung.«

»Hast du schon öfter hier Urlaub gemacht?«, wollte Frank wissen.

»Ja, als Schülerin war ich nahezu jede Sommerferien mit meiner Oma auf Sylt. Später habe ich Britta besucht, so oft es ging. Die letzten zwei Jahre habe ich es allerdings nicht geschafft. Die Arbeit!« Ich verzog das Gesicht. »Ich bin Landschaftsarchitektin und arbeite in einem kleinen Büro, aber das weißt du ja bereits. Da gibt es immer sehr viel zu tun. Jedenfalls war es in den vergangenen beiden

Jahre so. Die Arbeit ist anstrengend, macht aber Spaß. Vor allem, wenn du am Ende siehst, was du geschaffen hast und der Kunde zufrieden ist. Das ist eigentlich das Wichtigste.«

Frank hörte mir die ganze Zeit über aufmerksam zu. »Da gebe ich dir recht. Ein schönes Gefühl.«

»Und du?«, drehte ich den Spieß nunmehr um. »Hast du dich gut auf der Insel eingelebt? Wie sind die Kollegen in der Klinik? Bereitet dir deine Arbeit Freude?«

Damit gab ich ihm Wasser auf die Mühlen, und er erzählte beinahe ohne Unterbrechung, bis der Hauptgang gebracht wurde. Das Essen, das Frank für uns ausgesucht hatte, war exquisit, auch dem Rotwein merkte man seinen vermutlich horrenden Preis an. Allerdings empfand ich die gesamte Atmosphäre in dem Restaurant eher als steif. Fast so steif wie die gestärkte Tischdecke auf unserem Tisch, an deren Falte ich mir beim Hinsetzen beinahe das Knie gestoßen hätte. Der Raum war in gedämpftes Licht getaucht, und die Gäste wurden mit leiser Hintergrundmusik berieselt.

Der Abend gestaltete sich angenehmer, als ich zunächst angenommen hatte. Wir aßen, tranken und unterhielten uns angeregt, und ich erwischte mich dabei, wie ich heftig mit Frank zu flirten begann. Ob es an dem Rotwein lag, der von dem aufmerksamen Kellner Konrad kontinuierlich nachgeschenkt wurde, wusste ich nicht mehr. Eines stand jedoch fest, Frank war ein charmanter und aufmerksamer Begleiter, ein wahrer Gentleman. Trotz allem ließ er sich nicht für dumm verkaufen, wie ich alsbald feststellen konnte. Unvermutet nahm er meine Hand und sah mir tief in die Augen. Schlagartig fühlte ich mich vollkommen nüchtern.

»Anna«, begann er, »du bist eine fantastische Frau, aber das hörst du sicher nicht zum ersten Mal.«

Ich musste schlucken. Augenscheinlich war ich mit meinen Flirteinlagen deutlich über das Ziel hinaus geschossen. Ich befürchtete, Frank würde jeden Moment vor mir auf die Knie fallen und mir einen auf blauem Samt gebetteten Ring unter die Nase halten, dessen Einkaräter im Licht des Kerzenscheins in seinen vielen Facetten funkeln würde. Ehe ich den Gedanken weiterspinnen konnte, fuhr er mit seinen Ausführungen fort.

»Du bist wunderschön, humorvoll und intelligent. Ich wage zu behaupten, dass du mit Abstand eine der interessantesten Frauen bist, mit der ich je ein Date hatte.« Er machte eine bedeutsame Pause und ich fragte mich, worauf er hinaus wollte.

»Ich genieße deine Gesellschaft ebenso«, gab ich zurück und bemühte mich, neutral zu klingen.

»Bist du in festen Händen?«, wollte er konkret wissen.

Beinahe wäre mir das Rotweinglas aus der Hand gefallen. Frank erhöhte offensichtlich mit fortgeschrittener Stunde das Tempo. Mit dieser direkten Frage hatte ich nicht sobald gerechnet.

»Nein«, erwiderte ich wahrheitsgemäß. »Und was ist mit dir?«

»Ich?« Er taxierte mich eingehend, bevor er antwortete. »Nein, ich auch nicht.«

Er griff nach meiner Hand und presste seine warmen Lippen sanft auf meinen Handrücken.

»Es tut mir leid, Frank, ich will deine Gefühle auf keinen Fall verletzen, aber das geht mir ein bisschen zu schnell«, machte ich meinen Standpunkt deutlich.

Frank schmunzelte und wirkte in keiner Weise erstaunt.

Im Gegenteil. Meine Worte schienen sein Interesse an mir noch zu steigern. »Du bist in der Tat außergewöhnlich. Magst du einen Espresso?«

Ohne meine Antwort abzuwarten, winkte er den Kellner zu uns und bestellte zwei Espressi.

»Danke, Frank, das war ein schöner Abend«, bedankte ich mich, als wir vor dem Eingang zu meinem Apartment standen. Er hatte darauf bestanden, mich nach Hause zu bringen.

»Ja, das war in der Tat ein interessanter Abend. Wiederholungswürdig. Oder siehst du das anders?« Seine Augen leuchteten intensiv im Schein der Straßenlaterne. »Schade, dass er an dieser Stelle zu Ende ist.« Als ich zu einer Antwort ansetzen wollte, kam er mir zuvor. »Morgen früh warten eine Gallenblase und eine Knieoperation auf mich. Da sollte ich besser ausgeschlafen sein. Gute Nacht, Anna.«

Er sah mich lange an, dann gab er mir einen Kuss auf die Wange und entschwand in der Dunkelheit, bis ich seine Silhouette nur noch schemenhaft erkennen konnte. Er war zweifelsfrei einer der faszinierendsten Männer, denen ich in der Vergangenheit begegnet war. Es dauerte lange, bis ich in dieser Nacht in den Schlaf fand.

KAPITEL 20

Das Klingeln des Telefons riss mich am nächsten Morgen aus meinen diffusen Träumen.

Nick, war der erste Gedanke, der mir in den Sinn kam. Doch am anderen Ende der Leitung erklang die Stimme meiner Mutter.

»Kind, entschuldige bitte, dass ich dich so früh störe, aber ich habe eine traurige Nachricht für dich. Oma ist heute Nacht verstorben.«

Ich brauchte einen Moment, um die Nachricht zu verdauen. Dann sagte ich: »Ich komme.«

»Das brauchst du nicht zu tun, Anna«, wehrte meine Mutter ab.

»Aber ich möchte es gern. Wann ist die Beerdigung?«, fragte ich mit brüchiger Stimme.

»Kommenden Dienstag«, erwiderte meine Mutter. »Du musst wirklich nicht kommen, Liebes. Du weißt, dass Oma kein aufwendiges Begräbnis mit einer anschließenden Trauerfeier wollte.«

»Trotzdem, ich komme.«

Als ich aufgelegt hatte, liefen mir die Tränen übers Gesicht. Sicher, ich hätte nicht nach Hause fahren müssen, aber ich wollte meinen Eltern beistehen. Meine Oma war sehr alt, und der Tod bedeutete eine Erlösung für sie, denn sie war seit einem halben Jahr bettlägerig und nahm ihre Umwelt nicht mehr wahr. Aber wenn ein Mensch geht, den man liebt, hinterlässt er eine Lücke. Ich war es meiner Oma schuldig, dass ich sie auf dem letzten Schritt begleitete. Ihr hatte ich meine Liebe zu Sylt zu verdanken. Ich rief Britta an und schilderte ihr die Situation.

»Anna, das tut mir leid. Ich verstehe, dass du nach Hause fahren willst. Ich würde es genauso machen. Wie geht es deinen Eltern, vor allem deiner Mutter?«, wollte sie wissen.

»Sie klang sehr gefasst. Es kam nicht überraschend. Wir haben jederzeit damit gerechnet. Aber wenn es so weit ist, ist es trotzdem schwer.«

Ich merkte, wie mir bei den Worten beinahe die Stimme versagte, und ich musste mich zusammenreißen, nicht erneut zu weinen.

»Kann ich irgendetwas für dich tun, Anna?«

»Nein, danke. Das muss ich allein hinter mich bringen«, erwiderte ich.

»Kommst du anschließend zurück nach Sylt?«, erkundigte sie sich vorsichtig.

»Ich denke schon, falls meine Eltern mich nicht brauchen sollten. Ansonsten würde ich sehr gerne wiederkommen. Darf ich meine Sachen im Apartment lassen?«, fragte ich.

»Selbstverständlich. Lass einfach alles, wie es ist und nimm nur das Nötigste mit. Wann fährst du?«

»Gleich«, erklärte ich.

»Ich wünsche dir eine gute Fahrt. Melde dich bitte kurz, wenn du angekommen bist. Ich denke an dich!«, verabschiedete sich Britta von mir.

»Das mache ich. Also, bis dann! Und danke.«

Gleich nach dem Telefonat begann ich die notwendigsten Sachen zusammenzupacken und steuerte mit meinem Auto die Verladestation in Westerland an. Am »Sylt-

Shuttle« war wenig Betrieb. Nach 20 Minuten fuhr ich bereits Richtung Festland. Dass ich Sylt so schnell verlassen würde, war nicht geplant gewesen. Während der Überfahrt wanderten meine Gedanken unter anderem zu Nick, auf dessen Anruf ich nicht reagiert hatte. Für einen Moment überlegte ich, ihm eine Nachricht zu schicken, aber ich wusste nicht, was ich ihm schreiben sollte. Seit ich die Frau aus seinem Haus hatte kommen sehen, hatten wir uns weder gesehen noch gesprochen. Insgeheim fürchtete ich mich vor der Wahrheit, was die fremde Frau an seiner Seite betraf. Andererseits quälte mich die Ungewissheit, wer sie war und in welcher Beziehung sie tatsächlich zu Nick stand. Vielleicht hatte Britta recht, und die Erklärung war vollkommen simpel. Dann war da noch Frank. Er hatte mir deutlich zu verstehen gegeben, wenn auch auf seine spezielle Art, dass er an mir interessiert war. Ich mochte ihn. Wenn ich mich allerdings an Brittas Worte, er sei ein Casanova, der nichts anbrennen ließ, erinnerte, war ich nicht sicher, ob ich mich auf ihn einlassen sollte. Gegen einen weiteren gemeinsamen Restaurantbesuch hätte ich hingegen nichts einzuwenden, das hatte bislang niemandem geschadet, beschloss ich.

»Was ist denn da vorne los«, fluchte der Fahrer, als er auf vermeintlich freier Strecke zum Halten gezwungen wurde.

»Reg dich nicht auf, Gustav, wir haben Zeit«, versuchte die Frau vom Beifahrersitz aus, ihren Mann zu beruhigen. »Bestimmt hat es einen Verkehrsunfall gegeben und wir müssen deshalb warten.«

»Da ist man im Urlaub und steht trotzdem im Stau. Dann hätte ich auch gleich zu Hause bleiben können!«, schimpfte er vor sich hin.

»Das geht sicherlich gleich weiter.«

»Deinen Optimismus möchte ich haben«, konterte er gereizt. »Na, denen werde ich was erzählen!«, erwiderte er, während seine Frau einen langgezogenen Seufzer von sich gab.

Stück für Stück bewegte sich die Blechschlange auf der Hauptstraße zwischen Kampen und List vorwärts. Der Rückstau reichte bis weit in den Ortskern von Kampen.

»Fahren Sie bitte weiter«, winkte ein Beamter einen dunkelblauen Passat mit Offenbacher Kennzeichen durch.

Ein weißer Kleintransporter dagegen wurde von den Polizisten auf den Seitenstreifen dirigiert.

»Moin. Allgemeine Fahrzeugkontrolle, Ihre Papiere bitte«, forderte Ansgar den Fahrer auf. Prüfend warf er einen kritischen Blick auf die ihm gereichten Dokumente. »Steigen Sie bitte aus und öffnen die Ladefläche.«

»Was wird das hier?«, maulte der Fahrer ungehalten. »Habt ihr Bullen nichts Besseres zu tun, als Leute von der Arbeit abzuhalten?«

»Sie sollten sich gut überlegen, was Sie sagen, sonst kriegen wir Sie obendrein wegen Beamtenbeleidigung dran«, stellte Ansgar klar. »Wenn ich bitten darf!«

»Schon gut«, brummte der Mann versöhnlich und schälte sich aus seinem Sitz, um den Beamten einen Blick ins Innere seines Wagens zu gewähren. »Hier habe ich nur Farben, Lacke und Zubehör. Ich bin Maler müssen Sie wissen. Kann ich nun weiterfahren? Meine Kundschaft erwartet mich dringend.«

»Auf ein paar Minuten wird es nicht ankommen«, hielt Ansgar dagegen.

Er und Lasse überprüften die Ladung äußerst gewissenhaft, konnten aber weder Einbruchswerkzeug noch Diebesgut ausmachen und mussten den ungeduldigen Mann wohl oder übel weiterfahren lassen.

»Der TÜV ist demnächst abgelaufen«, gab ihm Ansgar vorsorglich mit auf den Weg.

»Glaubst du, die Diebe gehen uns tatsächlich ins Netz bei dieser Aktion?«, erkundigte sich Lasse.

»Das wäre wünschenswert. Oder hast du eine bessere Idee?«, fragte Ansgar, worauf der junge Thomsen ratlos den Kopf schüttelte.

Schneeregen hatte eingesetzt, was die Arbeit für die Beamten nicht angenehmer gestaltete. Nach insgesamt vier Stunden erklärte Uwe den Einsatz für beendet. Unmittelbar im Anschluss wurden die Ergebnisse des Einsatzes im Westerländer Revier zusammengetragen und ausgewertet.

»So, was haben wir?«, informierte sich Uwe bei den Kollegen und richtete sein Augenmerk dabei besonders auf Ansgar Kreutzer.

»Bis auf ein paar Idioten, die die Aktion filmen mussten, um sie bei Facebook oder sonst wo zu posten, nicht viel«, knurrte Christof mürrisch und rieb die Handflächen demonstrativ aneinander. »Außer einer Erkältung ist dabei vermutlich nichts herausgekommen. Danke, Ansgar!« Er schleuderte dem Kollegen einen giftigen Blick zu. »Ich brauche mindestens einen Liter heißen Kaffee bis ich wieder einigermaßen aufgetaut bin.«

»Hey, Jungs! Ich bitte euch, bei der Sache zu bleiben«, schlichtete Uwe. »Christof, was hast du zu berichten?«

»Insgesamt haben wir vier Strafverfahren wegen Alkohol am Steuer. Darüber hinaus haben wir in einem der Fahrzeuge 50 Gramm Marihuana und 20 Gramm Kokain gefunden, versteckt in einer leeren Thermoskanne.«

Nick pfiff leise. »Damit hat sich der Aufwand bereits gelohnt. Wie seid ihr darauf gekommen, dass sich das Zeug in der Kanne befand?«

»Die junge Frau auf der Rückbank hat derart angestrengt diese Kanne umklammert und wollte sie nicht hergeben, das kam uns seltsam vor«, erläuterte Ansgar mit einem gewissen Stolz in der Stimme.

»Sicherlich wollte sie sich nicht daran wärmen«, warf Nick ein.

»Genau das ist uns auch verdächtig vorgekommen, niemand wärmt sich die Hände an einer Thermoskanne. Ansonsten konnten wir hin und wieder Fahrzeugmängel feststellen«, fasste Christof zusammen.

»Super, danke Christof. Ist irgendjemand auf Diebesgut gestoßen?«, fragte Uwe in die Runde. Die Anwesenden schüttelten verneinend die Köpfe. »Also Fehlanzeige. Schade, aber danke trotzdem für euren Einsatz! Schönen Feierabend!«

Am frühen Nachmittag erreichte ich mein Elternhaus in Hannover. Die Autobahn war wider Erwarten frei gewesen, sodass ich problemlos und ohne nennenswerten Stau durchkam.

»Ach, Mama!«, begrüßte ich meine Mutter und nahm sie in die Arme, als sie mir die Haustür öffnete. Sie sah erschöpft aus, was in Anbetracht der Umstände nicht verwunderlich war.

»Jetzt hat sie es geschafft«, erwiderte meine Mutter und drückte mich so fest an sich, dass ich beinahe keine Luft bekam. »Komm rein. Papa ist im Wohnzimmer. Ich habe Kaffee und für dich Tee gemacht. Du hast sicherlich Hunger und Durst nach der langen Fahrt.«

Das war typisch für meine Mutter, sie war stets um mein Wohlergehen besorgt. Im Wohnzimmer begrüßte ich meinen Vater, der vor dem Fenster stand und verblühte Blütenblätter von diversen Orchideen zupfte. Diese Pflanzen waren seine Leidenschaft. Die Fensterbank quoll mittlerweile fast über von Töpfen mit diesen exotischen Blumen. Er kannte sich ausgesprochen gut damit aus, hegte und pflegte sie, sehr zum Leidwesen meiner Mutter. Sie regte sich regelmäßig darüber auf, dass sie nicht gründlich putzen konnte, weil überall Blumentöpfe im Weg standen.

»Hallo, Papa!«

»Anna!« Er drehte sich um und kam mit ausgebreiteten Armen auf mich zu. »Wie schön, dass du gekommen bist.«

»Das ist doch selbstverständlich«, versicherte ich.

Anschließend tranken wir Kaffee und besprachen währenddessen die anstehende Beerdigung und die Dinge, die darüber hinaus zu erledigen waren. Wir würden die einzigen Trauergäste sein, erfuhr ich. Mein Onkel Manfred, der Bruder meiner Mutter, lebte, solange ich denken konnte, in Brasilien, und hatte all die Jahre selten Kontakt zu uns aufgenommen. Ich hatte ihn bislang nur einmal zu Gesicht bekommen. Gegen Ende Januar trudelte meistens eine verspätete Weihnachtskarte von ihm bei meinen Eltern ein. Das war das einzige Lebenszeichen, das wir von ihm bekamen, selbst im Zeitalter der modernen Kommunikationsmittel wie Internet. Um meine Oma hatten sich die letzten Jahre ausschließlich meine Eltern gekümmert. Sie lebte in einem Pflegeheim in der Nähe, in dem meine Mutter sie regelmäßig besuchte. Manchmal in Begleitung meines Vaters, dem die Atmosphäre in dem Pflegeheim jedes Mal sehr zu schaffen machte. Er konnte sich an den

Gedanken, älter zu werden, nicht gewöhnen. Meine Mutter hatte in letzter Zeit oftmals erwähnt, dass mein Vater Angst davor hatte, eines Tages in einem Heim zu landen. Augenblicklich bestand jedoch kein Anlass für solche Überlegungen. Er war weder alt noch gesundheitlich angeschlagen. Lediglich sein Blutdruck war leicht erhöht, aber mit Hilfe von Tabletten hatte er ihn gut im Griff.

»Jaja, das Alter macht einsam«, erklärte mein Vater und rührte gedankenverloren mit dem Löffel in seiner Kaffeetasse.

»Ach, Volker, was redest du denn da?«, entgegnete meine Mutter wirsch und griff nach dem Milchkännchen auf dem Tisch.

»Aber so ist es doch, Maria. Wenn du alt bist, bist du nur lästig und wirst irgendwann in eine sogenannte Seniorenresidenz abgeschoben, wo du – umgeben von anderen sabbernden und verwirrten Greisen – letztendlich auf das Ende wartest. Seniorenresidenz, wenn ich das schon höre! Ich würde es lieber Sammelstelle für Altlasten nennen.« Er schnaubte missbilligend.

»Ach, Papa«, versuchte ich ihn zu besänftigen, »das kannst du nicht verallgemeinern. Oma war beispielsweise nie einsam. Mama und du, ihr habt sie regelmäßig besucht und euch um sie gekümmert. Ich werde euch auch nicht abschieben, das wisst ihr doch.«

Er stand vom Tisch auf und schlappte vor sich hin murmelnd in die Küche.

»Was um alles in der Welt ist mit Papa los?«, fragte ich meine Mutter leise, aber sie zuckte bloß mit den Schultern.

»Dein Vater neigt zur Übertreibung. Unser Nachbar Helmut ist seit einer Woche im Seniorenheim. Seine Frau ist Anfang des Jahres verstorben, und er kommt allein nicht mehr zurecht. Er hat nie etwas allein machen müssen. Berta hat ihm immer alles abgenommen. Er weiß noch nicht einmal, wie die Kaffeemaschine funktioniert, geschweige denn die Waschmaschine. Seine Kinder können sich nicht um ihn kümmern, sie wohnen in München und Düsseldorf und sind beruflich sehr eingespannt. Außerdem haben sie eigene Familien. Ich glaube, das hat Papa schwer getroffen. Du weißt ja, dass er mit dem Älterwerden ein gewaltiges Problem hat. Wenn er jetzt auch noch Opa werden würde, würde ihm das vermutlich den Rest geben.«

Ich schnappte nach Luft.

»Entschuldige, Anna! Das war nicht so gemeint. Wir würden uns natürlich sehr über Enkelkinder freuen.« Sie sah mich prüfend an. »Du bist nicht etwa schwanger?«

»Nein, bin ich nicht. Das mit Papa beunruhigt mich«, lenkte ich vom Thema ab.

»Mach dir nicht so viele Sorgen, Anna. Papa beruhigt sich wieder. Er kann schließlich die Waschmaschine bedienen! Und so alt sind wir außerdem noch nicht«, lächelte meine Mutter mich an und schenkte mir Tee nach, den sie speziell für mich zubereitet hatte, da ihr meine Abneigung gegen Kaffee bekannt war.

Später, als wir zu Abend gegessen hatten, erkundigten sich meine Eltern, was ich auf Sylt bislang unternommen hatte. Da ich ihnen in der jetzigen Situation nicht zu viel zumuten wollte, beschränkte ich meine Erzählungen auf Nebensächlichkeiten. Den Schaden am Auto erwähnte ich nur beiläufig, da bereits alles gerichtet worden war. Mein Vater wollte die Reparatur gleich am nächsten Morgen in Augenschein nehmen. Ich versicherte ihm, dass der Wagen von einer Fachwerkstatt instand gesetzt wurde und er sich keine Sorgen machen müsse. In solchen Dingen ging mein Vater keine Kompromisse ein, das wusste ich. Die Erbschaft, den Überfall sowie Nick oder Frank ließ ich vorsichtshalber unerwähnt. Ein Ausflug in meine ohnehin durchgeschüttelte Gefühlswelt wäre an dieser Stelle unangebracht gewesen. Ich wusste selbst nicht, wie ich die Sache mit Nick angehen sollte und ob ich mich wirklich ein weiteres Mal mit Frank treffen wollte, da konnte ich auf gute Ratschläge verzichten, selbst wenn sie zweifelsohne gut gemeint wären. In die Erbschaftsangelegenheit würde ich meine Eltern in Kürze einweihen.

Am kommenden Tag half ich meinen Eltern beim Ausräumen des Zimmers meiner Oma. Beinahe alles, was ich in die Hand nahm, weckte verschüttete Erinnerungen in mir, sodass ich unter ihrer Last zu ersticken drohte. Ich bewunderte meine Mutter, mit welcher Stärke sie den Verlust ihrer Mutter meisterte. Vielleicht war es im Alter leichter, mit dem Sterben umzugehen. Ich musste mir eingestehen, dass ich ein gewaltiges Problem damit hatte, obwohl das Thema Tod in unserer Familie niemals ein Tabu war. Allein das Wort Abschied löste in mir schmerzhafte Gefühle aus.

»Der Tod gehört zum Leben dazu, Anna«, betonte meine Mutter, der meine Schweigsamkeit aufgefallen war, und steckte mir mit einem liebevollen Lächeln eine Strähne hinters Ohr. »Eines Tages müssen wir alle gehen. Das ist unumgänglich.«

»Ich weiß, Mama. Wenn es nur nicht jedes Mal so verdammt wehtun würde. Du weißt, dass ich mich mit dem Thema schwer tue.«

Ich kämpfte gegen meine Tränen an. Warum war ich bloß derart dicht am Wasser gebaut?

»Anna?« Sie sah mich an. »Da ist noch etwas, oder? Mir kannst du nichts vormachen. Ich bin schließlich deine Mutter. Was bedrückt dich, Liebes? Oma ist nicht der alleinige Grund. Was beschäftigt dich dermaßen? Bist du krank?« Ich machte eine abwehrende Handbewegung. »Dann steckt ein Mann dahinter? Doch wohl hoffentlich nicht Marcus. Das wirst du dir nicht ein weiteres Mal antun!«

»Nein, mit Marcus bin ich fertig. Es ist nichts, wirklich«, behauptete ich mit vorgetäuschter Gelassenheit. »Es geht mir gut.« Das entsprach im Großen und Ganzen der Wahrheit.

KAPITEL 21

Während Uwe auf den Monitor starrte und hin und wieder seine Finger auf der Tastatur bewegte, stopfte er sich zwischendurch ein Stück Schokolade nach dem nächsten in den Mund.

»Das ist interessant«, verkündete er mit vollem Mund und lugte hinter seinem Bildschirm hervor.

»Wie bitte? Was sagtest du?«, wollte Nick wissen. »Du solltest ohnehin weniger von dem Zeug essen. Zu viel Zucker ist ungesund.«

»Jaja, du bist schon wie Tina«, brummte Uwe. »Hier hat sich ein Juwelier vom Festland gemeldet. Ihm wurde eine Herrenarmbanduhr zum Kauf angeboten. Er hat das Schmuckstück auf einem der Fotos wiedererkannt, die uns Frau Winterhoff zur Verfügung gestellt hat. Die Uhr stammt eindeutig aus dem Einbruch in ihrem Haus.«

»Wer sagt's denn! Abgesehen davon, dass ich nicht verstehen kann, wie man derart wertvollen Schmuck in einem Haus, das die meiste Zeit des Jahres leer steht, aufbewahrt, ist es ungemein hilfreich, wenn die Eigentümer im Besitz von Fotos oder anderer Unterlagen ihres Schmuckes sind. Kann der Juwelier sagen, wer ihm die Uhr angeboten hat?«

Uwe schluckte den letzten Bissen Schokolade hinunter und knüllte die leere Folie zu einer kleinen Kugel zusammen. »Nein, das Angebot kam übers Internet. Anonym natürlich.«

»Hm«, überlegte Nick. »Das hilft uns leider nicht wesentlich weiter. Vielleicht können die Kollegen herausfinden, von welchem Server oder IP-Adresse die Nachricht gesendet wurde? Auf jeden Fall bewegt sich etwas, das ist gut. Die Typen wollen die Beute loswerden und zu Geld machen. Jetzt bleibt zu hoffen, dass ihnen dabei ein Fehler unterläuft. Dann kriegen wir sie.«

»Die letzten Tage hat es erfreulicherweise keine weiteren Einbrüche auf der Insel gegeben. Höchstwahrscheinlich haben die Täter ausreichend Beute gemacht und sind weitergezogen. Vielleicht aufs Festland oder auf eine der Nachbarinseln«, hielt Uwe für denkbar.

»Oder sie haben kalte Füße bekommen, nachdem eines ihrer Opfer zu Tode gekommen ist. Liegen uns hierzu eigentlich neue Erkenntnisse vor?«

»Nein, deswegen sitzt mir Staatsanwalt Achtermann ständig im Nacken. Was meinst du, warum ich so viel Nervennahrung brauche«, seufzte Uwe und deutete auf die kleine Silberkugel auf seinem Schreibtisch. »Außer der zweiten Blutgruppe, die sich am Golfschläger befand und eindeutig nicht dem Opfer zuzuordnen ist, wurden keine weiteren verwertbaren DNA-Spuren gefunden. Und die kommt nicht so häufig vor.«

Nick sah ihn fragend an. »Und die wäre?«

»AB negativ. Da die Häufigkeit dieser Blutgruppe gering ist, dürfte es nicht schwer sein, den Täterkreis einzuengen, sofern sich der Betreffende noch auf Sylt befindet.«

»Dazu müssten wir ihn aber erst mal haben«, kommentierte Nick Uwes Aussage mit Skepsis.

»Bist du schlecht drauf?«, erkundigte sich Uwe.

»Nein. Wie kommst du darauf?«

»Weiß nicht. Du bist komisch die letzten Tage. Was macht deine Verletzung am Arm? Wie ist das genau passiert?«

»Geht schon wieder. Ich sagte doch, das habe ich mir beim Holzhacken zugezogen. Was soll die Fragerei?« Nicks Reaktion fiel für seine Verhältnisse ungewöhnlich barsch aus.

»Reine Neugierde. Wie geht es eigentlich Anna?«

»Keine Ahnung. Gut, denke ich. Aber das geht mich nichts an«, entgegnete Nick kurz angebunden.

»Soso, das geht dich nichts an.«

»Sagte ich bereits.«

»Das wird dich zwar nicht interessieren, aber Anna hat die Insel verlassen.« Nicks Augenbrauen schnellten nach oben. »Ich habe zufällig Britta getroffen, sie hat es mir erzählt.«

»Sie ist weg?« Nick fiel es schwer, seine Überraschung zu verbergen.

»Ja, sie ist zurück nach Hannover gefahren. Ich dachte, das interessiert dich nicht? Ehrlich, Nick, ihr verhaltet euch wie Teenager!« Uwe schüttelte verständnislos den Kopf und suchte in seiner Schreibtischschublade nach etwas Süßem. Seine Suche wurde jedoch durch das Klingeln des Telefons unterbrochen.

Er stöhnte genervt. »Kannst du bitte rangehen, Nick? Wenn es Staatsanwalt Achtermann sein sollte, ich bin gerade nicht am Platz. Er soll später anrufen oder besser noch, ich rufe ihn zurück.«

Das Gespräch dauerte nur wenige Minuten.

»Und?«, fragte Uwe nach, der bislang in seiner Schublade nicht fündig geworden war.

»Spaziergänger haben oben in Listland auf einem Parkplatz eine leblose Person gefunden«, berichtete Nick.

»Das hat uns gerade noch gefehlt«, klagte Uwe. »Na, dann los, sehen wir uns das an.«

Die beiden Beamten machten sich auf den Weg zum nördlichsten Zipfel der Insel. Sie fuhren die holprige Straße in Richtung Ellenbogen durch das Naturschutzgebiet Nord-Sylt mit seinen beeindruckenden Wanderdünen.

Uwe sah aus dem Fenster, während Nick den Wagen steuerte. »Angenehmes Fahren, wenn man nicht ständig einem Schaf oder einer Horde Radfahrer ausweichen muss wie im Sommer. Oder?«

»Stimmt. Ist es der nächste Parkplatz oder müssen wir noch einen weiter?«, fragte Nick und nahm den Fuß vom Gas.

»Nein, nicht der Parkplatz an der Strandsauna. Wir müssen einen weiter«, erwiderte Uwe und sah auf seine handgeschriebene Notiz.

Als sie den Parkplatz erreichten, hatten sich bereits einige neugierige Passanten eingefunden. Das Kreiseln des Blaulichts des Rettungs- und des Notarztwagens hatte sie magisch angezogen. Nick stieg als Erster aus und forderte die Schaulustigen auf, sich vom direkten Fundort fernzuhalten. Dann folgte er Uwe zu dem Rettungswagen, an dem mehrere Personen in gelbroten Jacken standen.

»Moin, können Sie uns schon Näheres sagen?«, erkundigte sich Uwe bei dem Notarzt.

»Moin. Bei der leblosen Person handelt es sich um einen Mann, schätzungsweise um die 30. Reanimationsmaßnahmen waren unnötig, denn er war bei unserem Eintreffen bereits tot.«

»Todesursache?«, hakte Nick nach.

»Meiner Meinung nach handelt es sich eindeutig um ein Tötungsdelikt, denn er ist erschossen worden, mitten ins Herz. Sehen Sie? Hier! Genaueres werden Sie nach der Obduktion durch die Rechtsmedizin wissen. Ich kann Ihnen diesbezüglich nicht weiterhelfen.«

»Wer hat ihn gefunden?«, wollte Uwe wissen und blickte sich um.

»Das Ehepaar dort drüben. Sie kamen vom Strandspaziergang mit ihrem Hund den Weg durch die Dünen hinunter«, erklärte der Notarzt und deutete auf ein Paar, das sich ein Stück entfernt vor einem parkenden Auto aufhielt.

Inzwischen waren ein weiterer Streifenwagen und ein Wagen des örtlichen Bestattungsunternehmens eingetroffen.

»Okay, haben Sie vielen Dank«, sagte Uwe und ging zu der eben eingetroffenen Kollegin, die sowohl die Personalien als auch die Zeugenaussage des Ehepaares aufnehmen sollte.

»Trug der Tote etwas bei sich, was auf seine Identität hinweist?«, erkundigte sich Nick bei dem Notarzt. »Ausweispapiere, Handy, Schlüssel oder Ähnliches?«

»Nein«, überlegte der Arzt. »Dergleichen ist uns nichts in die Hände gefallen, allerdings haben wir nicht gezielt danach gesucht. Glauben Sie, er wurde überfallen, getötet und anschließend ausgeraubt?«

»Das ist durchaus möglich«, erwiderte Nick und sofort schoss ihm der Gedanke an Annas Raubüberfall durch den Kopf. Konnte es sich um dieselben Täter handeln?

»Kampfspuren sind mir nicht aufgefallen, die Kleidung war nicht beschädigt oder verschmutzt. Auf weitere Blessuren hin, womöglich Stoß- oder Trittverletzungen am restlichen Körper, habe ich ihn nicht untersucht. Wie gesagt, er war bei unserem Eintreffen nicht mehr am Leben. Warten Sie diesbezüglich auf den ausführlichen Bericht der Rechtsmedizin, dann sind Sie auf der sicheren Seite.«

»Danke für Ihre Unterstützung.«

»Die Spurensicherung ist jeden Augenblick hier. Staatsanwalt Achtermann habe ich ebenfalls telefonisch in Kenntnis gesetzt«, erklärte Uwe in diesem Moment an Nick gewandt. »Deutet alles auf Mord hin, was meinst du? Hast du eine Vorstellung, was genau vorgefallen sein könnte?«

»Nein, aber mal sehen, ob er nicht doch Papiere bei sich hat«, warf Nick ein, streifte sich Handschuhe über und beugte sich über den Toten, um ihn vorsichtig abzutasten. Kurz darauf zog er triumphierend eine Brieftasche hervor und durchsuchte sie nach einem Personalausweis oder einem anderen Ausweisdokument. »Na also!« Nick beförderte einen an den Ecken zerknickten Personalausweis zutage. »Laut des Ausweises handelt es sich bei dem Getöteten um Tobias Kühnhold, 32 Jahre alt und wohnhaft in Kiel.«

»Ist das alles?«, erkundigte sich Uwe und strich sich über den Bart.

»Ja, das ist alles, was sich in der Brieftasche befand. Die anderen Fächer sind leer. Immerhin kennen wir seine Identität.«

»Mir ist noch etwas eingefallen, was wichtig sein könnte.« Plötzlich kam der Notarzt zu ihnen zurück. »Der Tote trug einen Motorradhelm, als wir eintrafen. Den haben wir ihm im Rahmen der Hilfsmaßnahmen abgenommen. Vermutlich war er mit einem Motorrad unterwegs, bevor er erschossen wurde.«

»Aber hier ist weit und breit kein Motorrad zu sehen«, stellte Uwe fest und blickte über den nahezu leeren Parkplatz.

»Bei unserem Eintreffen war ebenfalls keines zu sehen. Mehr kann ich Ihnen leider dazu nicht sagen.« Schulterzuckend entfernte sich der Notarzt.

»Jetzt haben wir noch einen Todesfall aufzuklären. Und das in der Vorweihnachtszeit. Von wegen ruhige und besinnliche Zeit.« Uwe rieb sich über die Stirn.

»Tja, das sieht sogar nach einem kaltblütigen Mord aus«, stimmte Nick ihm zu. »Ich glaube, er kannte seinen Mörder.«

»Wie kommst du darauf?«

»Erstens muss er irgendwie hergekommen sein. Alles deutet darauf hin, dass er mit dem Motorrad unterwegs war, aber weit und breit ist keines zu entdecken.«

»Der oder die Täter könnten es ihm entwendet haben, nachdem sie ihn ausgeraubt und erschossen haben«, hielt Uwe dagegen.

»Das stimmt. Dann waren es mindestens zwei Täter, denn sie müssen ebenfalls irgendwie hergekommen sein.«

»Taxi?«, kam es Uwe in den Sinn.

»Sehr unwahrscheinlich«, ließ Nick ihn wissen.

»Okay, zweitens?«

»Zweitens sind auf den ersten Blick keine Kampfspuren zu erkennen, und der Schuss wurde aus direkter Nähe abgegeben, soweit ich das beurteilen kann. Und drittens die Zeit.«

»Was meinst du mit Zeit?«, bat Uwe um eine Erklärung.

»Niemand hält sich rein zufällig zu dieser frühen Stunde oder sogar nachts auf einem abgelegenen und unbeleuchteten Parkplatz auf, schon gar nicht mitten im Winter«, gab Nick zu bedenken.

Uwe überlegte. »Stimmt, hier gibt es außer Wasser, Sand und Heidelandschaft nur Schafe. Kein Restaurant und keine Bar in der Nähe.«

»Eben. Was treibt einen jungen Mann hierher?«

KAPITEL 22

Die Beerdigung war für den kommenden Morgen um 10.00 Uhr angesetzt, einem grauen und trüben Dezembertag, der dem Ganzen einen entsprechenden Rahmen bot. Wenigstens regnete es nicht in Strömen. Meine Oma hatte verfügt, dass es keine Trauerfeier im herkömmlichen Sinne mit anschließender Kaffeetafel geben sollte, wofür ich ihr im Nachhinein dankbar war. Sobald das Orgelspiel einsetzte, öffneten sich meine Schleusen und ich drohte in meinen eigenen Tränen hoffnungslos zu ertrinken. Das hatte ich mit ziemlicher Sicherheit von meinem Vater geerbt, der sich bei Beerdigungen regelmäßig in eine lebendige Pfütze verwandelte. Wir warteten vor dem Eingang zum Friedhof auf den Pastor, der kurz darauf mit wehenden Fahnen um die Ecke bog und sich für seine Verspätung entschuldigte. Ausgerechnet heute hatte die Batterie seines Weckers den Geist aufgegeben, beteuerte er. Dann ging er voran und meine Eltern und ich folgten ihm zu der Grabstätte, wo die Urne beigesetzt werden sollte. Ich stand zwischen meinen Eltern und hielt jeweils ihre Hand. Der Pastor sprach ein paar wohlgemeinte Worte, bevor die Asche meiner Oma endgültig der Erde übergeben wurde. Nachdem der Pastor sich verabschiedet hatte, verweilten wir allein einen Moment schweigsam in Gedanken vor dem Grab.

Vor dem großen Metalltor des Friedhofes verabschiedete ich mich von meinen Eltern, die im Vorfeld darauf bestanden hatten, dass ich anschließend umgehend zurück nach Sylt fahren sollte.

»Du bist jung, Anna, lebe dein Leben jetzt! Man weiß nie, wie viel Zeit einem bleibt«, sagte mein Vater, dessen Augen noch immer feucht schimmerten, und drückte mich zum Abschied ungewöhnlich fest, als ob es das letzte Mal für lange Zeit wäre.

Allmählich begann ich, mir ernsthafte Sorgen um ihn zu machen und blickte Hilfe suchend zu meiner Mutter, die mir hingegen beruhigend zunickte. Ich verstand ihre stumme Botschaft, die bedeutete, ich solle mir keine unnötigen Gedanken machen, und alles wäre nur halb so wild.

»Gute Fahrt, mein Kind. Melde dich, wenn du angekommen bist. Du brauchst kein schlechtes Gewissen zu haben, wenn du jetzt fährst. Oma hatte ein erfülltes Leben, und der Tod war eine Erlösung für sie. Sie würde wollen, dass du zurückfährst. Sylt war auch ihre Lieblingsinsel.« Bei der Erinnerung musste ich schlucken. Meine Mutter drückte mich. »Ich bin sehr gespannt auf ihn«, flüsterte sie mir zu.

Verblüfft sah ich sie an. »Ihn? Aber …«

»Ich kenne meine Tochter. Du wirst die richtige Entscheidung treffen.« Sie zwinkerte wissend. »Heiligabend feiern wir zusammen, oder bleibst du bei Britta?«

»Natürlich feiern wir zusammen, Mama«, beruhigte ich sie. Wo genau wir Weihnachten zusammen verbringen würden, hatte sie nicht explizit gesagt. Somit brauchte ich kein schlechtes Gewissen zu haben, dass ich von meiner Erbschaft bislang nichts erwähnt hatte, und würde meine Eltern überraschen können.

Bevor ich jedoch in Richtung Sylt aufbrach, machte ich einen kurzen Abstecher in meine Wohnung. Ich überflog die Post, die ordentlich auf dem Küchentisch gestapelt lag. Abgesehen von etlichen Werbeprospekten und zwei verfrühten Weihnachtsgrüßen schien nichts Wichtiges dabei zu sein. Bei der Durchsicht fiel mir eine Postkarte mit einem Elch in goldenen Gummistiefeln, der eine weihnachtliche Schleife um den Hals und Kugeln am Geweih trug, besonders auf. Ich wunderte mich gerade, wer mir damit eine Freude machen wollte, da sah ich die Unterschrift auf der Rückseite und traute meinen Augen nicht.

»Nanu?«, stieß ich verwundert hervor.

Der Absender der Karte war Marcus, mein Ex. Eine unangenehme Vorahnung beschlich mich, denn er schrieb mir vermutlich nicht grundlos, zumal ich seit über einem Jahr nichts mehr von ihm gehört hatte. Misstrauisch begann ich die Zeilen zu lesen, die teilweise schwer zu entziffern waren. Marcus wünschte mir frohe Weihnachten und schlug vor, dass wir uns im neuen Jahr treffen könnten, der alten Zeiten wegen, wie er betonte. Höchstwahrscheinlich hatte ihn eine seiner Sprechstundenhilfen oder anderweitigen Bekanntschaften sitzen lassen oder er brauchte dringend Geld, und ich sollte ihm – wie so oft in der Vergangenheit – finanziell unter die Arme greifen, deutete ich seine Botschaft. Er lebte stets über seine Verhältnisse. Mittlerweile war eine stattliche Summe zusammengekommen, die ich ihm im Laufe der Jahre geliehen hatte. Auf eine Rückzahlung wartete ich allerdings bislang vergeblich. Realistisch betrachtet rechnete ich längst nicht mehr damit, mein Geld jemals zurückzubekommen, und merkte, wie Wut in mir aufstieg.

»Ohne mich! Fröhliche Weihnachten, Marcus!«, zischte ich verärgert, zerriss die Karte in viele kleine Stücke und ließ die Schnipsel wie Schneeflocken in den Mülleimer rieseln. Was bildete er sich ein? Nie wieder würde ich auf ihn hereinfallen, hatte ich mir seinerzeit hoch und heilig geschworen. Anschließend fühlte ich mich besser. Im Schlafzimmer packte ich frische Wäsche ein und durchforstete meinen Kleiderschrank nach etwas Brauchbarem zum Anziehen für die anstehende Hochzeitsfeier von Wiebke, aber er gab nichts Geeignetes her.

Ich erreichte Westerland nach Einbruch der Dunkelheit. Ein bisschen verspürte ich das Gefühl, nach Hause zu kommen. Bevor ich zum Hotel fuhr, machte ich einen Umweg über Morsum, um nach meinem Haus zu sehen. Es lag vollkommen im Dunklen, umgeben von den kahlen Bäumen, die wie stumme Wächter wirkten. Als ich mit meinem Wagen davor hielt, konnte ich noch immer nicht glauben, dass dieses beeindruckende Anwesen ab sofort mir gehören sollte. In diesem Augenblick traf ich eine Entscheidung.

KAPITEL 23

Heute war der zwölfte Dezember und höchste Zeit, dass ich mich um ein Kleid kümmerte, das ich zur Hochzeitsfeier in drei Tagen tragen wollte. Ich rief Britta an, um sie zu bitten, mich bei der Auswahl zu unterstützen. Sie war auf Anhieb Feuer und Flamme, ohne dass ich lange Überzeugungsarbeit leisten musste. Wir verabredeten uns um die Mittagszeit in Westerlands Innenstadt. Um die Kinder kümmerte sich an diesem Tag Brittas Schwiegermutter, somit konnten wir uns einen schönen Tag machen, ohne unter Zeitdruck zu stehen. Ich beschloss, früher ins Stadtzentrum zu gehen, um vorab nach Weihnachtsgeschenken Ausschau zu halten.

Für den Weg in die Stadt wählte ich den am Meer aus und lief am Strand entlang. Mein Strandspaziergang wurde vom Rauschen der Brandung und dem Schreien der Möwen akustisch untermalt. Tief hängende Wolken lieferten sich eine Verfolgungsjagd über den grauen Himmel. Die Temperaturen waren merklich zurückgegangen, aber es blieb bislang trocken. Ich atmete die salzige Meeresluft tief ein und fühlte, dass mein Kopf mit jedem Schritt freier wurde und meine Sinne tanzten. Ich fühlte mich plötzlich unendlich erleichtert und zuversichtlich. Den Blick auf die scheinbar grenzenlose Weite des Meeres gerichtet, blieb ich stehen. Irgendwo am anderen Ende des Horizonts befand sich Amerika. Kaum vorstellbar, welch gewaltige Menge Wasser unsere beiden Kontinente trennte. Beschwingt setzte ich meinen Marsch fort. Der Sand, die salzige Luft und der Duft des Meeres, das alles verlieh mir das Gefühl, ich selbst zu sein.

Nach ein paar Minuten strammen Fußmarsches erblickte ich aus der Ferne einen Jogger auf mich zukommen. Augenblicklich machte mein Herz einen kleinen Sprung und ein nervöses Kribbeln breitete sich in meinem Bauch aus. Konnte es sich bei dem Jogger wieder um Nick handeln? Ich wollte ihn gern wiedersehen, war aber zu stur und stolz gewesen, um mich bei ihm zu melden. Noch immer spukte diese Frau aus seinem Haus in meinem Kopf herum. Trotzdem kontrollierte ich in regelmäßigen Abständen mein Handy nach einer Nachricht von ihm und bekam bei jedem Läufer, der mir entgegenkam, Herzklopfen. Aber auch dieser Jogger war nicht Nick, sondern trabte unbeteiligt an mir vorbei, ohne von mir Notiz zu nehmen. Das Brummen meines Handys ließ mich neugierig werden. Kam in diesem Moment die ersehnte Nachricht von ihm? Ich sah auf das Display. Frank erkundigte sich nach meinem Wohlbefinden und hatte ein witziges Cartoon beigefügt, das mir augenblicklich ein Lächeln ins Gesicht zauberte. Er wusste haargenau, womit er mich zum Lachen bringen konnte, und ich mochte seinen Humor.

Schließlich erreichte ich die Westerländer Promenade. Ich klopfte den Sand von meinen Schuhen und ging an der Musikmuschel vorbei, die im Inneren mit echten Tannenbäumen und Bildern mit winterlichen Motiven dekoriert war. Eine prächtige Silbermöwe stolzierte majestätisch zwischen den Bildern umher, als würde sie Besucher einer Ausstellung sein.

An diesem Ort hatte ich mit meiner Oma im Sommer den Kurkonzerten gelauscht. Zugegebenermaßen interessierten mich die Musikvorstellungen nicht sonderlich, was im Teenageralter nicht verwunderlich war, aber ich bekam regelmäßig ein großes Eis, was die Angelegenheit erträglich machte. Rechts und links der Zuschauerbänke, die wie eine riesige Treppe angeordnet waren, hatte ich als Kind die großen Skulpturen aus Muschelkalk bewundert. Meine Oma erklärte mir, dass sie »Triton auf dem Hippokamen« und »Europa auf dem Stier« darstellen sollten, die einst von einem Kurgast gestiftet wurden. Lächelnd spazierte ich weiter und passierte das Kontrollhäuschen an der »Sylter Welle«. Heute war das Häuschen nicht besetzt. Vermutlich waren außerhalb der Saison zu wenige Menschen unterwegs, als dass sich das Kontrollieren und Verkaufen von Tageskarten lohnen würde. Spätestens zum Besucheransturm an Weihnachten und Silvester wurde die Kontrollstelle in Betrieb genommen. In dieser Zeit platzte die Insel förmlich aus allen Nähten. Ich bummelte gemächlich durch die Strandstraße, ohne ein bestimmtes Ziel zu verfolgen und ohne etwas zu kaufen. Bis zu meinem Treffen mit Britta verblieb noch ein bisschen Zeit. Vor einer Buchhandlung blieb ich stehen und stöberte durch die Postkarten, die draußen in einem Ständer steckten. Meine alljährliche Weihnachtspost musste bald erledigt werden, damit sie rechtzeitig zu den Festtagen bei meinen Freunden und Bekannten eintraf. Ich suchte mir ein paar hübsche Karten aus und ging zum Bezahlen in den Laden.

Anschließend bog ich in die Neue Straße ein und entdeckte dort in einem kleinen Laden ein hübsches Portemonnaie, das ich meiner Mutter zu Weihnachten schenken wollte. Die freundliche Verkäuferin verpackte meine Errungenschaft in weihnachtliches Papier und verzierte das Päckchen abschließend mit einer großen roten Schleife. Zufrieden, das erste Geschenk erstanden zu haben, setzte ich meinen Einkaufsbummel gut gelaunt fort. In dem Teegeschäft, in dem ich jedes Mal einkaufte, wenn ich auf der Insel war, besorgte ich noch meine beiden Lieblingstees. Bereits beim Öffnen der Ladentür stieg mir ein Potpourri aus unterschiedlichen Duftnoten in die Nase. An den Wänden standen in offenen Regalen bis unter die Decke unzählige überdimensionale Blechdosen mit Teesorten aus aller Welt. In die eine oder andere Dose hatte ich hineingeschnuppert und mir im Anschluss eine Tüte Tee daraus abfüllen lassen.

Während ich zum vereinbarten Treffpunkt unterwegs war, hörte ich plötzlich irgendwo aus den Untiefen meiner Tasche mein Telefon klingeln.

»Ich stehe an der Ecke Neue Straße/Friedrichstraße. Wo bist du?«, hörte ich Britta fragen.

»Ich stehe quasi gleich neben dir«, gab ich zur Antwort und konnte sie bereits sehen, wie sie mit dem Handy am Ohr mitten in der Fußgängerzone stand. Sie hatte den Kragen ihrer Jacke hochgeklappt und die Schultern vor Kälte hochgezogen. Sie schien zu frieren, denn sie trat abwechselnd von einem Bein auf das andere.

»Da bin ich«, sagte ich, als ich direkt hinter ihr stand.

Britta fuhr herum.

»Prima, dann kann es ja losgehen«, verkündete sie und ließ ihr Handy in der Jackentasche verschwinden. »Womit wollen wir anfangen?«

»Ich brauche zunächst ein Kleid, dem Anlass entsprechend, aber nichts zu Auffälliges«, betonte ich.

»Mit anderen Worten langweilig.« Bevor ich Protest einlegen konnte, fuhr sie fort: »Manchmal bist du echt ein hoffnungsloser Fall, Anna Marietta«, seufzte sie übertrieben. Bei meinem vollen Namen nannte sie mich nur, wenn es ernst wurde. »Lass uns da drüben reingehen. Da finden wir bestimmt etwas, außerdem muss ich augenblicklich ins Warme, sonst werde ich zum Eisblock. Frierst du nicht?«

»Nein, meine Jacke ist kuschelig und warm«, entgegnete ich. »Aber ich habe keine Handschuhe dabei. Ich befürchte, sie sind mir bei dem Überfall abhandengekommen, denn ich kann sie nirgends finden.«

Britta rieb ihre Hände gegeneinander und stürmte zielstrebig auf einen Laden zu. Gleich darauf betraten wir eine exquisit wirkende Boutique. Allein der flüchtige Blick auf das Preisschild eines Pullovers in der Auslage ließ meine ärgsten Befürchtungen wahr werden, dass dies nicht ein Laden war, in dem ich normalerweise einkaufen würde. Eine schlanke Verkäuferin schwebte mit einer freundlichen Begrüßung heran und erkundigte sich, ob wir etwas Bestimmtes suchen würden.

»Meine Freundin sucht ein richtig schickes Kleid für eine Hochzeitsfeier«, legte Britta sogleich los, ohne meinem stillen Einwand Beachtung zu schenken.

Ich stieß sie unauffällig in die Seite. Grundsätzlich hätte ich mich gerne erst allein ein wenig umgesehen, aber stattdessen brachte mir die Verkäuferin ein Kleid nach dem anderen. Die meisten davon erschienen mir zu extravagant, und beim Blick auf die Preisschilder wurde mir regelrecht schwindlig.

»Ach, ich weiß nicht«, versuchte ich dem Ganzen ein baldiges Ende zu bereiten und hoffte inständig, Britta würde meine Bemühungen unterstützen und mitziehen, aber sie ignorierte mein Flehen konsequent und lief erst recht zur Höchstform auf.

»Stell dich nicht so an!«, raunte sie mir zu, als sich die Verkäuferin entfernt hatte.

Ehe ich einen weiteren Versuch, sie zum Verlassen des Ladens zu bewegen, starten konnte, erschien die Verkäuferin mit einem dunklen, knielangen Kleid aus einem angrenzenden Raum.

»Was sagen Sie hierzu? Das ist eben neu reingekommen. Ich war noch nicht dazu gekommen, es auszupacken.« Sie strahlte mich erwartungsvoll an und hielt das Kleidungsstück ins Licht.

Der dunkelblaue Stoff des Kleides fiel leicht und besaß einen zarten Glanz. Der großzügig geschnittene Ausschnitt war mit unterschiedlich großen gläsernen Steinen besetzt. Schlicht und elegant.

»Wow! Das sieht klasse aus!«, stellte Britta fest und blickte triumphierend zu mir. »Das ist genau das Richtige. Wie für dich gemacht!«

Ich betrachtete es einen Augenblick. »Ich kann es ja mal anprobieren.«

Kurz darauf trat ich aus der Umkleidekabine. Die Verkäuferin hatte mir ergänzend Nylonstrümpfe, farblich passende Pumps und ein Schultertuch in die Kabine gereicht. Nun stand ich vor einem riesigen Spiegel in geschwungenem Silberrahmen und staunte nicht schlecht über mein eigenes Spiegelbild.

»Und? Was meinst du?«, sah ich Britta fragend an.

Britta starrte mich mit großen Augen an, und ich fühlte mich schlagartig verunsichert. »Eine Spur zu viel des Guten, habe ich recht?« Ich zog eine Grimasse.

»Rattenscharf, Anna! Du siehst umwerfend aus. Du

solltest öfter zu Hochzeiten gehen«, fügte sie lachend hinzu. »Das musst du komplett mit den Schuhen und dem Tuch nehmen. Es ist wie für dich gemacht. Ehrlich!«

Ich wusste, dass Britta mir nichts vormachte und konnte mich auf ihr Urteil verlassen. Wenn ihr das Kleid nicht zugesagt hätte, hätte sie es, ohne mit der Wimper zu zucken, gesagt. Beim Bezahlen fühlte ich mich allerdings einer Ohnmacht nahe, als die Endsumme auf dem Display der Kasse aufleuchtete. In meiner Euphorie, ein tolles Kleid gefunden zu haben, hatte ich glatt vergessen, nach dem Preis zu fragen.

»Das kannst du dir jetzt locker leisten«, flüsterte Britta mir zu, ohne dass die Verkäuferin es hören konnte.

Bester Laune verließen wir das Geschäft mit meiner neuen Garderobe, die in einer überdimensionalen edlen Papiertüte mit Satinband steckte. Die Verkäuferin hatte das Kleid zusätzlich in Seidenpapier eingeschlagen und die Schuhe einzeln in Stoffbeutel gesteckt. Als Zugabe packte sie mehr oder weniger heimlich ein Schuhpflegemittel mit in die Tüte, die sie mir anschließend feierlich überreichte.

Draußen stemmte Britta die Hände in die Hüften und holte tief Luft.

»So und jetzt, meine Liebe, gehen wir Dessous kaufen.« Ich sah sie perplex an. »Du kannst auf keinen Fall langweilige Baumwollunterwäsche unter so einem Kleid tragen. Anna, ich bitte dich!«

Sie hob theatralisch die Hände und blickte zum Himmel. Nur widerwillig folgte ich meiner Freundin in ein Wäschegeschäft. Nachdem wir uns einen groben Überblick über das Sortiment gemacht hatten, hielt Britta einen schwarzen BH mit Spitzeneinsatz und den passenden Slip, wenn man diesen Hauch von einem Nichts so bezeichnen mochte, in den Händen. Bei näherer Betrachtung musste ich mir eingestehen, dass das Ensemble das gewisse Etwas besaß.

»Britta, das ist zwar geschmackvoll und ziemlich sexy, aber so was ziehe ich nicht an. Außerdem ist es sündhaft teuer und unpraktisch, weil man es mit der Hand waschen muss. Obendrein sieht es keiner unter dem Kleid«, argumentierte ich, als mich ihr unerbittlicher Blick traf.

»Dann wird es höchste Zeit.«

»Ach, Britta! Du bist erbarmungslos!«, erwiderte ich mit einem langgezogenen Seufzer.

»Du wirst merken, man fühlt sich vollkommen anders, wenn man es trägt. Mensch, Anna, sei mutig und spring über deinen Schatten! Du bist jung und hast eine Figur, von der andere träumen. Mich eingeschlossen. Und wer weiß?«, ergänzte sie mit einem schelmischen Grinsen und wedelte mit der edlen Unterwäsche vor meiner Nase hin und her.

»Okay, du gibst sowieso keine Ruhe. Ich nehme sie nur, wenn du dir ebenfalls neue Wäsche aussuchst«, machte ich zur Bedingung. »Ich schenke sie dir, sozusagen als Beratungshonorar.«

Nach weiteren 30 Minuten verließen wir vergnügt mit unseren Errungenschaften in der Hand das Geschäft. Die Verkäuferin hatte uns obendrein zu einem Glas Sekt eingeladen, das wir dankend annahmen. Geld ausgeben konnte richtig Spaß machen, musste ich feststellen. Besonders, wenn man mit Britta unterwegs war.

»Ich hatte lange nicht mehr so viel Spaß beim Einkaufen. Danke, Britta«, sagte ich, als sich schließlich unsere Wege trennten.

»Mir hat es auch riesigen Spaß gemacht. Ein bisschen Ablenkung nach der Sache mit deiner Oma tat dir bestimmt gut«, bemerkte Britta.

»Ja, man kommt auf andere Gedanken und hört auf, ständig zu grübeln«, stimmte ich ihr zu.

»Dann sollten wir öfter einkaufen gehen.«

»Da besteht allerdings die Gefahr, dass ich in naher Zukunft pleite bin«, erklärte ich mit angestrengt ernstem Gesichtsausdruck, worauf wir beide albern zu kichern begannen.

»Wollen wir zum Abschluss einen Abstecher zum Sylter Wintermarkt machen?«, fragte Britta. »Das ist der Weihnachtsmarkt in der Westerländer Neuen Mitte«, fügte sie hinzu, als sie in mein fragendes Gesicht sah.

»Meinetwegen gern. Gegen einen leckeren Punsch hätte ich nichts einzuwenden. Vielleicht finde ich bei der Gelegenheit auch noch ein hübsches Geschenk.«

Bepackt mit meinen Tüten und einem Becher Glühwein im Bauch machte ich mich auf den Weg zum »Syltstern«. Die Dunkelheit hatte sich längst über die Insel gelegt und in den Straßen strahlte die festliche Weihnachtsbeleuchtung. Meine Finger wurden zunehmend kälter, da ich keine Handschuhe dabei hatte. Ich trug meine Tüten abwechselnd in der jeweils freien Hand, um sie zwischendurch in meiner Jackentasche aufzuwärmen. Unterwegs begegnete ich kaum anderen Passanten, obwohl es noch nicht spät war. In meinem Apartment angekommen hängte ich mein neu erworbenes Kleid an den Schrank und betrachtete es zufrieden. Selbst auf dem Bügel hängend wirkte es ausgesprochen edel. Schlicht und elegant. Beinahe ehrfürchtig strich ich mit den Fingern über den hochwertigen Stoff. Solch ein exquisites Kleidungsstück hatte ich zuvor nie besessen. Mit einer kleinen Schere entfernte ich vorsichtig die Preisschilder von meinen neuen Errungenschaften. Ich musste Britta recht geben, in den Dessous fühlte ich mich tatsächlich auf unerklärliche Weise anders. Sie bewirkten einen selbstbewussteren Gang, und man nahm eine aufrechtere Haltung an als sonst, stellte ich fest. Was ein bisschen Stoff ausmachen konnte. Ich musste innerlich lachen.

Vor dem Schlafengehen ließ ich mir ein Bad ein, denn ich war von dem Stadtbummel trotz des Heißgetränkes ein wenig durchgefroren. Dazu nahm ich eines der kleinen Fläschchen mit Badezusatz, das im Badezimmer neben dem Waschbecken stand, mit nach oben und goss es in das einlaufende Wasser. In der Wanne liegend genoss ich den Duft von Wildrosen und die wohlige Wärme, die meinen Körper umgab. Nach dem ausgiebigen Bad schlüpfte ich sofort ins Bett, zappte ein bisschen durch das Fernsehprogramm und schlief bald darauf ein.

Am folgenden Morgen gönnte ich mir ein ausgiebiges Frühstück, nachdem ich lange geschlafen hatte. Anschließend führte mich mein Weg nach Morsum. Aus meiner Wohnung in Hannover hatte ich diverse Kleinigkeiten mitgenommen, die ich in meinem neuen Domizil deponieren wollte. Ich wollte in Zukunft auf Sylt leben. Wie genau ich mein Vorhaben in die Tat umsetzen würde, hatte ich noch nicht abschließend festgelegt.

Als ich auf den Parkplatz vor dem Haus fuhr, hatte ich das Gefühl, nur gute Freunde zu besuchen. Der Gedanke, dass ich in diesem Gemäuer tatsächlich wohnen würde, erschien mir nach wie vor fremd. Meine mitgebrachten

Sachen stellte ich an die vorläufig vorgesehenen Plätze. Einige persönliche Dinge von Johannes von Waldenbach, unter anderem gerahmte Urkunden, Fotografien und Bilder, nahm ich von den Wänden und verstaute sie allesamt behutsam in einem Karton, den ich in der Vorratskammer gefunden hatte. Ein seltsames Gefühl, denn ich fühlte mich wie ein Eindringling. Schnell verscheuchte ich den Gedanken, schließlich tat ich nichts Verbotenes. Die Kleiderschränke und Kommoden in den Schlafzimmern im Obergeschoss waren komplett geleert worden. Das hatten Ava und Carsten bereits veranlasst. Bett- und Tischwäsche sowie Handtücher wollte ich ohnehin selbst kaufen beziehungsweise meine eigenen beim nächsten Mal mitbringen, denn in dieser Hinsicht hatte ich meine eigenen Vorstellungen und Wünsche. Auf jeden Fall wollte ich ein neues Bett. In einem Einrichtungshaus in Tinnum hatte ich neulich ein reduziertes Ausstellungsstück gesehen und gleich gekauft. Es würde in den nächsten Tagen geliefert werden. Auch im Erdgeschoss würde ich nach und nach das eine oder andere Möbelstück ersetzen.

Auf dem Weg die Treppe nach unten sah ich durch eines der Fenster auf die Straße, wo in diesem Moment ein schwarzes Auto hinter einem Traktor hinterherzuckelte und bei einem gewagten Überholversuch um Haaresbreite einen Fahrradfahrer gestreift hätte.

»So ein Spinner! Das war knapp«, murmelte ich.

Bevor ich das Haus verließ, machte ich das, was ich die ganze Zeit über machen wollte. Ich setzte mich im Wohnzimmer an den Flügel. Respektvoll öffnete ich den Deckel der Klaviatur und strich mit meinen Fingern behutsam über die einzelnen schwarzen und weißen Tasten. Dieses Instrument war die Geburtsstätte zahlreicher Melodien und Welthits, überlegte ich, während ein Lächeln meinen Mund umspielte. Als Jugendliche hatte ich viele Jahre Klavierunterricht erhalten, dann der überraschende Sieg eines Wettbewerbs, bei dem ich das Stipendium gewann. Ich hätte sehr gerne nach dem Abitur Musik studiert, aber meine Eltern unterstützten mich nicht in meinem Bestreben und waren diesbezüglich ausnahmsweise einmal gleicher Meinung.

»Das ist ein schönes Hobby, aber brotlose Kunst«, hatte mein Vater argumentiert, der meinen Wunsch nicht annähernd nachvollziehen konnte, da er selbst nie ein Musikinstrument gespielt hatte.

Ich sollte einen Beruf erlernen, von dem ich später sicher leben konnte. Von einem Studium der Landschaftsarchitektur ließen sie sich letztendlich überzeugen, wenn auch zähneknirschend. Am liebsten hätte er es gesehen, wenn ich in seine Fußstapfen getreten wäre und eine Banklehre absolviert hätte. Später hatte ich nicht gespielt, da meine Wohnung zu klein war, um darin ein Klavier unterbringen zu können. Von einem Instrument wie diesem ganz zu schweigen. Ein Flügel benötigte ausreichend Platz, um seinen Klang in vollem Umfang entfalten zu können.

Zaghaft begann ich, einige Stücke zu spielen, die ich in Erinnerung hatte. Zu meinem Erstaunen war die eine oder andere Melodie tief in meinem Gedächtnis verankert, die nur darauf wartete, zu neuem Leben erweckt zu werden. Je länger ich spielte, umso leichter flogen meine Finger über die Tasten, und ich entlockte dem Flügel seinen wundervollen Klang, der das gesamte Haus erfüllte. Es machte mir unglaublich Spaß. Vollkommen in das Klavierspiel vertieft, bemerkte ich nicht, wie die Zeit dahinflog. Erst mit Einsetzen der Dämmerung fuhr ich zurück nach Westerland.

In meinem Apartment bereitete ich mir eine Portion Spaghetti zu, da ich den Tag über nichts gegessen hatte. Mit meinem Nudelteller und einem Glas Rotwein setzte ich mich an den Esstisch und blätterte während des Essens in der »Sylter Rundschau«, die mir die Hotelangestellte Sophia heute Morgen freundlicherweise mitgegeben hatte. Nach dem Essen nahm ich allen Mut zusammen, holte mein Handy aus meiner Handtasche und wählte Nicks Nummer. Mein Herz schlug mir bis zum Hals, als am anderen Ende der Leitung ein Freizeichen ertönte. Ich wollte gerade auflegen, als mir eine Stimme mitteilte, dass der Teilnehmer vorübergehend nicht zu erreichen sei, und ich aufgefordert wurde, eine Nachricht zu hinterlassen. Ich kam der Aufforderung nicht nach, sondern legte auf und ging schlafen. Vermutlich wäre es besser, die Episode Nick gänzlich ad acta zu legen, grübelte ich, bevor ich mich komplett lächerlich machte, indem ich ihm nachlief. Dann drehte ich mich auf die Seite und zog mir die Decke bis übers Kinn.

KAPITEL 24

Draußen regnete es Bindfäden. Laut der Wettervorhersage würde der Regen den gesamten Tag nicht aufhören. Bei diesen trüben Aussichten konnte ich mich nicht aufraffen, einen Ausflug zu unternehmen. Obwohl ich mit Gummistiefeln und Regenjacke ausgerüstet war, zog mich nichts vor die Tür. Am liebsten wäre ich heute Morgen überhaupt nicht aus meinem kuscheligen Bett gekrabbelt. Britta war zeitig mit Jan aufs Festland gefahren, um Besorgungen zu machen und einen Geschäftsfreund von Jan zu treffen. Die Kinder verbrachten die Zeit nach der Schule bei den Großeltern. Ich hatte angeboten, mich um Ben und Tim zu kümmern, aber Britta war der Ansicht, ich bräuchte Zeit und Ruhe für mich. Kurzerhand beschloss ich, einen Wellnesstag einzulegen. Ich rief an der Hotelrezeption an und erkundigte mich nach einem freien Massage- und Kosmetiktermin. Ich hatte Glück und erhielt eine Stunde später einen Termin.

Nach einer entspannenden Rückenmassage mit diversen Aromaölen begab ich mich zu einer Gesichtsbehandlung. Ich genoss das süße Nichtstun inklusive Verwöhnprogramm in vollen Zügen. Und weil es unsagbar guttat, genehmigte ich mir im Anschluss eine Maniküre.

Den Rest des Tages – mittlerweile war es früher Abend – verbrachte ich auf dem Sofa vor dem Fernseher. Draußen regnete es ununterbrochen, wobei sich der Regen mehr und mehr mit Schnee vermischte. Ungemütlicher ging es kaum. Da das Fernsehprogramm leider nicht viel hergab, was mich interessierte, siedelte ich ins Bett um, um dort in meinem Buch zu lesen. Meine Gedanken wanderten jedoch immer wieder zu Nick. Hatte er anhand meiner Nummer gesehen, dass ich versucht hatte, ihn zu erreichen? Warum unternahm er seinerseits keinen Versuch, mit mir Kontakt aufzunehmen? Vielleicht würden wir uns auf der Hochzeitsfeier begegnen. Ich wusste nicht genau, wie ich mich ihm gegenüber verhalten oder was ich sagen sollte. Höchstwahrscheinlich würde er in Begleitung dieser blonden Schönheit erscheinen. Vom vielen Grübeln und dem gleichmäßigen Rauschen des Regens, den ich durch das gekippte Fenster hören konnte, wurde ich müde und schlief ein.

»Na, das war ein erfolgreicher Tag, Schatz. Oder?«, resümierte Jan, als Britta und er mit ihrem Wagen an der Verladestation in Niebüll auf den Autozug fuhren.

»Ja, vor allem, weil wir schneller fertig waren als gedacht. Ich bin froh, wenn wir gleich zu Hause sind. Kaum hat man die Insel für ein paar Stunden verlassen, vermisst man sie. Mit den Kindern scheint alles in Ordnung zu sein. Deine Mutter hat sich jedenfalls bislang nicht gemeldet«, stellte Britta fest und kramte in ihrer Handtasche nach ihrem Handy.

»Du machst dir zu viele Sorgen um die Kinder. So klein sind sie schließlich nicht mehr. Sie sind mittlerweile selbstständiger, als wir wahrhaben wollen. Wahrscheinlich hat Mama ihnen heiße Schokolade mit ihren geliebten Marshmallows gemacht, und sie haben vom Fernsehgucken eckige Augen. Die Fernbedienung glüht vermutlich seit Stunden.«

»Bestimmt. Sie werden enttäuscht sein, dass wir eher zurück sind«, lachte Britta, denn sie konnte sich die Gesichter ihrer Söhne vorstellen, wenn Jan und sie früher als erwartet vor der Tür standen, um sie abzuholen.

»Vielleicht«, begann Jan, wobei sich ein Funkeln in seinen Blick schlich, »könnten die beiden heute bei meinen Eltern übernachten. Dann hätten wir sturmfreie Bude.«

»Du meinst …«

Jan nickte. »Genau das.«

»Dann solltest du deine Eltern anrufen«, forderte Britta ihren Mann mit einem vielsagenden Blick auf, was er sich nicht zweimal sagen ließ und umgehend zum Telefon griff.

»Erledigt.« Er gab Britta einen Kuss.

»Anna hatte sich ebenfalls bereit erklärt, sich um die beiden zu kümmern. Das fand ich richtig süß von ihr.«

»Aha«, erwiderte Jan. »Warum hat sie einen Rückzieher gemacht?«

»Hat sie nicht. Du kennst doch Anna. Ich habe gesagt, sie soll richtig ausspannen. Sie hatte genug um die Ohren in der letzten Zeit. Der Unfall, die Erbschaft, der Überfall und dann der Tod ihrer Oma. Sie braucht wirklich ein bisschen Ruhe.«

»Da gebe ich dir recht«, pflichtete ihr Jan bei.

»Morgen findet die Hochzeitsfeier statt. Darauf freue ich mich riesig. Du auch?«, wechselte Britta das Thema und sah zu ihrem Mann.

»Klar, freue ich mich. Schließlich heiratet meine kleine Schwester. Ich glaube, Mama ist aufgeregter als Wiebke. Sie war bei unserer Hochzeit schon völlig aus dem Häuschen, weißt du noch?«

Er lächelte bei diesem Gedanken und strich über Brittas Hand.

»Ja, ich erinnere mich. Dein Vater ist da anders. Ich glaube, es gibt kaum etwas, was ihn erschüttern oder aus der Ruhe bringen kann.«

»Doch, wenn es nach der Biike* nicht genügend von seinem geliebten Grünkohl gibt, rastet er aus!« Jan lachte.

»Das kommt glücklicherweise nie vor, dafür sorgt deine Mutter.«

»Ich denke, er zeigt es einfach nicht so wie andere, wenn ihn etwas ärgert. Jedenfalls freut er sich für Wiebke und Jens genauso wie wir alle.«

»Bestimmt werde ich fürchterlich aufgeregt sein, wenn unsere beiden Jungs eines Tages heiraten. Als wir geheiratet haben, konnte ich vorher tagelang vor Aufregung nichts essen. Um ein Haar hätte mein Kleid enger gemacht werden müssen. Normalerweise ist immer das Gegenteil der Fall.« Sie verzog den Mund.

Jan griff nach der Hand seiner Frau und drückte sie fest.

»Ich war damals auch aufgeregt, ob du es glaubst oder nicht. Ich habe die ganze Nacht vor unserer Hochzeit kein Auge zugemacht und hatte vor lauter Nervosität Magenschmerzen«, gestand Jan. »Trotz allem würde ich dich glatt noch mal heiraten, egal wie eng oder weit dein Kleid wäre.«

Für dieses Kompliment erntete er einen dicken Kuss von Britta. In diesem Moment ruckte das Auto leicht, und der Autozug setzte sich behäbig in Bewegung. Während der Überfahrt durch die Dunkelheit peitschte der Regen erbarmungslos gegen die Autoscheiben.

»Hat Anna sich eigentlich entschieden, was sie mit dem Haus anfangen will?«, fragte Jan plötzlich.

---

* Biike bzw. Biikebrennen ist ein altes nordfriesisches Volksfest mit Feuerbrauch, das am 21. Februar gefeiert wird. Im Anschluss findet das traditionelle Grünkohlessen in geselliger Runde statt.

»Ich weiß nicht.« Britta zuckte ratlos mit den Schultern.

»Verkauft sie oder zieht sie selbst ein? Für eine Person ist es viel zu groß. Und dann dieses riesige Grundstück. Das muss in Schuss gehalten werden.«

»Fragst du aus einem bestimmten Grund?« Britta wurde plötzlich misstrauisch. Sie kannte ihren Mann und vermutete, dass er nicht aus reiner Neugierde fragte.

»Nein, nur so.« Sie schenkte ihm einen durchdringenden Blick. »Ohne Hintergedanken. Ehrlich!«, versicherte er.

»Ich könnte mir vorstellen, dass Anna in Zukunft dort wohnen will. Sie wollte von jeher auf Sylt leben. Sie könnte sich auf der Insel selbstständig machen und ein eigenes Büro eröffnen. Für Landschaftsarchitekten und Gartenbaubetriebe gibt es Arbeit ohne Ende. Wer sagt überhaupt, dass Anna allein bleibt? Das geht manchmal schneller, als man denkt.« Britta bekam einen verschmitzten Gesichtsausdruck.

»Warten wir die Feier morgen ab und schauen, was passiert«, antwortete Jan und machte es sich in seinem Sitz bequem. Eine Spur Genugtuung hatte sich unter seine Worte gemischt.

»Du machst mich neugierig. Was soll deiner Meinung nach morgen auf der Feier passieren?«, hakte sie nach, denn Jans Andeutung ließ sie hellhörig werden.

»Findest du nicht auch, dass Anna sich ausgesprochen gut mit Frank versteht? Er wird morgen bei der Feier ihr Tischherr sein.« Er grinste sichtlich zufrieden.

»Frank?« Britta zog überrascht die Augenbrauen hoch. Daher wehte also der Wind.

»Warum guckst du denn so entgeistert? Die beiden haben sich bei uns neulich Abend sehr angeregt unterhalten. Frank wollte Anna zum Essen in eines seiner Lieblingsrestaurants ausführen, hat er mir erst kürzlich erzählt.«

»Frank ist wahrlich kein Kostverächter«, murmelte Britta. »Der hat noch nie etwas anbrennen lassen.«

»Komm schon, wäre doch schön, wenn sich die beiden näherkommen würden. Oder?«, erwiderte Jan, ohne auf Brittas Bemerkung näher einzugehen.

»Tja, ich befürchte bloß, Frank kommt etwas zu spät.«

»Wieso zu spät? Du hast gesagt, Anna ist Single, und mit Marcus ist es ja nun endgültig aus. Das hat sie klar und deutlich zu verstehen gegeben. Wo liegt also das Problem? Frank ist eine gute Partie und sieht blendend aus.«

»Nick«, bemerkte Britta lediglich.

»Nick?«, wiederholte Jan ungläubig.

Britta nickte und verzog amüsiert den Mund, als sie in das verblüffte Gesicht ihres Mannes sah.

»Unser Nick Scarren?« Jan schüttelte fassungslos den Kopf. »Warum sucht sie sich denn ausgerechnet den aus?«

»Nun mach aber mal halblang, Jan! Nick ist wahnsinnig attraktiv, und obendrein hat er das Herz auf dem rechten Fleck. Jedenfalls ist er kein Draufgänger oder Weiberheld.«

Jan schenkte seiner Frau einen kritischen Blick.

»Ach ja? Ist das so?«

»Jetzt sei nicht eingeschnappt. Frank ist nett und charmant, aber nichts für Anna. Dass Nick gut aussieht, kannst du schlecht abstreiten. Anna und er gäben ein hübsches Paar ab. Findest du nicht? Du hast selbst bemerkt, wie sie ihn angesehen hat, als er ihr die Fahrzeugpapiere zurückgebracht hat.«

Jan knurrte widerwillig.

»Glaubst du allen Ernstes, dass sie seine Schale knackt?«

»Warum nicht? Warten wir ab, was daraus wird.«

»Sie hat Feuer gefangen, oder?«, bohrte er nach. »Ist da etwas zwischen ihnen gewesen?«

Britta machte lediglich ein unschuldiges Gesicht.

»Du weißt mehr, als du mir sagst, richtig?«

»Anna ist meine Freundin, du brauchst nicht jedes Detail zu wissen. Jetzt konzentriere dich aufs Fahren. Es geht los, wir sind da!«

KAPITEL 25

Heute war der große Tag von Wiebke und Jens gekommen. Britta holte mich wie vereinbart mittags zu unserem Termin bei Manolo ab. Ich war gespannt, was mich erwarten würde, und vor allem, wie ich anschließend aussehen würde. Der Wettergott war auf unserer Seite und hatte auf Sturm und Regen verzichtet. Ab und zu blinzelte sogar die Sonne zwischen den Wolken für einen kurzen

Augenblick hervor. Mehr durfte man von einem Dezembertag nicht erwarten. Manolos Ladengeschäft lag mitten im Zentrum von Westerland. Britta stellte den Wagen in einer der Seitenstraßen ab, und wir gingen ein kleines Stück zu Fuß weiter. Als wir den Salon betraten, erklang ein lauter Gong über der Tür, und der Chef des Hauses kam uns mit großer Geste entgegen. Einige Kundinnen blickten von ihren Zeitschriften auf, um uns Neuankömmlinge zu beäugen. Ihr Interesse verflog jedoch schnell, als sie erkannten, dass wir nicht zur prominenten Kundschaft zählten.

»Hola, belleza!«, begrüßte Manolo Britta und küsste sie flüchtig rechts und links auf die Wange. Dann fuhr er an mich gewandt fort: »Oh, wen haben wir denn da?«

Er nahm meine Hand und deutete galant einen Handkuss an. Britta stellte mich als ihre Freundin Anna vor, die ein paar Tage zu Besuch war. Die Erbschaft ließ sie unerwähnt, denn diese Neuigkeit wäre innerhalb kürzester Zeit nicht nur im Friseursalon, sondern auf ganz Sylt bekannt gewesen. Brittas Erzählungen zufolge erfuhr man hier alles, was auf der Insel gerade passierte: Affären, Trennungen und der allgemeine Klatsch und Tratsch. Wir bekamen zwei Plätze nebeneinander vor einem gigantischen Spiegel mit pompösem Goldrahmen zugewiesen. Nachdem unsere Haare gewaschen waren, hantierte Manolo geschickt mit Scheren, Wicklern, Kämmen und Bürsten. Im Nu hatte er uns einen neuen Look verpasst. Nachdem die Frisuren saßen, wurde uns von einer jungen Visagistin mit rosa Bürstenschnitt, diversen Tätowierungen an den Armen und einem Nasenpiercing ein typgerechtes Make-up verpasst. Ich war zunächst skeptisch, ob ich bei ihr in den richtigen Händen sei, aber nach zweieinhalb Stunden wurde ich eines Besseren belehrt. Als Britta und ich den Salon verließen, hätten wir uns ohne Weiteres beim nächsten Modelwettbewerb anmelden können. Der Besuch bei Manolo war sein Geld wert gewesen, das stand definitiv fest. Durch die bewundernden Blicke einiger Passanten in der Fußgängerzone wurde dieser Umstand zusätzlich bestätigt.

»Du siehst toll aus!«, versicherte ich Britta und blickte ihr in die fantastisch geschminkten Augen.

Selten hatte ich Britta derart verlegen gesehen.

»Danke! Ich hoffe, dass das den restlichen Tag über hält«, sagte sie. »Du siehst ebenfalls super aus, Anna. Im Ernst, du solltest dich öfter schminken, das steht dir.«

»Na, ich weiß nicht, ob das alltagstauglich ist«, entgegnete ich, was Britta mit einem Augenrollen quittierte.

»Sieht alles ruhig aus«, stellte Ansgar mit einem Blick aus dem Fenster fest, als er gemeinsam mit Nick im Streifenwagen durch Morsum fuhr.

»Ich glaube, es ist noch zu früh für die Einbrecher. Vor Einbruch der Dunkelheit kommen die nicht aus ihren Löchern«, erwiderte Nick. »Ich dachte, dass für heute ursprünglich Kampen auf der Tour stand oder habe ich mich getäuscht?«

»Nein, aber ich konnte Uwe überzeugen, dass es sinnvoller ist, hier Streife zu fahren.«

»Warum?«

»In Kampen sind die Häuser im Allgemeinen besser gesichert. Außerdem ist unverkennbar, dass die letzten Einbrüche vermehrt in Morsum aufgetreten sind. Daher vermute ich sehr stark, dass es die Typen erneut hierherzieht«, verteidigte Ansgar seine Theorie.

»Wir sollten uns nicht auf ein Ziel versteifen und überall auf der Insel Präsenz zeigen, das ist weitaus effektiver«, konterte Nick.

»Hast du schlechte Laune?«, fragte Ansgar.

»Nein, jetzt fängst du auch noch an. Uwe liegt mir damit schon ständig in den Ohren. Mit mir ist alles okay. Ich darf doch meine Meinung äußern.«

Für kurze Zeit herrschte Schweigen.

»Nick? Ich hätte eine Bitte«, begann Ansgar.

»Schieß los!«

»Könntest du mit mir eventuell den Spätdienst tauschen?«

»Wann?«

»Am zweiten Weihnachtstag. Ich habe schon Christof gefragt, aber der weiß es noch nicht sicher. Seine zukünftigen Schwiegereltern wollen wahrscheinlich nach Sylt kommen, um ihn und seine Familie kennenzulernen.«

»Meinetwegen. Ich habe nichts geplant«, erklärte Nick. »Was hast du vor?«

Ansgar zögerte einen Augenblick. »Möchte ich im Moment ungern drüber reden.«

»Wie du meinst. Ich …« Nick wurde mitten im Satz durch das Funkgerät unterbrochen.

Als sie an der Adresse ankamen, war niemand weit und breit zu sehen. Nick hielt unmittelbar vor dem Haus und sie stiegen aus.

»Gesicherte Häuser in Kampen, hm?«, brummte Nick.

»Sorry, jeder kann sich mal täuschen«, erwiderte Ansgar kleinlaut und kratzte sich verlegen den Nacken.

»Komm, sehen wir nach, was los ist. Eine Nachbarin will seltsame Geräusche gehört haben«, forderte Nick ihn auf und machte sich als Erster auf den Weg.

Ansgar folgte ihm und zog vorsichtshalber seine Dienstwaffe, nachdem sie das Grundstück durch die kleine Pforte betreten hatten. Nick gab ihm ein Zeichen, so dass Ansgar links und er rechts herum um das Haus gingen. Auf der Terrasse bot sich ihnen ein altbekanntes Bild. Die Terrassentür war eingeschlagen worden und stand sperrangelweit auf. Nick lauschte einen Moment, ob aus dem Inneren Geräusche zu hören waren. Doch es herrschte Totenstille.

»Ich gehe vor«, flüsterte Nick seinem Kollegen zu.

»Wollen wir nicht lieber auf Verstärkung warten? Was ist, wenn die Typen noch da drinnen sind? Nick, bitte warte!«, hielt Ansgar dagegen, aber Nick hatte das Haus bereits betreten, sodass ihm nichts anderes übrigblieb, als ihm zu folgen.

Zurück im »Syltstern« blieb mir eine knappe Stunde Zeit, bis ich abgeholt wurde. Frank hatte darauf bestanden, mich direkt vom Hotel abzuholen, da ich für den heutigen Tag seine Tischdame sein würde. Das war auf Jans ausdrücklichen Wunsch hin geschehen, wie mir Wiebke insgeheim anvertraut hatte. Die Vermutung lag nahe, stellte aber kein unüberwindbares Problem für mich dar. Seit unserem gemeinsamen Abendessen in dem exquisiten Restaurant hatte ich Frank nur zweimal gesprochen, aber nicht mehr getroffen. Obwohl ich mich in keiner Weise zu irgendetwas ihm gegenüber verpflichtet sah, fühlte ich mich trotzdem ein kleines bisschen verunsichert bei dem Gedanken an ein Wiedersehen. Ich hatte keine Ahnung, welche Gefühle er für mich hegte. Daher nahm ich mir fest vor, mir meine Unsicherheit nicht anmerken zu lassen und locker auf ihn zuzugehen. Vielmehr beschäftigte mich die Frage, ob Nick anwesend sein würde, und wie er reagieren würde, wenn wir uns über den Weg liefen. Bis zum jetzigen Zeitpunkt hatte er nichts von sich verlauten lassen. Ich begann mich umzuziehen und musste höllisch aufpassen, dass mein Make-up und meine Frisur dabei keinerlei Schaden nahmen. Zuletzt schlüpfte ich in meine neuen hohen Pumps.

»Mal sehen, wie lange meine Füße das durchhalten«, sagte ich vor mich hin und sah kritisch an mir herunter.

Normalerweise trug ich selten Schuhe mit höheren Absätzen und in dieser Höhe nahezu nie. Zu diesem Kleid einen hohen Schuh zu tragen, war ein ungeschriebenes Gesetz, hatte Britta mir deutlich zu verstehen gegeben. Ich hatte mir nicht die Mühe gemacht, sie vom Gegenteil zu überzeugen, denn im Grunde stimmte ich ihr zu, wenn es bloß nicht meine Füße wären, die mich am Ende mit Schmerzen strafen würden.

Durch das kleine Küchenfenster sah ich Franks schwarzen Sportwagen vorfahren. Daraufhin schnappte ich meine Handtasche, zog meine Jacke über und verließ mein Apartment. Als ich auf den Parkplatz kam, war Frank bereits ausgestiegen und um das Auto herumgegangen, um mir die Beifahrertür zu öffnen. Er trug einen dunkelgrauen Anzug und sah darin äußerst elegant aus. Nach einem Mann wie ihm, würde ich mich auf der Straße sicherlich umdrehen, überlegte ich. Als ich auf ihn zuging, starrte er mich an, als würde er ein Gespenst sehen. Schlagartig kamen Zweifel in mir hoch, ob ich nicht adäquat gekleidet war. Hatte Manolo mit meiner Frisur zu sehr übertrieben? War ich zu stark geschminkt? Mein Kleid zu kurz? Oder meine Schuhe zu hoch? Ein Loch in der Strumpfhose?

Frank unterbrach die über mich hereinbrechende Gedankenflut mit den Worten: »Anna, du siehst granatenmäßig aus!«

»Du bist ein unglaublicher Charmeur, Frank«, antwortete ich und war dankbar, dass er nicht sehen konnte, was ich unter meinem Kleid trug.

Mit einem breiten Grinsen entblößte er seine schneeweißen Zähne. »Und du siehst zum Anbeißen aus!«

Ich war unsicher, was ich auf seine Bemerkung erwidern sollte, und zog es vor zu schweigen. Frank zwinkerte mir zu und deutete auf die offene Wagentür. »Bitte sehr, Schönheit! Nimm in meiner Kutsche Platz!«

Kaum saß er ebenfalls im Wagen, erklang das satte, unverkennbare Motorengeräusch seines Porsche, und der Kies auf dem Parkplatz flog in alle Richtungen, als wir losbrausten.

Vor der Kirche St. Severin in Keitum hatten sich bereits etliche Gäste versammelt. In der Menge konnte ich Britta und Jan erkennen, die uns zu sich herüberwinkten. Uwe und Tina sowie Nadine mit ihrem unscheinbaren Hanspeter hatten sich ebenfalls vor der Kirche eingefunden. Nadine zupfte ständig an der Krawatte ihres Mannes herum, was er kommentarlos über sich ergehen ließ. Auch der Bräutigam war anwesend und tigerte nervös vor der Kirchentür auf und ab. Die beiden Blumenkinder begannen, sich gegenseitig mit Blütenblättern aus ihren Körbchen zu bewerfen, bis ihre Mutter ihnen energisch Einhalt gebot.

»Mein Gott, Anna, du siehst fantastisch aus«, stellte Jan beeindruckt fest, als wir uns endlich durch die Menge Wartender zu ihnen vorgearbeitet hatten.

Er küsste mich zur Begrüßung auf die Wange. Das war mit Abstand das Netteste – mich betreffend –, was ich seit Langem aus seinem Mund gehört hatte.

»Ich hoffe, deine Frau hat ein ebenso charmantes Kompliment bekommen?«, konterte ich und deutete auf Britta, die in ihrem marineblauen Kleid fabelhaft aussah.

Die Farbe des Kleides korrespondierte hervorragend mit ihrer Augenfarbe und dem Make-up. Jan stand sein dunkelblauer Anzug auffallend gut. Kleider machten eben Leute, dieser Spruch bewahrheitete sich immer wieder aufs Neue. Jedenfalls in den allermeisten Fällen.

Ich sah mich unter den grob geschätzt 100 Gästen um. Neben den Familienangehörigen zählten auch Freunde, Nachbarn sowie Kollegen des Brautpaares zu den geladenen Gästen. Nick konnte ich allerdings nirgendwo entdecken. Von Wiebke wusste ich, dass er auf der Gästeliste stand und zugesagt hatte. Plötzlich verstummten alle Gespräche und die Anwesenden reckten die Köpfe zur Straße, wo in diesem Moment das geschmückte Auto mit der Braut feierlich vorgefahren kam. Der Wagen hielt gegenüber der Kirche, die Tür wurde geöffnet und Wiebke stieg mit strahlendem Lächeln aus. Wiebke trug ein weißes ausladendes, mit Perlen verziertes Kleid mit langem Schleier. Ihre roten Haare waren mit mehreren weißen Bändern durchzogen und zu einer kunstvollen Frisur gesteckt worden. Sie sah zauberhaft aus. Als sie unmittelbar vor Jens stand, konnte man in dessen Augen deutlich einen nassen Schimmer erkennen.

»Du siehst wunderschön aus«, presste er mit ergriffener Stimme hervor. Seine Ohren waren vor lauter Aufregung knallrot.

»Finde ich auch«, erwiderte Wiebke strahlend und erntete mit dieser Bemerkung ein herzhaftes Lachen, das sich quer durch die Gästeschar zog.

Die wartenden Gäste bildeten eine Gasse, um das Brautpaar in die Kirche zu geleiten.

In der Kirche saß ich in einer der vorderen Reihen zwischen Britta und Frank. Immer wieder versuchte ich möglichst unauffällig, Nick unter den Anwesenden ausfindig zu machen, konnte ihn jedoch nirgends entdecken.

Britta, der meine stumme Suche nicht verborgen geblieben war, beugte sich zu mir, tätschelte meine Hand und flüsterte dicht an mein Ohr: »Keine Sorge! Er kommt ganz sicher bald.«

Ich nickte halbherzig. In diesem Moment verstummte das Orgelspiel und der Pastor begann mit seiner Rede. Nachdem er ein paar einleitende Sätze gesprochen hatte, widmete er sich dem bisherigen Leben des Brautpaares und dessen Zusammenfinden. Ab und zu musste ich schmunzeln, da er die persönliche Geschichte der beiden sehr originell in Worte fasste. Ich hatte der einen oder anderen Trauung beigewohnt, die eher Beerdigungen geglichen hatten. Diese Trauung war dagegen angenehm anders. Nachdem sich das Brautpaar feierlich das Ja-Wort gegeben hatte und das Orgelspiel einsetzte, kämpfte ich einmal mehr mit meinen Tränen, dieses Mal allerdings vor Rührung. Ich dachte krampfhaft an meine Schminke, denn ich wollte unter keinen Umständen für den Rest des Tages wie ein Zombie aussehen.

Nach der Trauung wurden der Kälte zum Trotz vor der Kirche Fotos gemacht. Ein schmächtiger Fotograf mit ungepflegtem Dreitagebart und struppiger Frisur, den mein Vater als Filzlaus betitelt und die Nase gerümpft hätte, scheuchte uns hin und her, um das perfekte Hochzeitsfoto in den Kasten zu bekommen. Anschließend setzte sich die gesamte Hochzeitsgesellschaft in Richtung des Restaurants in Bewegung. Da es sich nur um ein kurzes Stück handelte, bewältigten die meisten der Gäste den Weg zu Fuß. Auch Frank ließ seinen Wagen auf dem Parkplatz stehen. Wir wanderten mit der Hochzeitsgesellschaft zum Restaurant. Mittlerweile war es fast dunkel und spürbar kälter geworden. Die Luft roch nach Schnee. In meinen Pumps konnte ich vor lauter Kälte meine Zehen nach einer Weile nicht mehr spüren. Kein passendes Schuhwerk für Außenaktivitäten um diese Jahreszeit, entschied ich. Ein Wort hätte vermutlich genügt und Frank hätte mich getragen, doch das wollte ich tunlichst vermeiden. Ich hatte mich bei ihm eingehakt und musste mich anstrengen, mit seinen langen Schritten mitzuhalten.

Im Gastraum des Restaurants liefen mehrere Kellner und Kellnerinnen geschäftig mit Tabletts umher und versorgten die nach und nach eintreffenden Gäste mit Sekt und Orangensaft. Als alle Anwesenden ein Getränk in den Händen hielten, stießen wir gemeinsam auf das junge Paar an. Glücklicherweise waren meine Füße zwischenzeitlich aufgetaut, allerdings meldete sich nunmehr die erste Blase an der rechten Ferse. Ich versuchte, sie tapfer zu ignorieren. Sollten die Schmerzen unerträglich werden, würde ich sie mit einem Blasenpflaster bekämpfen, das mit einigen seiner Artgenossen in meiner Handtasche auf seinen Einsatz wartete.

Anschließend forderte der aufgeregte Bräutigam uns auf, unsere Plätze einzunehmen. Frank stand an einem der runden Tische im vorderen Teil des Raumes und winkte mir zu. Ich steuerte auf ihn zu. Mit uns am Tisch saß, außer Britta und Jan, Nadine und Hanspeter, ein weiteres Paar, das ich nicht kannte. Wie sich herausstellte, handelte es sich um eine Cousine von Jens mit ihrem Mann. Wir saßen wenige Minuten, als ich Nick durch die Tür kommen sah und mir plötzlich heiß wurde. Auch mein Puls legte ordentlich zu. Nick trug einen schwarzen Anzug mit weißem Hemd und dunkelroter Krawatte und sah umwerfend aus. Im selben Moment tauchte hinter ihm die blonde Frau auf, die ich aus seinem Haus hatte kommen sehen. Sie trug ein weinrotes, enganliegendes Kleid und hatte ihr langes Haar raffiniert hochgesteckt. Lange Ohrringe und eine passende Clutch machten ihr Outfit komplett. Schlagartig war meine Freude, Nick zu sehen, erloschen.

Cool bleiben, verordnete ich mir selbst, aber die Wirkung wollte sich nicht einstellen. Ich konnte meinen Blick nicht von diesem perfekten Paar abwenden. Erst recht nicht von Nick. Während er die Braut auf die Wange küsste und gratulierte, wanderten seine Augen suchend durch den Raum, bis sich unsere Blicke trafen. In diesem Moment ergriff der Brautvater das Wort und bat um Aufmerksamkeit. Für die nächsten Minuten lauschten wir seiner Rede, die wiederholt von allgemeinem Gelächter und gelegentlichen Zwischenrufen unterbrochen wurde, wenn er Anekdoten aus dem Nähkästchen plauderte. Die gesamte Zeit über beobachtete ich Nick aus dem Augenwinkel – unauffällig, wie ich hoffte. Er saß schräg mit dem Rücken zu mir am anderen Ende des Raumes an einem Tisch. Seine hübsche Begleiterin beugte sich hin und wieder zu ihm, um ihm etwas ins Ohr zu flüstern. Dabei legte sie ihre Hand demonstrativ auf seinen Unterarm. Die beiden waren sich offenkundig sehr vertraut. Nach dem Essen, das am Tisch serviert wurde, ergab sich endlich die Gelegenheit, aufzustehen und sich die Beine zu vertreten.

»Alles in Ordnung?«, erkundigte sich Britta.

»Ja, bestens. Ich muss mich ein paar Schritte bewegen nach dem üppigen Essen. Bin gleich wieder zurück«, erklärte ich mit einem zuversichtlichen Lächeln.

Frank war derweil nach draußen verschwunden, um ein dringendes Telefonat zu führen, wie er mir mitgeteilt hatte. Ich schnappte mir meine Handtasche und suchte umgehend die Waschräume auf, da ich das dringende Bedürfnis verspürte, mir kaltes Wasser über die Handgelenke laufen zu lassen. Außerdem musste ich der Blase an meinem Fuß endgültig den Garaus machen, damit sie mich nicht für den Rest des Abends quälte. Auf der Toilette traf ich auf Nadine, die vor einem der Waschbecken stand und im Begriff war, sich pinkfarbenen Lippenstift aufzutragen.

»Frank und du seid ein schönes Paar. Ich freue mich so für euch«, flötete sie in den höchsten Tönen, als sich unsere Blicke im Spiegel trafen. Sie wartete augenscheinlich auf eine Reaktion meinerseits, denn sie sah mich erwartungsvoll an.

»Hm, findest du?«, murmelte ich lediglich, drehte den Wasserhahn zu und trocknete mir die Hände mit einem Papierhandtuch ab. Ich zog eines der Blasenpflaster aus meiner Tasche und klebte es auf den Störenfried. Nadine ergriff erneut das Wort.

»Frank ist eine ausgesprochen gute Partie. Du bist ein wahrer Glückspilz! Bei ihm bist du auf der sicheren Seite und weißt, woran du bist. Das ist ja nicht bei jedem Mann so«, plapperte sie munter weiter.

»Was du nicht sagst«, erwiderte ich kurz angebunden.

Dann schenkte ich ihr ein wohlwollendes Lächeln, drehte mich um und ließ eine verdutzte Nadine zurück, die mir mit irritiertem Gesichtsausdruck hinterher sah.

Als ich in den Gastraum zurückkam, waren die Vorbereitungen für das erste Spiel des Abends in vollem Gange. Die meisten Gäste hatten ihre Plätze verlassen, die Männer standen vorwiegend an der Bar, während die Frauen sich um die Spielvorbereitung kümmerten. Nick konnte ich im Gewirr der Gästeschar nicht entdecken. Seine hübsche Begleiterin unterhielt sich angeregt mit einer älteren Dame an der Bar und schien sich prächtig zu amüsieren. Sie lachte und warf dabei ihren Kopf in den Nacken. Frank war mittlerweile ebenfalls an unseren Tisch zurückgekehrt.

»Magst du tanzen?«, fragte er mich. »Die Musik ist super.«

»Nein danke, im Moment nicht. Vielleicht später«, vertröstete ich ihn. »Ich habe mir eine Blase gelaufen. Ich fürchte in puncto Tanzen ist für mich der Abend gelaufen.«

»So schlimm? Soll ich mir das ansehen?«, bot er an. »Du siehst ein bisschen blass um die Nase aus.« Er schien ehrlich besorgt zu sein.

»Danke, aber ein chirurgischer Eingriff wird nicht nötig sein. Ich glaube, ich brauche lediglich ein wenig frische Luft.«

»Dann begleite ich dich«, schob er eifrig hinterher und war bereits aufgestanden.

»Frank, bitte nimm es mir nicht übel, ich möchte einen Augenblick allein sein. Okay?«

Er sah mich prüfend an. »Wie du meinst.«

Seinem Blick nach zu urteilen, hatte ich ihn mit meinem Verhalten gekränkt. Während Frank sich in Richtung Bar bewegte, schlang ich mir mein Schultertuch um und eilte nach draußen.

Im Garten hatten sich einige Gäste zu kleinen Grüppchen zusammengefunden, die sich ausgelassen unterhielten und lachten. Ein paar von ihnen rauchten, andere hielten ein Getränk in der Hand. Es hatte zu schneien begonnen. Vereinzelt schwebten dicke Flocken wie in Zeitlupe vom Himmel. Ein Schneekristall landete auf meiner Schulter. Ich pustete es beiseite, worauf es gemächlich zu Boden sank. Obwohl ich hier draußen leicht zu frösteln begann, setzte ich meinen Weg am Haus entlang ein Stück fort, denn die frische Luft tat trotz allem gut. Ich hielt meinen Blick stets auf den Boden gerichtet, um auf dem Kopfsteinpflaster mit den hohen Absätzen nicht umzuknicken. Plötzlich wurde ich am Handgelenk gepackt und um die Hausecke gezogen. Vor Schreck hätte beinahe mein Herzschlag ausgesetzt. Ich war derart überrascht, dass ich nicht in der Lage war, auch nur einen einzigen Ton von mir zu geben. Dann blickte ich in Nicks Gesicht. Ohne ein Wort zog er mich fest an sich und küsste mich so leidenschaftlich, dass mir schwindlig wurde. Alle vermeintliche Gleichgültigkeit und Zurückhaltung waren augenblicklich in den Hintergrund gerückt. Als er von mir abließ, rang ich nach Luft und trat einen Schritt zurück.

»Nick«, stieß ich lediglich hervor und richtete mein Schultertuch.

Er sah mich zunächst ernst an, dann flackerte ein Lächeln in seinem Gesicht auf.

»Du siehst atemberaubend aus, ich konnte nicht widerstehen.« Ich versuchte, meine Gedanken zu sortieren. »Ich wollte dich wiedersehen, Anna. Aber ich wusste nicht, …«, fuhr er fort.

Ich ließ ihn nicht weitersprechen, sondern legte meinen Zeigefinger auf seine Lippen und küsste ihn. Schließlich legte er einen Arm um mich, und wir gingen nach drinnen zu den anderen Gästen. Ich hätte vor Glück zerspringen können. Als wir den Raum betraten, war das erste Spiel gerade beendet, und alle Blicke schienen auf uns gerichtet zu sein, so kam es mir jedenfalls vor. Auf Brittas Gesicht erschien unverzüglich ein zufriedenes Lächeln, als sie uns erblickte, und Nadine blieb vor Erstaunen der Mund offenstehen. Nicks blonde Begleitung steuerte zielstrebig auf uns zu, und ich bereitete mich innerlich auf einen Gegenangriff vor. Aber bevor ich irgendetwas von mir geben konnte, kam Nick mir zuvor.

»Anna? Darf ich dir Jill vorstellen? Sie ist meine Schwester und erst vor ein paar Tagen aus Kanada gekommen.«

Vor Erleichterung hätte ich beinahe losgelacht, doch ich riss mich zusammen. Ich nahm ihre Hand, die sie mir zur Begrüßung entgegenstreckte. Im Nachhinein betrachtet hatte Britta recht behalten, als sie sagte, dass es sicherlich eine einfache Erklärung gab.

Jill strahlte mich an und entgegnete mit unüberhörbar nordamerikanischem Akzent: »Anna, ich freue mich sehr, dich endlich persönlich kennenzulernen. Mein Bruder hat viel von dir erzählt.«

Ich sah verdutzt zu Nick, der grinsend mit den Schultern zuckte. Anschließend gesellten wir uns zu Britta und den anderen. Frank hatte zwischenzeitlich Trost bei einer schwarzhaarigen Schönheit in einem grünen Kleid gefunden, mit der er heftig flirtete. Er schenkte mir lediglich einen kurzen Seitenblick. Mittlerweile spielte die Band einen Hit nach dem nächsten, und die meisten Gäste hatten die Tanzfläche längst erobert.

Britta nahm mich bei nächstbester Gelegenheit zur Seite und sagte: »Siehst du, ich habe immer gewusst, dass sich alles aufklären wird. Das ist Schicksal.«

»Ich glaube nicht an Schicksal, das weißt du. Das wird von höheren Mächten gesteuert, und an die glaube ich erst recht nicht«, betonte ich, konnte jedoch ein Schmunzeln nicht unterdrücken.

»Jetzt betreibe keine philosophischen Studien, sondern geh tanzen! Los! Sonst schnappt dir eine andere deinen Nick vor der Nase weg!«

Sie gab mir einen kleinen Schubs.

Nick erwies sich als passabler Tänzer, und ich genoss seine Nähe sowie jede seiner Berührungen. Wir ließen uns an diesem Abend keine Minute mehr aus den Augen. Die Stimmung war ausgelassen und fröhlich, und nachdem um Mitternacht die Hochzeitstorte angeschnitten und beinahe vollständig aufgegessen war, verabschiedeten sich nach und nach die Gäste. Einige konnten sich nicht mehr ohne fremde Hilfe auf den Beinen halten, aber alle blieben friedlich. Nick und ich beschlossen, ebenfalls zu gehen.

»Danke für die wunderschöne Feier und nochmal alles Gute für eure gemeinsame Zukunft«, verabschiedete ich mich von Wiebke.

»Schön, dass es dir gefallen hat. Wer weiß, vielleicht bist du ja die Nächste?«, flüsterte sie mir verschwörerisch ins Ohr, als wir uns umarmten.

Ich ging zu Nick, der mit meiner Jacke an der Tür auf mich wartete. Der Schneefall hatte an Stärke zugenommen. Die Rasenfläche im Garten war längst nicht mehr grün, und auch die Straßen waren von einer dicken weißen Schicht bedeckt. Nick winkte eines der Taxis heran, die geduldig auf die Gäste warteten. Der Schnee knirschte unter den Reifen, als das Taxi neben uns hielt und wir einstiegen. Als der Fahrer erwartungsvoll in den Rückspiegel blickte, um sein Ziel genannt zu bekommen, überkam mich ein seltsames Gefühl.

»Wenningstedt«, entschied Nick und blickte mir dabei tief in die Augen.

Dieses Mal hielt ich seinem Blick stand und gab ihm einen Kuss.

»Das war eine rundum gelungene Feier«, befand ich, während wir durch das verschneite Sylt fuhren.

Zu dieser späten Stunde begegneten wir nur wenigen Fahrzeugen. Die Insel schien friedlich zu schlummern, während sie heimlich und leise in einen weißen Mantel gehüllt wurde.

»Das war sie. Fast hätte ich es nicht mehr rechtzeitig geschafft.« Nick befreite sich von seiner Krawatte und ließ sie in die Tasche seines Jacketts verschwinden. Dann öffnete er die beiden obersten Knöpfe seines Hemdes.

»Warum?«, fragte ich neugierig nach.

»Wir wurden zu einem Einbruch gerufen. Dieses Mal in Kampen. Und bis Jill endlich fertig war.« Er schnitt eine Grimasse.

»Du hast in der Kirche nicht viel verpasst. Obwohl die Rede des Pastors amüsant war. Das hat mir richtig gut gefallen. Nicht so trocken und langweilig wie gewöhnlich. Ich finde, das hat er gut hinbekommen. Und wenn der Fotograf anschließend zwei Minuten länger gebraucht hätte, wären wir alle auf der Stelle erfroren.«

Das Taxi hielt vor Nicks Haus. Nick zahlte und wir stiegen aus.

»Meine Tasche! Ich muss sie im Taxi vergessen haben«, stellte ich auf dem Weg zum Haus plötzlich erschrocken fest.

»Warte, ich hole sie«, antwortete Nick und sprintete los.

Das Taxi war glücklicherweise noch nicht gefahren.

Da stand ich mitten in der Nacht im dichten Schneetreiben vor Nicks Haus, während er meine Tasche aus dem Taxi holte, und fühlte eine Mischung aus kribbelnder Vorfreude und nervöser Anspannung. Nick kam mit meiner Tasche in der Hand zurück.

»Vielen Dank«, sagte ich und nahm die Tasche entgegen.

Nachdem die Haustür hinter uns ins Schloss gefallen war, nahm er mir die Jacke ab und hängte sie an die Garderobe, während ich ein paar Schneeflocken aus meinem Haar schüttelte.

Nun standen wir uns im schwachen Licht der Außenbeleuchtung, das durch das kleine Glaselement in der Haustür schien, gegenüber. Eine Ewigkeit, wie mir schien. Mein Herz klopfte heftig in meiner Brust und Schmetterlinge tanzten in meinem Bauch. Dann zog mich Nick von einer auf die andere Sekunde an sich. Ich spürte seine Hand in meinem Nacken und auf meiner Taille. Wir küssten uns voll hungriger Leidenschaft, meine Anspannung und Unsicherheit waren in Vergessenheit geraten. Ich streifte Nick sein Jackett von den Schultern und begann, ungeduldig sein Hemd aufzuknöpfen, während er, sein Gesicht an meinem Hals und in meinem Haar vergraben, den Reißverschluss meines Kleides öffnete. Es glitt nahezu lautlos zu Boden, und ich spürte Nicks warme

Hände meinen Rücken entlang gleiten, was mir einen prickelnden Schauer über den Körper jagte. Ich zerrte an seinem Hemd, das kurz darauf meinem Kleid auf dem Boden Gesellschaft leistete. Nur spärlich bekleidet, meine Beine um seine Taille geschlungen, trug er mich die Treppe nach oben. Mit einer Hand hielt ich mich an seinem Nacken fest, mit der anderen wanderte ich über die warme Haut seines kräftigen Oberkörpers weiter abwärts. Er stöhnte leise.

»Anna«, seufzte er mir tief ins Ohr, als wir im Schlafzimmer angekommen waren, »ich …«

»Und ich erst!«, unterbrach ich ihn, während ich seinen Hals küsste und begierig mit meinen Fingern die Schnalle seines Gürtels öffnete.

Er stieß ein kehliges Lachen aus. Ich war verrückt nach ihm und begehrte ihn so sehr, dass ich ihn mit allen meinen Sinnen spüren wollte. Und zwar auf der Stelle.

Später, als wir eng aneinander geschmiegt in seinem Bett lagen, sah er mich an und ein zufriedenes Schmunzeln erschien auf seinem Gesicht.

»Woran denkst du?«, fragte ich neugierig.

»Ich musste an unsere Begegnung im Schwimmbad denken. Damals wirktest du irgendwie … abweisend und zurückhaltend, als wir uns gegenüberstanden. Ich war mir nicht sicher, ob du …« Er ließ den Satz offen im Raum stehen.

»Ob ich was?«, hakte ich nach.

»Naja, jetzt liegst du mit mir im Bett, und der Weg hierher war alles andere als zurückhaltend«, stellte er grinsend fest und fügte etwas ernster hinzu: »Ich war nicht sicher, ob ich überhaupt jemals eine Chance bei dir hätte.«

Bei dieser Äußerung musste ich spontan lachen, derweil Nick mich erstaunt ansah.

»Was gibt es da zu lachen? Das ist mein voller Ernst.« So wie er mich ansah, schien er es tatsächlich ernst zu meinen.

»Nick, ich konnte mich kaum von deinem Anblick lösen. Seit unserer ersten Begegnung bist du mir nicht mehr aus dem Kopf gegangen. Ich wollte nicht, dass du merkst, wie anziehend ich dich finde.« Er streichelte mit zufriedener Miene über meinen Arm. »Es war mir unangenehm. Und im Schwimmbad wollte ich unbedingt vermeiden, dass die anderen etwas mitbekommen. Ich werde sehr schnell rot, musst du wissen«, gestand ich. »Nur Britta konnte ich nichts vormachen, sie hat mich von Anfang an durchschaut. Sie kennt mich einfach zu lange. Und ganz ehrlich?« Ich sah ihm prüfend in die Augen. »Ich dachte, du machst dir nichts aus mir.«

Die Verwunderung stand ihm ins Gesicht geschrieben.

»Wie kommst du auf die Idee?«

»Du hast mich, ohne eine Miene zu verziehen, angesehen. Ich konnte dein Verhalten nicht einordnen.«

»Hm«, brummte er nachdenklich. »Habe ich das?«

»Ja, hast du. Zu guter Letzt habe ich Jill aus deinem Haus kommen sehen, als ich die Sachen zurückbringen wollte, da hatte ich die Hoffnung vollends aufgegeben«, gestand ich. »Übrigens, weißt du eigentlich, dass Nadine total auf dich abfährt?«

Ich stieß ihn mit dem Ellenbogen leicht in die Rippen, worauf wir beide herzlich lachen mussten. Schlagartig schwand seine Unbekümmertheit, und seine Miene verdunkelte sich. Er lehnte sich zurück und musterte mich.

»Anna, ich glaube, ich bin dir eine Erklärung schuldig.«

Ich küsste seine nackte Schulter.

»Du musst mir nichts erklären, Nick.« Er drehte den Kopf zu mir und hatte die Stirn in Falten gelegt.

»Ich weiß alles über dich, Eismann«, hauchte ich ihm verführerisch ins Ohr. »Ich befürchte allerdings, ich habe deinen Ruf ruiniert und kann mich bei der weiblichen Sylter Bevölkerung zukünftig nicht mehr blicken lassen. Einige werden mich sicherlich hassen.«

Seine Gesichtszüge entspannten sich und seine Mundwinkel zuckten amüsiert.

»Das ist gut, dann ziehst du dich nicht gleich wieder zurück, wenn sich eine andere Frau in meiner Nähe aufhält.«

»Was hätte ich deiner Meinung nach denn denken sollen, als ich Jill aus deinem Haus habe kommen sehen? Zu diesem Zeitpunkt wusste ich nicht, dass sie deine Schwester ist. Du hast sie mir gegenüber mit keiner Silbe erwähnt. Und heute Abend wirktet ihr ausgesprochen vertraut miteinander.«

»Du hättest mich einfach fragen können, wer sie ist.«

»Das hättest du auch nicht getan, oder?« stellte ich ihn auf die Probe.

»Wahrscheinlich nicht. Als du schließlich die Jeans und den Pullover im Polizeirevier abgegeben hast, war für mich klar, dass du kein weiteres Interesse an mir hast.«

»Tja, da kam scheinbar eins zum anderen. Aber nun hat sich glücklicherweise alles aufgeklärt.«

»Ich habe eine Idee, wie du das gutmachen kannst«, stellte Nick mit verschmitztem Gesichtsausdruck fest, und ehe ich nachhaken konnte, zog er mich tiefer zu sich unter die Decke.

Irgendwann waren wir erschöpft eingeschlafen. Als ich erwachte, war es noch vollkommen dunkel draußen. Ich angelte nach meiner Armbanduhr auf dem Nachttisch. Sie zeigte kurz nach 4.00 Uhr. Dann schielte ich zu Nick. Er lag schlafend neben mir. Seine gleichmäßigen Atemgeräusche wirken beruhigend. Ich betrachtete ihn im schwachen Lichtschein der Straßenlaterne, der durch das Fenster drang, und sein Anblick zauberte mir ein Lächeln ins Gesicht. Ich hatte nicht nur einen wunderschönen Traum gehabt, der so intensiv und echt erschien wie die Realität, sondern Nick lag tatsächlich neben mir. Selbst im Schlaf sah er verführerisch aus, daher konnte ich nur schwer der Versuchung widerstehen, ihn zu berühren, denn ich wollte ihn unter keinen Umständen aufwecken. Ich verspürte Durst. Vorsichtig schob ich Nicks Arm zur Seite, der sanft auf meiner Hüfte ruhte, um aufzustehen. Nick gab daraufhin ein brummendes Geräusch von sich und wälzte sich auf die andere Seite. Ich verharrte einen Moment, ohne mich zu bewegen, um sicherzugehen, dass er nicht wach geworden war. Dann schlüpfte ich leise aus dem Bett und legte mir die Decke um, die über dem Korbstuhl hing. Auf Zehenspitzen schlich ich die Treppe nach unten in die Küche und nahm mir ein Glas Wasser. Damit wanderte ich ins Wohnzimmer und stellte mich vor die große Scheibe, wo ich meinen Blick durch den nächtlichen Garten schweifen ließ. Der Schneefall war zwischenzeitlich stärker geworden, und dicke Flocken tanzten durch die Nacht. Sämtliche Pflanzen im Garten trugen bereits dicke, weiße Hauben wie Zuckerwatte. Schnee hatte, solange ich denken konnte, eine magische Anziehungskraft auf mich. Als Kind hatte ich oft stundenlang am Fenster gestanden und den Weg der wirbelnden Eiskristalle beobachtet. Dabei sah ich in den Himmel und fixierte meinen Blick auf eine einzige Schneeflocke, deren Weg ich dann bis auf den Boden verfolgte. Der fallende Schnee strahlte eine friedliche Ruhe und Besinnlichkeit aus, als ob die Welt für einen Moment stillstand und alles innehielt. Jetzt befand ich mich auf Sylt, hatte ein Haus geerbt und die Nacht mit einem wundervollen Mann verbracht. Völlig in Gedanken hatte ich Nick nicht kommen hören, der mich plötzlich sanft von hinten in seine Arme schloss.

»Komm wieder ins Bett«, flüsterte er mir ins Ohr, während er meinen Hals küsste.

»Gleich, vorher möchte ich dir etwas sagen. Es ist wichtig«, erwiderte ich und genoss seine Wärme, die mich umgab.

»Das kann warten«, murmelte er und schob mich langsam, aber bestimmt vor sich her in Richtung der Treppe, wobei er seine Arme fest um meinen Körper hielt.

»Aber …«, wehrte ich mich halbherzig.

Doch jeglicher Widerstand war zwecklos und mein Protest schmolz dahin wie Eis in der Sonne.

Als wir gemeinsam am Frühstückstisch saßen, wagte ich einen erneuten Anlauf. Mir war unwohl bei dem Gedanken an Nicks Reaktion, wenn ich ihm sagen würde, dass ich auf der Insel ein Haus besaß. Womöglich würde diese Tatsache unsere Beziehung in einem anderen Licht erscheinen lassen und er würde sie beenden, bevor sie richtig begonnen hatte. Aber warum sollte er das tun? Der Gedanke, so absurd er sein mochte, verursachte mir trotz allem Magenschmerzen.

»Nick? Wegen heute Nacht«, begann ich. »Ich muss

dir noch was sagen.« Nervös spielte ich mit dem Teelöffel neben meiner Tasse.

Er hielt mitten im Kauen inne und blickte von seinem Teller auf. Mir war nicht entgangen, dass ihn meine Worte irritierten.

»Ich hätte es mir denken können. In Hannover wartet jemand auf dich und du hattest nicht den Mut, es mir zu sagen. Ist es das?«, vermutete er, nachdem er den Bissen runtergeschluckt hatte. Er straffte instinktiv die Schultern und wirkte gleichermaßen verärgert wie verletzt.

»Nein!«, widersprach ich vehement. Du meine Güte, was hatte ich losgetreten? Da ich nicht wusste, wie ich es am besten ausdrücken sollte, ohne erneut für Verwirrung zu sorgen, sagte ich schnell: »Da ist niemand! Ich habe ein Haus auf Sylt geerbt. Es steht in Morsum und hat einem bekannten Komponisten gehört.«

Ich atmete tief durch und wartete auf seine Reaktion. Nick verschluckte sich dermaßen heftig an seinem Kaffee, dass er Schwierigkeiten hatte, Luft zu bekommen.

»Was?«, fragte er ungläubig, als er nach seinem Hustenanfall in der Lage war, zu sprechen. »Wovon redest du?«

Daraufhin schilderte ich ihm die Geschichte von Beginn an. Nick hörte aufmerksam zu und stellte hin und wieder eine Frage. Als ich den Namen Luisa von Waldenbach erwähnte, hatte ich das Gefühl, ein kurzes Aufblitzen in seinen Augen erkannt zu haben.

»Und? Was sagst du?«, wollte ich wissen, als ich mit meinen Ausführungen am Ende war.

»Anna, das ist unglaublich. Ich weiß nicht, was ich sagen soll. In jedem Fall freue ich mich für dich.«

Ich war erleichtert und zugleich überzeugt, dass er es ehrlich meinte. Trotzdem wurde ich das unerklärliche

Gefühl nicht los, dass ihm etwas an der Sache missfiel. Vielleicht lag es daran, dass Nick das Ganze erst verdauen musste, nachdem ich ihn derart überrumpelt hatte. Ich hatte die Sache zunächst selbst nicht glauben können und manchmal immer noch Schwierigkeiten.

»Hattest du Bedenken, die Tatsache, dass du ein Haus geerbt hast, könne etwas an meiner Meinung über dich ändern?« Er griff über den Tisch nach meinen Händen. Offensichtlich konnte er meine Gedanken lesen. »Du allein bist mir wichtig, alles andere ist zweitrangig.« Dann beugte er sich zu mir über den Tisch und gab mir einen Kuss.

»Moin, Uwe!«, wurde dieser von seinem Vorgesetzten Hannes Sönnemann begrüßt. »Wie kommt ihr in der Einbruchserie voran? Die Straßenkontrolle hat offenbar nicht den gewünschten Erfolg gebracht. Viel Aufwand für nichts. Gibt es wenigstens Neuigkeiten im Mordfall Listland?« Er sah seinen Untergebenen ungewöhnlich streng an.

»Moin, Hannes. Schlecht geschlafen? Ich mache, was ich kann. Aber mir fehlen die Leute. Den Bericht in puncto Straßenkontrollen habe ich dir auf den Platz gelegt. Immerhin haben wir dabei Drogen aus dem Verkehr ziehen können«, verteidigte sich Uwe. »Ich habe momentan zu wenig Leute, um die Fälle voranzutreiben. Wann kommt Regina wieder?«

»Erst im neuen Jahr. Sie hat zu allem Unglück noch eine Mittelohrentzündung bekommen.« Er verzog schmerzhaft das Gesicht und machte eine kurze Pause. »Und wo wir beim Thema sind, ab morgen bin ich ebenfalls weg.« Uwe bekam große Augen. »Nun guck nicht so entsetzt.

Den Urlaub habe ich seit langer Zeit geplant. Heidemarie und ich fliegen nach Gran Canaria über die Feiertage und Silvester, das weißt du doch. Die Reise anlässlich unserer Silberhochzeit!«

»Stimmt«, murmelte Uwe, als es ihm wie Schuppen von den Augen fiel. Das hatte er in der Aufregung der letzten Zeit vollkommen verdrängt. »Wer ist dein Stellvertreter?«

»Uwe, bitte! Du selbstverständlich!«, konterte sein Chef prompt. »Das haben wir längst alles besprochen. Erinnerst du dich etwa nicht mehr daran?« Sein Blick ruhte skeptisch auf dem Kollegen.

»Natürlich, aber …«, setzte Uwe an.

»Na also. Alles wie gehabt.« Die Gesichtszüge von Hannes Sönnemann entspannten sich.

»Aber das geht nicht, Hannes. Ich kann unmöglich Regina und dich gleichzeitig vertreten. Wie stellst du dir das vor? Die Einbruchserie mit dem toten Hauseigentümer und jetzt der Mord in List!«

»Weiß man inzwischen, wer er ist?«

»Ja, er hatte einen Personalausweis bei sich. Er hat etliche Vorstrafen wegen Einbruchdiebstahl, Körperverletzung und räuberischer Erpressung. Zuletzt wohnte er in Hamburg. Was er auf Sylt gemacht hat und wo er gewohnt hat, wissen wir bislang nicht. Er ist zumindest nirgends gemeldet«, berichtete Uwe.

»Das ist immerhin ein Anfang. Ich bin sicher, dass er zu der Einbrecherbande gehört.«

»Darauf deutet momentan nichts hin, aber wir arbeiten dran. Wie gesagt, mit meiner kleinen Mannschaft ist die Zahl der Fälle nicht zu wuppen.«

»Zugegeben, das ist in der Tat momentan ein bisschen viel auf einmal, aber du hast fähige Kolleginnen und Kollegen an deiner Seite. Wenn du willst, versuche ich, Verstärkung vom Festland zu bekommen. Wie macht sich übrigens der junge Thomsen?«

»Ganz gut.«

»Prima, dann weiter so! Du schaffst das, bist schließlich einer meiner besten Männer!« Sönnemann schlug Uwe aufmunternd auf die Schulter und verließ das Büro.

»Der hat gut reden«, seufzte Uwe und fuhr sich mit der Hand über den Bart.

Nick hatte heute einen freien Tag, daher fuhren wir mittags gemeinsam zu meinem Haus nach Morsum. Kurz bevor wir das Haus erreichten, kam uns ein Motorrad entgegen und hätte uns beinahe gestreift. Hätte Nick nicht einen Schlenker gemacht, hätte ich es nicht wahrgenommen, da ich es kaum erwarten konnte, Nick meine Erbschaft zu präsentieren. Als ich die Haustür aufschließen wollte, erschien mir irgendetwas anders als das letzte Mal, aber ich konnte nicht sagen, was. Vermutlich beruhte mein Eindruck auf purer Einbildung.

»Stimmt etwas nicht?«, erkundigte sich Nick, der meine Skepsis bemerkt haben musste.

»Nein, alles in Ordnung«, wiegelte ich ab.

Im Inneren des Hauses erschien alles genauso, wie ich es seit meinem letzten Besuch zurückgelassen hatte. Ich nahm Nick an die Hand und führte ihn zunächst durch das Erdgeschoss.

»Na, wie gefällt es dir? Sag schon!«, drängelte ich ungeduldig.

»Super, Anna!« Nick blickte interessiert umher. »Das ist beeindruckend!«

»Komm mit, oben geht es weiter.« Ich griff erneut nach

seiner Hand und zog ihn die Stufen nach oben hinter mir her.

»Schönes Bett mit viel Platz«, bemerkte Nick, als er in das Schlafzimmer spähte.

Ich boxte ihn spielerisch in die Seite.

»Was denn?« Er sah mich entrüstet an.

»Ich habe ein neues Bett gekauft. In solchen Dingen bin ich eigen«, stellte ich klar.

Nachdem wir die verbleibenden Räume inspiziert hatten, kehrten wir ins Erdgeschoss zurück und erreichten über den gläsernen Gang letztendlich die Küche.

»Wow«, stieß Nick beeindruckt aus. »Das nenne ich eine Küche! Hier gibt es alles, was das Herz begehrt.« Er steuerte geradewegs auf die Kochinsel zu und strich behutsam mit der Hand über das riesige Ceranfeld.

»Jetzt sag nicht, du kannst kochen?«, fragte ich erstaunt.

»Sogar leidenschaftlich gerne. Ich kann mir nicht leisten, jeden Tag auswärts zu essen, auch wenn es auf der Insel eine Vielzahl toller Restaurants gibt. Daher bin ich gezwungen zu kochen, wenn ich nicht verhungern will.« Er zuckte mit den Schultern.

»Du wirst mir allmählich unheimlich«, erwiderte ich. »Wenn du so gut kochst, wie du küsst …«

Er packte mich an der Taille und zog mich zu sich, ohne dass ich den Satz beenden konnte. »Am besten gelingt mir der Nachtisch«, flüsterte er dicht an mein Ohr.

»Das glaube ich dir aufs Wort«, gab ich zurück.

»Und?«, fragte er schließlich, als wir vor dem Flügel im Wohnzimmer standen. »Was wirst du machen? Willst du hier einziehen und auf der Insel bleiben oder verkaufst du das Haus und lässt es dir in der Karibik oder anderswo auf der Welt gut gehen?«

»Ich werde das Haus behalten und nach Sylt ziehen«, erklärte ich entschlossen. »Eines Tages auf Sylt leben zu können, war seit meiner Jugend mein Traum gewesen. Außerdem spiele ich mit dem Gedanken, ein eigenes Büro für Gartenbau und Landschaftsarchitektur aufzumachen.« Er hörte mir interessiert zu. »Für mich allein erscheint das Haus allerdings ein wenig überdimensioniert zu sein. Findest du nicht?«

Nick antwortete nicht und ich spürte, wie er meine Gedanken zu ergründen versuchte.

»Was ich sagen will …« Ich brach ab, um erneut zu beginnen. »Ich weiß, wir kennen uns nahezu kaum, und vielleicht geht das auch zu schnell, und wir stellen fest, dass das nicht klappt mit uns oder …« Er sah mich fragend mit hochgezogenen Augenbrauen an. »Ich rede zu viel, oder? Vergiss es besser, ich bin zurzeit nicht unbedingt zurechnungsfähig.« Ich winkte schnell ab.

Nick begann zu lachen und nahm mich in den Arm. »Du redest dich gerade um Kopf und Kragen, Anna.« Dann wurde sein Blick ernst. »Lass uns sehen, ob es mit uns funktioniert. Wenn du möchtest, ziehe ich zu dir. Das wolltest du mir doch sagen, oder?« Ich nickte stumm. »Für den Fall, dass die Fetzen zwischen uns fliegen oder einer von uns eine Auszeit benötigt, bleibt mir immer noch das Haus meiner Mom. Dann kann sich Jill eben nicht so breit machen.«

»Ja, lass es uns versuchen«, stimmte ich zu.

Als Nick plötzlich nachdenklich die Stirn in Falten legte, befürchtete ich, er würde einen Rückzieher machen.

»Anna?«

»Ja?«, presste ich angespannt hervor.

»Versprichst du mir etwas?«

Ich nickte erneut.

»Versprich mir bitte, dass du umgehend eine vernünftige Alarmanlage in das Haus einbauen lässt. Okay? In letzter Zeit wird sehr viel auf Sylt eingebrochen. Besonders beliebt sind Häuser wie dieses. Sicher hast du gehört, dass sogar jemand zu Tode gekommen ist, als er die Einbrecher überrascht hat. Ich möchte auf keinen Fall, dass dir etwas zustößt.«

»Ja, ich habe davon gehört. Ich kann mir allerdings nicht vorstellen, dass Johannes das Haus nicht irgendwie gesichert hat. Ich werde mich darum kümmern. Versprochen!«, sicherte ich ihm zu.

Am Abend waren wir mit Jill zum Essen verabredet. Wir trafen uns in Nicks Lieblingsrestaurant, dem »Sylter Stadtgeflüster« im Herzen Westerlands, in dem er einen Tisch reserviert hatte, denn selbst in der Nebensaison war es gut besucht. Nachdem wir die Speisekarte studiert und die Bestellung aufgegeben hatten, begann Jill von ihrem neuen Job zu berichten. Sie hatte in Kanada vor Kurzem ihr Biologiestudium mit Schwerpunkt Meeresbiologie erfolgreich abgeschlossen und wollte nun erste Berufserfahrungen sammeln. Sie hatte sich bei mehreren Instituten unter anderem auf Sylt beworben und die Stelle tatsächlich erhalten. Darüber freute sie sich umso mehr, da ihr älterer Bruder in ihrer Nähe war und sie im Haus ihrer Eltern wohnen konnte. Die Geschwister standen sich sehr nah, wie ich im Laufe des Abends immer wieder aufs Neue feststellen konnte. Jill würde das kommende Jahr auf der Insel bleiben und in der Wattenmeerstation, die seit 1998 zur Stiftung des Alfred-Wegener-Institutes gehört, arbeiten.

»Das ist toll, herzlichen Glückwunsch!«, gratulierte ich ihr, und wir stießen gemeinsam mit einem Prosecco an.

Während des Essens erzählte ich Jill von meiner Erbschaft. Mit staunendem Gesicht folgte sie meinen Ausführungen und vergaß beinahe dabei zu essen.

»Meine Güte«, sagte sie letztendlich, »das ist unfassbar. Und, Bruderherz«, trat sie an Nick heran, der entspannt auf seinem Stuhl – einen Arm auf meiner Stuhllehne abgelegt – zugehört hatte, »dann ziehst du am besten zu Anna, und ich kann Moms Haus in Beschlag nehmen. Das wäre eine optimale Lösung. Was denkst du?« Sie setzte einen flehenden Gesichtsausdruck auf.

»Ich weiß nicht, ob ich das verantworten kann, wenn du allein in dem Haus wohnen willst?«, stellte er mit einem Augenzwinkern in meine Richtung fest.

Spielerisch warf Jill mit ihrer Serviette nach ihm.

»Anna, nimm dich bloß in Acht vor ihm!«, scherzte sie und erhob ihr Glas. »Cheers!«

Jill und ich warteten draußen vor dem Restaurant auf Nick, der kurz mit einem Bekannten sprach.

»Ich freue mich, dass es Nick gut geht. So unbeschwert und entspannt habe ich ihn sehr lange nicht mehr erlebt. Du tust ihm scheinbar gut, Anna.« Sie zwinkerte mir zu. Gleich darauf schwieg sie für einen Moment. »Du weißt, was in Kanada passiert ist?«, wollte sie von mir wissen.

Ich nickte.

»Wir standen damals alle total unter Schock. Es war grauenvoll. Der Vorfall hat Nick das Herz gebrochen. Wir alle haben uns ernsthafte Sorgen um ihn gemacht.

Mom und Dad waren ebenso ratlos wie ich und seine Freunde. Ihn leiden zu sehen, ohne ihm helfen zu können, tat schrecklich weh. Er hatte sich völlig verändert und war nicht mehr der Nick, den wir alle kannten. Professionelle Hilfe hat er strikt abgelehnt und nichts und niemanden an sich herangelassen. Er hat mit niemandem darüber gesprochen und sich gänzlich zurückgezogen. Stattdessen hat er jede freie Minute Sport getrieben, von Motorradrennen bis hin zu Freeclimbing. Je gefährlicher und waghalsiger sein Vorhaben war, desto besser. Dass er nicht ohne Fallschirm aus einem Flugzeug gesprungen ist, wundert mich noch heute. Ich glaube beinahe, er hatte gehofft, bei einem seiner Abenteuer selbst ums Leben zu kommen, so schrecklich die Vorstellung auch sein mag. Als sei die Tatsache, dass er weiterlebte, eine größere Strafe für ihn als der Verlust seiner kleinen Familie.« Sie senkte betroffen den Kopf. »Schließlich kehrte er vor zwei Jahren nach Sylt zurück, wo er geboren wurde. Hier wollte er von Neuem beginnen, wo ihn nichts täglich an sein altes Leben erinnerte.«

»Es muss furchtbar für ihn gewesen sein«, erwiderte ich nachdenklich. »Bis Wunden verheilen, dauert es lange, wenn das in diesem Fall überhaupt jemals möglich ist. Jeder kompensiert Schmerz anders. Hat Nick noch Kontakt zu seinen Schwiegereltern?«

»Nein. Sie geben ihm die alleinige Schuld am Tod ihrer Tochter und Enkeltochter. Die gesamte Familie seiner Frau hat jeglichen Kontakt zu ihm umgehend abgebrochen. Sie haben sogar versucht, Nicks Teilnahme an der Beerdigung mit allen Mitteln zu verhindern, was ihnen jedoch nicht gelungen ist. Das hat alles nur noch schwerer für ihn gemacht«, erklärte sie mit bekümmerter Miene.

»Unfassbar«, murmelte ich vor mich hin. »Ich kann ihren Schmerz verstehen, aber wie konnten sie derart ungerecht sein? Nick konnte nichts dafür.«

In diesem Augenblick kam Nick aus dem Restaurant.

»Da bin ich, sorry für die Verzögerung. Alles in Ordnung bei euch? Ihr seht betreten aus?«, erkundigte er sich mit einem Stirnrunzeln.

»Alles okay«, erwiderte ich mit einem Lächeln. »Uns ist lediglich ein bisschen kalt.«

Ich hakte mich bei ihm ein, und wir marschierten zu Nicks Wagen, den er um die Ecke in der Boysenstraße geparkt hatte. Auf dem Heimweg brachten wir zunächst Jill in ihre Pension, in der sie vorerst untergebracht war, und fuhren dann anschließend zu meinem Apartment. Aufgrund der Tatsache, dass Nick am nächsten Morgen sehr früh aufstehen musste, hielten wir es für das Vernünftigste, die Nacht getrennt voneinander zu verbringen. Als wir uns in meinem Apartment nicht entscheiden konnten, welcher Abschiedskuss der letzte sein sollte, siegte am Ende die Unvernunft, und wir landeten gemeinsam in meinem Bett.

KAPITEL 26

Nick saß bereits am Schreibtisch, als Uwe hereingeschlurft kam.

»Moin«, grummelte er und stellte seine Tasche neben seinem Platz ab. »Gibt's schon Kaffee?«

»Eben frisch durchgelaufen«, erwiderte Nick und deutete zur Kaffeemaschine. »Kurze Nacht gehabt?«

»Hm«, brummte Uwe und ließ das braune Gebräu dampfend in den Becher laufen.

Nick hob belustigt die Augenbrauen.

»Nicht, was du denkst. Über das Stadium sind wir längst hinaus.«

»Welche Laus ist dir dann über die Leber gelaufen? Bitte kein weiterer Einbruch, oder etwa doch?«

»Nein, glücklicherweise nicht. Mir reicht das, was wir ohnehin aufzuklären haben. Ich habe gestern Abend lange telefoniert, unter anderem mit Staatsanwalt Achtermann, der mir ständig auf den Füßen steht.« Uwe kehrte mit der Tasse zurück an seinen Platz.

»Gibt es Neuigkeiten zu dem Toten vom Parkplatz?«, wollte Nick wissen.

»Ja, aber sie bringen uns nicht richtig voran. Der tote Motorradfahrer, Tobias Kühnhold, war vorbestraft. Ich habe Sönnemann bereits darüber unterrichtet«, erklärte Uwe. »Kühnhold hat sogar für ein paar Jahre gesessen. Anschließend ist er im Ausland untergetaucht. Seit Kurzem ist er zurück in Deutschland und hält sich mit Gelegenheitsjobs über Wasser, zuletzt in Hamburg.«

»Ich weiß. Ich habe versucht, etwas über sein Umfeld herauszubekommen, allerdings ohne nennenswerten Erfolg. Keine Ehefrau oder Freundin, keine sonstigen Freunde oder Familie bis auf eine Schwester«, berichtete Nick.

Uwe wurde hellhörig. »Hat sie eine Ahnung, was er auf Sylt gemacht haben könnte?«

Nick schüttelte den Kopf. »Nein. Sie hat seit über zwei Jahren keinen Kontakt mehr zu ihm. Irgendwann hatte sie die Nase voll von seinem Lebenswandel.«

»Schade, dann müssen wir weitersuchen.«

»Gab es in der jüngsten Vergangenheit neue Straftaten, die ihm zur Last gelegt werden?«

»Jedenfalls keine, bei denen er erwischt wurde. Bei den Hamburger Kollegen liegt nichts gegen ihn vor.« Uwe nahm einen kräftigen Schluck von seinem Kaffee. Dann kramte er in seiner Tasche und zog eine Papiertüte hervor. »Hier, magst du auch ein Croissant?« Er hielt seinem Kollegen die Tüte hin.

»Nein, danke, ich habe bereits gefrühstückt«, lehnte Nick dankend ab.

»Wie du willst!« Uwe zuckte mit den Schultern und konzentrierte sich auf das Gebäck, in das er genüsslich hineinbiss. Sogleich rieselten mehrere Krümel auf den Schreibtisch. »Dass die Dinger immer so bröseln müssen«, beschwerte er sich mit vollem Mund und fegte die Brösel mit einem Wisch vom Tisch.

»Haben sich mittlerweile Zeugen gemeldet, die etwas gesehen oder gehört haben? Irgendwelche brauchbaren Spuren? Was sagt die Rechtsmedizin?«, hakte Nick nach.

»Nein«, erwiderte Uwe und spülte den letzten Bissen des Croissants mit einem Schluck Kaffee herunter. »Bislang hat sich niemand gemeldet, dem irgendwas aufgefallen ist. Fuß- und Reifenspuren gibt es massenweise, was auf einem Parkplatz nicht verwunderlich ist.« Er schnaufte. »Laut Dr. Luhrmaier, unserem ehrenwerten und unermüdlichen Rechtsmediziner, ist das Opfer aus unmittelbarer Nähe mit einem angesetzten Schuss getötet worden. Er hat mich heute vor dem Frühstück angerufen, um mir das Obduktionsergebnis mitzuteilen. Der Mann benötigt offenbar weder Nahrung noch Schlaf.«

Nick konnte sich ein Grinsen schwer verkneifen. Er kannte Uwe mittlerweile gut genug, um zu wissen, dass er in hungrigem Zustand äußerst unleidlich werden konnte und man ihn dann tunlichst nicht unnötig reizte.

»Dann kannte das Opfer seinen Mörder höchstwahrscheinlich«, fasste Nick zusammen.

»Wie kommst du darauf?«, fragte Uwe und förderte ein zweites Croissant aus der Tüte zu Tage. »Sicher, dass du diese Köstlichkeit verschmähen willst?«

»Ganz sicher«, betonte Nick.

»Wie du willst.« Uwe biss in das Backwerk und schloss verzückt die Augen.

»Du weißt schon, wie viele Kalorien die Dinger haben?«

»Spielverderber«, entgegnete Uwe kauend.

»Um auf deine Frage zurückzukommen«, fuhr Nick ungerührt fort. »Hätte Kühnhold den Täter nicht gekannt, hätte er ihn vermutlich nicht so dicht an sich herangelassen.« Uwe nickte zustimmend. »Er hätte sich sicherlich gewehrt oder wenigstens versucht, auszuweichen. Hat Luhrmaier Kampfspuren erwähnt?«

»Nee«, bestätigte Uwe mit vollem Mund.

»Weiß man inzwischen, wo dieser Kühnhold auf der Insel gewohnt hat?«, wollte Nick wissen.

»Leider nicht, er ist nirgendwo gemeldet. Ich vermute, er hat sich entweder unter falschem Namen einquartiert oder er hat bei einem Kumpel Unterschlupf gefunden«, spekulierte Uwe.

»Das ist gut möglich, da wir nicht wissen, was er auf Sylt wollte.«

»Urlaub machen wohl kaum.«

»Eher unwahrscheinlich, aber wer weiß? Er war nicht allein unterwegs, davon bin ich überzeugt. Wo ist das Motorrad geblieben?«, überlegte Nick.

»Das wurde ihm bestimmt geklaut. Wenn er nicht allein unterwegs war, dann hätte ihn seine Begleiterin als vermisst gemeldet«, kombinierte Uwe.

»Oder gerade nicht. Woher willst du überhaupt wissen, dass es sich bei der zweiten Person um eine Frau handelt? Vielleicht war es auch ein männlicher Begleiter.«

»Meinst du, jemand wollte ihn absichtlich loswerden?« Uwe stutzte.

»Möglich. Sonst erschießt man niemanden, oder? Aller Voraussicht nach ist dieser Jemand längst über alle Berge.«

»Denkst du, es könnte sich bei dem Toten um ein Mitglied aus der Einbrecherbande handeln? Hannes ist überzeugt davon.«

»Kann sein. Das wäre nicht das erste Mal, dass es unter den Dieben zu Streitigkeiten kommt. Gut möglich, dass einer zu gierig geworden ist, nicht teilen wollte oder kalte Füße bekommen hat. Soll es ja geben«, setzte er nach.

»Außer seiner Brieftasche mit dem Personalausweis haben wir nichts bei ihm gefunden«, stellte Uwe fest.

»Das finde ich merkwürdig«, betonte Nick.

»Warum? Weil wir keine Beute gefunden haben?«

»Nein, wenn es sich bei ihm um einen der Einbrecher handelt, wird er die Beute anderswo gut versteckt haben. Unwahrscheinlich, dass er sie einfach mit sich herumträgt.«

»Und was findest du dann seltsam?«

»Überleg doch mal! Wir haben nur seine Brieftasche bei ihm gefunden. Kein Handy, keine Schlüssel, kein Portemonnaie. Das sind alltägliche Dinge, die jeder von uns normalerweise mit sich führt.«

Uwe raufte sich das schüttere Haar. »Stimmt. Eventuell doch ein Raubüberfall? Anna ist auch überfallen worden. Vielleicht hat ihm der Täter erst die Sachen abgenommen, nachdem er ihn erschossen hat.«

»Oder vorher«, warf Nick ein. »Der Schuss wurde aus nächster Nähe abgegeben, sauber angesetzt. Bei einem Raubüberfall geht in der Regel alles rasend schnell, und das Opfer versucht sich instinktiv zu wehren oder zu flüchten.«

»Was ist mit dem neuesten Einbruch in Kampen? Du warst mit Ansgar dort, richtig?«

»Ja, eine Nachbarin hat Geräusche gehört und uns alarmiert. Bei unserer Ankunft war nichts zu sehen. Wir sind dann rein.«

»Ohne Verstärkung anzufordern? Du konntest nicht wissen, ob die Typen noch im Haus waren. Mensch, Nick! Die haben einen Menschen auf dem Gewissen. Das nächste Mal bist du bitte umsichtiger. Du gefährdest nicht nur dein Leben, sondern auch das deines Partners.« Uwe setzte eine strenge Miene auf.

»Verstanden. Ansgar wollte auch nicht, das war meine Entscheidung«, betonte Nick.

»Ansgar.« Uwe wirkte nachdenklich. »Ich werde das Gefühl nicht los, dass etwas mit ihm nicht stimmt. Sein unverkennbarer Übereifer in der letzten Zeit passt nicht zu ihm. Dann der neue Wagen.«

»Hast du ihn darauf angesprochen?«

»Nein, bislang hat sich keine Gelegenheit ergeben. Neulich wollte er die Dienstpläne für die nächste Woche sehen. Von allen! Das hat ihn sonst nie interessiert.«

»Mich hat er um einen Diensttausch am zweiten Weihnachtsfeiertag gebeten«, fügte Nick hinzu.

Uwe sah ihn überrascht an. »Ach? Das ist alles merkwürdig.«

»Vielleicht hat er eine neue Flamme und will mit ihr Zeit verbringen. Bald ist Weihnachten«, überlegte Nick. »Das wäre verständlich. Was glaubst du?«

»Ich werde das Gefühl nicht los, dass … Gott, ich weiß nicht wie ich es ausdrücken soll.« Uwe fuhr sich mit der Hand über den Bart.

»Willst du andeuten, er hat etwas mit den Einbrüchen zu tun? Du glaubst also ernsthaft, einer von uns hat mit der Sache zu tun?« Nick traute seinen Ohren nicht. »Das ist ein schwerwiegender Verdacht, Uwe. Das kann gewaltig nach hinten losgehen«, gab er zu bedenken. »Ich glaube, du bist in dieser Hinsicht absolut auf dem Holzweg. Ansgar ist nicht bloß irgendein Kollege, er ist auch ein Freund.«

»Ich möchte es eigentlich nicht glauben. Aber du musst zugeben …«

»Hör auf, Uwe!« unterbrach ihn Nick barsch. »Ich will davon nichts mehr hören.«

»Okay, und das Gespräch bleibt unter uns?« Es war nicht zu übersehen, dass Uwe sein Verdacht unter die Haut ging. Nick signalisierte mit einem Kopfnicken seine Zustimmung. »Dann zurück zum Einbruch in Kampen. Erzähle bitte, was da los war«, bat Uwe.

»Die Täter haben wie bei allen anderen Einbrüchen den Weg über die Terrasse gewählt und haben die Scheibe der Terrassentür eingeschlagen. Das Haus verfügte offenbar nicht über eine Alarmanlage. Drinnen war allerdings kaum etwas angerührt worden. Nur wenige Schubladen standen offen. Ich nehme an, sie sind gestört worden und ohne Beute abgezogen. Die Spurensicherung hat nur im Erdgeschoss Spuren finden können, was meine Annahme bestätigt. Die Besitzer des Hauses, ein Ehepaar aus Essen, waren nicht zu erreichen. Laut Aussage der Nachbarin befinden sie sich im Ausland und kommen erst zu Silvester auf die Insel«, verschaffte Nick seinem Kollegen einen Überblick.

»Oh, Mann! Langsam reicht es. Die ständigen Einbrüche, der tote Winterhoff und nun auch noch ein kaltblütiger Mord auf einem Parkplatz. Hannes hat mir vorhin eröffnet, dass wir mit Regina erst im neuen Jahr rechnen können und er ab morgen im Urlaub ist. Das hatte ich tatsächlich vergessen«, seufzte Uwe.

»Toll. Wer vertritt ihn?«

»Dreimal darfst du raten«, erwiderte Uwe.

»Aber du springst doch schon für die Hölkert ein? Das geht nicht.«

Uwe schnitt eine Grimasse. »Du siehst doch, dass es geht.« Er seufzte. »Aber mal was anderes: Wie läuft es zwischen dir und Anna?«

»Gut«, bestätigte Nick kurz.

»Na, also. Geht doch! Wenigstens ein Lichtblick.« Uwe lehnte sich zufrieden in seinem Stuhl zurück, der unter seinem Gewicht bedrohlich ächzte.

Kurz nach 5.00 Uhr morgens wurde ich sanft von Nicks Kuss geweckt. Als er gegangen war, konnte ich nicht mehr einschlafen. Zum Aufstehen war es zu zeitig, sogar das Schwimmbad hatte um diese Zeit geschlossen. Daher beschloss ich, meine Internetrecherche in puncto Johannes von Waldenbach fortzusetzen. Barfuß flitzte ich die Treppe runter in die Küche, stellte den Wasserkocher an, nahm meinen Laptop vom Tisch. Während er hochfuhr, bereitete ich mir einen Tee zu. Mit Teetasse und Laptop bewaffnet, kehrte ich zurück ins Bett, wo es nach wie vor ein bisschen nach Nick roch, und machte es mir bequem. Erneut googelte ich Johannes von Waldenbach und hatte überraschenderweise dieses Mal wesentlich mehr Treffer. Wie ich erfuhr, wurde Johannes von Waldenbach alias John Woodbrook im Oktober 1938 in Hamburg geboren. Er hatte einen Zwillingsbruder Albert, der lediglich zehn Minuten älter war als er. Dieser kam im Sommer 1968 bei einem tragischen Verkehrsunfall ums Leben. Die damaligen Untersuchungen über die genaue Unfallursache waren bis heute ergebnislos geblieben. Als sich der Verdacht verhärtete, der Unfall könnte fingiert gewesen sein, wurden die Ermittlungen unerwartet eingestellt. Seltsam, überlegte ich und folgte einem weiteren Link zu Albert von Waldenbach, der mit Luisa verheiratet war. Sie hatte ich bereits hautnah kennenlernen dürfen. Bei dem Gedanken an unser Zusammentreffen bei der Testamentseröffnung in Niebüll spürte ich unwillkürlich einen Kloß im Hals. Aus dieser Verbindung ging der gemeinsame Sohn,

Georg, hervor. Ihn hatte ich ebenfalls getroffen, wobei er kein einziges Wort von sich gegeben hatte. Die Brüder Johannes und Albert führten zusammen eine bedeutende Reederei in Hamburg in dritter Generation, die weltweit operierte und stetig wuchs. Das Verhältnis zwischen den Brüdern wurde in dem Artikel als ausgesprochen herzlich und eng beschrieben. Nachdem Albert gestorben war, verschwand Johannes plötzlich spurlos von der Bildfläche, und Luisa übernahm allein die Geschäfte und die Führung der Reederei.

Ich trank einen Schluck Tee, der mittlerweile abgekühlt war, und las interessiert weiter. Nach Jahren tauchte Johannes unter dem Namen John Woodbrook wieder in der Öffentlichkeit auf. In den USA hatte er zwischenzeitlich ein wahres Musikimperium aufgebaut und sich mit Produktionen hauptsächlich in der Filmmusikbranche nicht nur in Hollywood, sondern weltweit einen Namen gemacht. In der aufgeführten Liste seiner Werke entdeckte ich viele mir gut bekannte Titel. Ich las weiter und erfuhr, dass er zurückgezogen gelebt und die Öffentlichkeit, so gut es ging, gemieden hatte. Sein Name tauchte niemals im Zusammenhang mit Skandalen oder Affären auf. Ungewöhnlich für einen Hollywoodstar, befand ich. Vor einem Monat war er nach langwieriger Krankheit an Herzversagen gestorben. Ich klappte den Laptop zu und stellte mich anschließend unter die Dusche.

Während ich unter dem warmen Wasserstrahl stand, traf ich den Entschluss, dass es an der Zeit war, meine Eltern von den Ereignissen der letzten Zeit in Kenntnis zu setzen.

Kurze Zeit später griff ich zum Telefon. Es war kurz nach 9.00 Uhr, um diese Zeit waren sie für gewöhnlich längst auf den Beinen. Daher brauchte ich nicht lange zu warten, bis mein Vater abnahm.

»Hallo, Papa! Ich wollte mal hören, wie es euch geht.«

»Guten Morgen, Anna! Danke, uns geht es gut. Und dir? Wieso bist du überhaupt schon wach? Im Urlaub schläfst du für gewöhnlich wie ein Murmeltier um diese Zeit. Also, wo drückt der Schuh?«

Meinem Vater konnte ich nichts vormachen. Er schien heute deutlich besser gelaunt zu sein als neulich bei der Beerdigung, nahm ich erleichtert zur Kenntnis. Trotzdem wollte ich nicht gleich mit der Tür ins Haus fallen und ihm sagen, dass ich heute Morgen bereits um 5.00 Uhr von einem Mann in meinem Bett zum Abschied geküsst wurde. Das wäre sicherlich eine Überdosis an Neuigkeiten gewesen in Hinblick auf das, was folgte. Im Hintergrund hörte ich die neugierige Stimme meiner Mutter, die wissen wollte, was los sei.

»Es wäre praktisch, wenn du den Lautsprecher einschaltest, Papa, sodass Mama mithören kann«, schlug ich vor.

»Deine Mutter bekommt ohnehin schon Ohren so groß wie Rhabarberblätter.« Mein Vater lachte. Im Hintergrund hörte ich einen Protestruf meiner Mutter. »Warte mal, ich schalte um, damit sie mir nicht vor Neugierde platzt.«

Daraufhin knackte es kurz in der Leitung. Dann war die Verbindung einwandfrei.

»Guten Morgen, mein Kind«, rief meine Mutter. »Dein Vater ist unmöglich. Ist irgendetwas passiert?«

»Nein, nein. Alles in Ordnung, Mama, mir geht es gut. Ehrlich gesagt, ging es mir selten besser. Ich wollte euch etwas erzählen«, erwiderte ich und begann mit einer Zusammenfassung der Geschehnisse.

Angefangen mit der Beerdigung, der Einladung zur Testamentseröffnung und meiner damit verbundenen Erbschaft, dem Autounfall auf dem Supermarktparkplatz, bis hin zu dem Überfall und der Rettung durch Nick.

Als ich mit meinem Bericht fertig war, war sogar meine Mutter, die sonst schwer zu beeindrucken war, für einen Moment sprachlos.

»Ja«, sagte ich und hatte einen trockenen Mund vom vielen Reden. »Nun seid ihr auf dem aktuellen Stand.«

»Kind, ich weiß nicht, was ich sagen soll«, gestand meine Mutter, offenkundig überwältigt von den Neuigkeiten.

»Dass ich das noch erleben darf!«, hörte ich meinen Vater herzlich lachen.

»Und wie geht es jetzt weiter?«, wollte meine Mutter wissen. »Verkaufst du das Haus? Du wirst ja wohl nicht dort wohnen wollen? Ganz allein auf einer Insel.«

»Aber Mama, Sylt ist kein einsames Eiland mitten im Ozean weit abgeschnitten von der Zivilisation! Ich habe beschlossen, dort einzuziehen und zu leben.« Am anderen Ende herrschte Totenstille. »Warum nicht?«, fuhr ich unbeirrt fort. »Ich werde mich selbstständig machen und ein eigenes Büro eröffnen. Das Haus wird euch gefallen, und solch eine Möglichkeit bekomme ich nie wieder im Leben«, betonte ich. »Und außerdem …«

»Außerdem? Gibt es etwas, was du uns nicht erzählt hast?«, bohrte meine Mutter nach.

»Maria! Bedränge Anna nicht, sie weiß, was sie macht«, schaltete sich mein Vater mit beruhigender Stimmte ein.

»Das können wir alles ein anderes Mal in Ruhe bereden. Aber was wird an Heiligabend? Kommst du nicht nach Hause?«, fragte meine Mutter, und ich konnte einen Anflug Entrüstung heraushören.

»Mama, das Thema will ich erst mit Nick besprechen.«

»Bitteschön, wenn dir dieser Mann, den du kaum kennst, wichtiger ist als deine eigenen Eltern«, konterte sie eingeschnappt.

Ich hörte meinen Vater laut aufstöhnen und hatte augenblicklich das typische Gesicht meiner Mutter bildlich vor Augen, wenn sie schmollte. Wahrscheinlich drehte sie den Kopf mit leicht erhobenem Kinn zur Seite und schürzte die Lippen.

»Ach, Mama, das ist nicht wahr, und das weißt du genau. Natürlich seid ihr mir wichtig. Ich muss mich selbst erst an die neue Situation gewöhnen, mein Leben verläuft momentan abseits jeglicher Normalität. Freu dich doch für mich. Nick ist ein wunderbarer Mann, ihr werdet ihn sicher mögen«, startete ich einen Versöhnungsversuch.

»Jaja, schon gut«, war meine Mutter bereit, die Wogen zu glätten. »Wir freuen uns für dich, aber Weihnachten haben wir immer zusammen gefeiert«, ließ sie es sich nicht nehmen, nachzusetzen.

Um den Familienfrieden nicht über das Maß zu strapazieren, ließ ich an dieser Stelle das Gespräch ausklingen und versprach meinen Eltern, mich in den nächsten Tagen bei ihnen zu melden. Bis Heiligabend blieb über eine Woche Zeit, um eine endgültige Entscheidung zu treffen.

Im Anschluss an das Telefonat musste ich tief durchatmen und verspürte das dringende Bedürfnis nach frischer Luft in mir aufsteigen. Ich schnappte mir meine dicke Jacke, schlüpfte in meine Stiefel und fuhr mit dem Auto nach Rantum an den Strand. Ich parkte meinen Wagen auf dem großen Parkplatz am Möskental und marschierte den Weg entlang in Richtung Meer. Die Wellen begrüßten mich mit einem tiefen Grollen. Die See war aufgepeitscht und ein feiner Salznebel waberte durch die Luft. Der Wind hatte kräftig aufgefrischt und hatte auf Nordwest gedreht. Der Strand war dort, wo das Wasser nicht hingekommen war, mit Schnee bedeckt. Ein ungewöhnliches, aber wunderbar winterliches Bild. Ich lief an der Wasserkante entlang in südliche Richtung. Nach einer Dreiviertelstunde machte ich kehrt und trat den Rückweg an – dieses Mal mit Gegenwind. Der Gedanke, bald jeden Tag am Strand laufen zu können, zauberte mir ein breites Grinsen ins Gesicht. Ich drehte mich einmal um die eigene Achse. Da niemand außer mir in der Nähe war, blieb ich stehen, mit dem Gesicht zum Meer und stieß mit weit ausgebreiteten Armen einen lauten Freudenschrei aus. Etwas dergleichen hatte ich nie zuvor in meinem Leben getan, und es fühlte sich unglaublich gut und befreiend an. Beschwingt und energiegeladen kehrte ich zu meinem Auto zurück.

Auf dem Rückweg legte ich einen Zwischenstopp bei Britta ein. Sie freute sich über meinen überraschenden Besuch.

»Möchtest du etwas Warmes trinken?«, fragte sie mich, als sie mein von der Kälte gerötetes Gesicht sah.

»Sehr gerne«, erwiderte ich und rieb meine kalten Hände gegeneinander.

»Grün oder schwarz?« Sie hielt mir zwei unterschiedliche Teedosen vor die Nase.

»Schwarz.«

»Hast du Nick das Haus gezeigt?«, wollte Britta wissen, während sie mit dem Wasserkocher hantierte.

»Ja, wir waren gestern dort. Es gefällt ihm ausgesprochen gut. Jedenfalls hat er das behauptet«, erwiderte ich und angelte nach einem Keks aus einem großen Glas, das auf dem Küchentisch stand. »Wir wollen es miteinander versuchen und dort zusammen wohnen. Ihm bleibt jederzeit die Möglichkeit, nach Wenningstedt zu flüchten, wenn es uns zu viel wird.«

Britta fiel um ein Haar die Tasse aus der Hand.

»Anna, Anna, du überrascht mich immer wieder aufs Neue. Was hast du mit ihm gemacht? Die letzten zwei Jahre hat er keine Frau angesehen, und dann kommst du und er zieht bei dir ein«, stellte sie beeindruckt fest und setzte mir einen dampfenden Becher Tee vor die Nase auf den Tisch. »Hier bitte. Er muss noch ein paar Minuten ziehen.«

»Danke.« Ich zuckte mit den Schultern. »Wir leben jetzt, worauf sollen wir warten?«

»Mit dieser Einstellung gefällst du mir. Ach, ich freue mich riesig für euch, Anna!«, erwiderte sie und strahlte. »Nick tut dir wirklich gut.«

Ich lächelte und hielt den Becher mit beiden Händen, um mir meine kalten Finger daran zu wärmen.

»Ich überlege, ob wir nicht alle Heiligabend bei uns feiern könnten. Was meinst du, hättet ihr Lust?«, fragte ich Britta nach einer Weile.

»Das ist eine schöne Idee. Jans Eltern werden dieses Jahr bei Wiebke und Jens Heiligabend verbringen. Wir haben noch nichts geplant. Dann können wir gleichzeitig die Hauseinweihung feiern«, schlug sie vor, und ihre Augen begannen zu leuchten.

»Genau in der Art und Weise hatte ich mir das vorgestellt. Ich habe heute mit meinen Eltern telefoniert und sie eingeweiht. Ich werde sie ebenfalls einladen, aber ich will zuerst mit Nick sprechen.«

»Was haben sie gesagt?«

»Sie waren erst mal sprachlos.«

»Na, das kann ich mir lebhaft vorstellen, selbst bei deiner Mutter.« Sie kicherte.

»Ich glaube, sie haben Angst, mich zu verlieren, wenn ich auf der Insel bleibe. Besonders meine Mutter. Sie war gleich eingeschnappt, als ich durchblicken ließ, dass ich Weihnachten nicht nach Hause kommen will. Du weißt, wie schnell sie beleidigt sein kann, wenn es nicht nach ihren Vorstellungen läuft. Ich habe jetzt schon Bauchschmerzen, wenn ich an das erste Zusammentreffen mit Nick denke.«

»Das wird bestimmt lustig«, bemerkte Britta und rieb sich lachend die Hände.

»Ich werde sie in den nächsten Tagen anrufen, wenn ich weiß, was Nick geplant hat. Vielleicht kommen seine Eltern?« Diesen Gedanken hatte ich bislang nicht in Erwägung gezogen.

»Da kommt was auf dich zu! So ist das mit der Familie«, seufzte Britta. »Alle Jahre wieder das Gezerre zum Weihnachtsfest, wer wann wo hinfährt.«

»Wohl wahr«, bekräftigte ich. »So, aber jetzt werde ich mich auf den Heimweg machen. Heute Abend gehe ich in die Sauna, das habe ich mir fest vorgenommen.«

»Eine hervorragende Idee, das ist bei dem Wetter das einzig Richtige. Nick kann selbstverständlich ebenfalls unseren Wellnessbereich nutzen, das steht außer Frage«, bot Britta mir an.

»Danke für das Angebot. Heute Abend ist er beim Sport. Wir sehen uns erst morgen.«

»Wie willst du das bis dahin aushalten?« Britta legte den Kopf schief.

Die Stunden bis zum frühen Abend vergingen wie im Flug. Als ich später im Auto saß, sah ich, dass eine SMS von Nick eingegangen war: »Vermisse dich! 22.30 Uhr bei dir?« Mein Herz machte einen gewaltigen Freudensprung und ich antwortete, dass ich es kaum abwarten konnte, ihn wiederzusehen. Dann machte ich mich auf den Weg ins Hotel.

Im Wellnessbereich hielten sich wenige Gäste auf. Das Gros der Hotelgäste saß vermutlich in den Restaurants beim Essen oder hatte es sich in ihrer Ferienunterkunft gemütlich gemacht. Nachdem ich einige Bahnen in dem Schwimmbecken gedreht hatte, begab ich mich in die finnische Sauna, um meine Muskeln zu entspannen und mich aufzuwärmen. Neben mir auf einer der unteren Bänke hatte sich ein voluminöser Herr breitgemacht, der mir beim Betreten der Sauna freundlich zugenickt hatte. Auf einer der oberen Bänke lag eine ältere Dame auf dem Rücken und hielt die Augen geschlossen. Um ihren Kopf war ein Handtuch zu einem Turban gebunden. Ihr gegenüber lümmelte ein rotblonder Mann in meinem Alter breitbeinig auf seinem Handtuch und musterte mich ungeniert von oben bis unten. Seine blasse Haut war von Sommersprossen übersät und von der Hitze knallrot. Er schwitzte extrem. Auf seinem rechten Oberarm setzte gerade ein tätowierter Adler mit ausgebreiteten Schwingen und ausgestreckten Krallen zur Landung an. So wie der Mann sich präsentierte, war offenkundig, dass er sich für unwiderstehlich hielt.

»Puh, ganz schön heiß?«, stellte er fest.

Ich nickte und richtete meinen Blick auf meine Füße, um einem Gespräch aus dem Weg zu gehen. Instinktiv zog ich mein Handtuch fester um meinen Körper.

»Sauna ist genau das Richtige bei diesem Wetter. Das stärkt die Abwehrkräfte«, erklärte er und rekelte sich geräuschvoll.

Niemand der Anwesenden ging darauf ein. Dann kehrte die Ruhe zurück und ich nahm an, er hätte aufgegeben, bis er sich erneut zu Wort meldete.

»Bist du erst kürzlich angekommen? Ich habe dich hier bislang nicht gesehen. Wir könnten nachher an der Bar etwas zusammen trinken. Oder woanders?« Er legte den Kopf leicht schief. »Wie sieht's aus? Hast du Bock?«

»Ruhe jetzt!«, meldete sich die ältere Dame verärgert zu Wort.

»Danke, nein«, gab ich zurück und schloss kurzerhand die Augen. Dein Adler kann gerne woanders landen, aber nicht bei mir, ergänzte ich in Gedanken.

»Dann halt ein anderes Mal.« Meine Abfuhr schien in keiner Weise an seinem Ego zu kratzen.

Dann stützte er sich demonstrativ rücklings auf die Ellenbogen, sodass ich ihn in seiner ganzen Pracht hätte bewundern können – wenn ich gewollt hätte. Am liebsten wäre ich in schallendes Gelächter ausgebrochen und schloss schnell wieder meine Augen. Der Typ hielt sich scheinbar für Superman persönlich, mich erinnerte er eher an ein Grillhähnchen, das bereits einige Runden zu viel an seinem Spieß gedreht hatte, Adler hin oder her. Er litt offenkundig an Megalomanie oder besaß zu Hause keinen Spiegel, entschied ich für mich. Nach zehn Minuten hatte ich genug und verließ die Sauna.

Frisch geduscht und eingecremt machte ich es mir in meinem Apartment auf dem Sofa bequem. Mein Magen meldete sich lautstark zu Wort. Glücklicherweise hatte Britta mir etwas von dem Gemüsekuchen mitgegeben, den sie vom Mittagessen übrig behalten hatte. Davon ließ ich mir jetzt ein Stück schmecken. Das zweite Stück hob ich für Nick auf. Falls er nach dem Sport nichts gegessen hatte, war er nachher sicher hungrig.

Nachdem ich wahllos durch das Fernsehprogramm gezappt hatte und mich für keine der Sendungen begeistern konnte, sah ich auf die Uhr. Es war mittlerweile kurz nach 23.00 Uhr. Langsam machte ich mir Sorgen. Nick wollte seit einer halben Stunde hier sein. Sicher würde er jeden Augenblick kommen, sagte ich mir und schlenderte in die Küche, um Teewasser aufzusetzen. Nach einer weiteren halben Stunde des Wartens, die sich wesentlich länger angefühlt hatte, hörte ich endlich ein Auto auf den Parkplatz fahren. Der Kies unter den Reifen knirschte. Gleich darauf klopfte es an meiner Tür. Nick. Endlich. Er trug noch seine Sportkleidung und sah ziemlich mitgenommen aus.

»Da bist du endlich! Ist was passiert? Ich habe mir allmählich Sorgen gemacht«, sagte ich.

»Mit mir ist alles okay«, erwiderte er und strich mir mit dem Daumen sanft über die Wange. »Christof hatte einen Unfall, deshalb bin ich später«, erklärte er und ließ seine Tasche neben der Tür fallen.

»Das ist furchtbar. Ist es sehr schlimm?«, fragte ich.

»Er ist beim Laufen unglücklich gestürzt und hat sich neben einer leichten Gehirnerschütterung dummerweise den Arm gebrochen. Jetzt liegt er im Krankenhaus.« Ich verzog mitfühlend das Gesicht. »Das wird schon wieder, kein komplizierter Bruch«, versuchte er, meine Sorgen zu zerstreuen.

Nick rieb sich mit beiden Händen über das Gesicht. Er wirkte müde.

»Hast du Hunger? Ich habe dir ein Stück Gemüsekuchen aufgehoben. Britta hat ihn gemacht und mir mitgegeben«, bot ich an.

»Nein danke, ich bin nicht hungrig, aber ich würde gerne duschen.«

Er beugte sich über meine Tasse auf dem Tisch und rümpfte anschließend die Nase. »Was ist das?«

»Grüner Tee, wohlschmeckend und äußerst gesund«, erklärte ich.

»Hm, ich weiß ja nicht«, brummte er wenig überzeugt. »Ich glaube, ich trinke lieber ein Wasser und gehe dann duschen.«

»Du kannst baden, wenn du magst«, schlug ich vor und deutete in Richtung des Obergeschosses.

Nick überlegte. »Vielleicht keine schlechte Idee.«

Er zog sich aus und lächelte mir über die Schulter hinweg zu, als er bemerkte, dass mein Blick auf ihm ruhte.

»Kommst du mit schwimmen?«, fragte er, als er in die Wanne stieg und ich keine Anstalten machte, mich ebenfalls meiner Kleidung zu entledigen. Für den heutigen Tag hatte ich genug Wasser um mich gehabt, aber in Anbetracht dieser nackten Tatsache zögerte ich nicht lange und ließ ebenfalls die Hüllen fallen. Im Anschluss an das gemeinsame Bad schlüpften wir ins Bett. Ich schmiegte mich fest an ihn, genoss seine Nähe und fühlte mich in seinen Armen unendlich geborgen. Ein unbeschreibliches Glücksgefühl überkam mich, während ich den gleichmäßigen Schlägen seines Herzens lauschte.

Die Welt um mich herum erschien auf einmal einfach und rosarot.

KAPITEL 27

Wir schliefen aus und gönnten uns anschließend ein Frühstück im Bett, da Nick frei hatte. Der Himmel war wolkenverhangen, und es wehte ein eisiger Nordostwind.

»Was möchtest du heute unternehmen?«, fragte Nick, als er die leere Tasse auf das Tablett stellte.

»Ich weiß nicht. Wir könnten Keitum unsicher machen, an der Wattseite entlanglaufen und uns anschließend im Café »Die Kleine Teestube« bei einer Waffel und heißem Kakao aufwärmen«, schlug ich vor. »Was hältst du von dieser Idee?«

»Prima, da war ich lange nicht mehr.«

Wir fuhren in Nicks Wagen nach Keitum und parkten auf dem großen Parkplatz direkt am Ortseingang. Von dort aus marschierten wir zu Fuß ein Stück die Hauptstraße, dem Gurtstig, entlang ins Ortsinnere. Unterwegs kamen wir an diversen Geschäften vorbei, in denen Schmuck, Einrichtungsgegenstände und Mode angeboten wurden. Ich liebte es, in den unterschiedlichen Läden zu stöbern. Doch über die Mittagszeit hatten die meisten Geschäfte geschlossen – besonders in der Winterzeit – und öffneten erst am Nachmittag für ein paar Stunden. Wir erblickten auf der gegenüberliegenden Straßenseite eine Frau, die, gefolgt von einem Mann, der mit mehreren Einkaufstüten bepackt war, gerade ein Geschäft betreten wollte und überrascht feststellen musste, dass die Tür verschlossen war. Ein Schild mit der Aufschrift »Sorry, we're closed« prangte von innen an der Scheibe.

»Oh! Der Laden hat geschlossen«, bemerkte sie an den Mann gewandt.

Dieser gab daraufhin lediglich ein kraftloses »Gott sei Dank« von sich.

Nick und ich sahen einander an und begannen zu lachen. Nachdem wir die Hauptstraße hinter uns gelassen und in ruhiger gelegene Straßen eingebogen waren, trafen wir nahezu keine anderen Spaziergänger. In den engen verwinkelten Straßen konnte man die alten Friesenhäuser mit ihren teilweise bemoosten Reetdächern und alten großen Bäumen in den Gärten bewundern. Einige Gebäude waren aufwendig restauriert worden und erstrahlten nunmehr in neuem Glanz. Unzählige Kaninchen tummelten sich auf den Rasenflächen rundherum. Ein paar von ihnen schossen blitzartig ins nahe gelegene Gehölz, als sie uns bemerkten. Andere dagegen blieben mit stoischer Gelassenheit sitzen und futterten vertrocknete Grashalme und Blätter. Ihr Ohrenspiel und die wachen, dunklen Augen verrieten jedoch, dass sie trotz allem in Alarmbereitschaft waren.

»Wusstest du, dass einige Häuser bis zu 300 Jahre alt sind?«, fragte mich Nick.

»Ja, wie das da drüben zum Beispiel!«, erwiderte ich und deutete auf ein weißes Haus, an dessen Stirnseite eine Jahreszahl vermerkt war. »Sie haben sicherlich interessante Geschichten zu erzählen. Ich würde zu gerne wissen, was sich damals alles abgespielt hat. Jetzt stehen die Häuser die meiste Zeit über leer, früher war bestimmt mehr Leben in dem Ort.«

»Zweifelsohne. Ich bin dennoch froh, dass ich heutzutage leben darf und nicht vor 100 oder 200 Jahren. Das war nicht so bequem wie heute«, gab Nick zu bedenken.

»Damit dürftest du recht haben.«

Wir schlenderten zur Wattseite und liefen den asphaltierten Weg parallel zum Wasser in nördliche Richtung entlang. Zurzeit herrschte Ebbe, und das Wattenmeer lag bewegungslos vor Kälte erstarrt dar. Vereinzelt suchten Wasservögel im angefrorenen Schlick nach Nahrung. Jill hätte uns sicherlich interessante Einzelheiten zu den Lebewesen darin nennen können. Nach einer Weile hatten wir die Häuser hinter uns gelassen. Der Wind blies mir in den Kragen meiner Jacke, worauf ich meinen Schal enger um meinen Hals zog.

»Ist dir kalt?« Nick sah mich fürsorglich an.

»Ja, langsam wird es ungemütlich.«

»Dann lass uns umkehren. Der Wind verstärkt die Kälte.«

Als Rückweg entschieden wir uns für den schmalen Weg zur Keitumer Kirche St. Severin, in der Wiebke und Jens geheiratet hatten.

»Ich habe gelesen, dass der Turm der Kirche ursprünglich als Seezeichen und sogar eine Zeit lang als Gefängnis gedient haben soll. Ich frage mich immer wieder, wie die Menschen es seinerzeit fertiggebracht haben, solche Bauwerke ohne die heutigen Hilfsmittel entstehen zu lassen. Faszinierend, oder?«, stellte ich anerkennend fest, als wir das imposante Kirchengebäude erreicht hatten und ich nach oben zum Turm blickte.

»Das ist in der Tat schwer vorstellbar. Darüber denke ich auch oft nach, beispielsweise wenn ich mir die Pyramiden in Ägypten ansehe oder den Kölner Dom«, ergänzte Nick. »Na, wie wär's? Möchtest du reingehen?«

»Nein. Mir macht diese Figur davor Angst. Dieser Kapuzentyp ohne Gesicht, der innen vollkommen hohl ist.«

»Du meinst die Bronzefigur.« Nick lachte.

»Ja, gruselig.«

»Ich glaube, der ist harmlos. Wollen wir ihn gemeinsam begrüßen gehen?«, neckte mich Nick.

»Nein danke.«

»Vielleicht solltest du dich tatsächlich von dieser Kirche fernhalten.«

Ich runzelte fragend die Stirn. »Warum?«

»Laut einer überlieferten Sage soll eine Hexe während des Kirchturmbaus eine böse Prophezeiung ausgesprochen haben.«

»Eine Hexe?«, wiederholte ich ungläubig.

»Hexen tauchen in etlichen Sylter Sagen auf. Jedenfalls hat sie in diesem Fall vorausgesagt, dass eines Tages die Kirchenglocke herunterstürzen werde und den schönsten Jüngling der Insel erschlagen werde. Später würde der gesamte Turm einstürzen und die hübscheste Sylter Jungfrau unter sich begraben.«

»Und was ist dann passiert?«, wollte ich wissen. »Du

willst mir nicht ernsthaft weismachen, dass die Prophezeiung tatsächlich eingetreten ist.«

»Doch«, behauptete Nick.

»Du machst Witze!«

»Ein junger Seemann ist tatsächlich von der herabstürzenden Glocke erschlagen worden. Seitdem machen alle hübschen Sylter Mädchen einen großen Bogen um den Turm.«

Ich sah Nick für einen Moment skeptisch an.

Er grinste und drückte mir einen Kuss auf die Wange. »Los, lass uns weitergehen.«

»Ich wusste gar nicht, dass auf Sylt sogar Wein angebaut wird«, bemerkte ich, als wir an einem eingezäunten Grundstück mit einer Hinweistafel vorbeikamen.

»Seit einiger Zeit. Zwar nicht in großem Stil, aber wer weiß, was durch den Klimawandel zukünftig alles angebaut wird. Vielleicht blühen auf Sylt bald Zitronen, die im milden Seeklima reifen.«

Mittlerweile waren wir vor dem Café »Die Kleine Teestube« angekommen. Wir ließen uns an einem Tisch direkt am Fenster nieder. Drinnen war es kuschelig warm und roch herrlich nach frischem Gebäck. Trotz meiner warmen Winterjacke war mir während unserer Wanderung kalt geworden. Meine Wangen glühten wie Feuer und waren sicherlich stark gerötet von der Kälte.

Wir bestellten frische Waffeln mit Schmand und roter Grütze beziehungsweise mit Pflaumenmus für Nick. Dazu einen großen Pott Kaffee für Nick, und ich entschied mich für ein Kännchen Schietwetter-Tee.

»Trinkst du überhaupt keinen Tee?«, erkundigte ich mich und goss heißen Tee in meine Tasse, der den Kandis knistern ließ.

»Nur, wenn es unbedingt sein muss«, knurrte Nick wenig begeistert und schüttete sich aus einem silbernen Kännchen einen Schuss Milch in seinen Kaffee.

»Du bist doch ein waschechter Sylter. Ist man da nicht quasi zum Teetrinken verpflichtet?«, neckte ich ihn. »Ich dachte, bei euch Friesen fließt Tee statt Blut in den Adern.«

»Erstens bin ich nur ein halber Sylter und zweitens soll es Bayern geben, die kein Weißbier mögen«, konterte er belustigt.

»Okay, du hast gewonnen«, gab ich klein bei.

In dem Augenblick, als unsere Waffeln serviert wurden, vibrierte Nicks Handy.

»Entschuldige bitte, Anna«, sagte er und nahm das Gespräch an.

Als er aufgelegt hatte, stieß er einen lang gezogenen Seufzer aus. »Das war Uwe. Er hat mich gebeten, morgen die Frühschicht zu übernehmen. Bei uns geht momentan alles ein bisschen drunter und drüber. Über die Hälfte der Belegschaft ist krank, nun fällt auch noch Christof aus.« Er rieb sich die Nasenwurzel. »Naja, aber jetzt lassen wir es uns schmecken.«

»Auf jeden Fall. Das sieht köstlich aus.« Beim bloßen Anblick meiner Waffel lief mir das Wasser im Mund zusammen.

KAPITEL 28

»Morgen? Ich dachte, wir ziehen uns für eine Weile zurück, nachdem das in Kampen neulich fast ins Auge gegangen wäre?« Die Überraschung war ihm deutlich anzumerken.

»Hast du die Hosen voll, oder was?«

»Mach mich nicht an! Du solltest den Ball lieber schön flach halten, nachdem, was passiert ist.«

»Hört endlich auf, euch ständig zu streiten«, versuchte sie die beiden Streithähne zu beruhigen. »Wir hängen da alle mit drin und müssen zusammenhalten. Einer für alle, alle für einen.«

Ein unterdrücktes Schnauben war zu hören. »Fang jetzt bloß nicht mit diesem Musketier-Blödsinn an! Ich wette, das hast du ganz schnell vergessen, wenn die Bullen dich geschnappt haben.«

»Ehrlich, ich finde, wir sollten wirklich einige Zeit warten. Wenigstens eine Woche. Ich habe keine Lust, erwischt zu werden und in den Knast zu wandern. Das Risiko ist momentan einfach zu groß.«

»Auf ein paar Tage mehr oder weniger kommt es jetzt auch nicht mehr an. Los, noch ein letztes Mal! Dann schaffen wir die Sachen aufs Festland. Ich brauche dringend die Kohle. Ich kann den Typen nicht ewig hinhalten. Oder wollt ihr die Sachen selbst verkaufen?« Betretenes Schweigen. »Na, also. Und macht euch wegen der Bullen keine Sorgen, die haben mit dem toten Motorradfahrer genug zu tun. In der Einbruchsache tappen sie nach wie vor im

Dunklen. Außerdem ist über die Hälfte der Belegschaft krank.« Ein zufriedenes Grinsen breitete sich auf seinem Gesicht aus.

»Hoffentlich täuschst du dich nicht. Und wo wollen wir die Sache durchziehen?«

»In Morsum. Ich habe mich dort bereits umgesehen. Das Haus liegt ab vom Schuss und ist nicht besonders gesichert. Keine Alarmanlage. Das wird ein Kinderspiel.«

»Bist du absolut sicher, dass nicht zufällig der Besitzer auftaucht wie beim letzten Mal?« Ernsthafte Bedenken schwangen in seiner Stimme mit.

»Du bist ein elender Schisser! Das Haus ist seit Längerem unbewohnt. Der Besitzer ist verstorben, da ist bestimmt noch einiges zu holen. Und bis die Bullen was checken, sind wir über alle Berge mit dem Zeug. Bald ist Silvester. Da ist sowieso der Teufel los auf der Insel. Eine prima Gelegenheit, im allgemeinen Getümmel unterzutauchen und mit dem Strom unbemerkt abzuhauen.«

»Wie du meinst. Aber das ist definitiv das letzte Mal. Danach steige ich endgültig aus«, gab er unmissverständlich zu verstehen.

»Okay. Was ist mit dir?«

»Ich bin dabei. Aber danach ist auch bei mir Feierabend«, erklärte sie.

»Einverstanden. Ich melde mich, wenn es losgeht. Und keine unüberlegten Aktionen. Weitere Fehler können wir uns nicht leisten. Verstanden?«

KAPITEL 29

Auf dem Weg zu Nicks Haus hielten wir bei einem Supermarkt und deckten uns mit Lebensmitteln ein, da Nick am Abend für uns kochen wollte.

»Was willst du kochen?«, erkundigte ich mich neugierig, als wir den Einkaufswagen durch die Gänge schoben.

»Magst du Lammfleisch?«

»Sehr gerne sogar. Allerdings nur, wenn beim Essen keine Schafe in der Nähe sind. Bei deren Anblick zerreißt es mir das Herz und ich fühle mich als Verräterin.«

Nick verzog amüsiert den Mund. »Okay, ich versichere dir, bei mir zu Hause ist schaffreie Zone.«

Zuletzt führte uns der Weg an den Weinregalen vorbei, und Nick griff nach zwei Flaschen Rotwein.

»Spanien oder lieber Südafrika?« Er hielt mir die beiden Flaschen vor die Nase.

»Ich finde, wir sollten zur Abwechslung einen Südafrikaner nehmen«, entschied ich und zeigte auf die Flasche in seiner linken Hand. »Das Etikett ist außerdem schöner.«

Er rollte mit den Augen.

»Kann ich dir helfen?«, fragte ich Nick, nachdem wir die Einkäufe bei ihm zu Hause verstaut hatten.

»Du kannst die Kartoffeln in mittelgroße Stücke schneiden, wenn du willst. Aber pass auf deine Finger auf, die Messer da sind höllisch scharf«, antwortete Nick und deutete auf den Messerblock neben dem Küchenfenster, in dem unterschiedlich große Messer steckten.

Er entkorkte den Wein und goss in zwei Gläser ein. Ich tat wie mir geheißen und begann, die Kartoffeln zu zerschneiden, nachdem ich sie abgespült hatte. Anschließend legte ich sie in eine feuerfeste Form, gab Olivenöl hinzu und verteilte gemäß Nicks Anweisungen frische Rosmarinzweige darüber.

»Jetzt kannst du das Ganze mit Meersalz und schwarzem Pfeffer aus der Mühle würzen«, wies mich Nick an, während er das Fleisch vorbereitete.

Nachdem ich die Kartoffeln in den Ofen geschoben hatte, machte ich mich daran, das Gemüse zu putzen und in Streifen zu schneiden. Daraus wollte Nick eine mediterrane Gemüsepfanne zubereiten. Während das Fleisch und die Kartoffeln im Ofen schmorten, deckten wir den Tisch und nahmen anschließend mit unseren Weingläsern auf dem Sofa im Wohnzimmer Platz.

»Hast du dir das Kochen selbst beigebracht? Das lernt man sicherlich nicht im Nebenfach auf der Polizeischule. Oder?«

Nick lachte kurz auf. »Nein, das steht nicht auf dem Stundenplan. Wie ich anfangs erwähnte, kann ich mir nicht leisten, täglich essen zu gehen. Im Übrigen ist mein Vater Koch. Er betreibt zwei Restaurants in Kanada. Ich habe ihm schon als Kind gern über die Schulter geschaut und geholfen.«

»Warum bist du dann nicht auch Koch geworden und in seine Fußstapfen getreten? Ich meine, das würde sich anbieten, wenn ihr sogar eigene Restaurants habt?«

»Diese Frage habe ich oft gehört. Ich wollte lieber meinen eigenen Weg gehen. Außerdem«, er trank einen Schluck Wein, »bin ich nicht gut genug.«

»Also, ich finde, das sah bislang alles sehr professionell aus.«

»Warte es ab. Du hast noch nichts probiert.«

Er legte einen Arm um mich und gab mir einen Kuss auf die Schläfe.

»Was ist mit dir? Hast du deinen eigenen Weg gewählt?«

»Ich hätte unheimlich gerne Musik studiert, doch meine Eltern waren der Ansicht, dass ich etwas Vernünftiges lernen sollte. Ich weiß zwar nicht, was an Landschaftsarchitektur vernünftig ist, aber es macht Spaß. Obwohl Musik mich nach wie vor begeistert. Früher habe ich viel Klavier gespielt. Während meiner Schulzeit habe ich bei einem Wettbewerb ein Stipendium gewonnen«, erklärte ich.

»Wow, ein Stipendium. Das klingt beeindruckend. Dann kannst du das Instrument in deinem Haus sogar bedienen«, stellte er fest.

»Ja, kann ich. Durch das Stipendium habe ich letztlich Johannes kennengelernt, er war mein Lehrer. Aber die Geschichte kennst du ja.«

»Hast du den Flügel schon ausprobiert?«

»Ja, ich habe neulich ein bisschen gespielt und darüber völlig die Zeit vergessen. Zu Beginn klang alles ein bisschen holperig, weil ich lange nicht gespielt habe, aber dann wurde es zusehends besser. Naja, im Rahmen meiner Möglichkeiten.«

Noch ehe Nick etwas erwidern konnte, unterbrach das Klingeln der Küchenuhr unsere Unterhaltung. Aus der Küche schlug uns ein köstlicher Duft entgegen.

»Mmhh, Nick, ist das lecker«, stellte ich begeistert fest, als ich den ersten Bissen runtergeschluckt hatte. »Also, ich finde, du hast absolut das Zeug zum Koch.«

Ich tupfte mir die Lippen mit einer Serviette ab, um einen Schluck Wein zu trinken.

»Danke für das Kompliment. Wenn ich Koch geworden wäre, hätten wir uns vermutlich nie kennengelernt.«

»Stimmt«, überlegte ich. »Daran habe ich nicht gedacht. Was ist?«, hakte ich nach, als ich merkte, dass Nick mich unentwegt ansah.

»Nichts, ich freue mich einfach. Du bist wunderschön, weißt du das eigentlich?«

Ich befürchtete, schlagartig rot zu werden und griff aus lauter Verlegenheit schnell zu meinem Weinglas.

Als ich das nächste Mal auf meine Uhr sah, war es kurz nach 23.00 Uhr. Die Zeit war wie im Flug vergangen.

»Es ist spät geworden, kann ich heute Nacht bei dir bleiben?«, fragte ich Nick, der mich erstaunt ansah.

»Wohin wolltest du denn sonst noch gehen?«

Ich merkte, wie mir erneut eine leichte Röte in die Wangen stieg.

»Das war ein Scherz, Anna! Natürlich kannst du bleiben. Ehrlich gesagt, auf den Gedanken, dass du gehen würdest, bin ich überhaupt nicht gekommen.«

Er legte seine Hände um meine Taille und küsste mich zärtlich auf die Stirn.

KAPITEL 30

Am kommenden Morgen nahm Nick mich in aller Frühe mit nach Westerland. Draußen war es noch stockdunkel. Er ließ mich am Hotel raus und fuhr anschließend weiter aufs Revier. Für abends verabredeten wir uns in der »Sylter Welle«.

Da der Frühstücksraum erst in einer Stunde öffnete, legte ich mich auf mein Bett und las in meinem Buch. Mein Handy brummte und ich sah, dass eine Textnachricht von Britta eingegangen war. Sie wollte sich mit mir am Nachmittag in Westerland auf eine Tasse Kaffee treffen, da sie dort zu tun hatte. Vorher wollte ich nach Morsum in mein Haus fahren. Bis Weihnachten hatte ich noch eine Menge zu tun. Übermorgen war der Liefertermin für das neue Bett, das ich gekauft hatte.

Im Frühstücksraum traf ich auf Sophia, die mich erstaunt ansah.

»Du bist aber früh dran«, stellte sie fest. »Ich bringe dir gleich deinen Tee.«

»Danke«, erwiderte ich und setzte mich auf meinen Stammplatz.

Als ich mein Frühstück beendet hatte und im Begriff war zu gehen, betrat das rotblonde Saunahähnchen den Frühstücksraum. Als er mich erblickte, begann er zu strahlen und steuerte geradewegs auf mich zu. Doch ich grüßte kurz im Vorbeigehen und war durch die Tür verschwunden, bevor er etwas von sich geben konnte. Der Kelch war glücklicherweise an mir vorbeigegangen. Aus dem Augenwinkel erkannte ich Sophias amüsiertes Schmunzeln.

Ich fuhr zunächst nach Westerland, um Lebensmittel, Getränke und eine Grundausstattung an Handtüchern, Bettwäsche und ähnlichen Dingen für mein neues Zuhause zu beschaffen. Die Luft war schneidend kalt und fühlte sich durch den kräftigen Ostwind noch eine Spur kälter an. Wenn man dem Wetterbericht Glauben schenken durfte, würde der Wind im Laufe der nächsten Stunde auf West drehen. In den Nachmittagsstunden war mit schweren Windböen in Orkanstärke zu rechnen. Ein ausgewachsener Wintersturm rollte auf die Insel zu.

In einem Kaufhaus fand ich passende Handtücher für die Küche und das Bad, außerdem Bettwäsche sowie ein paar weihnachtliche Dekoartikel und andere Accessoires. Im Anschluss kaufte ich im Supermarkt Lebensmittel und einige Getränke bereits in Hinblick auf Heiligabend ein.

Auf dem Weg zu meinem Auto musste ich unwillkürlich lächeln, da ich mich an meine erste Begegnung mit Nick erinnerte. Hier hatte alles angefangen. Im Nachhinein war ich der alten Dame dankbar, dass sie sich ausgerechnet mein Auto für den Parkrempler ausgesucht hatte, überlegte ich, während ich meine Einkaufstüten im Kofferraum verstaute. Dadurch hatte mein Leben eine vollkommen neue Wendung genommen.

In Morsum angekommen, schleppte ich meine Tüten zur Haustür, wo ich sie abstellte und aufschloss. Der Wind war mittlerweile derart stark geworden, dass er mir mein Haar wild durch das Gesicht wehte, sodass ich kaum gucken konnte. Ich brachte die Lebensmittel in der Küche und im Vorratsraum unter und verteilte anschließend meine eben erworbene Weihnachtsdekoration an verschiedenen Stellen im Haus. Auf dem niedrigen Tisch zwischen den Sofas stellte ich das runde silberne Tablett und drapierte darauf kleine Windlichter in unterschiedlichen Größen und Schattierungen sowie eine kleine Vase, alles Ton in Ton. Ich trat einen Schritt zurück, verschränkte die Arme vor der Brust und betrachtete zufrieden mein Arrangement. Bald würde das gesamte Haus nach meinen Vorstellungen eingerichtet sein. Schade, dass Johannes das alles nicht mehr miterleben konnte. Ihm würde es sicherlich gefallen, redete ich mir ein, während ich die Treppe nach oben ging, um die Bettwäsche, die Handtücher und die Toilettenartikel wegzuräumen. Dabei fiel mir die Haarbürste runter. Ich bewegte mich ein paar Stufen zurück, um mich zu bücken und sie aufzuheben, als ich feststellte, dass eine Treppenstufe eigenartig dumpf klang. Neugierig geworden legte ich die Sachen beiseite und kniete mich auf eine der unteren Stufen. Dann begann ich, die Stufe mit den Fingern abzuklopfen. Tatsächlich, sie klang hohler als die anderen. Bei näherer Untersuchung entdeckte ich einen verborgenen Mechanismus mit einem winzigen Haken, wie ich ihn von meinem kleinen Holzkästchen aus Kindertagen kannte, in dem ich alle meine Schätze und Geheimnisse vor fremden Blicken verwahrt hatte. Es kostete mich einige Mühe, das Häkchen zu bewegen. Als ich es endlich geschafft hatte, ließ sich die Stufe öffnen. Mir stockte der Atem, ich hatte offenbar eine Art Geheimversteck gefunden.

»Mal sehen, ob sich darin etwas befindet«, murmelte ich vor mich hin.

Neugierig und zaghaft zugleich schob ich meine Hand tiefer in die Öffnung und ertastete etwas Eckiges, Hartes. Es fühlte sich kalt an. Ich griff danach und beförderte mit zittrigen Fingern ein längliches Metallkästchen zutage. Das Behältnis war mit einer Staubschicht bedeckt und sah alt aus, denn es hatte jeglichen metallenen Glanz verloren. Voller Anspannung öffnete ich es äußerst behutsam, schließlich wusste ich nicht, was sich darin verbarg. Die feinen Scharniere ließen sich nur schwer bewegen. Als ich kräftiger drückte, rutschte ich ab und schnitt mich an einer scharfen Kante in den Finger.

»Autsch!«, stieß ich hervor und ärgerte mich über meine Ungeschicklichkeit.

Der Schmerz verebbte relativ zügig, aber die Wunde blutete trotz allem stark. Während ich ins Bad eilte, um nach einem Pflaster zu suchen, saugte ich mit meinen Lippen das Blut vom Finger. In einer der Schubladen im Badezimmerschrank wurde ich erfreulicherweise fündig. Geschwind verarztete ich meinen Finger und wollte nach unten gehen, als ich glaubte, ein Geräusch zu hören. Es kam aus dem Erdgeschoss. Einen Moment verharrte ich regungslos auf der obersten Stufe und wagte kaum zu atmen. Ich lauschte. Nichts außer dem Puls, der in meinen Ohren rauschte. Ich machte auf dem Treppenabsatz kehrt und bewegte mich zum Fenster. Vielleicht kam das Geräusch von draußen. Aber auch draußen auf dem Grundstück war niemand und nichts zu sehen. Lediglich die kahlen Äste der Bäume und Sträucher bogen sich im Sturm, der von Minute zu Minute stärker wurde. Einige vertrocknete Hortensienblüten wirbelten wie braune

Bälle durch den Garten, als ob der Wind mit ihnen spielen würde. Ich wendete mich vom Fenster ab und begab mich erneut zur Treppe, als es hinter mir laut knallte. Zu Tode erschrocken drehte ich mich um. Ich starrte mit weit aufgerissenen Augen zum Fenster, jede Sekunde bereit, die Flucht anzutreten. Ein weiterer, überlauter Knall folgte, der mich zusammenzucken ließ. Dann endlich erkannte ich die Ursache. Einer der Fensterläden hatte sich aus seiner Verankerung gelöst und wurde vom Sturm immer wieder kraftvoll gegen das Fenster geschleudert. Ich öffnete das Fenster, wobei mir augenblicklich ein gewaltiger Windstoß entgegenschlug, sodass ich arge Probleme hatte, nicht vom geöffneten Fenster erschlagen zu werden, geschweige denn, den Fensterladen festzumachen. Als ich ihn befestigt und das Fenster geschlossen hatte, setzte ich die Untersuchung meiner Entdeckung fort. In dem Kästchen befanden sich neben einigen Fotos sowohl Kopien von Frachtpapieren als auch mehrere Zeitungsausschnitte und ein kleines Tonband sowie ein in Leder gebundenes Notizbuch mit handgeschriebenen Einträgen. Ich runzelte verwundert die Stirn. Zu guter Letzt stieß ich auf einen unverschlossenen braunen Umschlag, in dem sich wiederum weitere Briefumschläge befanden. Allesamt fest verschlossen. Auf einem der Kuverts stand in großen Lettern A. B. geschrieben. War der Brief für mich? Ich steckte ihn trotz allem zu den anderen zurück in den braunen Umschlag. Neugierig kauerte ich mich – mit dem Rücken an die Wand gelehnt – auf die darunter-gelegene Treppenstufe und begann, die übrigen Unterlagen näher anzusehen. Ich richtete meine Aufmerksamkeit zunächst auf die Fotografien. Die Schwarz-Weiß-Fotos waren, wie mir jeweils eine Notiz auf der Rückseite verriet, nahezu ausschließlich in den 60er-Jahren aufgenommen worden. Sie zeigten vorrangig zwei junge Männer beim Angeln, auf einem Boot oder in Siegerpose vor einem Sportwagen wie man es aus alten Filmen kannte. Ein weiteres Bild zeigte ein junges Paar, das freudestrahlend in die Kamera lächelte. Auf der Rückseite stand »Johannes und Marla«. Bei genauerem Hinsehen ließ sich bei der jungen Frau eine frappierende Ähnlichkeit mit Luisa von Waldenbach erkennen, die mir bei der Testamentseröffnung alles andere als freundlich gegenübergetreten war.

»Wer ist Marla?«, überlegte ich laut.

Meinen Internetrecherchen zufolge war Luisa mit Albert von Waldenbach verheiratet gewesen. Der Name Marla tauchte nirgends auf. Nunmehr schenkte ich meine Aufmerksamkeit den gesammelten Zeitungsartikeln. Vielleicht verschaffte mir deren Durchsicht mehr Klarheit, denn momentan ließen sich die einzelnen Puzzleteile in meinem Kopf noch nicht zu einem Gesamtbild zusammenfügen. Einige Ausschnitte waren über die Jahre stark verblasst. Sie berichteten über den tödlichen Autounfall von Albert von Waldenbach mit all seinen Spekulationen und Mutmaßungen, die sich darum rankten. Andere wiederum waren neueren Datums, teilweise in englischer Sprache verfasst und weckten mein Interesse. Sie beschäftigten sich mit dem weltweiten Drogenhandel und deren Drahtziehern. Ich nahm einen weiteren Zeitungsausschnitt in die Hand, der mit der Überschrift »Drogenkartell schlägt zurück – Ermittlerfamilie stirbt durch Autobombe« betitelt war. Beim Überfliegen des Berichtes gefror mir fast das Blut in den Adern.

»Nick«, flüsterte ich, während meine Gedanken unaufhaltsam in meinem Kopf durcheinanderkreisten.

Was hatte er mit der Angelegenheit zu tun? Warum hatte Johannes ausgerechnet diese Artikel aufbewahrt? Und sogar gut versteckt? Ich musste augenblicklich Nick anrufen. Irgendetwas stimmte nicht, das spürte ich. Vielleicht konnte er mir erklären, was das alles zu bedeuten hatte. Plötzlich erinnerte ich mich an sein merkwürdiges Verhalten und den Ausdruck in seinen Augen, als ich den Namen Luisa von Waldenbach in seiner Gegenwart das erste Mal erwähnt hatte. Kannten sie sich? Warum hätte er diese Tatsache vor mir geheim halten wollen? Dazu bestand meines Erachtens kein Grund. Oder doch? Warum sollte er mir diese Information absichtlich vorenthalten haben? Worin lag der Sinn? Zweifel krochen in mir hoch, die ich schnell abzuschütteln versuchte. Ein offenes Gespräch war das einzige Mittel, um möglichst schnell für Klarheit zu sorgen, bevor meine Fantasie endgültig mit mir durchging. Eilig verstaute ich alle Unterlagen in der Schachtel. Dann deponierte ich sie wieder in der Treppenstufe und verschloss diese sorgfältig mit dem winzigen Haken. Reine Vorsichtsmaßnahme, sagte ich zu mir selbst. Johannes hätte sich kaum derart viel Mühe bei seinem Versteck gegeben, wenn dem Inhalt nicht eine gewisse Brisanz zugrunde liegen würde.

Als ich aufstehen wollte, hörte ich plötzlich erneut ein Geräusch. Ein weiterer Fensterladen, der sich losgerissen hatte? Ich lauschte angespannt. Nichts rührte sich. Bis auf den Sturm, der draußen tobte und im Kamin heulte. Der Wind pfiff um das Haus und rüttelte mit unbändiger Kraft an den Fensterläden. Ich hoffte, ihre Befestigungen würden dem Angriff standhalten, bis der heftige Sturm abgezogen war. Ungeachtet der Tatsache, dass die Geräusche eine natürliche Ursache hatten, musste ich mir eingestehen, dass ich mich zunehmend unwohler in meiner Haut fühlte. Wie ein zartes Pflänzchen zu einer stattlichen Pflanze gedieh, so entwickelte sich meine Angst regelrecht zu einer Panik. Ich sollte das Radio einschalten, empfahl ich mir selbst. Auf diese Weise konnte ich die Geräusche übertönen und fühlte mich nicht gänzlich allein. In diesem Moment fiel etwas zu Boden und zerschellte. Hier im Haus, unweit von mir. Einbrecher schoss es mir durch den Kopf. Sie trieben seit geraumer Zeit ihr Unwesen auf der Insel und hielten die Polizei auf Trab. Ich erstarrte, und meine Angst drohte, mich zu lähmen. Das Blut in meinen Ohren rauschte so laut, dass davon selbst die Sturmgeräusche überdeckt wurden. Angestrengt lauschend setzte ich mich Schritt für Schritt die Treppe nach unten in Bewegung, um an mein Handy in meiner Tasche zu gelangen. Dabei starrte ich angestrengt in die Richtung, aus der das Klirren gekommen war. Mein Herz hämmerte aufgeregt in meiner Brust, als wenn es jeden Moment herausspringen wollte. Alles blieb – vom Unwetter vor der Tür abgesehen – still. Zu still. Hatte ich eventuell vergessen, eines der Fenster fest zu schließen, und eine kräftige Windböe hatte ein Glas oder eine Vase zu Fall gebracht? Bestimmt gab es hierfür eine plausible Erklärung, versuchte ich mir selbst Mut zuzusprechen. In Zukunft sollte ich mir weniger Thriller im Fernsehen ansehen. Ich musste dringend mein Handy aus der Tasche holen, um Nick anzurufen. Und in diesem Augenblick sah ich es, was mir von einer auf die andere Sekunde sämtliche Farbe aus dem Gesicht weichen ließ. Nasse Schuhabdrücke auf den dunklen Fliesen im Eingangsbereich. Sie waren frisch, denn sie glänzten noch und stammten eindeutig nicht von mir. Mindestens eine weitere Person befand sich mit mir im Haus, das stand völlig außer Frage. Ich hätte mich umgehend um die Alarmanlage kümmern müssen, als Nick mich darum gebeten hat. In diesem Fall kam die Erkenntnis leider zu spät und meine Nachlässigkeit wurde prompt bestraft.

»Ava? Carsten? Seid ihr hier?«, krächzte ich, da mir meine Stimme buchstäblich im Halse stecken blieb.

Doch ich erhielt keine Antwort. Nichts rührte sich, bis auf das Heulen des Windes, der draußen unerbittlich wütete. Ich verspürte grenzenlose Furcht und den dringenden Wunsch, diesen Ort augenblicklich zu verlassen. Ich rannte los. Als ich nach meiner Tasche und der rettenden Türklinke greifen wollte, bemerkte ich aus dem Augenwinkel zu meiner Rechten im Gang zur Küche eine Person stehen. Erschrocken blieb ich wie versteinert stehen. Meine Füße gehorchten mir nicht mehr, obwohl mein Fluchtinstinkt nie ausgeprägter war als in diesem Moment.

»Guten Tag, Frau Bergmann.« Die eiskalte Stimme von Luisa von Waldenbach ließ mir einen kalten Schauer über den Rücken laufen. »Wie ich sehe, haben Sie Ihr neues Reich bereits in Beschlag genommen. Wie schön.« Ihr heuchlerisches Lächeln ließ mich schaudern und nichts Gutes erahnen.

Sie trug einen dunklen Hosenanzug, und ich erkannte das intensive Parfüm, das mir nunmehr in einer Welle entgegenschlug. Sie bewegte sich langsam auf mich zu, wie eine Raubkatze, die sich in tödlicher Absicht an ihre Beute heranschleicht.

»Was wollen Sie?«, war das Einzige, was ich mit kläglicher Stimme über meine Lippen brachte, während mich meine unsichtbaren Fesseln festhielten.

Plötzlich rückte hinter ihr eine weitere Person in mein Blickfeld. Nick! Mir stockte der Atem. Er trug seine Uniform und fixierte mich angestrengt mit seinem Blick, ohne ein Sterbenswort von sich zu geben. Meine Gedanken überschlugen sich in rasanter Geschwindigkeit. Was ging hier vor? Warum hatte er mich nicht gewarnt? Er wusste, dass ich im Haus war, denn mein Wagen stand auf dem Parkplatz. In welchem Verhältnis standen die beiden zueinander? Benutzte Luisa von Waldenbach Nick, um an ihr Erbe zu gelangen? War das der Grund, warum er mit mir zusammen war? Angst und Zweifel ergriffen zusehends Besitz von mir.

Bevor ich in der Lage war, mir auf die Situation einen Reim zu machen, erkannte ich, dass hinter Nick eine weitere Person stand. Bei der dritten Person handelte es sich um Georg, den blassen und schweigsamen Sohn von Luisa von Waldenbach. Schlagartig wurde mir klar, warum Nick nichts unternahm, denn Georg drückte ihm einen Revolver in den Rücken.

Luisa von Waldenbach bewegte sich mit langsamen Schritten und selbstgefälligem Blick auf mich zu. Ihr Sohn folgte ihr in einigem Abstand und schob seine Geisel vor sich her. »Ich glaube«, begann Luisa von Waldenbach und ließ mich nicht aus den Augen, »Sie besitzen etwas, was mir gehört.«

Unwillkürlich machte ich ein paar Schritte rückwärts, um sie nicht dichter an mich herankommen zu lassen. Was um alles in der Welt wollte sie von mir? Ich hatte nicht die leiseste Ahnung, worauf sie anspielte. Was sollte ich tun? Ich musste Zeit gewinnen, um Hilfe zu holen. In der aktuellen Konstellation hatte ich gegen die beiden nicht den Hauch einer Chance. Nick mit einer höchstwahrscheinlich geladenen Waffe im Rücken noch weniger. Eine falsche Bewegung und er wäre tot. Ich war überzeugt, die von Waldenbachs würden nicht bluffen. Die Gedanken schossen mir kreuz und quer durch den Kopf, ohne dass ich zu einem klaren Entschluss kam, wie es weitergehen sollte.

»Ich weiß nicht, wovon Sie sprechen«, versuchte ich so ruhig wie möglich zu antworten, obwohl mein Herz derart laut schlug, dass jeder im Raum es hätte hören können. Mein Mund fühlte sich trocken an, und für einen kurzen Moment wurde mir vor Angst regelrecht übel, sodass ich eine mich befreiende Ohnmacht herbeisehnte.

»Sie wissen sehr wohl, wovon ich spreche, Frau Bergmann. Sie können getrost aufhören, Theater zu spielen. Dafür haben Sie nicht das nötige Talent«, gab sie zurück und fixierte mich.

»Anna …«, meldete sich Nick unvermittelt zu Wort, was ihm umgehend einen festen Stoß in die Nierengegend einbrachte. Er stöhnte schmerzhaft auf.

»Sie halten sich raus!«, fuhr sie ihn an.

»Wollen Sie das Haus? Geht es darum?«, versuchte ich den wahren Grund für ihr Erscheinen zu ergründen und das Ganze möglichst unbeschadet hinter uns zu bringen.

Sie lachte zunächst und sagte dann in abfälligem Tonfall: »Kindchen, dieses Haus ist mir vollkommen egal. Ich besitze genügend Geld, um mir mindestens zehn dieser Häuser leisten zu können.« Ihr feindseliger Blick schien mich regelrecht zu durchbohren. »Nein.« Sie schüttelte den Kopf. »In Ihrem Besitz befindet sich etwas, was für mich wesentlich kostbarer ist, und Sie werden es mir geben. Wenn ich also bitten darf?«

Diese Aufforderung war keine freundliche Bitte. Ich überlegte fieberhaft, worauf sie anspielte. Im Haus war mir in meinen Augen nichts außergewöhnlich Wertvolles aufgefallen. Da es kein Bargeld oder Schmuck gab, konnte sie nur eines der Bilder an der Wand meinen. Sie befand sich bereits im Haus und konnte sich nehmen, was sie wollte, ohne dass ich sie daran hindern konnte. Als ich das ungeduldige Flackern in ihren Augen sah, fiel es mir wie Schuppen von den Augen. Das Kästchen! Das musste es sein, worauf sie es abgesehen hatte. Natürlich. Sie war eindeutig auf den Fotos zu erkennen gewesen. Ich schluckte. Hatte sie mich womöglich vorhin auf der Treppe beobachtet, wie ich das Metallkästchen gefunden hatte? Offensichtlich nicht, beantwortete ich mir meine Frage selbst. Dieser Umstand verschaffte mir ein wenig Vorsprung zum Nachdenken, obwohl ich offen gestanden zu keinem klaren Gedanken in der Lage war. Ich wusste momentan nicht, was ich tun sollte, aber mit etwas Glück ergab sich vielleicht eine Möglichkeit zur Flucht.

Luisa von Waldenbach kam ein weiteres Stück auf mich zu, während ich erneut zurückwich. Wir standen mittlerweile mitten im Wohnbereich. Die Chance, an mein Handy zu gelangen, war endgültig vorbei. Mit ziemlicher Sicherheit hätte mein ungebetener Gast nicht tatenlos zugesehen, wie ich in aller Ruhe Hilfe anforderte.

»Ich warte, Frau Bergmann, und habe nicht ewig Zeit«, forderte sie mich schroff auf. »Sie wollen gewiss nicht, dass Ihrem Prachtkerl etwas zustößt. Das wäre ausgesprochen schade, finden Sie nicht?«

Sie deutete auf Nick und ihre eisblauen Augen funkelten gefährlich. Sie genoss die Wirkung ihrer Drohung, die sich auf meinem erschrockenen Gesicht widerspiegelte.

»Anna, tu es nicht!«, rief Nick ungeachtet des erneuten Hiebes, den er umgehend für seine Äußerung erntete.

»Ruhe!«, herrschte Luisa von Waldenbach ihn an. »Oder wollen Sie am Ende eine weitere Frau verlieren? Das liegt allein in Ihrer Hand.«

Ich blickte zu Nick und konnte sehen, wie er tief einatmete und den Körper straffte. Er musste sich zwingen, nicht die Beherrschung zu verlieren. In diesem Moment durchschnitt eine leise Melodie die angespannte Situation. Diesen Augenblick der Ablenkung machte sich Nick zunutzen, drehte sich blitzartig um und schlug seinem Peiniger mit einem gezielten Schlag die Waffe aus der Hand. Die Pistole fiel mit einem Poltern zu Boden und schlitterte über den glatten Fußboden unmittelbar vor die Füße von Luisa von Waldenbach. Ich hatte Nicks Reaktion nicht kommen sehen und war zu perplex, um schnell genug zu reagieren.

»Du Idiot!«, fuhr sie ihren Sohn an und hob mit einer erstaunlich geschmeidigen Bewegung, die ich ihr in Anbetracht ihres Alters nicht zugetraut hatte, die Waffe auf. Dann schenkte sie Nick einen vernichtenden Blick. »Sie, Herr Scarren, haben mir bislang nichts als Ärger bereitet. Es reicht. Endgültig!«, zischte sie und reckte ihr Kinn.

Wie in Zeitlupe hob sie die Schusswaffe in ihrer Hand und zielte geradewegs auf Nick, der sich unweit von mir vor dem Flügel positioniert hatte.

»Halt!«, schrie ich. »Schießen Sie nicht! Bitte! Ich hole es.«

»Schön, dass Sie endlich Vernunft annehmen«, erwiderte Frau von Waldenbach mit einem zufriedenen Gesichtsausdruck, die Waffe weiterhin auf Nick gerichtet. »Und keine miesen Tricks. Bloß der kleinste Versuch, und Ihr Freund ist mausetot.«

»Natürlich nicht«, versicherte ich mit erstickter Stimme und setzte mich in Bewegung in Richtung des Verstecks. An der Tatsache, dass ihrer Androhung Taten folgen würden, bestand nicht der geringste Zweifel.

»Anna, tu es nicht!«, beschwor mich Nick und griff im Vorbeigehen nach meinem Arm, um mich von meinem Vorhaben abzubringen.

Da hörte ich Luisa von Waldenbachs höhnische Stimme sagen: »Grüße an die Familie«, und unmittelbar darauf krachte ein ohrenbetäubender Schuss.

KAPITEL 31

Uwe rieb sich mit beiden Händen übers Gesicht und stieß dabei einen lang gezogenen Seufzer aus. Er saß an seinem Schreibtisch und hatte die Ellenbogen auf die Tischplatte gestützt.

»Was ist los?«, erkundigte sich der Kollege Ansgar Kreutzer, der mit dem Rücken zum Fenster stand und an seinem Kaffeebecher nippte.

»Nick meldet sich nicht«, erklärte Uwe und sah auf seine Armbanduhr.

»Dann ruf ihn an«, schlug Ansgar kurzerhand vor.

»Das ist es ja. Ich habe es mehrfach versucht, aber er geht nicht an sein Telefon.«

»Hm, dafür gibt es sicherlich einen Grund«, konterte Ansgar. Dann fügte er mit einem schelmischen Grinsen hinzu: »Könnte der Grund vielleicht mit A anfangen?«

Uwe honorierte die Aussage des Kollegen mit einem strengen Blick. »Unsinn! Nick ist im Dienst und hat sich vorhin für eine knappe Stunde abgemeldet. Er müsste längst zurück sein. Das passt nicht zu ihm, sich nicht zu melden.«

»Bestimmt ist er aufgehalten worden. Mach dir um ihn keine Sorgen, Nick haut so leicht nichts um«, versuchte Ansgar ihn zu beruhigen.

»Er war irgendwie komisch heute.«

»Du kennst Nick, er ist nicht gerade die Redseligkeit in Person. Das muss nichts bedeuten. Wahrscheinlich hat er nur schlecht geschlafen.«

»Kann sein, aber die Sache gefällt mir trotzdem nicht. Irgendetwas stimmt nicht, das fühle ich«, betonte Uwe.

»Verfügst du neuerdings über telepathische Fähigkeiten?«, neckte Ansgar ihn.

»Sehr witzig!«, gab Uwe genervt zurück. »Lasse ist ebenfalls zu spät. Oder hast du ihn schon gesehen? Er hat Spätdienst und müsste längst hier sein. Macht denn hier jeder, was er will?« Uwe fühlte sich müde und ausgelaugt. Er sehnte sich nach seinem Sofa und einer ordentlich warmen Mahlzeit. Die Currywurst, die er vor gut zwei Stunden verdrückt hatte, hatte sein Hungergefühl nur noch verstärkt.

Mit einem Mal öffnete sich die Tür, und eine Polizistin steckte ihren Kopf hindurch. »Moin!«

»Moin, Annika! Ich hoffe, du bringst keine neue Hiobsbotschaft? Ich habe gleich Feierabend und will nach Hause. Außerdem habe ich Hunger«, bekräftigte Uwe.

»Ich fürchte schon.« Sie schenkte ihm ein entschuldigendes Lächeln. »Eben ging ein Notruf ein. Spaziergänger wollen in Morsum einen verdächtigen Knall gehört haben. Möglicherweise könnte es sich dabei um einen Schuss gehandelt haben«, berichtete sie. »Hier ist die Adresse, die übrigen Streifenwagen sind alle woanders im Einsatz. Könnt ihr hinfahren?« Sie reichte Uwe einen kleinen Zettel über den Tisch.

»Wahrscheinlich hat der Sturm bloß etwas umgerissen, was sie fälschlicherweise für einen Schuss gehalten haben«, vermutete Ansgar gleichmütig. »Die Urlauber sollten bei dem Wetter besser im Haus bleiben und sich nicht unnötig in Gefahr bringen. Da draußen tobt ein ausgewachsener Orkan, den man nicht unterschätzen darf.« Er schüttelte verständnislos den Kopf. »Das ist doch immer dasselbe mit den Leuten«, murmelte er vor sich hin und führte erneut die Tasse zum Mund.

»Sie waren mit ihrem Hund unterwegs, da hat man keine Wahl. Hunde müssen halt ab und zu raus«, korrigierte die Beamtin den Kollegen.

»Meinetwegen«, brummte Ansgar missmutig. »Ein Grund, sich keinen anzuschaffen.«

In diesem Moment schob sich Lasse Thomsen hinter der Kollegin ins Zimmer.

»Moin. Sorry, ich bin spät dran«, entschuldigte er sich kleinlaut. Er wirkte abgehetzt. Sein Haar war vom Wind zerzaust.

»Allerdings«, bestätigte Uwe gereizt, verzichtete jedoch darauf, dem jungen Mann eine Standpauke zu halten. Aktuell quälten ihn andere Sorgen. Sein Handy klingelte. »Endlich!«, stieß er hervor. »Wo treibst du dich rum? Nick? Hallo? Warum sagst du nichts?«

»Was ist los?«, erkundigte sich Ansgar.

»Du kannst deine Jacke gleich anbehalten, Lasse. Wir fahren sofort nach Morsum.«

»Und was wollen wir da?« Lasse zog fragend die Augenbrauen hoch, erhielt jedoch keine nähere Erklärung.

»Los komm! Da stimmt was nicht. Schnell!« Mit diesen Worten sprang Uwe ungewöhnlich rasch von seinem Stuhl auf, packte den Autoschlüssel und verließ im Sturmschritt den Raum.

»Ich auch?«, vergewisserte sich Ansgar.

»Nein, du fährst zu der Adresse, die Annika uns gegeben hat. Nimm Oliver mit! Bitte«, setzte er nach.

Ansgar griff mit einem Augenrollen nach seiner Jacke und machte sich auf den Weg.

KAPITEL 32

Als der Knall verhallt war, sah ich mit Entsetzen, wie Nick sich mit der Hand an die linke Brust fasste, leise stöhnte und dabei schmerzhaft das Gesicht verzog. Die abgefeuerte Kugel hatte ihn getroffen. Zwischen seinen Fingern bildeten sich kleine rote Rinnsale, die sich wie ein Spinnennetz erschreckend rasch ausbreiteten und breiter wurden. Er stützte sich mit dem anderen Arm rückwärts an dem Flügel ab und sank nun wie in Zeitlupe zu Boden, bis er gegen ein Bein des Instrumentes gelehnt sitzen blieb.

»Nein! Nick!«, schrie ich und kniete neben ihm nieder.

Ohne lange zu überlegen, riss ich mir meinen Baumwollschal vom Hals, öffnete Nicks Jacke und presste den Schal so fest ich konnte auf die blutende Wunde, um die Blutung zu stoppen. Er sah mich an und ein seltsamer Glanz spiegelte sich in seinen Augen wider.

»Anna, warte«, presste er mit zusammengebissenen Zähnen hervor. Schweißperlen standen auf seiner Stirn, und sein Atem ging kurz und flach.

Er sprach nicht weiter, sondern schluckte schwer und schloss für einen kurzen Augenblick die Augen.

»Ganz ruhig«, versuchte ich ihn zu beruhigen, obwohl ich selbst alles andere als entspannt war. Ich befürchtete, er würde jede Sekunde bewusstlos werden, denn das Blut strömte unaufhaltsam aus der Schussverletzung, egal, wie fest ich zudrückte.

»Wir schaffen das, hörst du? Du musst durchhalten.«

»Ich hatte Sie gewarnt«, erklang die unerbittliche Stimme von Luisa von Waldenbach.

Ich blickte zu ihr. Sie stand in aufrechter Haltung, die Waffe in der Hand und musterte uns beinahe angewidert. Ihr Sohn Georg befand sich schräg hinter ihr und starrte seine Mutter an, als könne er nicht fassen, was sie gerade getan hatte. Seine Gesichtsfarbe wechselte von knallrot zu aschgrau.

»Handy«, flüsterte Nick.

»Ich komme nicht dran«, wisperte ich und warf einen Blick zu meiner Tasche, die für mich unerreichbar war.

Nick brauchte dringend einen Arzt, das stand außer Frage. Meine tiefe Verzweiflung und grenzenlose Sorge um ihn verwandelten sich schlagartig in unbändigen Zorn.

»Sie sind wahnsinnig!«, schleuderte ich Luisa von Waldenbach entgegen, sprang auf und ging wie eine Furie auf sie los. Wenige Meter von ihr entfernt, blieb ich stehen. »Damit kommen Sie niemals durch!« Meine Stimme zitterte vor Anspannung.

»Wer sollte mich aufhalten, Sie vielleicht?«, entgegnete sie, und ich blickte in ihre hasserfüllten Augen. »Sie können ja noch nicht einmal Ihre Handtasche verteidigen. Geben Sie mir das, was ich will.«

Ich benötigte einen Augenblick, bis ich die Bedeutung ihrer Worte begriff. Natürlich, die Motorradgangster! Sie steckte vermutlich hinter dem Überfall.

»Machen Sie schon, bevor ich die Geduld verliere! Sonst …«, riss sie mich aus meinen Gedanken.

»Sonst was? Erschießen Sie mich dann auch?«, entgegnete ich trotzig und zeigte in Nicks Richtung. »Wenn ich tot bin, bekommen Sie es nie!« Ich musste von allen guten Geistern verlassen worden sein, wenn ich es wagte, mich mit dieser Frau anzulegen. Wer von uns eindeutig am längeren Hebel saß, war unbestritten. Trotz allem gab ich nicht auf. Ich hatte nichts zu verlieren, denn sie würde mich niemals gehen lassen – so oder so – dessen war ich mir sicher.

»Rufen Sie einen Notarzt!«, brüllte ich, doch sie reagierte nicht. »Und Sie? Wollen Sie ewig den Trottel für Ihre Mutter spielen? Tun Sie etwas verdammt noch mal! Was sind Sie bloß für ein Weichei!«, schrie ich in meiner unermesslichen Hilflosigkeit Georg an, der schuldbewusst, den Blick gesenkt, noch immer hinter seiner Mutter stand.

Dann wandte ich mich Nick zu. Seine Wunde blutete unablässig weiter und seine Atmung war ungleichmäßig. Er hatte den Kopf in den Nacken gelegt und hielt die Augen geschlossen. Plötzlich hustete er und verlor anschließend das Bewusstsein, wobei sein Kopf zur Seite kippte.

»Oh Gott, Nick! Bitte bleib hier«, stieß ich entsetzt hervor und kämpfte mit den aufsteigenden Tränen.

Erneut wurde ich von einer Welle von Panik erfasst. Es musste sofort etwas passieren, sonst würde Nick nicht überleben. Hastig zog ich meine Strickjacke aus, knüllte sie zusammen und presste sie auf die Wunde, da der Schal bereits keine Flüssigkeit mehr aufnehmen konnte. Nur in Bluse und Jeans kniete ich neben ihm, seinen Kopf in meinem Schoß und kämpfte einen verzweifelten Kampf, dessen Ausgang in der jetzigen Lage aussichtslos schien.

»Bitte, lassen Sie mich einen Arzt rufen!« Mein flehender Blick traf Luisa von Waldenbach, prallte jedoch wirkungslos von ihr ab. Ich war buchstäblich am Ende meiner Kräfte, und meine Tränen spülten den letzten Funken Hoffnung davon. Mich trennten nur wenige Meter vom Telefon auf dem Sideboard. Da ich keinen anderen Ausweg sah, nahm ich allen Mut zusammen und stürmte darauf zu. Leider kam ich nicht an mein Ziel, denn Luisa von Waldenbach schnitt mir den Weg ab und richtete den Revolver auf mich.

»Netter Versuch. Beinahe eine filmreife Leistung. *Feurige Leidenschaft* wäre ein passender Titel«, befand sie amüsiert. »Bedauerlich nur, dass dieser Film kein Happy End haben wird.« Mit einem Schulterzucken wandte sie sich ihrem Sohn zu. »Georg, sieh oben nach, ob du dort etwas findest. Ich bin sicher, Johannes hat es im Haus versteckt. Ich nehme mir das Erdgeschoss vor. Und Sie wagen sich nicht von der Stelle, sonst enden Sie so wie Ihr Freund!«

»Aber …«, wagte Georg einen zaghaften Vorstoß.

»Nichts aber, Georg. Mach schon! Mit Frau Bergmann werde ich allein fertig.«

Ich machte keinerlei Anstalten, mich gegen sie aufzulehnen. Schicksalsergeben saß ich auf dem Boden neben dem Flügel bei Nick. Er bewegte sich nicht mehr, und sein Atem war kaum mehr wahrzunehmen. Ich griff nach der blutgetränkten Strickjacke, als ich plötzlich gegen etwas Hartes stieß. Vorsichtig öffnete ich die Jacke ein weiteres Stück. In der Innentasche seiner Jacke steckte sein Handy. Mein Herz raste vor Aufregung. Das musste er vorhin gemeint haben. Wie konnte ich bloß derart begriffsstutzig sein? Nachdem ich mich vergewissert hatte, dass Georg außer Sichtweite war und Luisa von Waldenbach auf der Suche nach dem Kästchen mir den Rücken zugewandt hatte, wagte ich einen Blick auf das

Display. Das Gerät war eingeschaltet und mit Uwe verbunden. Nick musste zuvor bereits heimlich, die Nummer seines Freundes gewählt haben in der Hoffnung, er würde ihn hören und zu Hilfe eilen. Plötzlich schöpfte ich neuen Mut. Schnell schob ich das Handy zurück in Nicks Jacke. In diesem Moment drehte sich Luisa von Waldenbach zu mir um. Mein Herz klopfte mir bis zum Hals. Ich hoffte inständig, sie würde von alledem nichts mitbekommen haben.

»Das ist Ihre letzte Chance, Frau Bergmann. Wo haben Sie es versteckt?«

»Rufen Sie einen Rettungswagen, dann sage ich es Ihnen«, machte ich zur Bedingung.

Sie wirkte für den Bruchteil einer Sekunde irritiert, dann kam sie gefährlich nah auf uns zu.

»Wenn Sie von Anfang an kooperiert hätten, wäre Ihr Freund noch am Leben. Dass es so weit kommen musste, ist allein Ihr Verschulden. Aber keine Sorge, Sie werden gleich auf immer und ewig vereint sein.« Ein hässliches Lachen drang aus ihrer Kehle.

Dann bewegte sie sich mit gezückter Pistole zielstrebig auf mich zu. Uns trennten nur wenige Meter. Ich rechnete mit dem Schlimmsten und schloss die Augen. Im selben Augenblick ertönte ein lauter Knall, und der Raum wurde in dichten Nebel getaucht. Mehrere Polizeibeamte stürmten in den Raum. Sie überwältigten die von Waldenbachs, die ebenso überrascht wurden wie ich und führten sie gleich darauf in Handschellen ab. Ich konnte Frau von Waldenbach selbst aus der Ferne lamentieren hören. Uwe stand plötzlich vor mir, gefolgt von einem Notarzt und Rettungssanitätern, die sich umgehend um den Verletzten kümmerten.

»Anna! Ist mit dir alles in Ordnung?«, fragte Uwe und musterte mich kritisch.

»Mit mir schon, aber Nick …«, stammelte ich. »Sie hat auf ihn geschossen.«

»Komm, ich bringe dich raus hier.«

»Ich kann Nick nicht allein lassen«, wehrte ich ab.

»Er ist in den besten Händen. Wir können momentan nicht helfen und stehen bloß im Weg. Komm!« Uwe führte mich behutsam nach draußen.

Nick wurde in den Rettungswagen geschoben und mit Blaulicht ins Krankenhaus gebracht. Ich saß bei geöffneter Beifahrertür in Uwes Streifenwagen. Ansgar und ein weiterer, sehr junger Polizist standen neben mir. Der Sturm hatte noch immer nicht nachgelassen. Mittlerweile war die Dunkelheit über die Insel hereingebrochen. Das alles nahm ich nur am Rande wahr. Der Notarzt wollte mir ein Beruhigungsmittel spritzen, doch ich hatte abgelehnt.

»Kannst du mich bitte in die Klinik fahren«, bat ich Uwe.

Ehe er antworten konnte, drang eine bekannte Stimme an mein Ohr. Britta. Sie kam angelaufen und schloss mich fest in die Arme.

»Anna! Um Himmels willen! Bist du in Ordnung? Wie geht es Nick? Was ist denn überhaupt passiert?«

Ich begann zu schluchzen und zitterte am ganzen Körper. Die aufgestaute Anspannung fiel auf einen Schlag von mir ab. »Nick, er ist … Sie hat auf ihn geschossen!«

»Pssst, ist ja gut«, tröstete Britta mich und strich mir beruhigend über das Haar. »Es ist überstanden. Ihr seid beide in Sicherheit. Alles wird gut. Nick wird wieder gesund.«

»Ich will zu ihm«, sagte ich und wischte mir die Tränen aus dem Gesicht. Dabei bemerkte ich, wie Britta und Uwe Blicke tauschten.

»Selbstverständlich, aber vorher ziehst du dich um und wäschst dir das Gesicht, sonst erschrickt er sich, wenn er dich so sieht!«

Britta schenkte mir ein zaghaftes Lächeln, und erst jetzt wurde mir bewusst, dass ich in der Tat zum Fürchten aussah. Meine Hände waren blutverschmiert, und auch an meiner Kleidung klebte Nicks Blut. Ich stieg aus dem Wagen und folgte Britta ins Haus. Der Nebel der von der Polizei eingesetzten Blendgranaten hatte sich größtenteils verzogen. Ich verschwand oben im Badezimmer, legte in Windeseile die verschmutzten Sachen ab und wusch mir Gesicht und Hände.

Auf der Fahrt in die Klinik schilderte ich Britta, was im Haus vorgefallen war. Anschließend berichtete sie mir, dass Nick sie angerufen hatte, um sich nach mir zu erkundigen, da er mich telefonisch nicht erreichen konnte. Er wollte nach Morsum fahren, in der Hoffnung, mich im Haus anzutreffen.

»Warum er dich dringend sprechen wollte, hat er nicht erwähnt und ich habe nicht nachgefragt. Im Nachhinein mache ich mir Vorwürfe«, gestand mir Britta.

»Das musst du nicht. Wahrscheinlich habe ich seinen Anruf während des Einkaufens nicht gehört. In den Geschäften dudelt überall Weihnachtsmusik.« Ich machte eine Pause. »Nick muss den beiden von Waldenbachs direkt in die Arme gelaufen sein, anders kann ich es mir nicht vorstellen«, resümierte ich. »Kannst du ein bisschen schneller fahren, Britta?«

»Ich fahre so schnell es geht, Anna. Glaube mir, es geht ihm gut. Wir sind in wenigen Minuten da«, erwiderte Britta verständnisvoll. »Warum war diese Luisa eigentlich so scharf auf das Kästchen?«

»Das weiß ich nicht, aber ich vermute, Luisa von Waldenbach war in schmutzige Geschäfte verwickelt gewesen. Ich glaube, der Anschlag auf Nicks Familie hat ebenfalls mit ihr zu tun. In den Unterlagen habe ich einen Zeitungsartikel entdeckt«, antwortete ich und fasste in knappen Sätzen zusammen, was ich gelesen hatte.

Als wir das Krankenhaus erreichten, stürmte ich dem Haupteingang entgegen, kaum dass Britta den Wagen abgestellt hatte. Die Wucht des Sturms schlug mir beim Öffnen beinahe die Beifahrertür aus der Hand. Am Empfang der Klinik wollte man uns keine Auskunft erteilen, stattdessen wurden wir gebeten, in einem trist anmutenden Gang, in dem vereinzelt Bilder an den schmucklosen Wänden hingen, zu warten. Wir nahmen auf den aufklappbaren Plastikstühlen, die mit der Rückenlehne an der Wand befestigt waren, Platz. Das kalte trostlose Licht der Leuchtstoffröhren unter der Decke harmonierte hervorragend mit meiner augenblicklichen Verfassung.

»Nick ist ein Kämpfer, er schafft das«, suchte Britta nach tröstenden Worten und klopfte mir mit der Hand aufmunternd auf meinen Oberschenkel.

Ich wünschte mir nichts sehnlicher, als dass sie recht behielt. Die letzte Zeit lief in Bildfetzen vor meinem inneren Auge ab. Angefangen mit meiner ersten Begegnung mit Nick auf dem Parkplatz des Supermarktes, anschließend unser zufälliges Aufeinandertreffen im

Schwimmbad, meine Rettung nach dem Überfall, unser Kuss auf der Hochzeitsfeier und die erste gemeinsame Nacht. Ich war selten so glücklich gewesen. Das Schicksal, an das ich mich weigerte zu glauben, hatte uns auf wundersame Weise zusammengeführt, zeigte mir jedoch auch auf erschreckende Weise, wie flüchtig und zerbrechlich Glück sein konnte. Während ich deprimiert, die Ellenbogen auf meine Oberschenkel gestützt und das Gesicht in den Händen vergraben, meinen Gedanken nachhing, wurde eine Schiebetür aus Metall geöffnet und mehrere Ärzte und Schwestern in blauer OP-Kleidung betraten den Flur. Ich hob den Kopf und sprang derart schnell auf, dass der Plastiksitz, auf dem ich gesessen hatte, mit lautem Knall zurückschnellte. Einer der Ärzte war Frank, der nun auf uns zukam. Mein Herz krampfte sich augenblicklich stark zusammen, sodass es regelrecht wehtat. Erwartungsvoll wie ängstlich sah ich in sein Gesicht, um daraus ablesen zu können, wie es um Nick stand.

»Hallo, Anna!«, begrüßte er mich und sah sichtlich erschöpft aus.

Mehr sagte er nicht und die entscheidende Frage wollte nicht über meine Lippen. Stattdessen füllten sich meine Augen mit Tränen.

»Wir haben ihn operiert und die Kugel entfernt. Er hat sehr viel Glück gehabt«, erklärte Frank. Trotz allem verriet sein Gesichtsausdruck, dass dies nicht die gesamte Wahrheit zu sein schien.

»Aber …«, hauchte ich und drückte dabei fest Brittas Hand.

»Nick hat viel Blut verloren.«

»Dafür gibt es doch Blutkonserven«, warf Britta ein.

»Grundsätzlich ja«, erwiderte Frank. »Es gibt allerdings ein Problem.«

»Ich verstehe nicht, was meinst du? Von welchem Problem sprichst du?«, wollte ich mit wachsender Nervosität wissen.

»Nick hat die Blutgruppe AB negativ.«

»Und?«, erwiderte ich und verstand nicht, worin die Schwierigkeit bestand.

»Heute wird grundsätzlich nur gruppengleiches Blut für eine Transfusion genutzt. Nur in absoluten Notfällen weicht man auf den Universalspender o Rhesusfaktor negativ aus.« Ich sah ihn fragend an. »Aufgrund eines schweren Unfalls auf einer Baustelle vor zwei Tagen wurden größere Mengen Blutkonserven benötigt. Durch den schweren Sturm haben wir keine neuen Lieferungen erhalten.«

»Willst du damit andeuten, dass ihr ausgerechnet seine Blutgruppe nicht vorrätig habt?« Meine Kehle schnürte sich krampfhaft zusammen.

»Das heißt im Klartext, eure Reserven sind aufgebraucht«, brachte Britta es auf den Punkt.

»Ja, wir haben einen Lieferengpass, wenn man es so nennen möchte.«

Ich registrierte Franks Seitenblick zu einer der Schwestern, die daraufhin betreten den Blick senkte.

»Und jetzt?«, hakte ich nach. »Was ist mit dem Universalspender, von dem du gesprochen hast? Ist davon auch nichts mehr da?«

»Das Problem an o negativ ist, dass diese Blutgruppe seltener vorkommt. Zwar häufiger als AB negativ, trotz allem haben sie nur wenige Menschen. Ich habe mit den umliegenden Krankenhäusern telefoniert. Solange der

Sturm nicht nachlässt, ist es unmöglich, etwas zu bekommen. Die Bahn hat den Betrieb sogar vollständig eingestellt, der Flughafen ebenfalls.«

»Das heißt?« Ich sah ihn durchdringend an.

»Laut der Prognose des Wetterdienstes soll der Sturm in den nächsten zwei Stunden anhalten, bis er sich langsam abschwächt. Bis dahin müssen wir hoffen, dass Nick durchhält oder sich ein Spender findet.«

Meine Knie wurden weich, und meine Sinne drohten zu schwinden. »Das kann nicht sein«, murmelte ich vor mich hin. »Ich habe versucht, die Blutung zu stoppen.«

»Das war gut, sonst wäre er vermutlich nicht mehr am Leben«, betonte Frank.

»Was ist mit Jill? Sie ist seine Schwester. Kann sie ihm nicht Blut spenden?«, fiel Britta ein.

»Geschwister müssen nicht zwingend dieselbe Blutgruppe haben«, klärte uns Frank auf.

»Außerdem befindet sie sich zurzeit auf dem Festland. Sie könnte uns ohnehin nicht helfen, und seine Eltern leben in Kanada«, fügte ich niedergeschlagen hinzu.

Britta und ich sahen uns ratlos an, als die Tür zum Gang aufgerissen wurde und zwei Polizisten in Uniform erschienen. Einer der beiden war Uwe.

»Wie geht es Nick?«, fragte er ohne Umschweife.

»Er braucht dringend Blut, aber seine Blutgruppe ist nicht vorrätig«, erläuterte Britta die Situation.

»Und was bedeutet das konkret?« Uwe schien gerannt zu sein, denn er schnappte nach Luft.

»Dass wir beten müssen, dass der Sturm bald aufhört oder sich ein Spender findet«, fasste ich zusammen.

Nachdem ich Frank überredet hatte, mich zu Nick zu lassen, brachte mich eine Krankenschwester zu ihm. Er lag mit Apparaturen, Infusionen und Schläuchen verbunden in einem Einzelzimmer. Ich trat an sein Bett, streichelte behutsam seine Hand und gab ihm vorsichtig einen Kuss auf die Stirn.

»Wir können doch nicht tatenlos zusehen, wie Nick stirbt«, durchbrach Britta das Schweigen, während sie nervös den Gang zum wiederholten Male rauf und runter wanderte.

»Was schlägst du vor?«, wollte Uwe wissen.

»Können wir nicht einen allgemeinen Aufruf starten?«

»Was denn für einen Aufruf?« Uwe blickte sie verständnislos an.

»Meine Güte, Uwe! Du bist sonst auch nicht derart schwer von Begriff! Wir rufen alle Sylter und Gäste zur spontanen Blutspende auf. Mit viel Glück ist einer darunter, der Nicks Blutgruppe hat. Am besten übers Radio, Facebook oder andere soziale Netzwerke. Zur Abwechslung sollte man so was mal sinnvoll nutzen. In ein paar Tagen ist Weihnachten, zu dieser Zeit zeigen sich die meisten Menschen besonders hilfsbereit.« Sie sah ihn voller Tatendrang an.

»Keine schlechte Idee. Was denkst du, Lasse?« Uwe wandte sich seinem Kollegen zu, der sich bislang im Hintergrund gehalten hatte. »Lasse?«

»Was?« Der junge Mann schien mit seinen Gedanken woanders zu sein.

»Wir sprachen gerade darüber, einen Aufruf zur Blutspende für Nick zu organisieren«, wiederholte Uwe. »Bist du dabei? Du kennst doch viele Leute auf der Insel.«

»Ja, klingt vernünftig«, erwiderte Lasse und trat unruhig von einem Fuß auf den anderen.

»Dann lasst uns keine Zeit verlieren«, drängte Uwe. »Ich übernehme die Radiosender, da kenne ich ein paar Leute, die uns helfen können. Um welche Blutgruppe handelt es sich überhaupt? Weißt du das, Britta?«

»Frank hat gesagt, es handelt sich um AB Rhesusfaktor negativ. 0 negativ geht auch, da sie als Universalspender einsetzbar ist«, ließ Britta ihn wissen.

»Gut.« Uwe hielt einen Moment inne, als hätte er einen Geistesblitz. »Einen Augenblick.« Er kratzte sich am Bart, während er angestrengt nachdachte. »AB negativ? Bist du dir definitiv sicher?«

»Absolut. Warum fragst du?«, erkundigte sich Britta und beobachtete Uwe, der die Augen schloss und sich mit den Fingern die Nasenwurzel rieb.

»Die Blutgruppe kommt selten vor«, erklärte er.

»Ich weiß, das hat Frank erwähnt«, bestätigte Britta.

»Erinnerst du dich an den Einbruch, bei dem das Opfer im Anschluss verstorben ist?«

»Ich habe in der Zeitung davon gelesen. Aber was hat das mit Nicks Blutgruppe zu tun?«

»Einiges, denn an der Tatwaffe wurde die Blutgruppe AB negativ gefunden, und sie stammte eindeutig nicht vom Opfer. Das Blut auf den Scherben der kaputten Terrassentür, hatte 0 positiv«, erinnerte sich Uwe und wirkte für einen kurzen Moment geistesabwesend.

»Und?« Britta sah ihn zunächst erstaunt an, bis ihr langsam dämmerte, worauf er anspielte. »Willst du lieber auf Verbrecherjagd gehen, statt Nick zu helfen?« Ihre Augen verengten sich misstrauisch.

»Nein, ich stelle lediglich die Fakten fest.« Uwe hob abwehrend die Hände.

»Ich hätte nicht gedacht, dass du in dieser Situation

auch nur im Entferntesten daran denken kannst! Nick ist ein Kollege und dein Freund! Das steht jetzt im Vordergrund und nicht irgendein Einbruch«, brauste sie auf.

»Beruhige dich, Britta. Ich verstehe deine Aufregung nicht.«

»Jetzt fehlt nur noch, dass du ernsthaft Nick beschuldigst, an den Einbrüchen beteiligt gewesen zu sein!«

»Nein, natürlich nicht. Was ist denn in dich gefahren?«

»Das fragst du noch? Darf ich dich an die Nummer erinnern, die du mit Ansgar abgezogen hast?«

Der Hinweis an diese peinliche Episode trieb Uwe die Schamesröte ins Gesicht. Tina musste Britta darüber berichtet haben, denn er hatte bislang noch nicht einmal Nick davon erzählt. »Das hat damit nichts zu tun«, versuchte er, sich zu rechtfertigen.

»Tatsächlich?« konterte Britta angriffslustig. »Das sehe ich anders.«

»Okay, ich habe einen Fehler gemacht. Bist du zufrieden? Und nun glaube ich, sollten wir uns besser beruhigen.«

»Du hast recht, das war unfair, entschuldige«, gab Britta zurück. »Ich mache mir eben schreckliche Sorgen um Nick. Was hat denn dein Kollege plötzlich? Sieh mal!«

Uwe sah zu dem jungen Thomsen. »Hey, Kleiner, was ist los mit dir? Nimmt dich das alles derart mit?«, erkundigte er sich fürsorglich.

Der junge Mann sah ihn mit großen Augen an, die verdächtig schimmerten. Britta setzte sich neben ihn.

»Fühlst du dich nicht gut? Willst du ein Glas Wasser?«, fragte sie ihn, aber er schüttelte den Kopf.

»Ich werde Nick helfen.«

»Sicher, das werden wir alle tun«, betonte Britta und blickte irritiert zu Uwe.

»Ich habe AB negativ«, flüsterte er.

»Wie bitte?«, erklangen die fassungslosen Stimmen von Britta und Uwe unisono.

»Ich habe die Blutgruppe AB negativ«, wiederholte er, dieses Mal etwas lauter. »Ich habe riesigen Mist gebaut.«

Sowohl Uwe als auch Britta fehlten für einen Augenblick die Worte. Dann sprintete Britta los, um nach Frank zu suchen.

»Was meinst du damit, du hättest Mist gebaut?« Uwe setzte sich neben den jungen Mann. Er verstand kein einziges Wort.

»Die Einbrüche ... das waren wir.«

»Wir?«

»Freunde und ich.«

Uwe hatte Mühe, das plötzliche Geständnis zu verdauen und musste sich setzen. »Aber warum? Du hast dich für einen Job bei der Polizei entschieden und brichst ein? Das passt nicht zusammen. Tut mir leid, das verstehe ich nicht. Hast du ...?« Alles in ihm sträubte sich, den Gedanken laut auszusprechen, obwohl er die Antwort vermutlich kannte.

Lasse nickte und senkte den Blick. Er knetete nervös seine Finger.

»Verdammt, Lasse! Was habt ihr euch dabei gedacht?«

»Ich war sicher, dass das Haus unbewohnt war. Wir waren so gut wie fertig, als die Tür aufging und der Typ plötzlich vor mir stand. Da ... Da habe ich Panik bekommen und zugeschlagen. Ich hatte Angst, er würde mich erkennen. Dann ging alles ganz schnell. Im Handgemenge habe ich mich am Arm verletzt. Ich wollte ihn nicht umbringen. Wirklich, das musst du mir glauben!«, begann Lasse zu schluchzen.

»Du weißt, was das bedeutet«, sagte Uwe schließlich, nachdem sich Lasse etwas gefangen hatte.

Der junge Mann nickte und rieb sich übers Gesicht. »Ich weiß. Ich wollte nie zur Polizei. Aber hatte ich eine andere Wahl?« Er sah Uwe aus geröteten Augen an. »In meiner Familie müssen alle zur Polizei. Etwas anderes kommt nicht in Betracht.« Uwe reichte ihm ein Taschentuch. »Du weißt ja, Tradition, Ehre und der ganze Scheiß.« Er lachte bitter auf und schnäuzte sich.

»Was wolltest du stattdessen machen?«

»Musik«, kam die prompte Antwort. Er sah Uwe direkt in die Augen. »Das müsstest du doch verstehen.«

In Uwe erwachte die Erinnerung an das Gespräch neulich im Streifenwagen.

»Ich brauchte die Kohle. Mit dem Geld aus den Einbrüchen wollte ich in die Vereinigten Staaten und dort mein Glück als Musiker versuchen«, fuhr Lasse fort.

Dann schwiegen die beiden Männer eine Weile, bis plötzlich eine Tür geöffnet wurde und Frank auf dem Gang erschien. Er kam schnurstracks auf Lasse zu. Dieser stand auf und wandte sich Uwe zu.

»Nick hat es die ganze Zeit über geahnt«, sagte er und folgte Frank.

KAPITEL 33

»Du wirst wieder gesund«, flüsterte ich in fester Hoffnung, meine Worte würden Nick erreichen.

Nachdem er die rettende Bluttransfusion erhalten hatte, war ich keine Sekunde von seiner Seite gewichen. Britta betrat das Krankenzimmer und reichte mir einen braunen Plastikbecher mit lauwarmem Kaffee.

»Hier«, sagte sie, »trink etwas. Tee gab es leider nicht in dem Automaten, und die Cafeteria hat um diese Zeit geschlossen. Langsam mache ich mir nämlich Sorgen um deinen Wasserhaushalt«, ergänzte sie lächelnd und wischte mir eine Träne von der Wange.

»Danke, Britta, wenn ich dich nicht hätte. Ich weiß auch nicht, aber ich muss ständig heulen«, seufzte ich und nahm ihr den Becher ab. »Ich bin froh, dass er das Schlimmste überstanden hat.«

»Verrückte Geschichte«, pflichtete Britta mir bei. »Ein Mörder wird am Ende zum Lebensretter. Das kommt auch nicht alle Tage vor.«

»Bestimmt nicht.«

»Wie ich dich kenne, bleibst du hier. Ich würde dich sonst mit zu uns nehmen.« Britta sah mich eindringlich an.

Obwohl ich mich vollkommen erschöpft und unendlich müde fühlte, wollte ich im Krankenhaus bleiben.

»Ja, ich möchte bei ihm sein, wenn er aufwacht. Fahr ruhig!«

»Okay, melde dich, wenn es Neuigkeiten gibt oder du Unterstützung brauchst. Halt die Ohren steif!«

»Mach ich«, versprach ich.

Es war weit nach Mitternacht, als ich auf die Uhr sah. Morgen früh würde ich als Erstes Jill informieren. In der Aufregung hatte ich vollkommen vergessen, sie zu benachrichtigen. Wie lange ich auf dem Stuhl neben Nicks Bett gesessen hatte, wusste ich nicht mehr. Ich zwang mich, gegen die Müdigkeit anzukämpfen, die mich in unregelmäßigen Abständen zu übermannen drohte. Das monotone Brummen der Gerätschaften um mich herum tat sein Übriges dazu. Ich wollte unbedingt wach sein, wenn Nick die Augen aufschlug. Ab und zu kam eine Krankenschwester ins Zimmer und überprüfte die Apparaturen und Monitore. Sie lächelte stets freundlich und brachte mir einmal einen Schokoriegel mit. Obwohl ich keinen Hunger verspürte, nahm ich ihn dankend an. Als ich das Zimmer kurz verlassen wollte, um auf die Toilette zu gehen, begannen Nicks Augenlider zu zucken, und gleich darauf öffnete er die Augen.

»Nick, willkommen zurück!«, brachte ich voller Freude hervor.

Er sah mich für einen kurzen Augenblick an, und ich war überzeugt, ein schwaches Lächeln auf seinem Gesicht erkannt zu haben, bevor er seine Augen wieder schloss. Ich rannte aus dem Raum, um die Krankenschwester zu holen. Wenig später kam Frank ins Zimmer geeilt.

»Na, mein tapferer Held«, scherzte er in seiner typisch lockeren Art, obwohl auch ihm die Erleichterung deutlich anzumerken war. »Du hast uns ordentlich auf Trab gehalten, mein Lieber. Die Kugel hat das Herz knapp verfehlt, ein paar kleinere Arterien erwischt, aber keine Knochen verletzt. Du wirst bis auf eine Narbe keine bleibenden Schäden davontragen. Du hast wirklich unverschämtes Glück gehabt. Die größte Sorge war der hohe Blutverlust, obwohl Anna ausgezeichnete erste Hilfe geleistet hat. Trotz allem mussten wir eine Bluttransfusion vornehmen. Aber die Geschichte soll dir Anna erzählen, ich muss weiter.« Er bedachte mich mit einem anerkennenden Kopfnicken. »Du wirst dich eine ganze Weile schonen müssen, Nick.«

»Danke, Frank«, erwiderte Nick mit rauer Stimme, dann blickte er zu mir und griff nach meiner Hand.

»Das ist mein Job, obgleich Schussverletzungen nicht zu meinem Tagesgeschäft zählen. Da muss ich gestehen, habe ich nicht viel Erfahrung. Ruh dich aus, Nick. Ich sehe später noch mal nach dir. Anna?« Er bedeutete mir, ich solle ihn vor die Tür begleiten.

Draußen nahm er mich ein Stück beiseite und sah mich mit todernster Miene an. »Wenn ihn die Kugel nur ein kleines Stück tiefer erwischt hätte, dann läge er jetzt mit Sicherheit ein paar Etagen tiefer. Im Kühlraum. Du kannst von Glück reden, dass er eine so gute körperliche Konstitution besitzt. Achte in nächster Zeit darauf, dass er sich absolute Ruhe gönnt.«

»Worauf du dich verlassen kannst«, gab ich zurück.

»Und Anna«, er kam einen Schritt näher und legte mir eine Hand auf die Schulter, »wenn du einen neuen Job suchst, toughe Frauen wie dich kann ich hier immer gebrauchen. Besonders welche, die trotz Blasen an den Füßen die halbe Nacht durchtanzen können.«

Ich wusste sofort, worauf er anspielte. Dann schenkte

er mir ein wohlwollendes Lächeln, bevor er hinter einer der Türen verschwand.

»Es tut mir leid, dass ich dich in Gefahr gebracht habe«, beteuerte Nick, als ich an seinem Bett stand. Er sah nach wie vor elend aus.

»Das war nicht deine Schuld. Du wolltest mir bloß helfen. Wichtig ist nur, dass du schnell gesund wirst. Schlaf jetzt, dein Körper braucht Erholung. Ich komme nachher wieder.«

Er lächelte bei meinen Worten. Dann schloss er die Augen, und ich wartete, bis sein Atem ruhig und gleichmäßig ging. Dann fuhr ich mit einem Taxi in mein Apartment und fiel, angezogen wie ich war, erschöpft auf mein Bett.

Nach ein paar Stunden Schlaf und einem schnellen Frühstück machte ich mich auf den Weg ins Krankenhaus. Frank hatte mir versprochen, mich umgehend zu informieren, sobald sich an Nicks Zustand etwas verschlechtern sollte. Nick scherzte mit einer Krankenschwester, als ich die Tür zu seinem Zimmer öffnete.

»Ich glaube, es geht dir schon zu gut«, begrüßte ich ihn und zwinkerte der Schwester zu.

»Anna! Schön, dass du da bist.«

Ich setzte mich neben ihn auf die Bettkante.

»Wie geht es dir? Hast du Schmerzen? War Frank heute Morgen bei dir?«, fragte ich mit besorgter Miene.

»Mir geht es viel besser«, vertrieb Nick meine Sorgen. »Frank hat zugesagt, dass ich spätestens zu Heiligabend nach Hause kann, wenn ich verspreche, mich an deine Anweisungen zu halten.«

»Das sind gute Nachrichten. Heute früh habe ich deine Schwester angerufen. Sie kommt dich besuchen, sobald sie zurück auf Sylt ist. Du weißt doch, sie musste beruflich für zwei Tage nach Flensburg.«

»Okay, danke. Hoffentlich macht sie kein Drama aus der Sache und ruft umgehend unsere Eltern in Kanada an. Das traue ich ihr durchaus zu.« Nick verzog das Gesicht zu einer Grimasse.

»Naja, das ist kein kleiner Kratzer gewesen, Nick. Du hast nur knapp überlebt«, erwiderte ich ernst und spürte eine Gänsehaut über meinen Körper laufen.

»Ich weiß, aber du kennst meine Schwester nicht. Sag mal, hast du wirklich etwas in dem Haus gefunden oder war das alles bloß ein Bluff?«

»Nein, das war kein Bluff. In Anbetracht der heiklen Situation war mir nicht zum Scherzen zumute. Kurz bevor ihr ins Haus gekommen seid, habe ich ein Metallkästchen in einem Versteck in einer der Treppenstufen entdeckt. Das Kästchen samt Inhalt habe ich gestern noch deinen Kollegen gegeben. Da ist es in sicheren Händen.«

»Was befand sich in dem Kästchen?«, wollte Nick wissen, dessen Neugierde geweckt war.

»Darin befanden sich verschiedene Kopien von Dokumenten, unter anderem Frachtbriefe. Darüber hinaus Fotos und eine Menge gesammelter Zeitungsartikel. Das alles muss Johannes von Waldenbach zusammengetragen und versteckt haben. Ein kleines Tonband lag ebenfalls in dem Kästchen. Nick, was meinte Luisa damit, als sie sagte, du hättest ihr bereits genügend Ärger gemacht? Ich verstehe die Zusammenhänge bis heute nicht. Was hat das alles zu bedeuten?«, wollte ich endlich wissen.

Nick atmete schwer und versuchte, sich in seinem Bett etwas aufzurichten.

»Ach, Anna. Ich habe in Kanada bei einer Spezialeinheit gearbeitet, die sich auf die Bekämpfung von Drogenschmuggel speziell nach Europa konzentriert hat. Wir haben viele Jahre hart gearbeitet, die genauen Wege der Schmuggler zu rekonstruieren und deren Verbindungsleute ausfindig zu machen. Wir fanden heraus, dass unter anderem mit deutschen Schiffen Drogen von Südamerika über Kanada nach Europa transportiert wurden. Es war alles so geschickt organisiert worden, dass es fast unmöglich war, an aussagekräftige Beweise zu gelangen. Kurz vor dem Ziel wurden wichtige Zeugen eliminiert, verschwanden spurlos oder konnten sich plötzlich aus lauter Angst an nichts mehr erinnern. Die Ermittlungen waren oft äußerst frustrierend. Da arbeitest du und arbeitest und am Ende scheint alles umsonst gewesen zu sein. In diesem miesen Geschäft stecken zu viele Leute, die alle mehr oder weniger gut daran verdienen. Aber an die ganz Großen kommst du so gut wie nicht heran.« Nick machte eine kurze Pause, um neue Kraft zu schöpfen.

»Du musst nicht weiterreden, wenn es zu anstrengend für dich ist«, unterbrach ich ihn.

»Nein, es geht. Naja, eines Tages erhielten wir den ausschlaggebenden Hinweis, anonym selbstverständlich, dass mit den Schiffen der Waldenbach-Reederei Drogen geschmuggelt würden und nicht nur das. Das Spektrum reichte bis hin zu Menschenhandel. Abscheulich, wozu Menschen aus Geldgier fähig sind.«

»Der Hinweis kam von Johannes von Waldenbach, oder?«, vermutete ich und musste an die gesammelten Unterlagen in dem Kästchen denken.

»Gut möglich. Kurzum, es gelang uns anhand dieses Hinweises, den Drogenring tatsächlich zu zerschlagen und einige wichtige Personen festzusetzen. Damit waren wir einen riesigen Schritt vorangekommen«, fuhr Nick fort.

»Warum wurde Luisa von Waldenbach nicht verhaftet?«, interessierte mich.

»Sie ist viel zu gerissen und eiskalt. Sie macht sich nie selbst die Hände schmutzig.«

In seinem Blick lag eine Mischung aus Trauer und Verachtung. »Anna, ich habe damals einen sehr hohen Preis für diesen Erfolg gezahlt.«

Er schluckte, und ich konnte an seinem Gesichtsausdruck erkennen, dass es ihm nicht leicht fiel, darüber zu sprechen.

»Ich habe meine Frau und unsere kleine Tochter verloren. Sie sind vor meinen Augen ums Leben gekommen, und ich hätte es verhindern müssen«, vertraute er mir an, und ich konnte den tiefen Schmerz in seinen Augen sehen.

Ich griff nach seiner Hand. Trotz der schrecklichen Erinnerung schien die Tatsache, es endlich laut ausgesprochen zu haben, wie eine Befreiung für Nick zu sein.

»Es war in keinem Fall deine Schuld. Wenn jemanden eine Schuld trifft, dann sind das Luisa von Waldenbach und ihre Leute«, fasste ich zusammen. »Welche Rolle spielt ihr Sohn Georg bei der ganzen Angelegenheit? Er scheint alles kritiklos hinzunehmen, was seine Mutter sagt und tut.«

»Georg? Der ist eine arme Wurst. Der hat nichts zu melden, der kann einem fast schon leidtun. Dem hast du gestern ordentlich Feuer gegeben, das hat mir gefallen«, entgegnete Nick, ein Grinsen erschien auf seinem Gesicht.

»Das hast du mitbekommen?« Er nickte. »Ich war außer mir vor Verzweiflung, ich …«, mir fehlten die passenden Worte. »Ich denke«, fuhr ich fort, »in dem Kästchen befindet sich ausreichend Beweismaterial, das Luisa von Waldenbach endgültig hinter Gitter bringen wird und ihren Sohn auch, der letztendlich Beihilfe geleistet hat. Schließlich war er es, der dich mit einer Waffe bedroht hat. Ich verstehe allerdings nicht, warum Johannes von Waldenbach die Beweise nicht direkt der Polizei übergeben hat? Was denkst du?«

»Das wird er uns leider nicht mehr sagen können«, bedauerte Nick. »Vielleicht hatte sie ebenfalls etwas gegen ihn in der Hand. Zuzutrauen wäre es ihr. Die Beweise gegen Luisa müssen äußerst schwerwiegend sein, sonst hätte sie sich nicht die Mühe gemacht, persönlich nach Sylt zu reisen.«

Ich hörte Nick zu, und plötzlich füllten sich meine Augen mit Tränen.

»Anna?« Er sah mich besorgt an.

»Alles gut«, wiegelte ich ab und wischte mir hastig über die Augen. »Das alles zerrt erheblich an meinen Nerven. Britta macht sich bereits um meinen Wasserhaushalt Sorgen. Ich heule wegen jeder Kleinigkeit und kann nichts dagegen machen.«

Nick wollte lachen, zuckte jedoch bei dem Versuch schmerzhaft zusammen.

»Hier ist Jill. Ich weiß, es ist ein bisschen spät bei euch, aber …«

»Es ist mitten in der Nacht, Liebling, was um alles in der Welt ist passiert?«, fragte eine verschlafene Frauenstimme am anderen Ende der Leitung.

»Nick«, stammelte Jill den Tränen nahe. »Anna hat eben angerufen, er ist …«

»Jill, reiß dich bitte zusammen und sage mir um Gottes willen endlich, was los ist! Was ist mit Nick? Und wer ist Anna?« Die Frau klang schlagartig hellwach.

»Mom, auf Nick ist geschossen worden! Es ist schrecklich!« Sie konnte ihre Tränen nicht mehr zurückhalten.

»Was? Wo? Wie geht es ihm? Ist er …?«, fragte Jills Mutter aufgeregt.

»Nein, nein, er ist am Leben. Anna hat gesagt, er schafft es. Momentan ist er im Krankenhaus. Er wurde operiert und brauchte Blut. Anna ist seine Freundin, Mom.«

»Oh, mein Gott! Ich werde sofort deinen Vater wecken. Ich weiß nicht, wie schnell wir bei euch sein können«, erwiderte sie aufgewühlt.

»Ich glaube nicht, dass das nötig sein wird, Mom. Nick geht es den Umständen entsprechend gut. Er befindet sich außer Lebensgefahr, wie ich Anna verstanden habe. Ich werde ihn bald besuchen. Anna ist die ganze Zeit bei ihm, auf sie könnt ihr euch verlassen. Ich halte euch auf dem Laufenden, okay?«

»Wie ist das überhaupt passiert? Gab es einen Banküberfall?«

»Nein, es ist nicht während eines Einsatzes passiert. Ich kenne keine Details. Anna hat gesagt, dass in ihrem Haus auf ihn geschossen wurde. Keine Ahnung, wie es dazu gekommen ist«, erklärte Jill ratlos. »Ich erzähle euch alles, wenn ich mehr weiß. Bestimmt könnt ihr bald selbst mit ihm sprechen.«

»Gut, rufe bitte sofort an, wenn du etwas von Nick hörst. Versprich mir das, Jill«, beschwor Jills Mutter ihre Tochter. »Und grüße ihn von uns.«

»Das mache ich, versprochen. Bis dann, Mom. Grüße an Dad.«

KAPITEL 34

Uwe erschrak beinahe zu Tode, als die Tür aufging und Staatsanwalt Achtermann höchstpersönlich hereinspazierte, zumal er kurz zuvor mit ihm telefonierte hatte. Der Duft seines intensiven Rasierwassers verbreitete sich in Sekundenschnelle im gesamten Raum. Uwe musste unwillkürlich hüsteln.

»Herr Wilmsen, da staunen Sie! Ich dachte, bevor wir uns auf das Telefon beschränken, sehe ich mir die Sache lieber vor Ort an. Bei Ihnen brennt es scheinbar an allen Ecken«, begrüßte er Uwe, der sich nur langsam von dem überfallartigen Besuch erholte.

»Herr Achtermann! Das ist eine Überraschung. Sie hätten sich nicht extra die Mühe machen müssen herzukommen. Weihnachten steht unmittelbar vor der Tür. Ich versichere Ihnen, dass ich Sie über jeden meiner Schritte ausführlich unterrichte«, gab Uwe zurück.

Die Anwesenheit des Staatsanwaltes war das Letzte, das er gebrauchen konnte. Doch dieser winkte lässig ab.

»Alles halb so wild. Meine Frau hat kurzfristig beschlossen, dieses Jahr Weihnachten bei ihrer Tante auf Sylt zu verbringen. Die alte Dame ist über 80, man weiß ja nie.« Er zwinkerte Uwe vertrauensvoll zu. »Und da Sie mir von dem zweiten Leichenfund heute früh berichtet haben, ist es an der Zeit, mir ein eigenes Bild von der Sachlage zu verschaffen.«

»Wie schön!«, presste Uwe – um Freundlichkeit bemüht – hervor.

»Wenn ich zusammenfassen darf, haben wir drei Mordfälle: Das Einbruchsopfer, der Tote vom Parkplatz in List und nun eine dritte Leiche in Morsum. Korrekt?«

»Ja, das stimmt. Wobei es sich bei dem ersten Opfer wohl eher um Totschlag handelt als um Mord«, konkretisierte Uwe.

»Sind Sie im Fall des getöteten Einbruchopfers weiter? Wie hieß der Mann doch gleich?«

»Winterhoff.«

»Stimmt.«

»Ja, der Fall ist so gut wie gelöst, ebenso die Einbruchserie. Wir gleichen noch einige Spuren ab, um vollkommen sicher zu gehen.« Noch wollte er dem Staatsanwalt nicht gestehen, dass es sich bei einem der Täter um jemanden aus den eigenen Reihen handelte, obwohl es unvermeidbar war.

»Hervorragende Arbeit, Herr Wilmsen! Ihnen gebührt meine Anerkennung. Die Waffe war ein Golfschläger, wenn ich mich recht erinnere.«

»Ja, das ist korrekt. Damit wurde das Opfer niedergeschlagen«, erklärte Uwe.

»Tja, ein klassisches ›Hole in one‹ würde ich sagen.« Achtermanns Lachen erstarb, als er bemerkte, dass sein Gegenüber den Witz lediglich mit einem missbilligenden Blick honorierte. »Kleiner Scherz am Rande. Nun ja. War es eigentlich ein Holz?«

»Nein, der Schläger war aus Metall«, gab Uwe grimmig zurück.

Achtermann verfiel abermals in Gelächter. »Wilmsen, Sie sind lustig! Ich meine, um welchen Schläger es sich gehandelt hat.«

»Soweit ich mich erinnere, handelt es sich bei der Tatwaffe um ein Eisen sieben. Steht aber auch in dem Bericht.« Ausgerechnet in diesem Moment meldete sich Uwes Magen lautstark zu Wort.

»Hunger?«, erkundigte sich sein Überraschungsgast. Uwe erwiderte mit einem Schulterzucken. »Dann schlage ich vor, wir suchen uns ein nettes Restaurant, und während wir uns stärken, berichten Sie mir von Ihren aktuellen Ermittlungsergebnissen.«

»Sicher«, ergab sich Uwe seinem Schicksal.

»Na, dann wollen wir mal!« Mit diesen Worten drehte sich der Staatsanwalt auf der Stelle um und begab sich zur Tür.

Kurze Zeit später saßen die beiden Männer in einem exquisiten Restaurant mitten in Westerland und hatten bestellt.

»Nun, Herr Wilmsen, erzählen Sie mal. Was hat es mit dem dritten Toten auf sich?«, forderte der Staatsanwalt Uwe auf, während er sich seiner Vorspeise widmete.

»Die männliche Leiche wurde am Rand eines Feldweges in Morsum von den Kollegen entdeckt. Zuvor hatten Spaziergänger einen Schuss gehört und uns alarmiert«, begann Uwe, der sich in Anbetracht des hohen Preisniveaus in diesem Restaurant auf den Hauptgang beschränkte. Er hätte einen Besuch in »Susi's Sylt Kantine« gegenüber des Bahnhofs in jedem Fall vorgezogen. Dort aß man gut und preiswert und wurde obendrein satt.

»Um wen handelt es sich bei dem Toten? Genaue Todesursache?«, wurde er von Achtermann unterbrochen.

»Der Mann wurde erschossen. Von hinten. Daran bestehen keine Zweifel.«

»Uh! Nicht die feine Art.« Achtermann verzog das Gesicht. »Konnten Sie die Personalien feststellen?«

»Ja, er hatte Papiere bei sich.« Uwe kramte sein Notizbuch aus der Jackentasche hervor und blätterte darin. »Der Mann heißt Oskar Renkovic, ist 35 Jahre alt und wohnhaft in Hamburg.«

»Gut. Und? Haben Sie Hinweise, wer für die Tat infrage kommt?« Achtermann nahm einen Schluck von seinem Weißwein. »Hm, ausgezeichneter Jahrgang.«

»Interessant an der Sache ist …«

»Ah, da kommt unser Essen«, stellte der Staatsanwalt entzückt fest und rieb sich erwartungsvoll die Hände.

Uwe starrte ungläubig auf seinen Teller, den die Bedienung vor ihm abgestellt hatte. Darauf lag mittig ein fingerdicker Streifen blasses Fleisch, das musste das Hähnchenfilet sein, überlegte Uwe. Daneben waren zwei Kartoffeln in der Größe einer Walnuss kunstvoll arrangiert worden. In unmittelbarer Nachbarschaft drängten sich vier grüne Bohnen dicht aneinander. Der überdimensionale Teller war mit diversen Soßenklecksen und gelbem Schaum dekoriert. Am rechten oberen Rand des Tellers überkreuzten sich zwei dünne Schnittlauchhalme in der Mitte.

»Das sieht ja hervorragend aus«, bemerkte Achtermann mit Blick auf Uwes Teller. »Der Curryschaum ist ein Gedicht, sagt meine Frau. Na, dann hauen Sie mal ordentlich rein. Und anschließend erzählen Sie mir, was es mit dem Schuss auf Ihren Kollegen auf sich hat. Guten Appetit!«

»Ihnen auch guten Appetit!«, erwiderte er und sehnte sich nach der nächsten Pommesbude.

KAPITEL 35

Morgen war Heiligabend und Nick würde vormittags das Krankenhaus verlassen dürfen. Der Sturm war weitergezogen, über Nacht hatte es leicht geschneit. Auf der gesamten Insel herrschte emsige Betriebsamkeit. Die Menschen erledigten die letzten Besorgungen zum Fest, Männer standen bei den Juwelieren Schlange und der »Sylt-

Shuttle« brachte im Halbstundentakt neue Gäste auf die Insel. Meine Eltern trafen mittags mit dem ICE aus Hannover ein, da mein Vater im Winter nicht gerne weite Strecken mit dem Auto fuhr. Nick hatte dem Vorschlag, sie Weihnachten nach Sylt zu holen, zugestimmt, denn er wollte sie gern kennenlernen.

Pünktlich zur Ankunftszeit stand ich auf dem Bahnsteig. Der Zug fuhr ein und ich konnte meine Eltern bald zwischen den Reisenden erblicken. Sie hatten mehrere Gepäckstücke dabei, sodass ich annehmen musste, sie wollten bis mindestens zum Biikebrennen am 21. Februar bleiben. Meine Mutter erspähte mich und kam mit ausgebreiteten Armen auf mich zu.

»Anna, mein Kind!« Sie drückte mich fest an sich.

Gleich darauf wurde ich von meinem Vater herzlich begrüßt. »Hallo, Anna! Ich glaube, nächstes Mal fahre ich doch lieber mit dem Auto. Das viele Gepäck bekommt man schlecht unter in dem Zug.« Er schenkte meiner Mutter einen vielsagenden Blick, die diesen jedoch komplett ignorierte.

»Anna, sag mal, fahren wir gleich zu deinem Häuschen? Ich bin unglaublich gespannt!«, sprudelte es förmlich aus meiner Mutter heraus.

»Britta hat angeboten, dass ihr ein Apartment im Hotel nutzen könnt. Andere Gäste haben ihre Buchung aus Krankheitsgründen kurzfristig absagen müssen. Da seid ihr für euch und habt eure Ruhe«, bekräftigte ich.

»Wie du meinst«, gab meine Mutter zurück. Ich wusste, dass ihr mein Vorschlag nicht recht war.

Die Reaktion meines Vaters fiel dagegen deutlich positiver aus. »Das ist aber freundlich von Britta.«

Zunächst brachte ich meine Eltern zum Hotel, damit sie von ihrem Gepäck befreit wurden und sich nach der langen Fahrt ein bisschen frisch machen konnten. Wir verabredeten uns für später in Westerland. In der Zwischenzeit fuhr ich nach Morsum in mein Haus. Als ich es betrat, schlug mir ein frischer Duft nach Reinigungsmitteln entgegen. Ava und Carsten hatten darauf bestanden, alles herzurichten, damit ich mich ausschließlich um Nick kümmern konnte. Einen Widerspruch meinerseits hatten sie nicht akzeptiert. Sie hatten immer wieder betont, dass Johannes von Waldenbach sicherlich nicht gewollt hätte, dass jemand zu Schaden kommt. Dass seine Schwägerin so weit gehen würde, hatte niemand wissen können. Ich sah mich im Haus um. Alles war blitzsauber und aufgeräumt. Nichts erinnerte mehr an das Chaos, das durch Luisa von Waldenbachs Auftauchen entstanden war. Ich konnte mich glücklich schätzen, solche Nachbarn zu haben.

Meine Eltern warteten bereits auf mich. Sie standen, die Hände tief in den Manteltaschen vergraben, mitten auf der Friedrichstraße und sahen sich suchend um.

»Tut mir leid«, entschuldigte ich mich abgehetzt. »Der Verkehr war so dicht, dass ich kaum durchgekommen bin. Warum seid ihr nicht irgendwo ins Warme gegangen? Ich hätte euch gefunden. Dafür gibt es schließlich Handys.«

»Dein Vater verhungert langsam«, erklärte meine Mutter, wobei mir der Vorwurf in ihrer Stimme nicht verborgen blieb.

»Deine Mutter übertreibt wie immer maßlos. Ich bin nicht hungrig, wir hatten uns für die Fahrt ein paar Brote gemacht. Ich freue mich lediglich auf eine schöne Tasse

Kaffee, und ein Stückchen Kuchen wäre auch nicht verkehrt.«

Wir setzten uns in der Nähe in ein Café. Bei Kaffee, Tee und Torte erzählte ich, was uns widerfahren war, und beantwortete geduldig all ihre Fragen.

»Mein Gott, Kind!« Meine Mutter hatte vor Aufregung gerötete Wangen bekommen. »Du hättest tot sein können! Wann lernen wir diesen Nick endlich kennen?«, wechselte sie abrupt das Thema, eine Spezialität von ihr.

»Ich hole ihn morgen früh aus dem Krankenhaus ab«, erklärte ich. »Dann werdet ihr ihn kennenlernen.«

»Meinst du, dass du mit einem Polizisten glücklich werden kannst?«, fragte sie und musterte mich eindringlich.

Mein Vater rollte mit den Augen, während er sich ein Stück Marmorkuchen in den Mund schob.

»Du hast gesehen, wo das hinführen kann. Polizisten schweben in ständiger Gefahr. Und du zwangsläufig auch. Wie hieß denn noch der nette Arzt, den du erwähnt hast? Wäre er denn nichts für dich?«, fuhr sie in ihrer typischen Art fort.

»Mama!«, fiel ich ihr energisch ins Wort und schnappte nach Luft. »Man sucht sich niemanden nach seinem Beruf aus! Nick ist der wundervollste Mann, dem ich je begegnet bin. Wenn ich dich erinnern darf, Marcus ist Zahnarzt, und was hat es mir gebracht außer Kummer und Ärger?«

Meine Mutter schaute erschrocken drein. Dann schielte sie schuldbewusst zu meinem Vater, der sie mahnend ansah.

»Das war nicht so gemeint, Anna. Entschuldige bitte. Ich will nur, dass es dir gut geht und du glücklich bist.« Sie klang trotz allem ein bisschen trotzig.

»Ich weiß, dass du nur mein Bestes willst, Mama, aber mir ging es nie besser. Ehrlich. Ich bin überzeugt, ihr werdet Nick mögen.« Ich warf einen Blick auf meine Uhr. »Jetzt muss ich los, ich habe noch eine Menge zu erledigen. Ihr könnt im Anschluss ein bisschen durch die Geschäfte bummeln oder über den Sylter Wintermarkt. Der ist sehr gemütlich«, schlug ich vor.

»Geh nur, Anna! Wir kommen klar«, versicherte mein Vater.

»Okay. Wir sehen uns morgen!«

Ich verabschiedete mich von meinen Eltern und fuhr zu Nick in die Klinik.

Als ich in Nicks Zimmer kam, blieb mir beinahe das Herz stehen. Das Bett, in dem er vor Kurzem noch gelegen hatte, war leer und mit einer durchsichtigen Plastikfolie abgedeckt. Sämtliche persönliche Sachen waren ebenfalls verschwunden. Nichts deutete darauf hin, dass er je hier gewesen war. Meine Knie wurden weich, und ich starrte gebannt auf das leere Bett. Mein Kopf fühlte sich plötzlich leer an. Wie betäubt drehte ich mich um und bewegte mich wie in Trance, die Augen geistesabwesend auf den Boden gerichtet, auf die Tür zu. Als ich aufsah, erblickte ich Nick im Türrahmen stehen, den linken Arm in einer Schlinge.

»Anna? Du bist kreidebleich, was ist mit dir?«, fragte er erschrocken.

»Nick! Warum? Ich dachte, du …«

Dann umgab mich tiefschwarze Nacht.

Mehrere Augenpaare waren auf mich gerichtet, aus weiter Ferne hörte ich dumpf meinen Namen. Mir war, als hätte ich Watte in den Ohren. Dann fand ich mich auf einer Krankenhausliege liegend im Gang des Krankenhauses wieder. Die Leuchtstoffröhre über mir an der Decke flackerte in unregelmäßigen Abständen. Ich erkannte Frank, der neben mir stand und meinen Puls fühlte. Die Watte in meinen Ohren war verschwunden, denn ich konnte Frank jetzt klar und deutlich verstehen.

»Kann man euch keine fünf Minuten alleine lassen?« Er schüttelte seufzend seinen Kopf. »Dein Kreislauf hat schlappgemacht, Anna. Du brauchst ein bisschen Ruhe in nächster Zeit. Das gilt wie gesagt für euch beide.«

Frank sah Nick demonstrativ an, der auf der anderen Seite meiner Liege stand und besorgt meine Hand umklammerte.

»Es geht schon wieder«, murmelte ich und versuchte den Oberkörper aufzurichten.

»Mach langsam«, bremste mich Nick in meinem Bestreben.

In diesem Augenblick wurde Franks Name über Lautsprecher ausgerufen, und er eilte mit großen Schritten davon. »Treibt es nicht zu bunt!«, rief er uns zu.

»Was war überhaupt los?«, fragte ich und massierte meine Schläfen.

»Du hast mich gesehen, und das hat dich umgehauen.« Er grinste breit. »Spaß beiseite. Ich bin vorzeitig entlassen worden, deshalb war mein Zimmer leer. Ich war beim Blutabnehmen und beim Verbandwechsel und wollte dich anschließend anrufen. Du hast dir den ungünstigsten Moment ausgesucht. Das leere Zimmer war eindeutig zu viel für dich.«

»Meine Eltern brennen darauf, dich endlich kennenzulernen«, berichtete ich Nick auf der Fahrt nach Morsum.

Die Bedenken meiner Mutter verschwieg ich geflissentlich. Ich wollte vermeiden, dass er einen falschen Eindruck bekam. Wer sie nicht näher kannte, konnte sie leicht missverstehen.

»Was meinst du, habe ich eine Chance?«, fragte Nick und ich entnahm seinen Worten leichte Verunsicherung.

Ich blickte amüsiert zu ihm rüber auf den Beifahrersitz.

»Höre ich da eine gewisse Angst?« Er zog eine Grimasse. »Meine Eltern wollen nur, dass ich glücklich bin«, versicherte ich ihm. »Ich bin ihr einziges Kind.«

»Bist du glücklich?«

Ich lächelte. »Was denkst du?«

Er beugte sich zu mir und drückte mir einen Kuss auf die Wange.

»Willkommen zu Hause!«, sagte ich, als die Haustür hinter uns ins Schloss fiel.

Im Inneren des Hauses duftete es verführerisch nach Essen. Ein Blick in die Küche verriet, dass Ava gekocht hatte. Auf dem Herd stand ein Topf, und auf dem Tisch entdeckte ich verschiedene Dosen mit Plätzchen und einen Kuchen.

Nachdem wir gegessen hatten, machten wir es uns vor dem prasselnden Kaminfeuer im Wintergarten gemütlich, das Carsten vorbereitet hatte. Allein hätte ich das alles in der kurzen Zeit niemals geschafft. Die meiste Zeit hatte ich ohnehin im Krankenhaus bei Nick verbracht. Ich zog den Brief mit den Initialen A. B. hervor, den ich dem Kästchen entnommen hatte, bevor ich es samt Inhalt der Polizei übergeben hatte.

»Was ist das?«, wollte Nick wissen.

»Der Brief war in dem Kästchen unter der Treppe und

ist anscheinend für mich vorgesehen«, erklärte ich und hielt ihm den Umschlag vor die Nase.

»Was steht drin?«

»Weiß ich nicht. Ich hoffe, er wird mich nicht in weitere Abenteuer stürzen. Mein Bedarf ist für die nächste Zeit gedeckt«, seufzte ich und öffnete das Kuvert.

Zum Vorschein kamen einige handgeschriebene Seiten. Der Verfasser des Briefes hatte eine markante Handschrift, und die Zeilen waren mit Tinte geschrieben worden. Dann begann ich vorzulesen:

Meine liebe Anna,

dieser Brief ist anders, als unsere übliche Korrespondenz, aber nicht minder wertvoll. Du hast die Schatulle gefunden. Dafür möchte ich Dir zunächst danken. Vermutlich wirst Du Dir den Inhalt des Kästchens angesehen haben und unweigerlich viele Fragen haben. Ich werde versuchen, Dir die Zusammenhänge verständlich darzulegen.

Vorab habe ich zwei Bitten an Dich:

Händige das Kästchen umgehend der Polizei aus. Nimm Dich vor meiner Schwägerin, Luisa von Waldenbach, in Acht, falls sie Deinen Weg kreuzt und das wird sie, wie ich sie einschätze. Sie darf niemals in den Besitz der Unterlagen gelangen.

»Teil 1 haben wir erledigt. Mit dem zweiten Teil hat es teilweise geklappt«, bemerkte ich.

Dann las ich weiter:

Ich habe vor vielen Jahren einen schwerwiegenden Fehler begangen. Das beigefügte Notizbuch enthält alle Erklärungen und Beweise. Ich möchte Dir, liebe Anna, nur einen kurzen Überblick verschaffen, damit Du weißt, worum es geht.

Mein Zwillingsbruder Albert und ich waren mit Luisa und ihrer jüngeren Schwester Marla eng befreundet. Marla war meine große Liebe. Obwohl mein Bruder nicht in Luisa verliebt war, haben wir vier viel zusammen unternommen und waren regelmäßig mit dem Segelboot unserer Familie unterwegs. Wir waren jung, abenteuerlustig und lebenshungrig. Doch Luisa interessierte sich von jeher mehr für unser Familienunternehmen als für meinen Bruder oder mich.

Am Silvesterabend im Jahr 1964 fuhren wir trotz vorheriger Sturmwarnung mit dem Boot hinaus aufs Meer. Wir fühlten uns in unserem jugendlichen Leichtsinn stark und unbesiegbar. Ein bisschen Wind konnte uns nichts anhaben. Wir tranken viel – zu viel – und wollten die beiden Damen, Marla und Luisa, an unserer Seite beeindrucken. Der Sturm nahm an Stärke zu, wir hatten die Gefahr unterschätzt und waren nicht in der Lage gewesen, das Boot sicher zurück in den Hafen zu steuern. Die Frauen bekamen Angst, besonders Marla. Die Situation wurde zunehmend bedrohlicher. Plötzlich war Marla unauffindbar. Wir such-

ten das gesamte Schiff nach ihr ab, ohne sie zu finden. Die schlimmsten Befürchtungen schienen sich zu bewahrheiten. Sie musste über Bord gegangen sein. Obwohl sie nicht schwimmen konnte, hatten mein Bruder und ich nicht auf das Tragen einer Schwimmweste gedrängt. Ich bestand darauf, die Suche nach Marla fortzusetzen, aber mein Bruder und Luisa hörten nicht auf mich und wollten das Boot aus dem Sturm manövrieren. Besonders Luisa drängte darauf, die Suche schnellstmöglich abzubrechen, um uns selbst in Sicherheit zu bringen. Ihr Verhalten war mir lange Zeit schleierhaft geblieben.

Trotz intensiver Suche wurde zwei Tage später Marlas Leiche ans Ufer gespült. Ihre Schwester Luisa drohte uns plötzlich, sie würde bei der Polizei aussagen, wir hätten ihre Schwester vorsätzlich über Bord gestoßen, da wir zudringlich geworden wären und sie sich gewehrt hätte. Mit dieser Aussage hätte sie unser beider Leben auf Anhieb zerstört und somit das Lebenswerk und Ansehen unserer Familie. Wir hätten ihr nicht das Gegenteil beweisen können. Unsere Eltern haben wir aus Angst und Scham nicht eingeweiht. Luisa verlangte, dass mein Bruder sie heiraten und ihr nach dem Tod unserer Eltern die gesamte Reederei überschreiben sollte. Wir willigten, naiv und ängstlich wie wir waren, törichterweise ein. Luisas Gier nach Macht wurde im Laufe der Jahre immer stärker. Eines Tages beschlossen Albert und ich, uns den Behörden zu stellen, um den tragischen Unfall aufzuklären und nicht länger Luisas Erpressungsversuchen ausgesetzt zu sein. Wir hatten Marla nicht umgebracht. Doch dazu kam es nicht, da Albert kurze Zeit später bei einem Autounfall ums Leben kam. Ich wusste, dass Luisa die Verantwortung dafür trug, denn mein Bruder hatte ihr kurz zuvor von unserer Absicht erzählt. Er hatte das Gespräch mit ihr heimlich aufgezeichnet, in dem sie sich verraten hatte. Sie gestand darin, Marla absichtlich über Bord gestoßen zu haben. Albert gab mir die Kassette für den Fall, dass ihm etwas zustoßen sollte. Ich war jedoch zu feige gewesen, Luisa später anzuzeigen, denn ich fürchtete um mein eigenes Leben. Luisa war skrupellos und hatte ein dunkles Netzwerk aufgebaut, um ihre düsteren Machenschaften durchzusetzen.

Ich floh Hals über Kopf in die USA und baute mir dort unter neuem Namen ein neues Leben auf. Die Musik war immer meine große Leidenschaft gewesen. Aber die Schatten der Vergangenheit haben mich nie aus ihren Fängen entlassen. Ich verfolgte weiterhin Luisas Handeln. Sie war mittlerweile erfolgreich ins Drogengeschäft eingestiegen. Seinerzeit gab ich der kanadischen Polizei einen anonymen Hinweis, der helfen sollte, den Ring zu sprengen.

Ich beschloss, zurück nach Deutschland zu gehen und alles aufzudecken. Ich wollte dies vor allem für Marla tun und für Albert, die wichtigsten Menschen in meinem Leben. Das war ich beiden schuldig. Ich spürte von Anfang an, dass Luisa ihre Schwester über Bord geworfen hat. Sie hatte befürchtet, ich würde Marla heiraten, und diese wäre somit ein Mitglied unserer Familie geworden. Da mein Bruder kein ernsthaftes Interesse an Luisa zeigte, hätte sie nie eine Chance gehabt, legal einen Fuß in unsere Firma zu setzen. Mit der Erpressung erreichte sie ihr Ziel und besaß am Ende alles, aber nie das Herz meines Bruders.

Wenn Du, meine liebe Anna, diesen Brief in den Händen hältst, habe ich es nicht mehr geschafft, das gesammelte Beweismaterial persönlich der Polizei zu übergeben. Ich kann das Geschehene nicht rückgängig machen, nur weiteres Unheil verhindern. Ich habe ohnehin viel zu lange gewartet. Marla kann ich ihr Leben nicht zurückgeben und auch meinem Bruder nicht, aber ich kann Dir ein neues Leben schenken. Ich freu mich, dass Du mein Geschenk angenommen hast, Du hast es verdient. Du bist talentiert, jung und voller Lebensfreude. Als wir uns damals kennenlernten, hat dies sofort meine Erinnerung an Marla wachgerufen. Du bist ihr in vielerlei Hinsicht sehr ähnlich. Die Liebe zum Meer, die tiefe Verbundenheit zur Musik, die Ehrlichkeit und Offenheit, mit der ihr den Menschen begegnet, zeichnen euch aus.

Ich wünsche Dir, dass Du in diesem Haus glücklich wirst. Möge es Dich stets vor allen Stürmen und Widrigkeiten des Lebens beschützen. Ich bedauere zutiefst, dass wir uns nicht mehr sehen konnten.

In tiefer Dankbarkeit und Freundschaft

Dein
Johannes

»Oh, mein Gott«, flüsterte ich und ließ den Brief auf meinen Schoß sinken.

»Was für eine Tragödie«, fügte Nick nachdenklich hinzu und kratzte sich am Nacken.

Wir saßen eine Weile schweigend nebeneinander und ließen die Zeilen auf uns wirken. »Komm, es war ein langer Tag. Lass uns schlafen gehen.« Nick stand auf.

»Ja, du hast recht.«

Als ich Nick im Schlafzimmer half, sein T-Shirt auszuziehen, kam ein dicker weißer Verband, der von seiner Schulter bis über die Brust reichte, zum Vorschein. Schlagartig waren die Bilder an die schlimmsten Minuten meines Lebens gegenwärtig.

»Das sieht schlimmer aus, als es ist«, beruhigte mich Nick. »Bald bin ich wieder ganz der Alte.«

»Ich habe noch nie in meinem Leben solche Angst verspürt«, gestand ich.

»Trotzdem warst du großartig.« Er zögerte. »Nein, du bist großartig.«

KAPITEL 36

Am kommenden Morgen wurden wir durch das Klingeln an der Haustür geweckt. Ich sprang aus dem Bett, zog mir schnell etwas über und lief barfuß die Treppe nach unten. Vor der Tür standen meine Eltern mit einer Tüte Brötchen in der Hand.

»Guten Morgen, Kind«, begrüßte mich meine Mutter lächelnd und sah dann auf meine nackten Füße. »Du hast keine Schuhe an. Erkälte dich nicht auf den kalten Fliesen! Eine Blasenentzündung ist eine schmerzhafte Angelegenheit. Das wird man so schnell nicht wieder los.«

»Sie war nicht aufzuhalten«, entschuldigte sich mein Vater mit zerknirschter Miene.

»Kommt rein!«, forderte ich sie auf. »Übrigens haben wir Fußbodenheizung«, murmelte ich, was vermutlich niemand gehört hatte, denn die Aufmerksamkeit meiner Mutter richtete sich auf das Hausinnere. »Das ist eine gelungene Überraschung!«

»Du hast hoffentlich noch nicht gefrühstückt?«, erkundigte sich meine Mutter.

»Nein. Bitte schaut euch in Ruhe um. Wir kommen gleich.«

»Wir?«, fragte meine Mutter erstaunt. »Ich dachte, dein neuer Freund wird erst heute aus dem Krankenhaus entlassen?«

»Ursprünglich war das der Plan, aber er durfte vorzeitig nach Hause.«

»Ich habe gleich gesagt, wir sollten besser vorher anrufen«, hörte ich meinen Vater leise sagen. Die Situation war ihm sichtlich unangenehm.

»Guten Morgen!«, erklang eine angenehm dunkle Stimme.

Nick kam die Treppe herunter und steuerte mit einem charmanten Lächeln auf meine Eltern zu. Im Gegensatz zu mir war er vollständig bekleidet, was ich erleichtert zur Kenntnis nahm. Für die erste Begegnung mit meinen Eltern war es mit Sicherheit besser.

»Mein Name ist Nick Scarren. Schön, Sie kennenzulernen. Anna hat viel von Ihnen erzählt.«

Er reichte zunächst meiner Mutter die Hand.

»Das Vergnügen ist ganz auf unserer Seite«, erwiderte sie und schüttelte seine Hand länger als nötig. »Wir wollten auch nicht lange stören. Komm, Volker!«

»Wollen Sie uns nicht die Freude machen und mit uns frühstücken?«, forderte Nick sie charmant auf.

Ich konnte mir ein Grinsen nicht verkneifen. Gegen Nicks Charme konnte sich selbst meine Mutter nicht erwehren. Sie wirkte sogar ein bisschen verlegen und sah erst meinen Vater, dann mich an.

»Na klar, frühstücken wir zusammen«, eilte ich zu Hilfe. »Mama, ich zeige dir die Küche und Papa, du kannst Nick helfen, den Kamin in Gang zu bringen. Nick muss sich schonen und darf auf keinen Fall schwer heben.«

»Kein Problem! Das bekomme ich spielend hin«, antwortete mein Vater strahlend. Er liebte es, gebraucht zu werden.

Ich führte meine Mutter in die Küche.

»Das ist ein charmanter Mann, dein Nick. Und er sieht verdammt gut aus. Ein Bild von einem Mann! Auf den musst du gut aufpassen!«, flüsterte sie mir verschwörerisch zu.

»Ja, Mama«, seufzte ich schmunzelnd, als ich an ihre anfänglichen Zweifel dachte. »Kommst du zurecht? Ich gehe mich derweil schnell anziehen.«

»Ja, sicher. Mach nur! Frühstück machen ist kein Hexenwerk.«

Nach dem Frühstück und einer anschließenden Hausbesichtigung fuhren meine Eltern mit dem Taxi zurück nach Westerland ins Hotel.

»Und?«

»Ich glaube, sie mögen mich«, stellte Nick mit ernster Miene fest.

Ich musste lachen.

»Was ist so komisch daran?«

»Nichts. Du hast recht, sie mögen dich.«

»Ich muss kurz weg. Kann ich mir deinen Wagen ausleihen?«

»Kannst du denn damit fahren?«, fragte ich und deutete auf die Verletzung.

»Fühlt sich schon viel besser an.«

»Wohin willst du?«, bohrte ich neugierig nach.

»Das wird eine Überraschung.« Er strich mir eine Haarsträhne aus der Stirn. »Bin bald zurück, Sweety.«

Allein im Haus ließ mich jedes ungewöhnliche Geräusch zusammenzucken. Sicher würde sich das nach einiger Zeit legen, wenn die Erinnerung verblasst und die letzten bösen Geister verscheucht waren. Ich begann den Esstisch in der Küche für das abendliche Weihnachtsessen einzudecken. Geschirr war genügend vorhanden, sogar sehr schönes, wie ich feststellte. Gläser standen ebenfalls in ausreichender Menge zur Verfügung. Am Abend würden außer meinen Eltern und dem Ehepaar Carstensen auch Jill sowie Britta und Jan mit den Kindern zu unseren Gästen zählen. Die Runde würde sicher gemütlich werden.

Als ich dabei war, die Getränkevorräte ein letztes Mal zu überprüfen, klingelte es an der Haustür.

Zu meiner Überraschung stand Dr. Frank Gustafson mit einer Flasche Wein in der einen und einem üppigen Blumenstrauß in der anderen Hand vor der Tür. Verdutzt sah ich ihn an.

»Hallo, Anna!«

»Hallo, Frank!«

»Darf ich reinkommen?«

»Ja, selbstverständlich. Bitte komm herein«, stotterte ich und ließ ihn eintreten.

»Wie geht es unserem Patienten?«, erkundigte er sich und blickte sich suchend nach Nick um.

»Es wird jeden Tag besser, danke. Er ist unterwegs«, erklärte ich. »Willst du nicht ablegen? Kann ich dir einen Kaffee anbieten? Oder lieber etwas anderes?«

»Nein, ich möchte dir keine unnötigen Umstände bereiten. Du steckst sicher mitten in den Weihnachtsvorbereitungen. Außerdem muss ich gleich weiter.«

»Frank, wegen damals auf der Hochzeitsfeier …«, begann ich.

»Ist gut, Anna. Du brauchst nichts zu sagen. Du hast dich für ihn entschieden.«

»Ich wollte dich nicht verletzen«, fuhr ich fort.

»Vergessen wir das, okay? Euer Haus ist ausgesprochen schön«, lenkte er vom Thema ab. »Und dieses fantastische Grundstück. Ich muss sagen, ein echter Glücksgriff.«

»Ja, ein Glücksfall.«

»Du fragst dich sicher, warum ich gekommen bin? Ich wollte nachsehen, wie es Nick geht. Das hier ist für euch!« Frank streckte mir den Blumenstrauß und die Weinflasche entgegen.

»Danke, das ist sehr liebenswürdig von dir, aber wäre nicht nötig gewesen.« Während ich nach einer Vase Ausschau hielt, fragte ich ihn beiläufig: »Was machst du heute Abend?«

»Ich habe Dienst«, antwortete er und warf einen Blick auf seine Armbanduhr. »Ich bin spät dran.«

»Nick müsste jeden Augenblick zurück sein. Du kannst gern auf ihn warten.«

»Nein, ich muss wirklich los. Ach …«, er kramte in den Taschen seiner braunen Lammfelljacke, »ehe ich das Wichtigste vergesse. Das ist für Nicks Wunde.«

Er reichte mir ein Päckchen eingeschweißtes Verbandsmaterial und eine Kunststoffflasche mit einer Flüssigkeit.

»Sein Verband muss heute Abend gewechselt und die Wunde versorgt werden. Trage etwas von dem Antiseptikum mit dem Tupfer großflächig auf die Wunde auf, warte kurz und klebe anschließend das große Pflaster darauf. Das bekommst du hin, oder?«

»Ich denke«, erwiderte ich zuversichtlich und nahm beides an mich.

»Das hätte mich auch gewundert, wenn nicht«, gab er zurück. »Fröhliche Weihnachten, Anna.«

Zum Abschied gab er mir einen flüchtigen Kuss auf die Wange. Ehe ich etwas erwidern konnte, war er auf dem Weg zu seinem Auto. Er winkte mir kurz zu, stieg in seinen Porsche und brauste davon. Fast gleichzeitig erblickte ich mein Auto auf den Parkplatz fahren.

Das geht zu wie im Taubenschlag, dachte ich. Nick stieg aus, und ich sah, dass er etwas unter seiner Jacke verbarg. Mit einem Funkeln in den Augen kam er auf mich zu.

»Ich habe etwas für dich, Anna. Sozusagen ein vorgezogenes Weihnachtsgeschenk.«

Als er behutsam seine Jacke öffnete, blickten mich zwei dunkle Augen neugierig an.

»Oh, wie niedlich!«, stieß ich begeistert aus und griff nach dem schwarzen Fellknäuel. »Das ist Pepper«, erklärte Nick. »Er wird dich zukünftig beschützen, wenn ich nicht zu Hause bin.«

»Danke, Nick! Mein Gott, ist der süß.«

Ich umarmte Nick in meiner grenzenlosen Freude so fest, dass er vor Schmerz aufstöhnte.

»Oh, Entschuldigung, das wollte ich nicht!«

»Ich werde es überleben.«

»Woher hast du den Hund?«

Der Welpe leckte mir mit seiner Zunge quer über das Gesicht.

»Uwe hat mir erzählt, dass er vor ein paar Tagen im Tierheim abgegeben wurde. Ich wollte ihn ursprünglich eher abholen, aber Frau von Waldenbach hat mir einen Strich durch die Rechnung gemacht. Grundsätzlich verschenkt man keine Tiere zu Weihnachten, aber ich dachte, ein Hund war immer dein Wunsch.«

Ich zog fragend die Augenbrauen hoch, denn ich konnte mich nicht erinnern, ihm jemals davon erzählt zu haben.

»Britta«, löste er das Rätsel mit einem Wort.

Das hätte ich mir denken können, dass meine Freundin dahintersteckte.

»Ich freue mich wahnsinnig, Nick.«

Ich setzte den quirligen kleinen Kerl auf den Boden und er begann sofort, die neue Umgebung neugierig zu beschnuppern. Sein Fell war schwarz und er hatte eine weiße Pfote. Entzückt sah ich ihm nach, wie er den Flur entlang tapste.

»Was wollte Frank hier?«, wechselte Nick das Thema.

»Er wollte sich nach dir erkundigen, hat eine Flasche Wein, einen Blumenstrauß, Verbandsmaterial dagelassen«, zählte ich auf.

»Er wollte dich nicht zufällig wieder zum Essen einladen?«, hakte Nick zu meiner Verblüffung nach.

»Woher weißt du, dass wir zusammen ausgegangen sind? Stalkst du mich?«

»Niemals! Ich habe euch zufällig in Westerland gesehen. Danach habe ich angenommen, ich wäre aus dem Rennen.«

»Gibst du immer so schnell auf?«, neckte ich ihn.

Er blieb mir die Antwort schuldig, denn unser neuer Mitbewohner war unterdessen auf Wanderschaft gegangen und hatte eine kleine Pfütze auf den Fliesen hinterlassen.

»Ich befürchte, da liegt ein hartes Stück Arbeit vor uns, bis er mich beschützt«, stellte ich belustigt fest und machte mich auf den Weg, um das Malheur zu beseitigen.

Die Türklingel ertönte erneut. Ich hörte, wie Nick sich mit jemandem unterhielt. Seine tiefe Stimme und das Lachen waren unverkennbar. Als ich mit einer Küchenrolle in der Hand aus der Küche kam, stand Uwe im Flur.

»Hallo, Anna! Wie geht es dir?«, begrüßte er mich.

»Danke gut. Bei euch auch alles in Ordnung? Komm und setz dich. Unser pelziger Freund ist undicht.«

»Hat der kleine Racker sein neues Zuhause getauft?«, vermutete Uwe.

»So kann man es auch nennen«, gab ich zurück.

»Ich wollte euch mitteilen, dass die beiden Morde aufgeklärt sind«, berichtete Uwe mit einem zufriedenen Gesichtsausdruck.

»Zwei Tote?«, fragte Nick erstaunt.

»Stimmt, das weißt du gar nicht. Es wurde eine weitere männliche Leiche gefunden. In Morsum, unweit von hier. Der Mann wurde ebenfalls erschossen, allerdings in den Rücken. Die Waffe, mit der er ermordet wurde, gehört Luisa von Waldenbach. Mit derselben Waffe hat sie auch auf dich geschossen.«

»Das verstehe ich nicht. Warum hat sie ihn umgebracht? Was hatte sie überhaupt mit ihm zu tun?«, erkundigte sich Nick.

»Dieser Tote, Oskar Renkovic, und der tote Tobias Kühnhold waren von der Waldenbach engagiert worden. Das wissen wir mittlerweile sicher. Wir haben ihre Telefonnummer in Kühnholds Handy gefunden. Die Auswertung der Telefongespräche bestätigt zudem, dass sie mehrmals miteinander telefoniert haben.«

»Engagiert wofür?«, erkundigte ich mich.

»Sie sollten herausfinden, wer du bist, und dir Angst machen, Anna. Bei Renkovic haben wir einige Dinge gefunden, die Kühnhold gehörten, unter anderem sein Mobiltelefon und ein Schlüsselbund. Renkovic besaß einen Revolver, mit dem er seinen Kumpanen erschossen hat, in Listland auf dem Parkplatz. Außerdem hat eine Zeugin die beiden Männer wiedererkannt. Sie haben ihr Motorrad an der Tankstelle, bei der sie arbeitet, betankt und dabei ihre Helme abgenommen. Auf den Videos der

Überwachungskameras sind sie eindeutig zu identifizieren. Renkovic trug unter anderem das bei sich, Anna.« Uwe zog einen silbernen Anhänger in Form einer Möwe aus der Tasche. »Der gehört dir, oder?«

»Ja«, bestätigte ich und mir wurde nachträglich schlecht bei der Vorstellung, dass ich womöglich von professionellen Killern observiert, überfallen und ausgeraubt wurde. »Das ist Anatol, mein Glücksbringer, er war in meiner Tasche, die mir geklaut wurde.«

»Das beweist, dass das Duo für den Überfall auf dich verantwortlich war. Kühnhold wurde, wie bereits erwähnt, mit Renkovics Waffe umgebracht, auch das hat Dr. Luhrmaier zweifelsfrei nachweisen können. Vermutlich sind die beiden im Streit aneinandergeraten und Renkovic ging vorläufig als Sieger hervor. Worum es in dem Streit ging, werden wir allerdings nie erfahren. Renkovic wurde später kaltblütig von Luisa von Waldenbach zur Strecke gebracht. Er hat sie absichtlich in die Feldmark von Morsum bestellt, wo sich zu dieser Jahreszeit selten jemand verirrt. Womit er nicht gerechnet hat, ist, dass er am Ende derjenige ist, der den Kürzeren zieht.«

»Das sieht ihr ähnlich«, brummte Nick. »Höchstwahrscheinlich wollte er Geld von ihr erpressen. Da war er bei ihr allerdings an der falschen Adresse. Sie ist skrupellos und lässt sich von niemandem einschüchtern.«

»Das sehen der Staatsanwalt und ich genauso. Staatsanwalt Achtermann weilt übrigens nebst Gattin auf der Insel über die Feiertage«, berichtete Uwe zerknirscht. »Ich hatte das Vergnügen, mit ihm zu speisen. Im Übrigen soll ich dir seine besten Genesungswünsche ausrichten.« Sein Gesichtsausdruck und die Wortwahl verrieten alles.

»Das ist doch nett«, konnte sich Nick eine Bemerkung nicht verkneifen.

Uwe brummte missmutig. »Die Toten sind längst nicht alles. Wir wissen mittlerweile, auf wessen Konto die Einbruchserie geht und somit auch der Tod des Hauseigentümers Winterhoff.«

»Lasse«, bemerkte Nick nüchtern.

»Stimmt. Woher wusstest du das, und warum hast du nicht eher etwas gesagt?« Uwe wirkte leicht gekränkt.

»Das war lediglich eine Vermutung. Er brannte von Anfang an nicht für die Polizeiarbeit. Das war völlig anders, als es um das Thema Musik ging. Ich habe ihn bei einem seiner Auftritte beobachtet. Er hat ausgesprochenes Talent. Als ich dann seine Gitarre sah, war es beinahe klar. Das Instrument kostet ein kleines Vermögen, auch wenn es gebraucht war. Als er uns neulich erzählte, dass seine Eltern ihn in keiner Weise diesbezüglich unterstützen würden, habe ich es befürchtet. Woher sollte ein Mann in seinem jungen Alter so viel Geld haben?«

»Er hat dir übrigens sein Blut gespendet, da er dieselbe seltene Blutgruppe hat. Damit hat er dir das Leben gerettet und sich gleichzeitig selbst überführt.«

»Muss er lange hinter Gitter?«, mischte ich mich in die Unterhaltung ein, während ich Pepper auf dem Schoß hielt, der es sich nicht nehmen ließ, mir ständig in die Finger zu beißen.

»Das wird sich zeigen. Sein Anwalt wird auf Totschlag plädieren. Mal abwarten, welche Strafe die Staatsanwaltschaft fordert. Vielleicht hat er Glück und sein Geständnis sowie die lebensrettende Blutspende mildern die Strafe ab. Ich glaube ihm, dass er ihn nicht umbringen wollte. Übrigens war er nicht allein. Seine Freunde haben wir auch, sogar ein Mädchen hat mitgemacht. Sie haben sich bei ihren Taten absichtlich zu große Schuhe angezogen, um falsche Spuren zu hinterlassen. Stelle man sich das vor!«

»Die wollten wohl besonders clever sein«, warf ich ein.

»So sieht es aus.« Uwe stieß einen lang gezogenen Seufzer aus und erhob sich. »So, ihr Lieben, dann will ich mich auf den Weg machen. Tina wartet mit der Weihnachtsgans auf mich. Ich habe versprochen, sie bei den Vorbereitungen zu unterstützen.«

»Danke für deinen Besuch, Uwe«, sagte Nick.

»Grüße an Tina und viel Erfolg mit der Gans«, fügte ich hinzu.

»Richte ich aus. Gute Besserung für dich. Nick?«

»Ja?«

Uwe wirkte, als wolle er sich von einer schweren Last befreien. »Es tut mir leid.«

Nick zog fragend die Augenbrauen zusammen. »Was tut dir leid?«

»Ich habe im Eifer des Gefechts so manchen Fehler gemacht.«

»Ich verstehe nicht.«

Uwe wirkte betreten.

»Raus mit der Sprache!«, beharrte Nick auf einer Erklärung.

»Zunächst habe ich dich verdächtigt, mit den Einbrüchen zu tun zu haben«, gestand Uwe.

»Mich?« Nick traute seinen Ohren kaum. Dann ging ihm ein Licht auf. »Ich verstehe! Deshalb hast du ständig nach meiner Verletzung am Arm gefragt.«

»Ja. Ich weiß auch nicht, was mich geritten hat.«

»Kommt da noch mehr?«, wollte Nick wissen.

»Naja. Dann kam mir Ansgars Verhalten seltsam vor. Du weißt doch, der neue Wagen, sein übertriebenes Engagement.«

»Ja und? Konntest du die Sache aufklären?« Nick wartete gespannt auf eine Erklärung. »Ich bin ihm eines Abends gefolgt.«

»Gefolgt?« wiederholte Nick. »Wohin?«

»Er hat sich mit drei anderen Typen auf einem unbeleuchteten Parkplatz getroffen. Dort haben sie Kisten und Kartons umgeladen und sind anschließend alle in einen weißen Lieferwagen gestiegen und weggefahren. Wir sind ihnen unauffällig gefolgt.«

»Wir?«

»Oliver und ich.«

»Du hast Kollege Mirske da mit reingezogen?« Nick wirkte überrascht.

»Jedenfalls sind sie zu einem Haus gefahren und haben dort das Zeug ausgeladen. Die Aktion schien heimlich zu verlaufen«, fuhr Uwe fort.

»Ihr habt sie dann festgesetzt und die Beute sichergestellt.«

»So ähnlich.« Es war offensichtlich, dass Uwe sich unwohl fühlte.

»Spuck es aus! Was war in den Kartons?«

»Kleine Autos, Schienen und ein Haufen Kabel«, gestand Uwe und sah in unsere erstaunten Gesichter.

»Jetzt schaut mich nicht so an! Ansgar und seine Freunde hatten für den Bruder seiner neuen Freundin am zweiten Weihnachtsfeiertag für dessen 30. Geburtstag eine Carrerabahn-Nacht geplant. Es sollte eine Überraschung werden.«

Wir mussten unweigerlich anfangen zu lachen.

»Das ist nicht wahr!«, stieß Nick hervor.

»Doch.«

»Was hat Ansgar gesagt? Ich hätte zu gern sein Gesicht gesehen.«

»Zunächst war er stinksauer, aber am Ende hat er sogar gelacht.«

»Dann hat er den Wagen also nicht durch Einbrüche finanziert?«, stellte Nick fest.

»Nein, er hat geerbt und sich davon das neue Auto angeschafft. Sein plötzlicher Eifer im Dienst ist darauf zurückzuführen, dass er unbedingt die Diebesbande erwischen wollte, um seiner neuen Flamme zu zeigen, was für ein toller Polizist er ist.«

»Uwe!« Nick wischte sich die letzte Lachträne aus dem Augenwinkel. »Du bist echt ein Sylter Unikat! Aus der Nummer kommst du nie wieder raus.«

»Das ist zu befürchten.« Er seufzte. »Tina und ich wünschen euch jedenfalls frohe Weihnachten!« Uwe lächelte verlegen.

»Danke, das wünschen wir euch auch«, erwiderte ich.

»Ich freue mich trotzdem, dich als Freund zu haben«, stellte Nick klar und begleitete Uwe zur Tür.

»Danke, Nick.«

Am frühen Abend trudelten nach und nach unsere Gäste ein. Die Freude über den Hund war groß, besonders die Kinder waren sofort in Pepper vernarrt. Er hatte alle Herzen im Sturm erobert. Meine Mutter verschwand mit Ava in der Küche, aus der es verführerisch duftete und man Töpfe und Geschirr klappern hören konnte. Die übrigen Gäste hielten sich im Wohnzimmer auf. Jan, mein Vater und Nick bildeten eine Herrenrunde, saßen auf den Sofas und unterhielten sich angeregt. Jill und Carsten begutachteten die vielen Bücher in den Regalen und lachten fröhlich zwischendurch. Die Kinder lagen auf dem Teppich und spielten mit dem Hund. Ich stand in der Nähe der Treppe und betrachtete zufrieden die Szenerie. Eine Welle der Dankbarkeit überrollte mich. Britta stand plötzlich neben mir und reichte mir ein Glas Sekt.

»Na, meine Liebe! Schön, oder?«, fragte sie mich und prostete mir zu.

»Das ist es. So sollte Weihnachten sein«, ergänzte ich.

Britta lächelte und legte mir einen Arm um die Hüfte. »Siehst du, Sylt ist eben immer eine Reise wert.«

Als wir alle in der Küche um den großen Esstisch herum saßen und mit dem Essen beginnen wollten, klingelte es.

Ich blickte fragend zu Nick. »Wer kann das sein?«

»Vielleicht der Weihnachtsmann«, mutmaßte Jan und sah seine Söhne an.

»Oh, Papa! Der Weihnachtsmann klingelt doch nicht. Er kommt durch den Kamin«, erwiderte Ben mit einem Augenrollen.

»An den Weihnachtsmann glauben wir sowieso lange nicht mehr. Kannste Mama fragen«, pflichtete Tim seinem Bruder bei.

Die Erwachsenen lachten.

»Ich werde mal nachsehen«, verkündete ich. »Fangt bitte ohne mich an, bevor alles kalt wird. Das wäre schade.«

Vor der Haustür stand ich einer schlanken Frau, die ihr graues Haar zu einem eleganten Knoten im Nacken geschlungen hatte, und einem großen, sportlichen Mann mit kurzem grau meliertem Haar gegenüber.

»Guten Abend«, ergriff der Mann das Wort. »Wir …«

»Mom? Dad?«, hörte ich Nick verwundert sagen. Er musste mir unmittelbar gefolgt sein und stand nun hinter mir.

»Nick, mein Junge, Gott sei Dank, es geht dir gut!«, brach es aus Nicks Mutter heraus. Sie machte einige Schritte auf ihren Sohn zu, um ihn in die Arme zu schließen.

»Was macht ihr hier? Wieso habt ihr nicht vorher angerufen und gesagt, dass ihr kommt? Anna, das sind Anke und Matthew Scarren, meine Eltern. Mom, Dad, das ist Anna Bergmann, meine Freundin«, stellte Nick uns einander vor.

»Wir müssen aber nicht vor der Tür stehen bleiben«, bat ich Nicks Eltern ins Haus.

»Guten Abend, Anna, bitte verzeihen Sie diesen Überfall. Unsere Tochter Jill hat uns mitten in der Nacht angerufen und mitgeteilt, dass Nick schwer verletzt wurde. Daraufhin haben wir uns sofort ins Flugzeug gesetzt«, erklärte Nicks Vater gleichermaßen erleichtert wie besorgt.

»Es geht mir gut«, versicherte Nick seinen Eltern. »Außerdem bin ich in den allerbesten Händen.«

Er legte demonstrativ einen Arm um mich und küsste mich auf die Schläfe.

»Kommen Sie, wir sind alle in der Küche. Bestimmt sind Sie hungrig nach der langen Reise«, forderte ich die Besucher auf, uns zu folgen. Die Strapazen der letzten Stunden und die Sorge um ihren Sohn standen ihnen unverkennbar ins Gesicht geschrieben.

Aus der Küche drangen Besteckgeklapper und fröhliches Gelächter. Nick stellte seine Eltern vor und warf Jill einen unmissverständlichen Blick zu. Sie biss sich verlegen auf die Unterlippe und zuckte schuldbewusst mit den

Schultern. Sie hatte am Telefon offensichtlich übertrieben, als sie ihren Eltern von Nicks Zustand berichtete. Daher hatten sie sich umgehend auf den Weg nach Deutschland gemacht. Man konnte Anke und Matthew die Erleichterung ansehen, dass sie ihren Sohn wohlbehalten antrafen. Auf diese Weise lernte ich sie schneller kennen als geplant. Schließlich ist Weihnachten ein Familienfest, dachte ich, als ich in all die zufriedenen und glücklichen Gesichter sah.

Dieser Heiligabend war einer der schönsten, an den ich mich erinnern konnte. Das Essen – es gab Rehkeule mit Rotkohl und Klößen – hatte hervorragend geschmeckt und auch das Birnencrumble mit Kumquats zum Nachtisch war ein Gedicht. Selbst Nicks Vater lobte die Kochkünste von Ava und meiner Mutter in höchsten Tönen, worüber sich beide sichtlich freuten, denn ein Lob aus dem Mund eines Profis war eine besondere Ehrung.

Irgendwann war Pepper beim Spielen auf dem dicken Wollteppich eingeschlafen. Seine Pfoten bewegten sich im Traum. Ben war auf dem Schoß seines Vaters eingeschlafen und Tim schlummerte in Brittas Arm. Langsam verabschiedeten sich Freunde und Familie und traten den Heimweg an. Jill fuhr mit ihren Eltern nach Wenningstedt und meine Eltern fuhren mit dem Taxi zurück nach Westerland in ihr Apartment. Britta und Jan verfrachteten ihre schlafenden Kinder in ihrem Geländewagen auf die Rückbank und fuhren nach Rantum. Ava und Carsten gingen zu Fuß ein paar Straßen weiter nach Hause.

Dann waren Nick und ich allein. Nachdem wir Pepper noch einmal kurz in den Garten gelassen hatten, setzten wir ihn in sein Körbchen. Er tat uns sogar den Gefallen und blieb darin liegen, um wenige Minuten später selig zu schlummern. Die vielen neuen Eindrücke und die fremden Leute in seinem neuen Zuhause hatten ihn erschöpft einschlafen lassen.

»Komm«, sagte Nick und nahm meine Hand, nachdem wir die Gläser in die Küche getragen hatten. »Den Rest räumen wir morgen weg. Es ist spät.«

»Nick, es tut mir leid, dass ich kein Weihnachtsgeschenk für dich habe, aber die letzten Tage …«

»Anna«, er legte seine Hände um meine Taille, »du hast mir das schönste Geschenk gemacht, das ich bekommen konnte.«

Ich sah ihm in seine schönen dunklen Augen, die mich seit unserer ersten Begegnung in den Bann gezogen hatten.

»Du hast mir das Leben gerettet, in dem du mir den Sinn meines Lebens wiedergegeben hast. Dafür danke ich dir.«

Etwas Schöneres hätte er in diesem Moment nicht sagen können.

Im Badezimmer hielt ich ihm das kleine Fläschchen und das Pflaster vor die Nase, das mir Frank bei seinem Besuch am Vormittag gegeben hatte.

»Ich habe Frank versprechen müssen, dass ich mich um deine Wunde kümmere«, erklärte ich und setzte eine strenge Miene auf.

»Dann enttäusche den lieben Frank nicht«, erwiderte Nick, setzte sich auf den Badewannenrand und zog sich mit etwas Mühe sein Hemd aus.

»So, jetzt schön stillhalten, es wird ein bisschen unangenehm«, sagte ich und riss gleichzeitig mit einem schnellen Ruck das alte Pflaster ab.

Nick kniff die Augen zusammen und verzog das Gesicht.

»Du warst schon zärtlicher«, beschwerte er sich und betrachtete die Wunde.

»Alles zu seiner Zeit! Da wirst du eine ordentliche Narbe behalten, aber ich liebe dich trotzdem«, bemerkte ich, während ich behutsam die Tinktur auf die etwa zehn Zentimeter lange Wunde tupfte.

»Da bin ich beruhigt.«

»Danke, Schwester Anna. Das hast du sehr professionell gemacht. Wäre das kein Job für dich?«, schlug Nick vor, als ich mit der Versorgung der Verletzung fertig war.

»Um Himmels willen nein. Ich kann kein Blut sehen.«

»Dann habe ich Glück gehabt, dass du mich nicht hast verbluten lassen.«

Ich schlang meine Arme um seinen Hals und sah ihm fest in die Augen. »Nick, ich hatte solche Angst, dich zu verlieren. Ich hätte alles getan.«

»Ich weiß, Anna«, sagte er und streichelte meine Wange.

Plötzlich wirkte er angespannt und nervös. Ich löste meine Arme von seinem Hals und trat einen Schritt zurück.

»Anna«, begann er, »ich bin kein Mann der vielen Worte, und das Badezimmer ist vielleicht nicht gerade der romantischste Ort dafür, aber willst du den Rest deines Lebens mit mir verbringen?«

Ich traute meinen Ohren nicht. Machte er mir gerade einen Heiratsantrag?

»Oh, Nick, ich weiß nicht, was ich sagen soll.«

»Ein Ja würde mir reichen.«

Freudentränen standen mir in den Augen.

»Denk an deinen Wasserhaushalt«, erinnerte Nick mich, als ich mich glücklich an ihn presste.

EPILOG

In der ersten Januarwoche fuhren wir mit Pepper nach Hannover. Dort gab ich meine Kündigung bei meinem Chef persönlich ab, nachdem ich zuvor mit ihm telefoniert hatte. Ich hatte entschieden, auf Sylt zu leben und ein eigenes Büro für Landschaftsarchitektur zu eröffnen. Mein Chef bedauerte meine Entscheidung zutiefst. Meine Kollegin Sonja war mir vor Freude um den Hals gefallen, als ich ihr meine Wohnung zur Miete anbot. Sie war seit Längerem auf der Suche nach einer geeigneten Wohnung gewesen.

Anschließend fuhren wir zu meiner Wohnung und packten zunächst nur die wichtigsten Dinge und Unterlagen zusammen. Den Rest wollte ich in der nächsten Zeit abholen. Meine Eltern hatten sich bereit erklärt, mir beim Ausräumen behilflich zu sein. Die Möbel wollte meine Kollegin übernehmen. Das erleichterte den Umzug ungemein, zumal in unserem Morsumer Haus genügend Möbel vorhanden waren. Es war trotz allem ein seltsames Gefühl, als die Tür hinter uns ins Schloss fiel. Ein neuer Lebensabschnitt hatte begonnen.

Bevor wir uns auf den Weg nach Sylt machten, ließen wir es uns nicht nehmen, einen Abstecher zu meinen Eltern zu machen, um ihnen die Nachricht, dass Nick und ich im Sommer heiraten würden, zu überbringen. Meine Mutter war außer sich vor Freude und selbst mein Vater bekam feuchte Augen vor Rührung.

»Ach, Kinder, ist das schön!«, sagte meine Mutter und konnte sich kaum beruhigen.

Ehrlich gesagt, hatte ich ein bisschen Bauchschmerzen bei dem Gedanken, meinen Eltern unseren Entschluss mitzuteilen. Ich rechnete fest damit, dass meine Mutter mich zur Seite nehmen und fragen würde, ob das nicht alles zu schnell gehen würde. Schließlich würden wir uns kaum kennen, und eine Ehe sei eine ernstzunehmende Angelegenheit. Womit sie nicht Unrecht hatte. Doch wider Erwarten blieb die Moralpredigt aus. Sie gab nichts dergleichen von sich.

Zum Abschied umarmte ich meine Eltern fest und musste mich beherrschen, nicht zu weinen.

»Es ist dir schwergefallen, habe ich recht?«, fragte Nick, nachdem wir eine Weile unterwegs waren.

»Ja«, gestand ich. »Es ist anders, als wenn man nur ein paar Wochen wegfährt.«

»Bereust du es?«

»Nein. Hast du es dir zwischenzeitlich anders überlegt?«, stellte ich die Gegenfrage.

Er grinste schief und schüttelte den Kopf.

»Natürlich nicht.«

»Siehst du, ich auch nicht.«

Als wir die Verladestation in Niebüll erreicht hatten und auf dem Autozug standen, ertönte die Durchsage der Bahn. »… und allen Syltern sagen wir herzlich willkommen zu Hause.«

Nick nahm meine Hand und drückte sie fest. Ich lehnte

mich zu ihm und küsste ihn. Ich war der glücklichste Mensch auf der Welt und freute mich auf das, was mich auf Sylt im Laufe der Zeit alles erwarten würde.

DANKSAGUNG

Dieses Buch ist nicht nur der Beginn von Anna und Nicks Geschichte, sondern es ist tatsächlich das erste Buch, das ich geschrieben habe. Für die Unterstützung, die ich dabei erhalten habe, möchte ich mich herzlich bedanken. Ein Buch zu schreiben, braucht nicht nur viel Zeit, Ideen und Durchhaltevermögen, sondern auch eine Portion Mut. Dass mir der Mut nicht abhanden gekommen ist, dafür möchte ich mich an dieser Stelle bedanken.

Zunächst bedanke ich mich von ganzem Herzen bei meinem Mann Stefan Narberhaus. Danke, dass du die Geduld aufgebracht und meine Zweifel zerstreut hast. Ich weiß, es war und ist nicht immer leicht mit mir.
Ebenso richtet sich mein Dank an meine Eltern, Lothar und Gisela Eller, und meine Tante Bärbel Wittke für ihren Zuspruch und ihre Unterstützung.

Desweiteren möchte ich meine Testleserinnen nicht unerwähnt lassen: Marita Bootsmann, Yvonne Berngruber, Ute Glenewinkel, Ulrike Schubert und Bettina Schwarz. Danke für eure ehrliche Meinung, eure Anmerkungen und konstruktive Kritik.

Ein weiteres Dankeschön geht an meine Freundin Elke Angerhausen, die mich als Krankenschwester rund um das Thema Medizin mit Informationen versorgt.

Dankend erwähnen möchte ich auch Polizeioberkommissar Florian Arend vom Polizeikommissariat Ronnenberg, der mir meine Fragen zur Polizeiarbeit stets bereitwillig ausführlich und realitätsnah beantwortet.

Mein Dank richtet sich ebenso an alle Mitarbeiter des Gmeiner-Verlages, insbesondere an meine Lektorin Claudia Senghaas. Ich danke für die gute und angenehme Zusammenarbeit und das mir entgegengebrachte Vertrauen.

Letztendlich möchte ich mich bei meinen Leserinnen und Lesern sowie den Buchhändlern und Buchhändlerinnen bedanken, die meine Bücher lesen und mögen.

Sollte ich jemanden vergessen haben, bitte ich dies zu entschuldigen. Dies ist nicht aus böser Absicht geschehen. Die namentlich genannten Personen stellen nur einen kleinen Kreis derer dar, die mich in meinem Wirken direkt oder indirekt unterstützen.

Sibylle Narberhaus